講談社文庫

警視の謀略

講談社

目次

警視の謀略

●主な登場人物〈警視の謀略〉

ダンカン・キンケイド　ホルボン署の警視。スコットランドヤードから異動になった
ジェマ・ジェイムズ　ブリクストン・ヒル署の警部。ダンカンの妻
キット　ダンカンの息子。14歳
トビー　ジェマの息子。6歳
シャーロット　ダンカンとジェマが引き取った3歳の女の子。犯罪被害者の遺児
メロディ・タルボット　ジェマの部下で巡査部長。アンディの恋人
ダグ・カリン　ダンカンの元部下。メロディと仲が良い
ジャスミン・シダナ　ダンカンの部下。35歳という若さで警部補になる
ジョージ・スウィーニー　ダンカンの部下。巡査
サイモン・イーカス　事件管理官。〝ギーク〟と呼ばれている
ニック・キャレリー　SO15（テロ対策司令部）の警部
アンディ・モナハン　アーティスト。メロディの恋人
タム・モラン　アンディのマネジャー。爆破事件に巻き込まれ重傷を負う
ライアン・マーシュ　活動家グループの一員。メンバーに慕われていた
マーティン・クイン　活動家グループの一員。アジトの家主
マーシー・ジョンソン　12歳の少女。ジェマが追う事件の被害者
ディロン・アンダーウッド　電気製品店の店員。マーシー殺害事件の容疑者

1

目覚めた瞬間、自分がだれだかわからなかった。

　ふわふわ漂っているような感じがした。眠りというぼんやりしたプールの中にいて、ゆっくり浮きあがっていくような感じでもある。固い拳が頬骨に当たっている――そうか、横向きに寝ているんだ。手を動かすと、伸びたひげのちくちくする感触があった。ためしに口の中で舌を動かしてからごくりと唾を飲んでみると、ビールのいやな後味がした。

　耳が音をとらえはじめた。雑音だらけの古いラジオみたいに、音がぶつぶつ飛んでいる。女の子の声だろうか。娘が友だちとおしゃべりをして笑っているのか。ここは家？いや、あれはのんきに笑っている声なんかじゃない。なにかいいあっている。女の声。そして男の声。体を動かすと、寝袋と肌がこすれた。下にあるのは固い木の床だ。

　ここは家じゃない。自分のベッドじゃない。隣には妻もいない。

　突然すべてを思い出した。ここはカレドニアン・ロードのアパートだ。一階にあるテイクアウト専門店から、鶏肉（とりにく）を揚げるにおいがあがってくる。ただでさえむかむかする胃袋が、いまにも裏表にひっくりかえりそうだ。

顔の下にある手が冷えきっている。部屋が寒いのだ。

声がさっきより大きく聞こえる。さっきより近くから聞こえる。マーティンの声。傲慢で気が短くて、すぐ熱くなるマーティン。ポールの声もする。不機嫌そうになにかいいかえしてから、泣き言をいいだした。

話し相手になってやろう。レンといっしょにいいきかせてやれば、きっとききわけてくれる。

レン。ああ、レン。

記憶がよみがえる。同時に絶望もよみがえって、ショックで息が詰まった。そうだ、レンはもういない。

自分がだれだか、やっとわかった。ここがどこかもわかる。耐えられない。

そのとき、今日やるべきことを思い出した。


三月も半ばだというのに、ロンドンはいやになるほど寒い。公園や家々の庭には寒さをものともしないクロッカスが顔を出しているが、真っ白におりた霜のせいで、ラッパズイセンは元気をなくし、果樹の花も凍りついている。

ダンカン・キンケイド警視は地下鉄のホルボン駅を出て、サウサンプトン・ロウにむかって歩きはじめた。コートの襟を立て、ウールのマフラーを首に巻き、手袋をはめた両手をコートのポケットに入れていた。空は鉛色。右に曲がってシオボルズ・ロードに入ったとき、ひときわ強い風が吹きつけてきて、一瞬前に進めなくなった。頭を下げ気味にして、なんとかふたたび歩きだす。天気予報士がいうには、この風はシベリアから吹いてくるそうだ。だったら自分も、耳の覆いがついたロシアふうの帽子を買ったらどうだろう。ロシア人がみてくれの悪い格好ばかりするのも、こんな冷たい風のせいだと思うと理解できるような気がする。

足どりを早めると、コンクリートの塊みたいなホルボン署が見えてきた。建物のデザインは旧ソ連の強制労働収容所を思わせるものだが、すくなくとも、中に入れば暖かい。

ホルボン署。ここが職場になってから二週間以上たつが、まだ転勤初日の気まずさを引きずっていて、自分の居場所はここではないという気がしてしまう。怒りも消えていかない。

二月の半ば、育児休暇を終えてスコットランドヤードに戻ってみると、自分のオフィスがからっぽになっていた。長年なじんでいたヤードの殺人課のトップの座から、ホルボン署の強行犯課に異動になったのだ。階級はそのままだとはいえ、事実上の左遷。突然だったし、なんの説明もなかった。

直属の上司であるデニス・チャイルズ警視正は、急な家庭の事情とかで外国に行っていた。キンケイドにとっては、それも心配のひとつだった。キンケイドとその家族は、警視正の妹であるリズが所有するノティング・ヒルの自宅を、リズが夫の転勤でシンガポールで暮らす五年間、借りて住んでいるのだ。

リズ・デイヴィーズとは電子メールでやりとりしただけだが、人柄のいい女性という印象だ。海外に住む家族になにかがあったというのが、リズのことでなければいいのだが。

キンケイドがホルボンに異動すると同時に、それまでキンケイドの部下だったダグ・カリンも転勤になった。異動先はヤードのデータ入力部署。表面上は、足首を骨折したダグが働きやすいようにとの配慮によるものだ。キンケイドにとって、有能でオタクっぽいところのあるダグとコンビを組めなくなったことも、新しい仕事になじめない理由のひとつだった。

刑事にとって、コンビを組む直属の部下は、配偶者よりも長い時間をいっしょに過ごすパートナーだ。その部下と別れることは、夫婦が離婚するのに匹敵する大事件ともいえる。新しいチームで素敵なハネムーンが待っていればまだいいのだが、キンケイドにはそれもない。

そんな思いが実物を呼び出してしまったのだろうか。部下のジョージ・スウィーニーが、署のむかいにあるLAフィットネス・ジムの階段をおりてきた。朝のトレーニングを終えてさっぱりしたようすのスウィーニーは、巡査の給料で買えるとは思えないような、高価な三つ揃いのスーツ姿だ。コートは着ていない。短い髪はまだ濡れているが、流行の逆立てたスタイルに整えてある。頬は健康そうなピンク色。

「おはようございます」署のエントランスで出会ったとき、スウィーニーはおおげさなほど力強い挨拶をしてくれた。「どうしたんですか、具合が悪そうですね」訝しげにキンケイドの顔をみる。「パーティーのやりすぎですか？」スウィーニーはウィンクをして、なれなれしくキンケイドの肩をたたいた。いちいち癇に障るやつだ、とキンケイドは思った。

「子どもが病気でね」キンケイドは短く答えた。養子にした三歳のシャーロットがひどい咳をしていたので、妻のジェマと交代でひと晩じゅうそばにいてやったのだ。

「そうですか」スウィーニーは肩をすくめた。「まあ、元気にやりましょうよ」

そのとき、頬を刺す冷たいものを感じた。続いてもう一度。鉛色の空からみぞれが降ってきた。

「やめてくれよ、カーディガンなんて」アンディ・モナハンがいった。

その表情をみて、メロディ・タルボット巡査部長は〝いつものあの顔ね〟と思った。つきあいはじめて二ヵ月にもならないが、アンディの強情なふくれっ面をすっかりみなれていた。ソーホーのおしゃれなブティックにアンディを連れてくるだけで、すでにエネルギーを使いはたしてしまっていた。これ以上の説得ができるだろうか。

鏡の前に立ったアンディをみながら、メロディは祈るような気持ちだった。でも、少なくとも脱がずに鏡をみてくれているのだから、望みはありそうだ。しかしアンディは襟をつまみ、不服そうに口をとがらせた。「だれかのおじいちゃんみたいだよな。レジメンタル・タイでも締めれば完璧だ」

アンディは二十代後半。髪はくしゃくしゃのブロンドで、瞳は藍色。むずかしい表情さえしなければ、愛らしい顔だちをしている。つまり、若い女の子たちが夢中になるロックスターそのものという外見をしていた。「袖をまくって、白いTシャツとリーバイスを合わせるといいわ。そうしたら、おじいちゃんにはみえないってば」

アンディは乗ってこなかった。「いや、派手好きなおじいちゃんにしかみえないよ。しかもこれ、パステルブルーってやつだろ」

「でも、ラインストーンもスパンコールもついてないでしょ」メロディはにやりと笑った。「それにこれ、あなたの目の色にぴったりなの」最後に殺し文句。「ポピーに負けてもいいの？　わたしを信じてよ」

アンディは、どうかなという目でメロディをみた。「がちがちのスーツで仕事に行く刑事さんにいわれてもなあ」しかし、つきだしていた唇からは力が抜け、青い目も明るさを取りもどしかけている。「これを買ったら、ライブに来てくれるか？」

「もちろん。行くって約束したじゃない」今日の夕方、セント・パンクラス国際駅のメイン・コンコースで、アンディはライブをやることになっている。マーチ・フェスティバルの一環で、いま注目のインディーズ系ポップスバンドやロックバンドが出演する。ラジオの生放送もあるし、ラッシュアワーだからたくさんの人がきいてくれるだろう。アンディと、コンビを組んだばかりのポピー・ジョーンズにとって、メインアーティストとしてこのライブで演奏することは、華々しいスターダムへの第一歩ともいえる。

アンディが緊張しているのは、メロディにもわかっていた。メジャー・レーベルのスカウトがライブをみにくるかもしれない、ときかされているからだ。

「最前列に来るかい？　ステージの袖にいてもいいよ」アンディはカーディガンのことを忘れたようにいった。

まずい話になった。いまここで、そういう話をしたくない。メロディは、アンディのガールフレンドとして人前に出たくないのだ。逆にそれを公表したいアンディとのあいだで、この問題はいつも口論のもとになっていた。

しかし、分はメロディのほうにある。アンディのマネジャーであるタム・モランも、ポピー・ジョーンズのマネジャーであるケイレブ・ハートも、このデュオがステージ上で心をひとつにしているようすを売りにしたいと考えている。ギタリストにはロンドン警視庁で巡査部長をしているガールフレンドがいる、などという情報は、マーケティングの上でプラスになるはずがない。

自分の上司だって、そのことをよくは思わないだろう。

ただ、問題はもっと複雑だ。子どものころから、メロディは自分のプライバシーを守ることにこだわってきたし、それにはもっともな理由があった。本当に親しい友人にしか明かしていないが、メロディの父親は、イギリスでもっとも売れている――そしてもっとも煽情的な――タブロイド紙を出す会社の経営者なのだ。このことが世間に知られれば、メロディの警察官としてのキャリアは終了するだろう。アンディにもまだ話していない。そのうち話さなければと思ってはいるが、それは今日ではない。

「遠くからだってみられるわ」メロディはアンディのカーディガンの袖をふざけたようにつまんで、話題を変えた。「ポピーとカラーコーディネートしてみたら？　髪に青いアクセントカラーを入れてもらうの」

アンディはとんでもないというように天井に目を向けた。「やめてくれよ。ポピーのやつ、ただでさえ過激なヒッピーみたいな格好してるんだぞ」

「いいじゃない。あなたも勇気を持たなきゃ」

アンディは思わせぶりな目つきでメロディをみた。「ごほうびをもらえるならね」

「ごほうび？　いつだってあげてるじゃない」メロディはわざとらしくカーディガンの袖をなでた。

アンディのことが気になっていたらしい店員が、それをみて軽く舌打ちした。

「あら、失礼」メロディは店員にウィンクして、アンディのカーディガンを脱がせた。

「いやなシーンをみせちゃったわね。でも、売り上げには協力するわよ」

ジェマ・ジェイムズ警部は、ブリクストン・ヒル署の刑事部のオフィスで、コンピュータのディスプレイに向かい、報告書に目を通していた。いますぐにでも机につっぷして眠りたい。人の声も、キーボードの音も、電話のベルの音も、眠りを誘う子守歌のように感じられる。

ゆうべ、昨秋に養子として引き取ったシャーロットがはじめて病気になった。ダンカンも自分も大慌てだったが、よくある子どもの咳程度のことで、おおげさに騒ぎすぎたのかもしれない。

あと何分たったら、午後のコーヒータイムといえる時間になるだろう。もう少しの我慢だ。伸びをして何度もまばたきし、ディスプレイに焦点を合わせた。

ジェマを含むブリクストン・ヒル署殺人課の刑事たちは、十二歳の少女マーシー・ジヨンソンを誘拐してレイプし、殺した犯人に目星をつけていた。チームにとってもっとも重要な事件だ。しかしいまのところ、動かぬ証拠がひとつもみつかっていない。これでは逮捕状はおろか、捜索令状さえ申請できない。

ディロン・アンダーウッドは中産階級の白人男性で、人の心をあやつれるほどの魅力を持っている。一方のマーシーは労働者階級の黒人だ。ジェマも同僚の刑事たちも、アンダーウッドの口のうまさを警戒していた。だからこそ、何時間もファイルを調べつづけ、検察側の武器になるような材料をさがしているのだ。せめて家宅捜索とＤＮＡ鑑定だけでもやっておきたい。

部下のメロディ・タルボット巡査部長は、今日の昼からずっと、アンダーウッドの同僚たちに事情聴取しつづけている。いままでみのがしていた情報があれば、どんな小さなものでもいいから手に入れたいという思いからだ。

メロディは仕事のあと署には戻らず、セント・パンクラス駅に行くつもりだといっていた。つきあっているギタリストがそこでライブをやるらしい。

それを思うと、顔に笑みが浮かんだ。いつも一分の隙もないスーツ姿で働いているメロディと、身なりをあまり気にしないロックギタリスト——おもしろい組み合わせだ。

ディスプレイには、容疑者のさまざまな情報が表示されている。ディロン・アンダーウッド、二十二歳。近所の電気製品店の店員で、仕事はかなりうまくいっていたらしい。ほかの従業員たちにいわせると、とくに女性客の扱いがうまかったとのこと。マーシー・ジョンソンは事件の数週間前から何度も店を訪れ、うっとりした顔でパソコンをみてまわっていた。そのひとつを十三歳の誕生日プレゼントとして、シングルマザーの母親にねだるつもりだったらしい。しかし、アンダーウッドがマーシーに接客するところは、店の防犯カメラには写っていない。マーシーの友だちの証言があるだけだ。つまり、これも状況証拠にすぎないわけだ。十二歳の女の子たちの証言など、裁判になれば、〝信憑性に欠ける〟として簡単に否定されてしまう。

マーシーがいなくなった夜、アンダーウッドはブリクストン・ロードにある人気のクラブにいたという証言があるが、クラブのようなところなら、友だちが一時間や二時間抜けだしていたとしても、気づかないのではないか。

マーシーの遺体は二日後にみつかった。クラパム・コモンの茂みの中に遺棄されているのを、犬の散歩で通りかかった人が発見したという。アンダーウッドは車を持っていないから、クラブ遊びの途中で抜けだしてマーシーを殺したとすれば、徒歩で移動したはずだ。マーシーとは前もって待ち合わせしていたものと思われる。

机に置いた携帯電話が震えだした。ダンカンかもしれない、と思って手に取った。ホルボンに異動してからのダンカンは元気がない。もちろん新しい職場になじむにはそれなりの苦労をするものだとわかってはいるが、異動からもう二週間以上になる。それなのに状況は変わっていないようだ。

しかし、電話はダンカンからではなく、ジェマの継子である十四歳のキットからだった。ジェマは時計に目をやった。もう学校から帰ってくる時間だ。

あわてて電話を耳にあてた。「もしもし。どうかしたの?」

かけてきたのはキットではなく、ジェマの六歳の息子、トビーだった。あまりに大きな声が響いたので、ジェマは電話を耳から離した。

「ママ、ママ、キットにケータイをかりたの。ねえ、ねこをみつけたよ。にわで。あかちゃんがいるんだよ!」

「赤ちゃん? どこに? どこのお庭?」わけがわからず、ジェマはきいた。キットだと思ったらトビーだったので、調子が狂ってしまう。

「ねこのあかちゃん!」トビーは大興奮だ。「すごくちっちゃいの。ぶたみたいだよ」

「豚?」ジェマがききかえすと、キットの声が遠くにきこえた。トビーの言葉を訂正してやっているらしい。「ねえ、トビー。キットにかわってくれる?」

携帯電話を持ちかえる音がしたあと、キットが出た。「もしもし、ジェマ」ジェマは内心がっかりした。リラックスしているときやふざけているとき、キットも〝ママ〟と呼んでくれることがあるのに、いまは〝ジェマ〟だったからだ。

「庭に猫がいるって、どういうこと?」オフィスの窓から鉛色の空をみた。気温は零度近くまで下がっているだろうし、風は氷みたいに冷たいはずだ。

「小屋があるの、わかる？」

ノティング・ヒルの家の裏には、近所の人たちと共有している庭がある。その中心には小屋があって、芝刈り機やスコップなどの道具が入っている。

「テスたちと庭に出てたんだ」キットが続ける。「そしたらなにかの音に気づいたみたいで」テスはキットが拾ってきたテリアだ。犬はもう一匹いて、名前はジョーディ。ジエマの飼っている黒と白の毛が混じったコッカースパニエル。どちらも猟犬としての本能をしっかり備えている。「ドアをあけたら――」

「小屋のドア？　鍵はかかってなかったの？」

キットはちょっとためらってから答えた。「ハンマーで壊した。泣き声がきこえたんだ。人間の赤ちゃんがいるのかもしれないと思って」

とりあえず先をうながすことにした。「それで？」

「なにかが入った麻袋が置いてあった。トビーにテスとジョーディを押さえててもらって、中をみたら、猫がいた。親猫と、子猫が四匹。親猫はがりがりに痩せてたし、子猫もすごくちっちゃいんだ。このままだと死んじゃうよ」

「でも、キット、それはうちの猫じゃないのよ。どこかご近所の――」

「けど、すごく弱ってるんだ。頭も上げられないくらいなんだよ。なんとかしないと」

子猫……どうしたらいいの？「キット、ちょっと待って」気持ちを落ち着けて、続けた。「家に入れるわけにはいかないわ。シドや犬がいるから。シドは怒らないかもしれないけど」唇を噛んで考えた。「そうだ、ブライオニー――ブライオニーに電話しない」

ブライオニー・プールは、一家のかかりつけの獣医だ。ジェマにジョーディを飼うよう勧めてくれた人物でもある。「ブライオニーならなんとかしてくれるわ」

「ジェマ、今日は早く帰れそう？」

キットの声がかすかに震えている。このところ、一人前のふるまいをしようと必死にがんばっているが、心細さや痛みには弱い。なにより、親がいなくなるんじゃないかという不安を克服することができずにいる。

「ええ、できるだけ早く帰るわ」

おまえはなにをやってもだめだな、と両親にいわれている。先生にもいわれる。グループの仲間たちも認めてくれない。マーティンなんて、自分自身のことは神様から世界へのプレゼントだ、とまで自賛するくせに。

エアリアルにもばかにされているのが、とくにつらい。

今日のことだって、あなたがいるとうまくいかなくなる、とまでいわれた。やるべきことをちゃんとやって、みかえしてやる。

　リュックサックを背負いなおした。セント・パンクラス国際駅の二階コンコースは凍えるほど寒いというのに、わきの下に汗が噴きだしている。コンコースの北の端にあるエスカレーターを上がったところに立つと、二階も一階もよくみえた。ガラスの保護壁に近づくと、ラッシュアワーで駅がどんどん混雑してきたのがわかる。人々は押し合いへし合いしながら、買い物に行こうとしたり、家路を急いだりしている。まるでネズミみたいだ。顔を上げることなくちょこまかと動きまわり、駅の天窓が美しいスカイブルーだということも忘れてしまっている。

　ここは駅だというのに、人々は列車のことさえどうでもよくなったみたいだ。二階コンコースの真ん中にあるエリートビジネスマンに人気のシャンパンバー〈セアシーズ〉のむこうに、流線型をした黄色いユーロスターの列車がみえる。パリ行きだが、発車まではまだ間があるようだ。仕事帰りに泡の立つ飲み物を楽しんでいる、いかにも高そうなスーツを着た男性や女性は、列車がどんなに素晴らしいものだとか、列車がなにを燃料にしているかとか、そんなことは考えてもいないだろう。世界は自分たちを中心に回っていると思いこみ、自己満足に酔ったまま自宅に帰って眠りにつくのだから。

　ポールはユーロスターから目をそらし、腕時計をみた。一階のようすをもう一度みる。ほかのメンバーもそろそろ来るはずだ。〈セアシーズ〉の真下にあたるところで、ミュージシャンたちがライブの準備をしている。この駅で催されるマーチ・フェスティバルの皮切りとなるライブだ。だからこそ、自分たちは今日を選んだ。バンド目当てに人が集まってくるし、狭いところに密集することになるだろう。ライブの取材のためにマスコミがやってくるのも魅力的だ。

赤毛をつんつんと逆立てた小柄な女の子が、床に膝をついてベースギターをケースから取りだした。金髪の若者がアンプをいじっている。通行人が足を止めて注目しはじめた。ショータイムのはじまりだ。

そのとき、仲間たちがやってきた。コンコースの反対側、地下鉄駅のほうから歩いてくる。背が高くて大股で歩くマーティンの姿は、毛糸の帽子で黒い巻き毛が隠れていても、すぐに目につく。カム、アイリス、トリッシュ、リー。ディーンは凹凸のないスーツケースを引いている。プラカードが入っていて、組み立てればすぐに使えるはずだ。時間はあまりない。

エアリアルの姿がみあたらないが、きっとどこかにいるはずだ。ライアンも。

ポールは眉をひそめた。ライアン・マーシュを信用していいんだろうか。レンの身にあんなことがあってからというもの、ライアンの目つきは尋常じゃない。いや、ライアンが悪いわけじゃないけど、あのことを思い出すと気分が悪くなる。それに、やっぱりライアンをみていると、なんだか不安になってしまう。マーティンに相談しようとしたこともあったが、相手にされなかった。今朝もそうだ。マーティンはいつだって、自分がだれよりも賢くてなんでもわかってると思ってる。けど、今回は違う。

〝恋人たち〟の像の上にある大きな時計が五時半をさした。下のミュージシャンたちが楽器の音合わせをはじめた。コンコースの人だかりがどんどん大きくなっていく。まるでその塊じたいが生きているみたいだ。一方で、仲間たちはばらばらになり、近くの店にぶらぶらと入っていった。バンドの演奏が盛りあがって、マスコミのカメラが回りはじめるまでは、人目につかないように行動したほうがいい。

チューニングが終わると、赤毛の女の子がマイクを持ってなにかしゃべった。ギタリストが演奏を始める。

本物のショータイムが、このあと始まる。

心臓がどきどきして、喉から出てきそうだ。ポールはリュックサックを片方の肩で背負って、エスカレーターの乗降口に近づいた。


メロディはブリクストン駅で地下鉄に乗った。目的地はキングズ・クロス駅。地上に出ればセント・パンクラス国際駅がある。このラッシュアワーに車でロンドンを横断すれば、アンディとポピーのライブには絶対に間に合わない。よりによってそんなとき、オックスフォード・サーカス駅に到着というタイミングで、車内に人身事故のアナウンスが流れた。ここで地下鉄が止まって、動けなくなってしまうんだろうか？　しかし、次のアナウンスで救われた。セントラル線の乗客は迂回するように、とのこと。思わず安堵の息をついた。

別の線で起こった事故だった。管轄外の事故なら自分にできることはなにもないし、不謹慎ではあるが、よかったという思いがこみあげてくる。電車への飛びこみ自殺は一度だけ扱ったことがある。まだ制服警官だったころだ。あれほどいやな仕事はほかにそうそうない。

思い出すと体が震える。といっても、体を動かす余裕などほとんどない。車両は奥までぎゅうぎゅう詰めに混んでいた。今日ばかりは急な仕事なんて入りませんように。スポットライトを浴びるアンディの姿をこの目でみまもりたい。これからもそういう機会はたくさんあるだろうけれど、今日は記念すべき一回目なのだ。それに、アンディがあの青いカーディガンを着ているかどうか、確かめたくてうずうずしていた。

メロディが笑顔になったのをみて、となりにいた中年の女性が笑みを返してきた。メロディは軽くうなずいて応えた。ちょっとしたやりとりだが、いいことが起こりそうな気がする。ロンドンの人は、基本的にフレンドリーなのだ。小さなきっかけさえあればいい。それに、ロンドンの交通機関だって捨てたものではない。なるべく運行が止まることのないよう、精一杯の努力をしているのがわかる。

しかし、ウォレン・ストリート駅での停車時間はいつもより長かった。ユーストン駅でも同じ。メロディはどんどん不安になってきた。間に合わなかったら、悔やんでも悔やみきれない。ユーストンで降りて、あとは歩いていこうか——そう思ったとき、ドアが閉まって地下鉄が動きだした。

地下鉄がキングズ・クロス駅に着いたとき、メロディは真っ先にドアから外に出た。走って改札に向かい、そのまま小走りでセント・パンクラス駅をめざす。寒いのでブーツを履いてきてよかった。いつもアンディにからかわれるハイヒールにスーツという格好だったら、こうはいかなかっただろう。駅の南口に到着したときには、メロディは体が温まり、頬が赤くなっていた。足を止めて息を整える。

かすかに音楽がきこえてくる。とぎれとぎれだが、すぐにわかった。アンディと出会う前はギターとバンジョーの音の違いもわからないくらいだったが、いまではどこにいても、アンディのギターをきけばそれとわかる。それに、ポピーの張りのある独特な歌声とアンディの歌声がハモっているのもきこえてきた。

うしろのほうできいていれば、遅刻したことはアンディにはわからないだろう。コンコースを歩きながら、ガラスのエレベーターのむこうに目をやると、たくさんの人々が小さな仮設ステージを取りまいているのがわかった。さらに近づくと、デュオの姿がはっきりみえた。ポピーはふんわりした白のトップスに花柄のミニスカート。いつものタイツとブーツを履いている。アンディはパステルブルーのカーディガンを着て、きらきらした光に包まれている。くしゃくしゃに乱れた金髪と真っ赤なギターがライトを反射しているのだ。

アンディはこちらに気づいていない。ふたりは新曲を演奏しはじめたところだった。それぞれの楽器を弾き、歌うふたりは真剣そのものだった。ポピーのテンションが最高潮なのがわかる。はじめてメロディがふたりの演奏をきいたときと同じだ。ふたりのエネルギーが観客に伝播(でんぱ)していくのもわかる。

左手のカフェにタム・モランとケイレブ・ハートがいる。それぞれアンディとポピーのマネジャーだ。コーヒーカップを片手に立ち、満面の笑みでステージをみている。そのとき、あるものがメロディの目をとらえた。右手にある〈マークス・アンド・スペンサー〉の店先に、五、六人の活動家グループがプラカードを持って並んでいる。こちらにむかって立っているわけではないので、プラカードになにが書いてあるのかはわからない。問題を起こしそうにはみえないが、アンディとポピーのステージを邪魔されたくない。周囲に視線をやると、鉄道警察の制服を着た女性警官が、無線機を手に、活動家たちのほうへ歩いていくのがみえた。

よかった。ここでいちばん避けたいのは、自分が警察官として働く事態だ。振りかえると、アンディとポピーは曲の終わりのクレッシェンドにさしかかったところだった。

両手をあげて拍手しようとしたとき、しゅうっという音がきこえた。続いて、甲高い悲鳴。悲鳴は次々にあがった。

メロディは反射的に一歩さがり、息をのんだ。アーケードと西口のタクシー乗り場のあいだのスペースに、大きな火の玉ができている。マッチの火みたいな鮮やかな色をした炎。それは人間の形をしていた。

2

セント・パンクラス・オールド教会は、ロンドン中心部のサマーズ・タウンにある教区教会である。ローマの殉教者であるセント・パンクラスのために造られた教会で、イングランドのキリスト教教会としては最古のもののひとつと信じられている。

——ウィキペディア：セント・パンクラス・オールド教会

まばゆいほどの炎をみて、メロディはとっさに腕をあげて目を守った。その後、まばたきをして焦点を定めてからは、これまでに受けたトレーニングがものをいった。コートのポケットから携帯電話を取りだすと、救急センターにダイレクトにつながるよう設定済みの番号を押した。九九九の回線は混雑しすぎて、指令センターのコンソールはクリスマスツリーの電飾みたいになっているだろう。つながるまでの時間を無駄にするわけにはいかない。応答があった瞬間、メロディはコンコースの騒音に負けまいと声を張りあげた。「こちらメロディ・タルボット巡査部長。緊急事態です。セント・パンクラス国際駅のメイン・コンコースで、人が火に包まれています。原因は、おそらく爆発物」音楽が止まって、自分の叫び声がはっきりきこえるようになった。「ただちに緊急車両を――」

そのとき、メロディの目の前で、火に包まれた人間が床に倒れた。薬品臭と熱が鼻をつく。悲鳴はパニックを起こした群衆だけのものではないとわかった。火に包まれている人がほかに何人もいて、必死に火を消そうとしているのだ。「被害者は複数。緊急車両をすべて回してください。急いで！」

「電話を切らないでください」女性の声が応答する。「状況を報告しつづけてください――」

「救助にあたります。電話はスピーカーホンに切り換えます」相手の抗議も待たず、メロディは携帯をポケットに入れ、身分証を取り出した。みまわしたが、さっきみかけた鉄道警察官はみつからない。自分ひとりでこの場を仕切るしかない。

悲鳴がどんどん大きくなる。コンコースに煙が充満していく。アンディとポピーはステージに立ったままだ。アンディの声がマイクに乗って響く。「いったいなにが――」

「アンディ」メロディが叫ぶと、アンディが群衆の中に目を走らせはじめた。メロディは腕を大きく振ってから、両手をメガホンがわりにして、大混乱のなかで思いきり叫んだ。「アンディ！　マイクを使って、みんなを避難させて！　それからあなたたちも避難して！」

アンディの表情がちょっとゆるんだ。みつけてくれたのだ。しかし、ためらうようにいった。「メロディ、きみは――」

メロディは首を横に振った。「いいから！　みんなを避難させて」

アンディの声がマイクに乗った。「避難して！　ここから離れて！　早く！」

メロディは燃えている人物に近づいた。身を守るための盾のように、身分証を前にかざしながら歩いた。煙のせいで、あたりは白い霧で覆われたようになってきた。前がよくみえないので、人がぶつかってくる。メロディはふらついた。泣き声と罵声があちこちから響いてくる。足が滑ったので下をみると、空のコーヒーカップがあった。踏みつぶされたピンクのカーネーションの花束が、茶色いコーヒーにまみれている。

アンディの声にポピーの声が混じって、スピーカーからきこえはじめた。ふたりとも避難を呼びかけている。メロディには、ふたりの声がすごく遠くからきこえるような気がした。そのあと、アンディがだれかに答える声もきこえた。「なにいってるんだ。イタズラや演出なんかじゃない。さっさと逃げろ！」

煙がどんどん濃くなり、涙と鼻水が止まらなくなった。咳も出はじめた。服や髪についた火を消そうとしている人々がいる。「転がって！」メロディは叫んだ。「床に転がって！　コートでもなんでも使って火を消して！」咳きこみながら歩いていると、放置されたスーツケースに脚をぶつけて、転んでしまった。起きあがる。喉が焼けて痛い。化学製品が燃えるにおいとともに、あの独特なにおいが鼻をつきはじめた。髪や脂肪や肉が焼けるにおい。人間が焼けている。

隣にいた男性が突然すごい声で叫びはじめた。「逃げろ！　煙を吸うな！」そしてメロディを現場から押しだそうとしはじめた。「きこえないのか？　早く逃げろといっただろう！」

メロディは男性の上着をつかんで答えた。「わたしは警官です！　力をかして！」

煙を通して、黒くすすけた男性の顔がみえる。すぐそばにあった。明るい褐色の髪。真っ赤に充血した青い瞳。「顔を覆ったほうがいい」男性はうなずいた。手に青いハンカチを持っている。「気をつけろ。これは――リンだ」

男性はハンカチをマスクのように顔に当てて、もう片方の手でメロディの肘をつかんだ。ふたりは人をかきわけながら前に進んだ。メロディもあいたほうの手でコートの襟を持ち、鼻と口を覆った。

そのとき、頭上に煙がぱっと広がった。コンコースの天井が青白くみえる。そしてメロディは、前方の光景に目を奪われた。

黒こげの死体が、ボクサーみたいに両腕と両脚を曲げて横たわっている。焦げた皮膚や衣服からはまだ煙があがっていた。まわりには小さな火花がぱちぱちと弾(はじ)けて、まるで夏の夜の花火みたいだ。

「なんてことだ」隣の男性が、メロディの肘をつかむ手に力をこめた。

メロディは死体から目をそらした。横をみると、男性と目が合った。恐怖と怒りに満ちた視線が返ってきた。

「これはいったい――」男性の言葉は途中で消えた。男性は首を振り、もう一度口を開いた。「くそっ、これじゃ手のつけようがない。だれにもどうしようもない」

ダンカン・キンケイドはホルボン署のオフィスの入り口に立ち、刑事部全体をみわたしながら、あくびを嚙みころした。

スコットランドヤードが恋しい。その思いが募って、胸が苦しいくらいだ。殺人課の仕事があまりない日もあるにはあったが、そんなときでも建物全体に活気が満ちていた。それに、自分専用のオフィスがあったのもよかった。まるで第二の我が家のように居心地がよかった。

このオフィスには、まだ自分の本さえ運びこんでいない。ここが仮の居場所のように思えるからだ。清潔なばかりで、なんのおもしろみもない場所。仕事が終わったら一秒だって長居したいと思えない、そんな場所だ。

　そこで、新しい部下の観察を楽しむことにした。ジャスミン・シダナは三十五歳の独身女性。ファイルからわかる個人情報はそれだけだ。ユニバーシティ・カレッジ・ロンドンを卒業して制服警官になり、いまは刑事部の警部補。なかなかのスピード出世だ。

　いつも着ているのは白の長袖ブラウスに黒っぽい膝丈のスカート。酒は飲まないらしく、同僚たちとの仕事のあとの飲み会には顔を出さない。几帳面で、有能で、いっしょにいるとちょっと窮屈に感じるくらいだ。また、さらに昇進したいという野心も持っている。自分が女性だから、人種的マイノリティだから、昇進にハンデがあると思っていて、その不満を隠そうともしない。

「ボス、なにか？」シダナがいつも以上に冷ややかな口調で声をかけてきた。じっとみていたのはまずかった、とキンケイドは反省した。

「いや、なんでもない」シダナのことをどう呼ぶか、キンケイドはまだ決めかねていた。いままで、ほとんどの部下は、ファーストネームで呼べないまでも、姓で呼ぶことになんの違和感もなかった。しかしどういうわけか彼女をシダナと呼ぶのは抵抗がある。かといって、いつまでも〝警部補〟と呼びつづけるわけにもいかない。オフィシャルな会議中なら話は別だが。

キンケイドはため息をついた。ほんの一瞬、シダナの顔に心配そうな表情が浮かんだようにみえた。しかしそれはあっというまに消えて、いまは眉根を寄せて難しい顔をしている。どうもとりつく島がない。

携帯電話をポケットに入れた。ジェマに電話をかけてこよう。しかしそのとき、スウィーニーの携帯からメールの受信音がきこえた。栓抜きで栓を抜くときのポンという音だ。続いてシダナの携帯。こちらは大昔の郵便屋のベルの音だ。ふたりが携帯に手を伸ばしているあいだに、オフィスにいるほかの人々の携帯もさまざまな音を立てた。キンケイドの携帯も、手の中で振動をはじめた。

メールではなく通話の着信だ。発信者は特別区の司令官、トマス・フェイス警視正。「なんなんだ」小声でいいながら反射的に背すじを伸ばした。一瞬で目が覚めた。

「もしもし」

フェイスの声には緊張感があった。「爆破事件が起こったと思われる。現場はセント・パンクラス国際駅。ＳＯ15と消防が向かっているが、刑事部も総勢で対処してほしい。きみはＳＯ15のキャレリー警部と連携するように」

ＳＯ15。テロ対策司令部だ。

チームの全員がすでに立ちあがって、上着とバッグを手にしている。「警視正、ほかにわかっていることは？」

「いや、とにかく現場に向かえ。なにかわかったら連絡してくれ」

そのときキンケイドは思い出した。今日は友人のアンディ・モナハンがセント・パンクラス駅のコンコースでライブをやることになっていたはずだ。

メロディは反射的に一歩さがり、咳をして流れる涙を拭った。そのときはじめて、周囲の騒音に混じってサイレンの音がきこえることに気がついた。

「よかった。救援が来たわ」隣の男性を振りかえった。相手を安心させるためでもあったが、自分も安心できるような言葉をかけてほしかった。

しかし、男性は姿を消していた。いまもまだ肘に手のぬくもりが残っているというのに。「いったい――」首を横に振った。そんなことを考えるのはあとでもいいし、あの男性のいうとおり、だれにもどうしようもない状況なのだ。

メロディは呆然(ぼうぜん)とその場に立ったまま、ぴかぴかの床の上で黒こげになった被害者をみつめていた。

過去の記憶がよみがえってくる。新人巡査だったころ、ひどい交通事故現場にはじめて駆けつけたときのことだ。中に人がいる車が炎に包まれ、髪や肉の焼けるにおいが熱風に混じって漂ってきた。あのにおいはいつまでも鼻の粘膜と舌にこびりついて消えていかなかったものだ。喉から苦いものがこみあげてきて、メロディは思わず口元を押さえた。

反射的に体が動いたことで、はっと我に返った。いまきこえる悲鳴は本物。現実だ。子どもの泣き声。女性のすすり泣き。コートのポケットからもなにかきこえる。そうだ、電話をつないだままにしてあったんだ。指令係が彼女に怒鳴っていた。

電話を耳に寄せた。「……現状を知らせてください！　タルボット巡査部長、いまどんな――」

「タルボットです」メロディは必死に落ち着いて、まわりの状況を報告した。「死者一名。なんらかの爆破装置が使われた模様。負傷者多数。至急――」

「起こったのは爆発だけですか？」

メロディはまわりをみた。「みえる範囲では――」

そのとき、タムの姿がみえた。ひっくりかえったカフェのテーブルの横で、床に転がっている。火がついている！　ケイレブが自分のコートを使って消そうとしている。

「ちょっと待って」メロディは電話にむかっていった。

メロディがタムに駆けよったとき、カフェのガラスの壁の奥から若い女性が出てきた。黒い制服を着ているので、カフェの店員とひと目でわかる。手には消火器を持っていた。

「ここへ！」メロディはタムを指さした。ウェイトレスは蒼白な顔をして、口元をこわばらせている。それでもみごとな手つきで消火器を扱っていた。化学物質の泡がタムの胴体を覆うと、火は消えた。

「よくやってくれたわ」メロディはウェイトレスを労うと、タムのかたわらに膝をついた。顔をあげて、つけくわえる。「ほかに助けが必要な人がいたら、お願い」ウェイトレスはうなずくと、別の被害者をみつけて走っていった。

メロディはタムに視線を戻し、肩にそっと手を置いた。火傷の程度がわからないが、タムの顔は青白く、脂汗をかいている。ショックのせいで、目の焦点が合っていない。いつもかぶっている帽子は床に落ちていた。

「突然ぱっと火がついたんだ」ケイレブがうわずった声でいった。ショックを受けてはいるが、怪我はないようだ。「コーヒーをかけてやった。もう冷めていたから。ほかにどうしていいかわからなかった」

「よくやってくれたわ、ケイレブ。助けが来るまで、タムを温めてあげて」

メロディは赤いコートを脱いでタムにかけた。タムが顔をあげる。メロディだとわかったのか、目に光が宿った。

「メロディ、きみか」タムは苦しげな声でいった。「痛い……どうにかなりそうだ」

「しーっ」メロディはタムの頬に触れた。「しゃべらないで。すぐに助けが――」

そのとき、だれかに肩をつかまれた。

「メロディ！」アンディだった。うしろにポピーがいる。「無事でよかった。気が気じゃ――」いいかけたとき、タムに気づいたようだ。「タム！　火がついたのか。大丈夫か」

「ええ、大丈夫よ」メロディは答えたが、本当は心配でたまらなかった。ポピーに目をやる。「ふたりとも、タムとケイレブといっしょにいて」無事な人間は避難させなければならないとはわかっていたが、そういってもふたりは応じないだろうし、いまは口論している余裕などない。「わたしは仕事をしなくちゃ」黒こげの死体に目をやる。アンディとポピーがその視線を追った。

「ひどいな」アンディがかすれた声でいった。

ポピーの顔から血の気が引いた。体がぐらりと揺れる。

メロディはふたりの肩を強くつかんだ。「アンディ、ケイレブとふたりでタムをみていて。ポピー、あなたにもお願いがあるの」ポピーは視線をメロディに戻し、ごくりと息をのんだ。「ポピー」メロディはポピーの肩を軽くゆすった。「怪我人の救助を手伝ってちょうだい。怪我をしていても動けるようなら、あそこに移動させて」コンコースの柱に近い、広いスペースを指さした。「力を貸してちょうだい。いいわね？」

ポピーはうなずき、消火器を持ったウェイトレスに近づいていった。ウェイトレスは火を消してまわりながら、怪我人に声をかけている。

アンディはメロディをまっすぐみつめた。「きみがこの場のボスだ。しっかりやってくれ」メロディの肩をぎゅっとつかんでから、ケイレブとタムのそばに膝をついた。メロディのコートでタムの体をそっと包む。

多くの人々が出口のほうに移動したので、コンコースは人がまばらになっていた。怪我人や、それを助ける人、ショックで動けなくなった人が残っているのみだ。何ヵ所かでまだ火がくすぶっている。

現場の保存をしなければならない。怪我をしていない目撃者を、どこか一ヵ所に集める必要がある。救援が来たはずなのに、どこでなにをやっているんだろう。

駅南側の二階にある大きな時計が目に入った。騒ぎが起こってからまだ十分もたっていないなんて、信じられない。

手に電話を持ったままだということに気がついた。早く救援を、ともう一度頼んだとき、鉄道警察の黄色い安全ベストを着た警察官がふたり、南口から走ってきた。

メロディは身分証を掲げて叫んだ。「刑事部の者です」

若いほうの警官が先に到着した。「刑事さんですか？」ブロンドの警官は頬がピンク色になっていた。息も少し切れている。

「メロディ・タルボットです。救援は――」

「ひどいな」警官がアンディと同じ科白（せりふ）を口にした。視線がメロディのうしろの焼死体をとらえている。「死者がいるとはきいていたが――」

メロディは話をさえぎった。「そんなことより、消防は？　救援はどこ？」

「いま向かっているところだが」年上の警官がやってきた。「駅から避難する人たちがいることもあって、道路の混雑がひどいことになってる。まったく動けない状態なんだ。鉄道警察隊が対処しつつ、ＳＯ15を待っているところだ」

ＳＯ15。テロ対策司令部。大変なことが起こったのだと、メロディはあらためて実感した。ここまでは本能的に事態に対処するばかりで、考える余裕がなかったのだ。ようやく大きな息をついた。「事件はここだけ？」

「ほかの報告は入ってない。いまはこの駅からすべての人を避難させているところだが、列車の運行も止めざるをえなかった。セント・パンクラスを通る電車もそうだが、キングズ・クロス駅を通る地下鉄も同様だ。ひどいことになってる」警官の視線がまた死体のほうに移った。「自爆か？」

「爆弾じゃないわ。なんらかの発火装置だと思う。だれかが――」メロディは、姿を消した男性のことを思い出した。「――リンじゃないかといってたわ。火傷をした人たちの手当てを急がないと。上司が来るまでのあいだ、わたしが現場を保存します」この発言が状況にふさわしいかどうかは微妙なところだった。駅の中は鉄道警察の管轄なのだ。しかし、ここにいる唯一の刑事として、上司が来るまでは現場を死守するのが自分の役目だ。

だれが捜査を指揮することになるか知らないが、有能な刑事が来てくれることを祈るのみだ。

3

セント・パンクラス・オールド教会は、カムデン区のパンクラス・ロードに面している。……ヴィクトリア朝時代に大規模な修復が行われたこの教会は、セント・パンクラス・ニュー教会とは別物である。新しいほうの教会は、約一キロ離れたユーストン・ロード沿いにある。

――ウィキペディア：セント・パンクラス・オールド教会

三月だから日は長くなってきているはずなのに、霧雨（きりさめ）と灰色の雲のせいで、暗くなるのが早い。セント・パンクラス国際駅に群がるようにして停（と）まった緊急車両が放つ青い光と、ヴィクトリア朝様式の大きな駅舎の赤レンガの色があいまって、こんな状況でなければさぞかし華やかにみえたことだろう。

しかしここは大惨事の現場だ。ホルボン署から駅まで、車で三十分近くかかった。距離は短いが、いまはラッシュアワーだし、駅舎にいた人々がどっと外に出てきたことと、緊急車両が押し寄せたことで、道路は大渋滞。のろのろどころか、まったく動かない状態になってしまった。全身をかけめぐるアドレナリンのせいで、さまざまな光がふだんより鋭くみえるし、ものの形がより鋭角的にみえる。キンケイドは車の肘掛けを指でとんとん叩きながら、募る苛立ちと闘っていた。

もう我慢できない。車がユーストン・ロードに入ると、キンケイドはジャスミン・シダナとともに車を降りた。運転席にはスウィーニー巡査が残っている。

「どこかに駐めてきてくれ。路肩でもどこでもいい」

シダナとともに人ごみをかきわけながら、駅に向かった。ＳＯ15の指揮官と、東口で落ち合うことになっている。地下鉄駅からの出口のところで、駅への人の立ち入りをブロックしている制服警官の姿がみえてきた。

角を曲がってパンクラス・ロードに入る。〈コスタ・コーヒー〉の前を過ぎたとき、別の地下鉄出口がみえてきた。そこもブロックされている。北風が正面から吹きつけてきた。刺すようなみぞれもまじっている。駅の東口が近づいてきた。キンケイドは足どりを早め、人とぶつかりながら歩きつづけた。シダナが小走りでついてくる。ユーロスターのタクシー降り場にも車が入れないようになっている。

そのむこうに、消防車が二台停まっている。青と黄色のパトカーもたくさんあるし、救急車も三台みえる。さらに近づくと、路上に人が集められているのがみえた。スーツケースに座っている人もいる。制服警官がそばにいて、彼らを待たせているようだ。いよいよ駅のメイン・エントランスに近づいてきた。

マスコミがもう集まっている。警察の張った立ち入り禁止テープの中に入ろうとする記者たちもいる。ビデオカメラやスチールカメラを高く掲げ、口元にはマイク。この強風の中では、音声のコントロールも難しいのではないか。彼らはもう、キンケイドが知らない情報を手に入れているんだろうか。

手前にいる制服警官に身分証をみせて、立ち入り禁止テープの中に入った。

「SO15はどこに?」キンケイドはきいた。

「すぐそこに来ています」巡査が答え、メイン・エントランスのガラスのドアのほうを指さした。

駅に入ってまず感じたのは、温かさだった。次に感じたのは、人がいないということ。駅の中央部、長いコンコースを南と北に分ける部分は、いつもなら列車に乗り降りする人々や、さまざまな種類の売店で軽食を買う人々でごったがえしている。

いまここにいるのは、重装備の鉄道警察官や、消防士や、私服の警官だけだ。

キンケイドはSO15のニック・キャレリー警部と合流した。白髪まじりのブロンドを極端に短く刈りこんで、光沢のある高価そうなグレーのスーツを着ている。ネクタイもコートもなしだ。締まった体つきをして、ボクサーみたいに足どりが軽い。キンケイドに気づいたキャレリーは、ほかの警官との会話を中断して近づいてきた。手を差しだす。

「テロ対策のキャレリーです」

キンケイドは自分とシダナの名前を告げてからきいた。「状況は？」

「いまのところわかっているのは、男性ひとりが火だるまになったってことくらいですかね。消防の見立てだと、使われたのは白リン。いまのところ、駅構内からはこれといって怪しいものはみつかっていませんが、本格的な捜索はこれからですね」キャレリーの言葉には、北のほうの訛りがかすかに混じっている。

「怪我人は？」

「たくさんいますよ。医療チームがトリアージを行っています」

「死亡した人の身元は？」

キャレリーは首を横に振った。「調べようがない。みればわかりますよ。行きましょうか。〈マークス・アンド・スペンサー〉の前です」

キンケイドは胸がどきりとした。その場所は、いつも仮設ステージが造られるところくる。

だ。「バンドがいたと思うが。デュオの」ジャスミン・シダナが訝しげな視線を送って

キャレリーは眉をひそめた。「ああ、それらしい機材はみかけましたね。それは無事なようだったが、ミュージシャンのほうはどうだか。避難したかもしれないし」

東口に集められた人々の中に、アンディとポピーの姿はなかった。しかし、ほかの出口から逃げていった人もたくさんいるだろう。

「幸い、現場に刑事さんがひとりいて、わたしたちが来るまでのあいだ、現場保存をしてくれていました」キャレリーがつけくわえた。「危険物処理は消防の指示を待ってください」

「了解。では、状況をみてみよう」

メイン・コンコースは不気味なほどがらんとしていた。売店のエリアと切符売り場も同様だ。ガラス張りの店舗には明かりがついているが、やはり無人だ。あちこちにコートやマフラーが落ちているし、壊れた屋台や、買い物袋に入っていたであろう食料品が散らばっている。〈ペイトン・アンド・バーン・ティーショップ〉の外には椅子がひとつ引っくりかえったままになっている。

「駅利用者の荷物は残っていなかったのか？」キンケイドはきいた。

「いくつかありましたよ。犬にチェックさせてから、駅長室に保管してあります。こんな状況でも、荷物を手放すことなく避難した人が多かったようだ」

「対応が早いな。驚いた」

「ほとんどは鉄道警察のお手柄ですよ。犬は、ユーロスターの荷物を調べるために常駐させてますし」キャレリーは二階コンコースを指さした。出発プラットホームに黄色い流線型のユーロスターがみえる。「駅長はいまや、気が気じゃないでしょうね。ただでさえ、国際列車の発着が集中する時間帯だし、国内の列車だって、ひとつが遅れれば全国の鉄道ダイヤの乱れにつながる。なのに、現場の捜索が終わって、不審者がどこにも隠れていないってことを確認するまでは、駅を再開できないわけだ。くそったれ、と叫びたい心境でしょうね」

　キンケイドは横を歩くシダナに目をやった。不愉快そうに顔をしかめている。この程度の言葉も我慢できなくて、よく何年も警官の仕事をつづけていられるものだ。キャレリーのほうは、そのことに気づいてさえいない。

　鉄道警察の制服を着た犬の調教師がこちらに歩いてくる。リードをつけられているのはスプリンガー・スパニエルだ。犬は決められた手順どおりに店舗のドアや床に落ちたもののにおいを嗅いでいる。

「二巡目です」調教師は一瞬足を止めて、キャレリーにいった。「いまのところ、不審物はありません」

「リンのにおいもわかるのかい？」キンケイドはきいた。

「リンを嗅ぎわける訓練はしていませんが」調教師が答える。「肥料を使った爆発物は嗅ぎわけられるので、なにかあれば反応するでしょう。とにかく、不審なものがないかどうかをチェックしているんです」犬が急かすような声をあげたので、調教師はまた歩きだした。

防護服を着た人々がみえてきた。現場を囲うスクリーンもみえる。そのとき、奇妙なにおいをかすかに感じた。マッチの燃えるにおいと……これは、ニンニクの焦げるにおいだろうか。

消防士が近づいてきて、フードと防護マスクをはずした。「どうも」キャレリーに会釈してから、この人はだれだろうという顔でキンケイドをみる。

「ホルボン署刑事部のキンケイド警視です」キンケイドはいった。いまもまだ、ホルボン署という言葉がスムーズに出てこない。スコットランドヤードといってしまいそうになるのだ。「こちらはシダナ警部補」

「班長のジョン・ステイシーです」消防士がいった。がっしりした体格で、薄くなった髪を短く刈りこんでいる。「さいわいなことに、危険はほとんどありません。風通しがよくて、煙がおおかた外に流れていってくれたので」

いわれてみれば、一階コンコースの各店舗には暖房が入っているはずなのに、ここはひどく寒い。

「鑑識と検視のみなさんは防護服を着たほうがいいと思います。遺体と接する時間が長いですからね。刑事さんたちも、遺体に近づくならそうしてください」

「このにおいは——」キンケイドはきいた。「カフェでも爆発があったのかな？」

「ニンニクのにおいのことですか？　いえ、これは白リンの成分のせいです。遺体に近づく前に防護マスクをつけてください。念のためです」

リンのにおいに混じって、脂が焼けたようないやなにおいが感じられるようになった。

「現場保存をしてくれた刑事さんには、防護服を着てもらいました」ステイシーがいう。「彼女、ホルボン署の刑事さんですかね？」

「彼女？」キンケイドはかぶりを振った。「女性なのか。いや、違うと思う」

「とにかく、よくやってくれましたよ。では、防護服を手配しましょう。仮設ステージのこちら側にＡＴＭがありますから、その付近で身支度を整えてください」

二階コンコースに目をやると、〈セアシーズ〉のシャンパンバーがみえた。その真下に長方形の機械がある。駅にいくつもあるＡＴＭのひとつだ。事件は仮設ステージのすぐそばで起こったらしい。アンディとポピーの安否が気になるが、いまは考えないようにした。

　ステイシーが無線機に向かって指示を出し、他の消防士が防護服を三着持ってきた。三人は、ぶざまなダンスをするような動きで防護服とブーツを身につけ、防護マスクを受け取った。ステイシーが先頭に立って歩きはじめる。

　二階コンコースに通じる階段のむこうに、消防士と救急医療チームがいる。怪我人をストレッチャーに載せているところだ。そして、とうとう囲いの中がみえた。あらゆる思いがふっとんでいくような光景が、そこにはあった。

「これは……」

　横にいるシダナが息をのむ音が、防護マスクをつけているにもかかわらずはっきりきこえた。ふたりとも、床に横たわるものを黙ってみつめるしかなかった。

「さっきいった意味をわかってもらえましたか」キャレリーはそういったが、してやったりという口調ではなかった。

　キンケイドにとって、焼死体をみるのははじめてではなかった。サザークの倉庫の火災現場が脳裏によみがえる。去年の秋にヘンリー・オン・テムズで起きた火事も、とてもひどいものだった。それでも、この現場からはとくに異常な印象を受ける。黒こげの死体と、ぴかぴかの駅とのコントラストのせいだろうか。

　キャレリーは遺体のことを男性といっていたが、法医学者が調べてみないと、本当のところはわからないだろう。

遺体のそばにいる人間のひとりがこちらにくる。みんなより小柄だ。「現場に居合わせた刑事さんです」キャレリーがいう。

防護服のフードをかぶり、防護マスクをつけていても、黒髪と青い目をみた瞬間、だれだかわかった。キンケイドは信じられない思いで首を横に振った。「メロディ？」防護マスクのせいでくぐもった声になる。

メロディはキンケイドの腕をぎゅっとつかんだ。マスクの奥の顔が驚きでいっぱいになっている。メロディに手振りで促されて、一同はその場から少し離れた。

ATMのところまで来ると、メロディは防護マスクとフードをはずした。顔に黒いすすがついて、目のふちが赤くなっている。「ダンカン！　あなたが来てくれてよかった！　でも、考えてみればそうよね――」

「知り合いでしたか」ニック・キャレリーがいった。全員が防護マスクをとる。

「メロディ――タルボット巡査部長は、ブリクストン署の刑事で、上司がぼくの妻なんだ」キンケイドはシダナを振りかえった。「メロディ、こちらはジャスミン・シダナ警部補」

メロディは手を差しだそうとしたが、手袋をはめていることに気がついて、こわばった笑顔をシダナに向けた。

「ライブをみにきたんだね」キンケイドは状況をのみこみはじめていた。

「その瞬間をみたわ」メロディは目を大きくみひらいた。「燃えているところを。助けようとしたけど、もう無理だった」

「男性というのは確かなのか？」

メロディは眉をひそめて考えた。「ええ、そう思います。燃えている体のシルエットからして、女性という感じはしなかったから」

シダナは携帯のメールを確認した。「もうすぐわかります。法医学者と鑑識が来ますから。スウィーニーもそろそろ着くみたい」

「メロディ」キンケイドはいった。「アンディとポピーは無事なのか？」

「ええ。ふたりとも、ここにいた人たちを避難させるのに協力してくれたわ。けど、ダンカン――」メロディはごくりと唾を飲んでから続けた。「タムとケイレブも来てて、カフェの外に立っていたの。燃えた人から五、六メートルしか離れてなかった。何人かにリンの炎がふりかかって――タムにも火がついたの。いまは搬送を待ってるところ。かなり重傷だと思う」

セント・ジョンズ・ガーデンズまで戻ってきたジェマは、家の前にウェズリー・ハワードの白いバンが駐まっているのに気がついた。家からいちばん近い駐車スペースはあけておいてくれたようだ。ありがたい。ジェマはそこに車を駐めて降りた。こんなに寒い日は、人間だけでなく動物も凍えてしまうだろう。ダウンのコートを着ていてさえジエマは震えてあごまで襟を引きあげた。空はもう暗い。玄関の窓から漏れる光がいかにも暖かそうだ。

ところが、鍵をあけて中に入っても、家はしんとしていた。犬の吠える声もきこえないし、喜んで迎えにもこない。子どもたちの歓声もきこえない。いつもなら――ウェズリーがいるときはとくに――みんながキッチンに集まって、なにかおいしそうな料理を作っているはずなのに。暗い庭に出て猫を助けようとしているんだろうか。

そのとき、物音がきこえた。トビーが廊下にあらわれて、おおげさな忍び足で歩きながら、唇に指をあてている。

「しーっ、ママ、しずかにね。ブライオニーにそういわれたんだ。ジーナをみにいくのも、ひとりずつ。みんなでいっぺんにちかづいていったら、ジーナがこわがっちゃうから」

「ジーナ？　ジーナってだあれ？」

「おかあさんねこだよ。ぼくがなまえをつけたんだ」トビーは胸を張った。もうすぐ七歳の誕生日を迎えるトビーは、海賊へのあこがれが冷めて、いまはアメリカのテレビドラマ『女戦士ジーナ』に夢中になっている。

ジェマはため息をついた。「シャーロットは？」

そのとき、養女のシャーロットが廊下を走ってきて、いつものようにジェマの脚に抱きついた。ジェマはシャーロットを抱きあげて、頰にキスした。

「お姫様、ごきげんはいかが？」ジェマは巻き毛に唇を寄せてささやいた。

「ママ、こねこがいるの！」シャーロットは身をよじらせて床におり、ジェマの手をつかんだ。「こっちよ」

「しーっ」トビーが顔をしかめる。

「トビーがえらそうだってウェズがいってた」

「たしかに、うちでいちばん偉そうなのはトビーね」ジェマは小声のまま応じた。「わかったわ、ジーナはどこ？」

「書斎にいるよ。ブライオニーがついててくれてる」ウェズリーといっしょにあらわれたキットがいう。ジェマは、三ヵ月ほど前にキットの身長がウェズリーと同じくらいになったという事実に、まだなじめていなかった。ウェズリーは二十代半ばの大人だ。

「ママ、つれていってあげる」トビーが小声でいう。

「トビー、ジェマは書斎の場所くらいわかってるよ」キットが口を挟んだ。

「キット、そんなこといわないであげて」ジェマは優しい口調でいった。キットは顔色が悪い。まだショックと不安から抜けきれていないようだ。「みんな、キッチンでお茶でも飲んでてちょうだい」ジェマはそういったが、自分がいちばん恋しいのはおいしいワインだった。座って足を上げ、テレビをつけたい。

トビーとシャーロットが書斎に向かっていく。ジェマはふたりを優しく呼びもどし、ひとりで書斎に入った。

「お帰りなさい」ブライオニーが小声でいい、ジェマに笑顔を向けてきた。書斎の床に膝をついた格好のブライオニーの赤褐色の髪に机のランプの光が当たって、美しく輝いている。その隣には、机に半ば隠れるような位置に、大きな厚紙の箱が置いてある。

「来てくれてありがとう」ジェマも箱のかたわらに膝をついた。ブライオニーはかかりつけの獣医というだけでなく、ジェマの大切な友人だった。「突然こんなことになっちゃって、わけがわからないわ」いいながら箱の中をのぞきこむ。「わあ、かわいい！」

母猫は茶のトラ猫で、鼻の横から胸とおなかにかけて、真っ白なところがある。足は四本とも、先だけが白い。横向きに寝て、満足そうな金色の目をジェマとブライオニーに向けてくる。そのおなかにそって四匹の小さな子猫が並び、乳を飲んでいる。猫ではなくてネズミの赤ちゃんみたいだ。

「母猫、すごく痩せてるわね」ジェマは小声でいった。「子猫、生まれたてみたい」

「せいぜい生後二日ってとこね。母親は飢え死に寸前だった。子どもたちのお手柄よ。助けなかったら今夜には死んでたかも」

「助けようとして、抵抗されなかった？」

「キャリーを持っていって、まずは子猫を助けたの。母猫は人に慣れてるわ。だれかに飼われてたんだと思う」

「家出をして、赤ちゃんができちゃったのかしら」ジェマはいいながら、子猫たちをよく観察した。一匹は母親と同じトラ猫。一匹は白と黒の模様で、一匹はシドと同じ黒猫、もう一匹は三毛猫だ。「トビーがつけた名前、お似合いかもね。女戦士みたいに強い母猫なんだわ」

ジェマは考えた。トビーとシャーロットがシドや犬たちをこの部屋に連れこまないようにするには、どうしたらいいだろう。「立入禁止の特別室にするしかないわね」

ドアをかりかり引っかく音がする。「ママ」トビーが悲しそうな声でいう。「ママ、まだここにいるの？　お茶が入ったよ。ぼく、これこがみたいな」

「お茶？」ブライオニーが背すじを伸ばし、立ちあがった。

「お世話になったお礼がお茶だけなんて、失礼よね」ジェマは子猫の一匹の頭を指先でなでて、立ちあがった。

「気にしないで」ブライオニーはにっこり笑った。「おかげでシュアザーさんちのブルドッグに注射をする役目から逃げられたわ。ウィンストン・チャーチルみたいな犬で、性格もチャーチルそのものなの。オナラも臭くってね。ああ、それともうひとつ」ブライオニーはドアの手前でつけたした。「さっきもいったけど、あの母猫、すごく人に慣れてる。子どもたちと仲良くなって手放すのがつらくなる前に、マイクロチップが入ってないかどうか調べたほうがいいかも」

ジェマはドアノブに手をかけたまま足を止めた。「マイクロチップ？　それもそうね、考えてもみなかったわ」

「どこかの家で飼われていた猫なら、飼い主が探してるかもしれない。もしそうなら、返してあげなきゃならないわ」

それをきいて、ジェマははっとした。それまでは、迷い猫と子猫たちの世話をどうしたらいいだろうと思っていたが、もっと大きな問題がある。子どもたちに、この猫たちには飼い主がいるのよと話さなければならなくなるかもしれないのだ。「そうね、たしかに、早く調べたほうがよさそう」自分でもそれが本心かどうかわからなかった。

ブライオニーはジェマの肩をぽんとたたいた。「終わりよければすべてよし。子どもたちは、母猫や子猫たちの命を助けたのよ。もう少しで凍え死ぬところだったのに」

キッチンに行くと、ジェマは両手を使ってキットとトビーを同時に抱きしめた。それくらいのハグなら、ふたりともいやがらずに受け入れてくれる。「ふたりとも、よくやってくれたわ。ブライオニーがいうには、あなたたちが助けてあげなかったら、母猫も子猫たちも死んでしまったかもしれないんですって」

トビーは誇らしげに胸を張った。まるで金髪のペンギンみたいだ。「でも」ジェマはトビーに自慢話をする隙を与えずに続けた。「よその錠を壊すのはこれきりにしてね。家族を逮捕することになったらいやだもの。今度どこかで泣き声がきこえたら、先にわたしに電話してね。庭の小屋のことは、管理組合のほうにわたしから話しておくわ」ふたりをもう一度ぎゅっと抱きしめて、手を離した。「なんのにおい？　すごくいいにおいね」

ウェズリーがアーガの上の鍋をかきまぜている。黒い顔には、すでに笑みが浮かんでいた。「オットー特製のビーフストロガノフを持ってきたんだ。それに、キットがサラダを作ってくれたみたいだ」ウェズリーと知り合ったのは、二年前に殺人事件を捜査していたときだった。当時、ウェズリーはポートベロ・ロードのそばのエルギン・クレセントにある〈オットーズ・カフェ〉でアルバイトをしていた。五人きょうだいの末っ子で、いまも母親のベティといっしょに暮らし、ビジネス・カレッジで勉強している。

ウェズリーとブライオニーは当時から友だち同士だったが、この数ヵ月のあいだにとくに親しくなり、友だち以上の関係になったようだ。

「お茶をいただくわ」ブライオニーがラックにかかっているマグカップをひとつ取り、湯気のあがるポットを持ちあげた。「おいしいお茶が一杯飲みたくてしかたがなかったの。邪魔するやつは容赦しないぞ」マグカップを持ってトビーを振りかえる。トビーはうれしそうに笑いながら逃げていった。

ブライオニーはふたつのマグカップにミルクを入れて紅茶を注ぐと、ひとつをジェマにくれた。

「おちゃ、ちょうだい」シャーロットがいった。キッチンのテーブルについて、足をぶらぶらさせながら、お絵かきをしている。ピンク色のかたまりは、たぶん猫のつもりだろう。まだ少し咳をしているが、昨夜のようなひどい咳ではない。顔色もよくなった。ブルーグリーンの瞳はきらきらして、カフェオレ色の顔にも赤みがさし、バラ色といってもいい色になっている。

ブライオニーはマグカップにミルクを注ぎ、紅茶を少しだけ足した。「はい、どうぞ。元気になりますように」キッチンのテレビのリモコンを手にした。「今夜、どれくらい冷えこむか気になるの。ちょっといいかしら」

ジェマは時計をみた。六時のニュースがもうすぐ終わるところだ。

「ジェマ」キットがためらいがちに声をかけてきた。「あれをみて」テレビはニュース速報を流していた。

画面に目の焦点を合わせる。「爆発」とか「セント・パンクラス国際駅」といった言葉がみえる。ジェマはブライオニーの手からリモコンを奪って、ボリュームを上げた。

非の打ちどころのない身なりをしたアナウンサーが、深刻そうな目つきでカメラをみつめている。「……セント・パンクラス国際駅で起こった事件の影響で、いま現在、同駅を通る列車はすべて運行を見合わせています。原因不明の爆発があり、負傷者が出ているとのことですが、被害の規模については明らかになっていません」カメラはセント・パンクラス国際駅とセント・パンクラス・ルネサンス・ホテルの入ったゴシック様式の建物に切り替わった。緊急車両が放つライトを浴びて、不気味な色になっている。

ジェマが手探りで椅子をつかもうとしているのをみて、ブライオニーが手を貸して座らせてくれた。天気予報が始まったが、だれも画面をみていなかった。

「アンディのライブ」ジェマはかすれた声でいった。「アンディとポピーがライブをしてるの。メロディがみにいったわ。それに、セント・パンクラスは——ダンカンの管轄よ」

4

『フランケンシュタイン』の作者であるメアリ・シェリーは、母親の墓の横で（夫となる）シェリーと逢い引きしては、駆け落ちの相談をした。ディケンズは、墓地をさまよい歩いたことを回想している。ブレイクは、みずからが作った「ロンドン不思議マップ」にこの教会を記載した。

――マット・ショー、kentishtowner.co.uk,
『Why It Matters: Saving St Pancras Old Church』

だれかに会ってこんなにうれしく思ったことって、はじめてかもしれない。メロディはふだんはスキンシップをしないほうだというのに、思わずキンケイドに抱きつきそうになったほどだ。しかし、ほっとしたのもつかのまだった。タムが火傷を負ったことを話さなければならなかったからだ。

「いま、タムはどこに?」

メロディは、医療チームがトリアージをやっているエリアを指さした。「アンディとポピーがついてます」

「すぐに戻る」キンケイドはキャレリー警部にいうと、防護マスクをつけなおして、トリアージのエリアに向かった。

キャレリーはキンケイドの背中をみてから、メロディに訝しげな視線を送った。「アンディとポピー? それと、タムというのは?」

メロディは、キャレリーの瞳の色が髪やスーツの色と同じグレーだということに気がついた。おしゃれのために色を合わせているんだろうか。それともたまたまなんだろうか。いや、余計なことを考えている場合ではない。「アンディとポピーはバンドで――」落ち着いて、落ち着いて、と自分にいいきかせながら答えた。「――ここでライブをやっているときに……事件が起きたんです。タムはアンディ――ギタリストのほう――のマネジャーです。わたしたち……家族ぐるみで仲良くしてるので」

「きみはどうしてここに?」

わたしが駅に来ちゃいけないの? そんなの勝手でしょ。メロディはそういいたい気持ちをこらえた。この人と話していると、どうしてこんなに苛つくんだろう。「ライブをみにきたんです。ここに着いた直後に事件が起こって」

「火に向かっていったのか」

批判されているのかほめられているのか、わからない。「警察官ですから」

「なにか――だれか――みなかったか？」

「いえ――」

キンケイドの新しい部下、シダナが声をかけてきた。「お話し中ごめんなさい。鑑識が来ました」

振りかえると、鑑識官がふたりいた。すでに防護服を着ている。それと、私服の警官がひとり。みたことのない顔だ。黄褐色の髪を長く伸ばし、筋肉質の体には似合わないほっそりしたコートを着ている。

そのうしろに、いつもの黒の革ジャケットを着ていつもの鞄（かばん）を持ったラシード・カリームがいる。内務省に所属し、グレーター・ロンドンに登録されている十二人の法医学者のひとりだが、いままでに何度も捜査に協力してもらっているので、メロディはラシードのことを友だちのように思っている。はじめて会ったのは、ロンドンの東部で起こった事件を捜査したときだった。キンケイドとジェマがシャーロットを引き取ることになった、あの事件だ。

ラシードはまばゆいほどの笑みをみせてくれた。「メロディ、なんでこんなところにいるんだい?」鞄から防護服を取り出した。「きみの管轄じゃないだろう?」

「たまたま居合わせたの。けど、ラシードはどうして──」

「ダンカンに呼ばれたんだ」くしゃくしゃの防護服を慣れた手つきで身につけると、靴にもカバーをつけた。「体があいてたら来てほしい、とね。で、なにがあったんだい?」

「丸焼きだ」鑑識のひとりがいった。「カリーム、よろしく頼むよ」

キンケイドが戻ってきた。防護マスクははずしていて、表情は暗く沈んでいる。法医学者をみてうなずいた。「ラシード、来てくれてありがとう」ほかのみんなに告げる。

「消防隊の班長いわく、もう防護マスクは必要ないそうだ。コンコースは大きなトンネルみたいなものだからな。それと、駅長とも電話で話しあった。できるだけ早く現場を明けわたす必要がある」

ふたたび死体のほうへと歩きながら、キンケイドはメロディにいった。「なにが起きたのか、詳しく話してくれないか」

「わたし、遅刻しちゃったんです。着いたときにはもう、アンディとポピーの演奏がはじまっていて。だからうしろのほうからみていたら、突然、しゅうっていう音が──いえ、ちょっと待って」メロディは眉をひそめた。「それだけじゃないわ」あのときの光景が、動画のフィルムを巻き戻すようによみがえってくる。咳払い(せきばら)をして続けた。「活動家のグループがいたわ。五人か六人。あそこに立ってた」〈マークス・アンド・スペンサー〉のほうを指さした。「プラカードを持ってたけど、わたしの場所からは読めなかった。でも、厄介だなと思ったのを覚えてる。アンディとポピーのライブをぶちこわすようなことはしてほしくなかったし、警官として彼らに対処することも避けたかったから。そのとき、鉄道警察の制服を着た女性が来たから、ほっとした記憶があるわ。そして目をそらしたとき、しゅうっという音がしたの。熱気球にガスを送りこむような音。それから悲鳴がきこえた」体が震えていることに気がついた。ラシードが心配そうな目でみている。

ニック・キャレリーが質問を始めた。「火がつく前の犠牲者はみていないんだね？」

「そちらの方向はみました。タムとケイレブがカフェの前に立って、コーヒーを飲んでました。座ってたけど、ライブが始まったから立ってみてたんだと思うわ。ふたりとも、わたしには気づいてなかった」メロディは顔をこすった。「あ、待って。それは活動家に気づく前だった。記憶の順序がごちゃごちゃになってる……。けどとにかく、そっちのほうをみたときは、とくに目につくような人はいませんでした。防犯カメラになにか写ってるかも」

「カメラの映像はいまチェックさせてる」キャレリーがいった。キンケイドがさっと視線を送る。

なんでこの人が捜査を仕切ってるの、とメロディは思った。

鑑識が遺体の輪郭取りをしてから、写真を撮りはじめた。続けざまにたかれるフラッシュのせいで、メロディは頭がくらくらしてきた。「これじゃ、なにがどこまでわかるものやら。昨夜掃除されてからいままでに、どんだけの人間がここを歩いたかわからんからな」おしゃべりなほうの鑑識官がラシードにいった。ラシードは自分のカメラで現場を撮影している。「だが念のため、近づかないようにして足跡をとっておこう」鑑識官は振りかえってメロディをみた。「遺体に触れたかい?」

「いいえ」メロディはかぶりを振った。「まだ火がくすぶってたし、もう――手遅れだとわかったから」

「どれくらい近づいた?」

メロディは思いだそうとしたが、記憶はぼやけていた。二メートル? 三メートルくらい? 人ごみをかきわけてここまで来て、死体をみたとき、みんな、どこに立っていたんだろう。「たぶんそのあたりまで」床の一点を指さした。

「ほかに、遺体に近づいた人間は?」

メロディはまたかぶりを振った。あのときいっしょにいた男性のことを話す気になれない。ほんとうにあの男性はいたのだろうか、それとも幻だったのか。防犯カメラを自分でみて、確かめてから話をしたい。キャレリーが少し離れて、無線機を持ってなにかまくしたてている。

「念のため、サンプルを取らせてもらいますよ」鑑識官がいう。丸顔の男で、防護服のフードのせいでそれが強調されている。赤みを帯びたブロンドを、かなり短いがスタイリッシュな感じに整えている。「おれはスコット」気さくな笑顔を向けてきた。メロディもほほえみかえしたが、顔が少しこわばっていた。

「タルボット巡査部長です」

「座っててください。サンプルはあとでまた」スコットはそういうと、もう一度にこっと笑った。

座るって、いったいどこに？　メロディはそう思って、吹き出しそうになった。精神が不安定になっている。

「活動家グループについて、もう少しきかせてくれないか」キンケイドがいった。スコットともうひとりの鑑識官は、遺体の撮影を続けている。ラシードは自分のカメラを持って、そのまわりを行ったり来たりしている。

「ステージのほうを向いてたから、わたしに背を向ける格好でした。みんな白人で、ひとりだけアジア系の女の子がいたかも」メロディは言葉を切った。あのときみた光景を頭の中に再現する。「みんな、しっかり防寒していたわ。コートも帽子も分厚いやつで。背の高い若者がひとりいて、目立ってた。プラカードは手作りっぽかった。ライブの取材に来たマスコミのカメラに写りたいようだった」

「マスコミにも映像を提供してもらおう」キンケイドはニック・キャレリーにいった。「目撃者の証言もほしいな。撮った動画をツイッターやインスタグラムに投稿される前に。避難する人々を撮影したマスコミはいないだろうか」

「調べます」キャレリーがまた無線で指示を出した。

キンケイドはメロディにきいた。「男性が燃えたあと、その活動家グループはどうした？」

「わからないわ。そっちのほうはみなかったから。現場は大混乱だったし、煙がすごくて……」思いだすだけで咳が出る。

「カリーム先生」スコットがいった。「あとはお好きにどうぞ」

そこにいる人間の輪が少し小さくなった。ラシードが遺体に近づく。「タルボット巡査部長」スコットが声をかけてくる。「リンがどれくらいの範囲に散らばったか、わかるかい？　それがわかれば、物質を特定するのに役立つんだ」

「カフェの前にいた人にも火がつくくらい、とはいえるわ。でも、あのときはみんなが動きまわってたし。転がったり、走って逃げようとしたり。はっきり答えられなくてごめんなさい」

スコットはうなずいた。「白リン手榴弾の飛散範囲は八メートル。もっと人手がほしいな」キャレリーとキンケイドに向かっていう。「これだけの人数じゃ、とうてい調べきれませんよ」

「ああ、なんとかしよう」キンケイドはジャスミン・シダナを振りかえり、小声で指示を出した。

ラシードは遺体の上にかがみこむようにしている。革のジャケットの上に防護服を着ているので、体がすごく大きくみえる。

「男か？」判断を待ちきれないというように、キンケイドがきいた。

「顔の骨格からすると、たぶん男だな」ラシードは答えた。「靴の一部が燃えのこってる。これは……ハイキング用のブーツだな。かなりサイズが大きい。両手はもう残っていないし、胴体の真ん中も……」プローブを丁寧に使う。「体は縮んでしまっているが、おそらく、腰まわりのどこかに、発火物を抱えていたんだろう」

「身元を示すものは？」

ラシードはキンケイドを振りかえった。「勘弁してほしいな、ダンカン。トーストみたいにカリッカリに焼けてるってのに。歯が残ってればラッキーってとこだ」ふたたびプローブで遺体を探る。「体の下に、繊維が残っているようだ。体に守られて燃えのこったわけか。バックパックか？　とにかく、剖検をやってみないことには、詳しいことはわからないな。ストレッチャーに載せてバンに運ぼう」立ちあがって、キンケイドのところにやってくると、防護服のフードをはずした。

「ダンカン、わたしはもういいかしら。タムのようすが気になるんです」メロディがいった。「あ、そういえば、マイケルとルイーズにも連絡しないと――」息を吸おうとして咳きこんだ。マイケルはタムのパートナー。ルイーズは彼らの隣人で、親しい友だちだ。

ラシードはメロディをじっとみて、手袋を脱ぐと、メロディの手首に触れて脈をとった。「メロディ、大丈夫か？　顔が真っ青だし、脈拍がすごいことになってる」メロディの手をぽんと叩いて放した。「だいぶ煙を吸ったんじゃないか？」

「顔は覆ってたけど」これはリンだ、という声が耳によみがえってくる。青いハンカチが目に浮かぶ。「そうしようとしたけど……」言い訳のような口調になっていた。「バンダナでもあればよかったんだけど、持ってなかったから」

「病院に行きなさい」

ラシードに命令口調でものをいわれるのははじめてだった。

「病院？　でも、タムが――」

「問答無用」ラシードはキンケイドをみた。「リンの煙には毒性があるんだ。ちゃんと調べたほうがいいし、酸素吸入もするべきだ。いますぐ」

「でも――」メロディはいいかけたが、急に頭がふらふらしてきた。

だれかが肘をしっかりつかんでくれた。「わたしが連れていきます」キンケイドがシダナ警部補と紹介してくれた警官だった。「しっかり！」シダナはそういってから、今度はもっと優しい口調でいった。「バンダナってヒンディ語なのよ。知ってた？　絞り染めって意味があるんですって」

人に世話を焼かれるのはきらいだ。メロディはなおも抵抗した。「いえ、わたしは本当に大丈夫——」

ニック・キャレリーの無線機がガーガーと音をたてた。全員が注目する。

キャレリーは無線機に耳をあててから小声でなにかいった。メロディにはききとれなかった。

「鉄道警察からだ」キャレリーがいった。「目撃者をみつけたそうだ。遺体の身元もわかるといってる」

「目撃者はいまどこに？」キンケイドがきいた。

「マーケット・コンコースのほうにいるそうです。コーヒーが配られていて、そこなら暖かいところに座っていられるとのことで」

「シダナ、ここに残っていてくれないか」キンケイドがいった。「タルボット巡査部長が手当てを受けにいくのを確認してから、ここで状況をみていてほしい」

「でも、警視、わたしも事情聴取に同席すべきだと思います。警視の補佐役としてここに来てるんですから――」

キンケイドは一同から少し離れ、シダナを呼んで説明した。「ぼくの補佐役だからこそ、ここにいてほしいんだ。信頼できる人間に、現場に残ってもらう必要がある。事情聴取の記録をとるくらいならスウィーニーにもできるし、きみにはあとで詳しく報告するよ」さらに穏やかな口調でいった。「シダナ、現場をSO15だけに任せておくわけにはいかない。うちのチームの人間も残っていてもらわないと、あっちに仕切られてしまうだろう?」

「わかりました」シダナはいった。まだ不服そうな顔をしているが、これ以上反論するつもりはないようだ。それだけでも進歩といっていい。

「ラシード」キンケイドは続けた。「なにかあったらすぐに知らせてくれるね?」

「もちろん。けど、いまは生きてる人間を優先しないとね」ラシードはメロディの肩に手をまわし、医療チームのほうに歩きだした。

キンケイドはスウィーニーに合図をして、ふたりでキャレリーのあとをついていった。キャレリーがだいぶ先を歩いているいまが、電話をかけるチャンスだ。

まずはジェマだ。「無事だから安心してくれ」ジェマの声をきいてすぐにそういった。「アンディとポピーも無事だ。メロディは煙を吸ったので病院でみてもらうことになった。タムが重傷を負った。アンディがマイケルとルイーズに連絡してくれるといいんだが、念のためきみから連絡してくれるかい？」

「病院はどこ？」

考えてもみなかった。「わからない。救急センターがあっていちばん近いのはＵＣＬだが、タムは火傷の治療を受けるわけだから、火傷の治療ができるところだな。チェルシー・アンド・ウェストミンスターだろう」

「大丈夫、調べるわ」子どもたちの声がきこえる。トビーとシャーロットが電話を代わってほしがっているようだ。ジェマがふたりを黙らせた。「ダグにも連絡したほうがいい？　メロディのこと、心配するでしょうね」

「ダグにはぼくから連絡するよ」キャレリーに追いついた。「愛してるよ」とささやいて電話を切る。

キャレリーは眉を片方だけつりあげた。「恋人ですか？」

「妻だ」

「ああ。警官の妻とは気の毒に。夕食を温めておいてくれるといいですね」

「どうかな」キンケイドは苛立ちをおぼえた。「妻も警官なんだ。ブリクストン署の警部だよ。電話をもう一本――」

そのとき電話が鳴った。発信者はダグ・カリン。「どうなってるんですか？」キンケイドが口を開く前に、ダグがいった。「ニュースでみました。メロディは？　ライブに行ってるはずです。電話をかけても出ないんです――」

「落ち着け、ダグ。いまきみに電話をかけるところだった。メロディは無事だが、病院でみてもらうことになってる。たぶんＵＣＬの救急センターだろう。事件のことはメロディからきいてくれ。じゃ」電話を切った。

マーケット・コンコースまでやってきた。

「〈スターバックス〉の店長がスペースを提供してくれましてね」キャレリーがいう。「コーヒーも出してくれてます。警官だけでなく、目撃者にも」

カーブしたガラスの壁の奥に、女性がふたり座っている。ひとりは鉄道警察の制服を着ている。帽子はテーブルの上。ピンで留めて帽子に入れてあったはずの茶色の髪の毛が、ばらばらにほつれて顔にかかっている。

その警官は三人の姿に気づいてぱっと立ちあがると、いっしょに座っていた女性を不安にさせまいと短い言葉をかけてから、店の外に出てきた。知性を感じさせる表情をしているし、動きもてきぱきしている。「リンスキー――コリーン・リンスキー巡査です」

キンケイドは自分とスウィーニーの名前を告げた。「そしてこちらはＳＯ15のキャレリー警部。あちらの若い女性が目撃者かな？」店の中にいる女性のほうに顔を向けた。

女性は両手で顔を覆っている。

「はい。アイリスという子です。姓はいいたくないと」

「状況を話してもらえるかな」

リンスキーはひとつ息を吸って、目にかかる髪をかきあげた。「コンコースの巡回中でした。バンドの演奏がはじまってから、プラカードを持ったグループがいるのに気づきました。ライブの邪魔になるといけないと思ったので、出口のほうに誘導しはじめたとき、手榴弾が爆発したんです」

「手榴弾だというのは確かなのか？」キャレリーが鋭い口調できいた。

リンスキーはキャレリーをみた。顔から表情が消えている。「わたし、軍隊にいたんです。アフガニスタンに二度派遣されました。白リン手榴弾は、みればわかります」

「それから？」キンケイドは話の先を促した。この警官の証言をできるだけ引き出したい。

「人々を避難させなきゃなりませんでした。白リンは有毒です。なにが起こるかわからない状況でしたし、構内は大混乱状態でした。みんな、思い思いの方向に走って、大声で叫んでました。活動家のグループは外に逃げていきました。プラカードなんかも持って。そのまま、彼らのことは忘れていたんですが、そのあとあの子ひとりだけが残って――」店の中の少女のほうをあごでしゃくった。「――外で泣いているのをみかけました。あとは本人からきいたほうがいいと思います」

リンスキー巡査のあとについて、一同は中に入った。「アイリス、こちらの刑事さんたちが話をききたいそうよ」

若い女性は顔を上げた。ずっと泣いていたのか、まぶたがひどく腫れて、顔に赤い斑点が浮いている。美人かどうかもわからないくらいだ。ブロンドの髪の根本五センチくらいが黒いし、髪全体が汚れている。分厚くて大きなコートを着ていて体は隠れているが、それでも太っているのがわかる。

「やあ、アイリス」キンケイドは椅子をひとつ引いて腰をおろした。キャレリーもそれに倣う。スウィーニーはキンケイドが目で合図したのを受けて、目撃者の視界に入らないよう、斜め後ろに座った。

リンスキーが席をはずそうとすると、アイリスはしゃくりあげて泣きながらいった。

「行かないで！」

いてもいいですかというようにキンケイドをみてから、リンスキーもそばに座った。

「アイリス」キンケイドが話しかけた。「今日は大変な思いをしたようだね。もう少しコーヒーを飲むかい？　それともなにか別のものがいいかな」

「あの――あたし、ホットチョコレートのほうが」アイリスの歯がかちかち鳴っていた。

会話の邪魔にならないよう、離れた場所でカウンターを拭いていた店長が、近くにやってきた。あごに少しだけひげを生やした店長は、この寒さが平気なのか、半袖のTシャツ姿だった。二の腕に彫ったカラフルなタトゥーをひけらかしているみたいだ。「なにかお持ちしましょうか？」

「この女性にホットチョコレートを頼むよ」スウィーニーが口を開こうとしたのをみて、キンケイドはたしなめるような視線を送った。「ありがとう」

「アイリス、姓を教えてくれないか？」ホットチョコレートが来るのを待つあいだに、キンケイドはきいた。カウンターの奥の機械がたてる大きな音が、いつもとは違って静まりかえった駅構内に響きわたる。

「バー……バーカー。古くさい名前でしょ。でもほら、最近やってるテレビ番組のおかげで——あの歴史の番組よ——そんなに悪くないかなって思えてきたとこ」

店長がホットチョコレートの入った湯気の立つ紙コップを持ってきた。キンケイドは財布から何枚かの紙幣を取りだした。

「いえ、お代はけっこうで——」店長の言葉をさえぎって、キンケイドは首を振りながらいった。「いや、本当に助かるよ」

「かわいい名前じゃないか」キンケイドはアイリスにいったが、内心ではアイリスのことを、かわいいという言葉とは正反対の少女だと思っていた。ホットチョコレートの紙コップを持つ手はずんぐりしている上に冷えて真っ赤になっているし、また涙が流れだしたことも、頬がマスカラで汚れていることも、まったく気にしていないようだ。

「あたし、学校でいじめられてた」アイリスはまたしゃくりあげ、紙コップをおそるおそる唇につけた。「アイリスのバーカ、アイリスのバーカ、って呼ばれてた。ひどいでしょ」

「今日のこと、話してくれるかい？　きみはなにかの活動をしていたんだね？」アイリスがホットチョコレートをもうひと口飲むのをみながら、キンケイドはきいた。

「『ロンドンの歴史を守れ』というスローガンなの。クロスレールができるせいで、すごくたくさんの歴史的遺産が壊されてしまうってこと、知ってる？　ロンドンのまん中を通る電車を作るっていってるけど、そんなの本当に必要なの？　新しいトンネルを四十キロ以上も作らなくちゃいけない。あちこちの遺跡が、考古学上の価値も考えずに掘りかえされちゃう。ローマ帝国以前に作られたものだってあるのに。人間が目的地にちょっと早く着くだけのために、それを壊しちゃうのよ。それに、工事には百六十億ポンドもかかるの。それだけのお金があったら、もっといろんなことができるのに」憤りのせいで声が震えている。「本当の意味でみんなに役立つもののために、そのお金を使うべきでしょ？　あたしたち、マスコミに注目してもらいたかったの。バンドを取材しにくるマスコミに訴えて、記事にしてほしかった。この問題を、みんなに知ってほしいの」

「アイリス、きみはいま、〝あたしたち〟といったね。どういうグループなんだい？」

少女の顔から生き生きした表情が消えた。「どういうグループって……ただのグループよ。ロンドンの歴史を守っていきたいと思ってる人が集まってるだけ」挑むように、あごを少し突きだした。

左翼の過激派グループか？　〝ロンドンの歴史を守ろう〟というのはすなわち、進歩に反対することであり、それは反資本主義に通じるし、それが嵩じれば反警察主義にもなる。「グループのメンバーは何人くらいいるんだい？」

「決まってないわ」アイリスは居心地悪そうにもじもじしている。「新しく入ってくる人もいるし、やめる人もいるから」

「プラカードを持っていたそうだね？」キンケイドはきいた。スウィーニーは飽き飽きしたという表情で会話を記録しているが、ニック・キャレリーは興味深そうに会話にきいっている。「注目を集めるためかな？」

アイリスはうなずいたあと、唇を噛んだ。「ええ。でも――プラカードだけじゃなくて――」

「なんだい？」アイリスが口をつぐんでしまったので、キンケイドは先を促した。

アイリスはふたたび目に涙を浮かべて、リンスキー巡査をみた。「今日は発煙筒も使う予定だった。そのほうが注目してもらえるってマーティンがいいだして。アイディアをだすのはいつもマーティンなの」いったん話しだすと、言葉が次々に出てきた。「発煙筒はライアンが担当することになった。ライアンは前に逮捕されたことがあって、一回も二回も同じだから自分がやるっていうの。ほかのみんなは逮捕されたことなんてなかったし」

「なにをやって逮捕されたんだ?」キャレリーがきいた。

「抗議活動。原子力発電所の。本格的な活動だったんだって」

「ライアンは今日、発煙筒を持ってたのか?」

アイリスはごくりと唾をのみ、うなずいた。

「その発煙筒は、だれが用意した?」キャレリーの口調に迫力を感じたのか、アイリスは彼から目をそらし、キンケイドをみた。この人にならわかってもらえる、と思っているかのようだった。

「――マーティン」アイリスは飲みかけのホットチョコレートを遠くに押しやって腕組みをし、体を小さく揺らした。「あたしたち――人を傷つけるつもりなんかなかった。なんでこんなことになっちゃったの? まだ信じられない。ライアンが……死んだの? 死んだのは本当にライアンだったの?」

「まだなにもわかっていないんだ」キンケイドはいった。「ライアンはどこで発煙筒を使う予定だったんだい?」

「あたしたちがいた場所と、コンコースを挟んで反対側のところ。タクシー乗り場のほう。あたしたちが逃げだしたとき、みんなが叫びだした。みんな、我先に逃げようとしてた。あんなパニックになるなんて思わなかった。あたし、グループのみんなからはぐれちゃったの。外に出たら、火だるまになった人がいるって、だれかがいってるのがきこえて。そのあと、燃えた人が死んだって言葉もきこえてきて――あたし、どうしたらいいかわからなくて――」アイリスはまた泣きだした。リンスキー巡査がアイリスの腕をなでたが、どこかぎこちない感じがした。

「ライアンの姓は？」キンケイドがきいた。

「マーシュ。ライアン・マーシュ」

「ライアンは本格的な活動家だといったね？　歳はきみと同じくらいなのかい？」

アイリスは首を横に振った。「ううん。もっと上。三十歳くらいかも」まるで三十歳がものすごく年寄りであるかのようないいかただった。「けど、ライアンってかっこいいの。ほかのみんなと全然違う。あたしにも――優しいし」

キンケイドはスウィーニーのほうをちらりとみた。ライアン・マーシュというフルネームをきいたな、という確認の視線だった。ニック・キャレリーはすでに携帯に名前を打ちこんでいる。

「ライアンは、どんな感じの人だった？　特徴を教えてほしい」

「特徴っていうか――ふつうの感じ」アイリスはそういって、微笑んだ。「身長は、そっちの刑事さんと同じくらい」キャレリーのほうをみる。「髪の色はこっちの刑事さんと似てる。もう少し明るい色かも」今度はキンケイドをみた。「目は青。マーティンみたいな痩せぎすじゃない。髪はいつも短くしてる。ひげがちょっと伸びてることもあるけど、無精髭って感じ」

つまり、中肉中背で薄茶色の髪、青い目をしているということだ。あまり役に立つ情報ではない。

「今日はどんな服を着てた？　覚えてるかい？」

「いつもと同じ。ジーンズとブーツと、分厚いパーカは青だったかな。そんな格好じゃ寒いんじゃないのってきいたけど、全然平気そうだった」アイリスは眉をひそめた。「バックパックを背負ってたはず。どこに行くときもそうだから」

「なにか目印になるようなものがないか？」キャレリーがきいた。

アイリスが答えないので、キンケイドが言葉を足した。「タトゥーとか、痣とか、なかったかい？」

アイリスは力強く首を振った。「ライアンはタトゥーが大嫌いだった。感染症になるからタトゥーはやめろって、あたしたちにもいつもいってた」

「痣は？」

アイリスは顔を赤らめた。「みえる範囲では、とくにないわ」

「ライアンに家族はいるかな？　連絡をとりたいんだ」

「知らない。たしか——ううん、家族の話はしなかった」

「住まいはどこだろう」

アイリスはぼんやりした目でキンケイドをみた。「あたしたちといっしょよ。話してなかった？」

キンケイドはキャレリーに視線を送った。「グループで暮らしてるのかい？」

「ええ」アイリスは袖口で顔を拭き、鼻をすすった。

「場所は？」

「カレドニアン・ロード」キングズ・クロス駅のほうに頭を軽く動かす。「ここから一キロも離れてないわ」

5

セント・パンクラス・オールド教会は、北部ヨーロッパにおけるもっとも古いキリスト教の礼拝所のひとつである。墓地には、一八六六年のミッドランド鉄道建設の際に掘りかえされた柩(ひつぎ)が納められている。鉄道は巨大な墓地を縦断して敷設されたので、セント・パンクラスの牧師が、柩はきちんと埋葬しなおすべきだと主張した。この作業には若手の建築家、トマス・ハーディが当たった。全部で八千人の墓をセント・パンクラス・オールド教会に移したのだ。一本のトネリコの木を取り囲むようにして移設した墓石が並んでいるので、その木は〝ハーディの木〟と呼ばれている。

——camden.gov.uk/parks

体が慣れてしまっていたが、駅の中は多少なりとも暖かかったらしい。駅の外に出たとき、キンケイドはそれを実感した。三月の冷たい風が吹きつけてきて、息もできないほどだ。着ているもののわずかな隙間から冷気が入ってくる。

キャレリーが車を手配してくれた。これからカレドニアン・ロードに向かう。武装した後方支援を引き連れての移動だった。

パトカーではなく、シルバーのヴォクソールが路肩に停まった。キャレリーが助手席に座り、キンケイドは体を震わせているアイリス・バーカーといっしょに後部座席に乗りこんだ。

「いわなきゃよかった」アイリスがいったが、運転手は駅のまわりの人込みをかきわけるように車を前に進めた。記者たちが質問を投げかけ、マイクを向けてくる。しかし車のガラスが色つきなので、中はほとんどみえていないだろう。「マーティンやほかのみんなに知られたら、あたし、きっと殺され——」アイリスはいいかけて口をつぐんだ。比喩表現とはいえ、この場にはふさわしくないと気づいたようだ。それから首を横に振った。「けど、ライアンのこと——みんなに知らせなきゃいけないのよね。知らんぷりなんてしていられない……」アイリスはそれだけいって、唇を噛んだ。

運転手はパンクラス・ロードを北に進んだ。カレドニアン・ロードからは遠ざかる格好だ。一方通行の裏道をあちらへ折れ、こちらへ折れながら、進まなければならないのだろう。こんな状況でなければ歩いたほうがずっと早い。

駅を離れる前に、キンケイドは渋るスウィーニーをシダナ警部補のところに行かせた。目撃者からきいた話を伝えるためだ。それからアイリスとリンスキー巡査を〈スターバックス〉の店内に残し、ガラスの壁の外に出て、支援チームをどう使うかをキャレリーと話しあった。

「きみたちの仲間が亡くなったかもしれない、と伝えるために、おおぜいで武装して押しかけるというのもな」キンケイドはいった。状況によっては武装した支援チームを連れていくこともやぶさかではないと思っているが、いまこの状況がそれに当たるかというと、微妙なところだ。「制服警官を何人か連れていけばじゅうぶんだろう。単なる自殺だったのかもしれないし、事故という可能性もあるんだ」

「それは楽天的すぎますよ」キャレリーがいった。「可能性でいえば、セント・パンクラス駅の大半を爆弾でぶっとばすつもりだったのかもしれない。現状をみても、多くの善良な市民が怪我をしたわけです。警視のお友だちも含めてね。その上、ラッシュアワーの交通網に大打撃を与えたんですよ」

キンケイドは譲らなかった。ただし、キャレリーのいうことはもっともだし、判断をひとつ間違えればSO15にすべての権限を持っていかれてしまうとはわかっていた。

「現時点では、亡くなった人が活動家の一員だったかどうかもわからない。アイリスがグループの実態や住まいについて話したことが本当かどうかもわからない。本当だったとしても、いまメンバーがそこにいるとは限らない」

一瞬おいて、キャレリーは肩をすくめた。「じゃ、ふたりで行きますか。泣きのマートルを連れて」カフェのほうをあごでしゃくる。

「それをいうなら〝嘆きのマートル〟だ」キンケイドは訂正した。キャレリーの口からハリー・ポッターの登場人物の名前が出てくるとは、意外だった。ファンタジー小説を楽しむタイプにはみえない。とくに根拠はないが、子どもがいそうな感じもしない。

「なんでもいいですがね」キャレリーはまた肩をすくめた。「わたしは、武装チームを連れていくべきだと思います」

「ああ、わかった。だがひとまず、ぼくたちが踏みこんだ数分後に制服警官のチームが入ってくるよう、指示しておく。活動家たちの事情聴取は、最終的にはホルボン署でやることになるだろうが、まずはその場で、彼らがどういうグループかを感じとってみたい」

車はリージェント運河を渡ったあと、また渡って、いまはカレドニアン・ロードを南に向かっていた。キングズ・クロス／セント・パンクラス駅のほうに戻る形だ。十年前に計画が立てられた駅周辺地域の再開発はそれなりに進んではいるものの、このエリアはまだ昔のままだ。〈成人向けＤＶＤ〉と書かれた寂れた店舗がある。インターネットで探せば無料の動画が五分以内にみつかるというこの時代に、この店のＤＶＤにどれだけの価値があるんだろうか。

ワインの店、ホステル、タイ料理のテイクアウトレストラン。ネットカフェもある。この地域には通信環境を持たない住民がいるということか。

「そこよ」アイリスがいった。さっきのとはまた別の、個人商店がいくつか並んだところだった。「チキンのテイクアウト店の上」

運転手が車を路肩に寄せる。薄汚れたスポーツ用品店がある。ウィンドウには明かりがなく、鉄の格子がおろしてある。その隣はレンタカーのオフィス。さらにその店の隣に、派手な赤い看板があって、〈ハラル――チキン・アンド・チップス〉と書いてある。

車を降りた瞬間、十番のバスがすぐそばを走りぬけていった。ぬかるみの泥水がはねかかってくる。キンケイドはアイリスの腕を取り、支えてやった。建物の上部をみあげる。三階建てで、この道路を走ってきて目にしたうちでいちばん荒れた建物といっていい。灰色がかった濃い茶色のレンガと、ペンキは剝げかけているが白い縁取りを施した窓からして、ジョージ王朝様式の建物らしい。キンケイドは小さく口笛を吹いた。昔は立派な邸宅だったのではないか。

覆面のバンがやってきて、キンケイドたちの車のうしろに停まった。ヘッドライトは消したが、エンジンはかけたままだ。キンケイドはアイリスがそちらをみないように気をつけた。武装チームをみせて警戒させても、なんの利点もない。もうすぐパトカーも来るから、アイリスがそれをみないうちに建物に入ったほうがいい。

三階の部屋に明かりがついている。「アイリス、きみたちが住んでいるのは三階かい？」

アイリスはうなずいて、コートを着た体を縮こめた。

「グループの全員がここに？」

「ていうか、ここはマーティンの家なの。知り合いのつてで借りてるんだって。そこのドアよ」アイリスはチキン屋の横にある、ペンキの剝げかけたドアを指さした。ドアの上からも光が漏れている。

ニック・キャレリーが一歩さがり、小声で無線機になにか話したあと、元の位置に戻った。「じゃ、きみの友だちに話をきいてみよう。いいね？」

離れたところからみた印象よりも、どっしりとしたドアだった。鍵は新しいし、値段の高そうなものを使っている。「二階にはどんな人が住んでいるんだい？」キンケイドがきいた。アイリスはポケットから鍵を出そうとしているが、うまくつかめなくてあわてている。

「大学生が何人か住んでるわ。階段でタバコを吸うから、マーティンはいやがってる」

鍵が回って、ドアが開いた。

入り口も階段も、タバコのにおいがした。カビとおしっこのにおいも混じっているが、少々安普請な印象を受けるものの、驚くほどきれいに掃除されている。キンケイドはドアを半開きにしておいた。制服警官があとで入ってくることになっているし、もしかしたら武装した支援チームの出番があるかもしれない。

アイリスを先頭に、黙って階段をのぼった。二階は暗く、静まりかえっている。自分の心臓の音がきこえるくらいだ。

三階に着いたとき、アイリスは足を止め、持っていたキーホルダーにつけられた別の鍵をつかんだ。迷っているんだ、とキンケイドは思った。いつもならなんの問題もなく鍵をあけて中に入るのだろうが、刑事をふたりも連れて入っていくのは気が咎めるのだろう。

中から人の声がする。ひとりの声は小さくてよくきこえないが、ひとりの声は大きくはっきりきこえる。ドアの近くにいるんだろうか。

「いったいなにが起こってるんだ？　だれか、なにか知らないか？」はっきりきこえるのは間違いなく男の声だ。興奮している。「アイリスはどこだ？　あいつは本当に愚図だな」

アイリスは動揺して顔を赤らめた。

「ぼくたちの出番だな」キンケイドはドアをノックした。双方の板挟みになっているアイリスを救ってやりたかった。

ドアがさっと開いた。背が高く痩せ型で、黒い巻き毛の若者があらわれた。「アイリス、おまえはいったい――」いいかけて口をつぐみ、キンケイドとキャレリーをみつめた。「あんたたち――」

「マーティン、この人たちは刑事さんよ。ライアンのことで来たの」アイリスがいった。ライアンの名前を口にするとき、声が震えた。キンケイドはアイリスの背中をそっと押して、部屋に足を踏みいれた。マーティンと呼ばれた若者がうしろにさがる。中に入りながら、キンケイドは室内をみまわした。キャレリーの体に緊張が走ったのがわかる。ドアはあけたままにした。

さっききこえた大きな声はマーティンのものだとわかった。室内にはほかに四人いる。ひとりはあごひげを生やした若者で、立っている。さっききこえた小さい声の主だろう。若者がもうひとりと少女がふたり、ソファに座り、あっけにとられた顔でこちらをみている。みたところ、こちらに危害を加えてきそうな者はいない。

室内のようすは、想像していたものとはまったく違っていた。床にはマットレスと丸めた毛布がいくつかとソファがある。チャリティショップで買ってきたようなダイニングテーブルのまわりには椅子がいくつかあるが、どれもデザインがばらばらだ。奥の壁の手前には大型の薄型テレビ。

そして、とても清潔だった。神経質なほどきちんと掃除されている。ファストフードの包み紙や汚れたマグカップなどはどこにもない。部屋の奥にあるキッチンのラックに、きれいな皿が何枚か置いてあるだけだ。

キッチンの横にはドアがあり、そのむこうにみえるのは、小さなベッドルームだと思われる。

テレビはミュート状態でつけられていて、セント・パンクラス駅の人々や緊急車両のようすを映しだしている。

「ライアンはどうした？」マーティンと呼ばれた若者がいって、心配そうな目で全員をみた。マーティンは二十代前半にみえるが、少し猫背だった。背の高い人間にありがちなことだ。面長な顔はごつごつとして、真剣な表情をたたえている。

キンケイドは自分とキャレリーの名前を告げた。「今日の午後、セント・パンクラス駅でデモをしていたそうだね」室内にプラカードはみあたらない。捨ててしまったんだろうか。

「抗議活動のどこが悪い？」マーティンは喧嘩腰で応じてきたが、隠しきれない不安が見え隠れしていた。

「アイリスからきいたよ。きみたちのひとりが発煙筒を使う予定だったと」

視線だけで人を殺せるならば、マーティンの視線はアイリスの体を深々と貫いていただろう。しかし、マーティンは少しためらってから、発煙筒のことを認めた。「そうだ。ライアンがやるといいだした。マスコミに注目されるためにはそれくらいやったほうがいいって」

キンケイドはテレビのほうに顔を向けた。「煙だけじゃすまなかったようだが」

ソファに座った少女のひとりが立ちあがり、キンケイドに近づいてきた。痛々しいほど痩せている。髪は黒く染めていて、マニキュアも黒だ。しかし、ゴスふうのファッションはどこか中途半端で、顔にはかわいらしさが残っている。「だれかがあそこで——死んだっていってるの。ライアンが戻ってこないし、連絡もなくて——」マーティンの視線を受けて、少女は口をつぐんだ。黒のざっくりしたセーターの袖口に、それぞれ反対側の手をつっこむ。体が細くてセーターが大きすぎるので、まるで埋葬布でもかぶっているみたいだ。

「きみの名前は？」キンケイドはとりあえずマーティンの存在を無視して進めることにした。

「トリッシュ」

「姓を教えてくれるかい？」

「ホリングスワース」アイリス同様、中流階級のアクセントだ。

マーティンはふたりとは違って、お金持ちの私立学校出身者特有のしゃべりかたをする。イートン出身であることを必死に隠しているダグ・カリンなら、マーティンのしゃべりかたをきいただけで仲間だと気づくだろう。恵まれた人生を送っているはずの若者たちが、いったいなんの道楽にふけっているんだろう、とキンケイドは思った。

「アイリス」トリッシュ・ホリングスワースがいった。「あんた、どこにいたの？　ライアンはどこ？　なにがあったの？」

「警察は――死んだのはライアンだと思ってるみたい」アイリスは消え入るような声でいった。

「嘘っぱちだ」マーティンがいう。「そんな危険なことをやった覚えはない。ライアンがそんなヘマをするはずがないんだ」キンケイドとキャレリーをにらみつけた。「あんたらがなにかしたんじゃないのか？」

キャレリーがここに来てはじめて口を開いた。「おまえ、名前は？　手を焼かせるなよ」

「なんなんだよ、優しい刑事と怖い刑事の名コンビってやつか？」

「怖い刑事がどこにいる？　ま、会いたきゃ会わせてやってもいいぞ」キャレリーがすごみのある声でいうと、マーティンは一歩さがった。

「クイン」マーティンはしぶしぶ答えた。「マーティン・クイン。だが、警察に口出しされるようなことはなにも――」

「マーティン！」もうひとりの少女がいった。東洋系の顔をした、華奢な子だ。立ちあがって両手で拳を作り、小柄な体には似合わない力強い声をあげる。「ちょっと黙っててよ！」

少女はアイリスに近づいてきた。「本当なの？」声が震えはじめた。

アイリスはうなずいた。「わたしはなにもみてないけど、恐ろしいことが起こったのは事実だし、ライアンはここにいない」本当のことを知ってるなら教えて、というように、仲間たちの顔を順にみる。しかし、応える者はひとりもいなかった。

アイリスの顔が悲しみにゆがんだ。「そんな。信じられない」口元に手をやった。体がふらつく。

支えてやらないと、とキンケイドが思った瞬間、階下から物音がきこえた。警官たちが階段をのぼってくる音がする。

「よかったら」キンケイドはいった。「話は署でゆっくりきかせてもらおうか」

待機させていたパトカーに若者たちを乗せることになったが、マーティン・クインはかなり激しく抵抗した。

最後に部屋を出てドアに鍵をかけると、マーティンは振りかえってキンケイドにいった。「こんなことをして、ただですむと思うなよ。おれにも考えがある。弁――」いいおわらないうちに口をつぐんだ。

「弁護士を呼ぶのか？」キンケイドはきいた。「お抱え弁護士がいるとは、すごいじゃないか。いったいなんのために弁護士なんか雇ってるんだ？」

マーティンは答えなかった。キンケイドは、ほかのメンバーの事情聴取が先だ、と判断した。全員に個別に話をきいてから、最後にマーティンと話してみよう。

事情聴取の前に、セント・パンクラス駅の防犯カメラの映像がみたい。

心配ごとがもうひとつある。SO15にこの活動家グループを拉致されると面倒だ。

ニック・キャレリーはエンジンをかけたままの車から少し離れて、耳に携帯電話をあてている。短い会話のあと、キンケイドのところに戻ってきてこういった。「とりあえずはそっちの島でやってください。上司が、SO15で扱うべき事件だとはまだ認めてくれないのでね。まあ、この先どうなるかわかりませんが」不服そうな口調だった。

キンケイドはすでに、部屋の捜索令状の手配にかかっていた。「あの部屋からなにがみつかるか、報告を楽しみに待っていよう。奥の寝室が爆弾の製造工場だった、なんてのは勘弁してほしいが」

「あの素人集団にそんなことができるとは思えませんけどね」キャレリーはぶつぶついいながら、シルバーのヴォクソールに乗りこんだ。運転手が車を出し、パトカーを従える形で道路を走りはじめた。

「素人でよかったじゃないか」キンケイドは心からそう思ったが、その後、ふたりのあいだに会話はなかった。

コンクリートの要塞のようなホルボン署は、夕方に出発したときよりも優しくキンケイドを迎えてくれた。中に入れば暖かいというのがわかっていたし、肉の焦げるにおいよりは、すえたコーヒーのにおいのほうがずっとましだからだ。

まずは留置場の巡査部長に声をかけた。「今日の事件の参考人を六人連れてきたよ。男性と女性三人ずつ。全員をひと部屋に入れてかまわないが、見張りをひとりつけてくれ。参考人同士で口裏を合わせたり、携帯電話を使ったりしてほしくない。事情聴取はひとりずつ行うつもりだ」

それからキャレリーとふたりで刑事部のオフィスに行った。今日の昼間にはなかった活気が感じられる。重大事件担当管理官のサイモン・イーカスが、すでにホワイトボードを用意していた。時系列の流れにそって、鑑識が撮った写真が貼ってある。

「シダナとスウィーニーはまだ戻ってないのか？」キンケイドはきいた。

「そろそろ戻ると思いますよ」イーカスが答えた。「残りの調書は制服警官に任せるとのことで」

イーカスやほかのスタッフは、好奇心いっぱいの目でキャレリーをみている。

「ＳＯ15のキャレリー警部だ」キンケイドは紹介した。「事件の性質がわかるまで、うちとSO15は共同捜査を行うことになる」

「頭のイカレたやつのしわざですか？」イーカスがいった。ウェーブのかかった黒髪と、浅黒い肌。ギリシャ人が先祖にいるんだろうとだれもが思うような外見をしている。名前も独特だ。イーカスの綴りはGikas。gを英語のyのように発音するのだと本人が何度説明しても、同僚たちには〝ギーク〟と呼ばれている。ともあれ、事件管理官としては申し分のない人材だ。論理的で、専門的なことがわかっていて、いつも頭の中が整理されている。

オフィスの中に、それまでとは違う緊張感が生まれたのがわかった。刑事部の人間はSO15のことをカウボーイのような存在だと――つまり、ルールなど無視して好きなように動くチームだと――思っている。それに、いずれSO15に持っていかれる事件なら、真剣に捜査に取り組む必要なんかないんじゃないか、とも思っているのだ。「いまはまだなんともいえないな」キンケイドはそういって肩をすくめたが、それはキャレリーに向けた言葉でもあったし、自分のチームに向けた言葉でもあった。

ホワイトボードに近づき、できるだけ冷静な気持ちで写真をみた。個人的な感覚を遮断する。そうしないと、ショックや、傷ついた友だちのことを思う気持ちとで、客観的にものごとをみることができない。なにか、自分がみのがしていたものはないだろうか。

黒こげ死体の写真をみても、なにもわからなかった。顔が引きつるばかりだ。

「ボス」イーカスがモニターのひとつを指さした。「事件発生時刻の防犯カメラの映像です」

イーカスが〈再生〉をクリックしたとき、ニック・キャレリーが近づいてきた。眉間にしわを寄せて画面に集中しているのが、気配でわかる。

ちょっと考えると、カメラの位置がわかった。〈マークス・アンド・スペンサー〉と南口のあいだのアーケードを写す、南向きのカメラだ。画像の時刻をみた。メロディから指令センターに連絡が入る五分前だ。

人の波が膨らんでは薄くなり、膨らんでは薄くなる。目にみえない潮流の中でそよぎつづける海藻みたいだ、とキンケイドは思った。まもなく、何人かの足取りが遅くなり、止まった。みんながアーケードの中央をみている。アンディとポピーをみているのだ。それから何秒かして、映像の端にメロディがあらわれた。そしてすぐに消えた。バンドに近づいていったんだろう。

その直後、マーティン・クインが〈マークス・アンド・スペンサー〉から出てきて、買い物客や通勤客に紛れるように歩きだした。頭をすっぽり覆う毛糸の帽子をかぶっているが、ひときわ高い身長のせいでマーティンだとはっきりわかる。人込みのあちこちに、さっき会った若者たちの姿がみえる。

グループは〈マークス・アンド・スペンサー〉の前で集合した。ほかの人々がグループを避けて通っていく。グループの中にはアイリスがいる。東洋系の少女もいるし、あごひげをたくわえた若者もいる。トリッシュ・ホリングスワースの横には、眼鏡をかけてあごに小さなひげを生やした、平凡そのものといった印象の男性がいる。さっきマーティンに食ってかかった少女といっしょにソファに座っていた若者だ。手には、アーティストが作品を挟むような大きなファイルを持っている。グループがそこに集まる。男性がファイルを開く。次の瞬間、全員がプラカードを手にしていた。

プラカードの何枚かを、カメラはしっかりとらえていた。かっちりしたブロック体の文字で書かれているが、いかにも素人の手作りといった風情だ。『ロンドンの宝を守ろう』『クロスレールなんかいらない』というカードのほかに、『クロスレール』という言葉に禁止のマークをかぶせたカードもある。

グループのメンバーはみな、自分のやるべきことで頭がいっぱいというようすだ。仲間のひとりがすぐそばで自爆するのを知っているとしたら、こんな顔をしてはいられないだろう。

プラカードを上下に動かしながら、口を動かしはじめた。「クロスレール反対！」といっているようにみえる。そのとき、コリーン・リンスキー巡査があらわれた。出口のほうを指さしている。マーティンが反論し、あいたほうの手を動かした。リンスキーが襟元のマイクに向けてなにかしゃべり、腰の警棒に手を置いた。頭を出口のほうに動かす。

グループのメンバーたちはマーティンに目をやり、リンスキーが示す方向に動きはじめた。プラカードはほとんど惰性で掲げているようだ。グループが画面から消えた。

画面に表示された時刻が進む。二十秒。三十秒。突然、群衆の頭が一方向に向けられた。どの口も驚きまたは恐怖のせいでぽかんと開いている。人々が走りだした。ぶつかりあい、手荷物を落としながら、我先にと逃げていく。それから何秒もしないうちに、あたりには煙が充満したようだ。一面が白くなって、なにがどうなっているのかよくわからない。

「この五分後には、煙が薄くなりはじめます」イーカスがいった。「もっとみますか？」

キンケイドが気づいたときには、オフィスにいる全員がモニターの前に集まってきていた。「いや、あとでみるよ。燃えた人物のようすは写ってるのか？」

イーカスがキーボードを叩くと、ほかのカメラの映像がモニターにあらわれた。「いまいちなんです。カメラの位置を意識して、場所を選んだのかもしれない」

アーケードの反対側が映しだされた。タムとケイレブがカフェのテーブルのそばに立って、仮設ステージのほうをみている。タムが笑っている。ケイレブがマグカップを口元に運んでいる。

「ここです」サイモン・イーカスが画面の端にあらわれた人物を鉛筆で指した。軽そうなバックパックを背負って、パーカを着た男──少なくともキンケイドの目には男性にみえた。黒っぽい、ちょっと大きめの服を着ている。フードを前に引っ張って顔を隠しているし、髪もみえない。身長はまわりの通行人と同じくらいだ。

その人物は足を止めたが、バンドのほうはみていなかった。頭が動く。反対側のアーケードにいる仲間たちの位置を確認したのだろうか。しかし動きは小さく、カメラには顔が写らなかった。それからしばらく、その場でじっとしていた。まわりの群衆だけが動いている。男の右手はポケットに入っていた。キンケイドはその手を押さえてやりたい衝動にかられた。そのままなにもするな、といってやりたい。

群衆の密度が薄れたときだった。男はポケットに入れていた手を出した。しかし、なにを握っているのかはわからない。男は顔を上げたが、やはりフードの陰になって、カメラには写っていなかった。

男が両手を合わせた。次の瞬間、そこに炎が生まれた。

「うわあ」部下のひとりが声をもらした。キンケイドのうしろでだれかが息をのむ音がきこえた。生まれた炎が大きな球のようになり、男性を包んだのだ。

一瞬、男は炎の中で両手をあげた。魔法使いが呪文を唱えるような姿でもあったし、鳥が飛びたとうとしているようでもあった。まもなく、煙のせいですべてがぼやけてしまった。

6

墓も死体も、取り違えが起こった。地面を突き破るかのように尖ったいくつもの墓石が同心円上に並ぶ墓地は、安息の地などではなく、底知れぬ恐怖の場所でしかなかった。そこには死体と墓石が累々と積み重ねられていったのだ。

——Jamesthurgill.com, セント・パンクラス・オールド教会のハーディの木

シダナとスウィーニーが戻ってきて、防犯カメラの映像の最後の部分をいっしょにみた。「最悪だな」スウィーニーが首を横に振った。「人間ってこんなに燃えるのかよ。この男、どれくらい苦しんだのかな」

スウィーニーがオフィスの空気を変えてくれたことが、キンケイドにはありがたかった。「あまり長くなかったと思いたいな。本人にききたくてもきけないのが残念なとこ

ろだ。で、なにかわかったか？」スウィーニーとシダナにきいた。

シダナが手帳を開いた。「ひとりの女性がいうには、目にみえないＵＦＯみたいなものがアーケードにあらわれて、天空でそれが爆発したと」まじめな顔で読みあげる。

「薬でも飲んでるんじゃないのか？」キンケイドも同じくらいまじめな顔できいた。

「はい。精神安定剤を。薬の名前は忘れたそうですが」

「まあ、無理もないな」シダナも笑顔になることがあるんだろうか、と思いながらキンケイドいった。「ビデオテープを確認するかい？　ＵＦＯなんかどこにも写っていなかったと思うんだが」

まわりに小さな笑い声が起こったが、シダナは真顔のままだった。キンケイドはシダナをからかうつもりはなかったが、オフィスの空気をやわらげることはできたようだ。

「続きはサイモンに報告してもらうとして、きみには事情聴取に加わってもらいたい」

「だれのですか？」

キンケイドは六人の活動家たちについて説明した。「その前にビデオをみてもらったほうがいいな。ＵＦＯが写っているかどうかは別として。そのあいだに事情聴取の準備をしておこう」少し考えてから、「女子が先だな」といってニック・キャレリーをみた。キャレリーは、防犯カメラをみてから一言も発していない。具合が悪そうだ。「取り調べに加わるか？」

キャレリーは肩をすくめた。「いえ、隣の部屋からみていますよ。なにか気がついたら知らせます」

「ぼくはどうしたらいいですか？」スウィーニーがいった。

「キャレリー警部といっしょにいてくれ。その前に、留置場担当の巡査部長に連絡して、第一取調室をあけてもらってくれ。まずは東洋系の少女からはじめよう」

キンケイドは自分のオフィスに入ってジェマに電話した。「メロディとタムの状況、なにかわかったかい？」

「ダグから連絡があったわ。UCLの救急センターにメロディがいるから、そこに行くところだっていってた。マイケルに電話したら、アンディとケイレブから連絡をもらったっていってた。ルイーズとふたりでチェルシー・アンド・ウェストミンスター病院に行ってみるって。あ、ちょっと待ってて」ドアをそっと閉める音がした。「さっきは子どもたちがいたからきけなかったんだけど――タムはかなり悪い状態なの？」

「わからないんだ」キンケイドはあごをこすった。「夜になって、ひげが伸びてきている。「わかってるのは、火傷をしたってことと、医療チームが全身を念入りに調べてたってことだけだ。モルヒネを与えて、酸素を吸入させていた」あとでもう一度ビデオをみて、タムに火がついたときのようすを確かめておこう。カメラからみて、タムは死んだ男のむこう側にいたはずだ。

「意識はあった？」

「あった。ぼくのこともわかって、手を握ってくれたよ」キンケイドは咳払いをした。

「なにもできなくて歯がゆいわ。せめてメロディのようすだけでもみにいきたいのに、子どもたちを置いていくわけにはいかないから」

「ウェズリーは――」

「今夜はカフェで仕事なの。でも、さっき夕食を持ってきてくれたわ」ジェマはため息をついた。「わたし、とにかく心配で。メロディにもしものことがあったらと……」

「そんなふうに考えちゃだめだ。それに、メロディが現場にいてくれたのは、不幸中の幸いだったんだ。メロディがいなかったら、もっとたくさんの人が大怪我をしていただろう。すばらしい働きをしてくれた。ぼくがそういってたとは、いわないでくれよ」

ジェマは小さく笑った。その声をきいて、キンケイドはほっとした。ジェマが微笑んでほつれ毛を耳にかけるようすが目に浮かぶ。家に帰りたい、と心から思った。「メロディからは正式な調書をとることになるが、それは明日だな。それより、やけに静かだね。トイレにでもこもってるのかい？」

「よくわかったわね」

「子どもたちから逃れるにはそれしかないからね。お姫様の具合はどうだい？」

「よくなったわ。天使みたいよ」

「ぼくのぶんまでキスしてやってくれ。今夜は——」

「遅くなるのね」ジェマはあきらめたように、しかし愛情をこめていった。「気をつけてね」

「もう署に戻っているよ」答えになっていなかった。署に戻っていることはジェマもわかっているだろう。その上で、気づかう言葉をかけてくれているのだ。「心配いらないよ。連続テロってわけでもないし、状況もそのうちわかってくるだろう。今夜は先に寝ていてくれ」

「ダンカン」キンケイドが電話を切ろうとしたとき、ジェマがいった。「今夜帰ったら、子どもたちからのサプライズがあるわよ」

「サプライズ？　なんだろう。トビーが家に火をつけたとか？」

「そこまでひどいことじゃないわ」ジェマは笑い声まじりにいった。「書斎に犬を入れないでほしいの。トビーとキットが猫を拾ってきたのよ。子猫つきでね」

ジャスミン・シダナがレコーダーをオンにした。記録のために自分たちの名前を告げる。そのあいだ、キンケイドは正面の少女を観察していた。だぶだぶのトレーナーの上にダウンのベストを着ている。取調室は暖かいのに、頑としてベストを脱ごうとしない。殺風景な取調室にいるせいか、さっき部屋でみたとき以上に華奢でか弱くみえる。

「記録を残さなきゃならないから、名前をいってくれるかな」

少女は弓形の黒い眉を中央に寄せて、答えた。「カム・チェン。カムはカミラの省略形じゃないから、カミラとは呼ばないで」堂々たる宣言だったが、鼻をすすったせいで迫力が薄れてしまった。

キンケイドはうなずいた。「なるほど」煽り気味に進めていこうと思っていた。さっきマーティン・クインに食ってかかったのがこの子の本来の姿なら、こちらから挑発すればかっとなって本音を出してくれるだろう。

「じゃあ、カムと呼ばせてもらっていいかな」

少女はうなずいた。「いいけど」

「出身は？」

表情がいよいよ険しくなった。「ウィンブルドン。でもいまはロンドンに住んでる」

「カレドニアン・ロードのあの部屋に？」

カムは肩をすくめた。「大学の寮。でも嫌いなの。あの部屋のほうが好き」

「専攻は？」

一瞬ためらってから、カムはしぶしぶ答えた。「社会人類学」

「就職には苦労しなさそうだね」

「大きなお世話」キンケイドをにらみつけた。「うち、両親は歯医者なの。ふたりとも。朝起きて、あのつまんないクリニックに行って、つまんない仕事をしてる。毎日毎日その繰りかえし。あたしには無理。なんのためにそんなことしなきゃならないの？」

理由ならいろいろ考えられる。いい家に住み、経済的な安定を得て、子どもたちを大学にいかせる。そして自分たちも好きなことをするためだ。しかしキンケイドはそれを口には出さなかった。「抗議活動家の社会動学について研究してるのかい？」

当てずっぽうだったが、驚いたことに、カム・チェンは顔を赤らめて目をそらした。キンケイドがそのまま待っていると、カムは食堂で買ってきた紅茶を飲み、カップを置いた。

「卒論のテーマなの」

「仲間たちはそのことを知ってるのか？」

カムの顔がますます赤くなった。「まさか。バレたらマーティンに叩きだされる」

「だれにもいってないんだね？」

カムはうなずいた。

「よくもこんなに深入りしたものだね。彼らに賛同しているわけでもないのに」

「賛同してないとはいってないわ。クロスレールには反対よ。どうしてあんな大金を使ってまで、ロンドンに来る人を増やさなきゃならないの？　環境保護に最善を尽くすとかなんとかいってるけど、嘘ばっか。結局は企業の金儲けを優先してるんでしょ。この手のプロジェクトは全部そう。請負業者と開発業者が大儲けする仕組みになってるの。〝自然に優しいプロジェクト〟とかなんとかつけたしておけば、市民が騙されると思ってるのよ」カムは身をのりだして、紅茶のカップを強く握った。「歴史的建造物を取り壊すのは一ヵ所だけだっていうけど、そんなの信じられるわけないでしょ？」

「どこからそういう知識を？」

「マーティンにはいろんな人脈があるから」カムは急に自信をなくしたようだった。

「ほかのグループともつながりがあるんだね？」

「まあ、そういうこと」

「まだきいていなかったが、この抗議活動をやることになったきっかけは？　はじめに思想ありきなのか、グループありきなのか、どっちだい？」キンケイドはきいた。シダナが苛立ってきたのがわかる。

　カムはしばらく考えてから答えた。「グループ。あたし、マーティンと同じ講義をとってたの。で、マーティンがこのことを話しだして……それがすごく真剣だったから……」

「マーティンを好きになったのかい？」

「やめてよ」カムは顔をしかめた。「あたしはただ……毎日が退屈だっただけ」

「マーティンも学生だってことか」

カムはかぶりを振った。「前はね。構造工学を勉強してた。でも中退しちゃった」

「仕事は？」

「働いてないわ。それでも暮らしていけるみたい」

マーティン・クインは麻薬の売人でもやっているんだろうか。部屋をみた感じ、麻薬の常習者が住んでいるという印象は受けなかったが、だからといって売人でないとはいいきれない。

「ほかのメンバーも、そうやって――大学つながりで集まったのか？」

「何人かはね。トリッシュは、働いてた店がクロスレールのせいで取り壊されることになって、失業したの。あたしたちが活動をしてたとき彼女が話しかけてきた。マーティンは話をきいて気の毒に思ったんですって。少なくとも口ではそういってた。ライアンが、マーティンは人によく思われたいやつだからっていうの。ライアン――」カムが泣き顔になった。「どうしてマーティンのことばっかりきくの？　警察は、ライアンが死んだと思ってるんでしょ？」

「ライアンについて話してもらおうか。彼はどうしてきみたちのグループに？」

カムは手の甲で目をこすると、とっくに冷めてまずくなっているはずの紅茶を飲んだ。「夏に……」声が震えている。「マーティンがイズリントン駅で反核の活動をしてたの。チラシを配ったりして。使用済み核燃料を運ぶ列車がノース・ロンドン線を走るって、知ってる?」

キンケイドは知らなかったが、うなずいた。

「そのとき、だれかの紹介で、ライアンとマーティンが知り合った。マーティンがライアンにクロスレールの話をして、ライアンが興味を持った。そして、マーティンのアパートに来るようになった。ライアンは——いろんなことを知ってた」

「いろんなことって?」カムがいいよどんだのが気になって、キンケイドは尋ねた。

「抗議活動のこと。どんなふうに計画すればいいか、どうしたらつかまらずにすむか、みたいなこと。わかるでしょ」カムは肩をすくめた。「しばらくすると、アパートに泊まりこむようになった」

「ライアンは学生じゃなかったんだね?」

「とんでもない。ずっと年上よ。でも、あたしたちといっしょに活動してた。フクシマの地震の日にヒンクリー・ポイント原発への抗議活動をしたり、重要な活動をいろいろやってた」カムは眉をひそめ、ゆっくりつけたした。「ときどき思ってたの。なんであたしたちみたいな小さなグループといっしょに活動してるんだろうって。ライアンは、活動を続けていればグループは大きくなるはずだっていってたけど」

「ほかに、ライアンについて知っていることは?　出身とか、家族とか」

「なにも。ライアンはそういう話をしなかったから。ほかのみんなも、そういうことをきかないし」

「ライアンの身体的特徴を教えてくれるかな。年齢、身長、髪や目の色」

「え？　そんなの——」カムの顔から血の気が引いた。「そんな、やめて」

「話してくれないかな」キンケイドは優しく問いかけた。「ライアンといえば、どんなことを思い出す？」

「ライアンは——」カムは唾をのみ、紅茶のカップを口に運んだ。「——よく知らないけど、三十歳くらいで、背は中くらい。体は細かった。ほかの人たちより痩せてた。マーティンほどじゃないけど。髪は茶色。というか、薄茶色。子どものころブロンドだったのが少し暗い色になったって感じで、それを短くしてた。あごひげをちょっとだけ伸ばしてる日が多かったかな。目は青。混じり気のない青。ほとんど笑わないんだけど、笑うと、太陽が顔を出したみたいになるの」頰を涙が伝いはじめた。「最悪。ねえ、だれかが遺体をみて確認しなきゃいけないんでしょ？　だれがやるの？　あたしはまだ信じられない。ライアンがそんな——そんなばかなこと、するわけない」

「今日のことをきかせてくれないか」キンケイドはいった。「発煙筒を使うというのは、ライアンのアイディアだったんだって？」

「違う。マーティンよ。ただ立っててもマスコミは注目してくれないからって。ふたりで口論してた。ううん、あたしたち全員で口論したけど、結局ライアンが条件を出した。どうしても発煙筒を使うなら、自分がやるって。自分ならもう逮捕歴があるから、逮捕されてもかまわないって」

アイリスのいっていたことと同じだ。シダナに目をやると、手帳にメモをとっていた。

「だが、発煙筒を持っていたのはマーティンなんだね？」

「そう。みせてくれたわ。缶みたいなやつだった。大きさはこれくらい」カムは左右てのひらを向かい合わせて、大きさを示した。拳ひとつぶんくらいの大きさだ。「迷彩模様に使われるような緑色で、〈煙〉ってステンシル印刷されてた」

「マーティンはそれをどこで手に入れたんだろう？」

「なにかの抗議活動で知り合った人からもらったって。その手のものはいくらでも出回ってるのよ」

残念なことだが、それは事実だ。マーティン・クインの事情聴取はおもしろいものになりそうだ。

「計画について話してほしい」

「バンドの演奏がはじまったら、と決めてた。ミュージックフェスティバルのオープニング・イベントとして、新人デュオバンドが演奏するってきいてたの。だったらそのときマスコミのカメラも回ってるはずでしょ。ライアンが早めに行って、所定の位置につく。あたしたちがプラカードを出したら、ライアンが煙を出すことになってた」

「そのあとはどんなことが起こると予想していたんだい？」キンケイドは信じられない思いでいっぱいだったが、それが口調にあらわれないように気をつけながら質問を続けた。

「あたしたち——ていうか、マーティンの考えでは、大騒ぎになるだろうって。煙に紛れてライアンが姿を消したら、カメラはあたしたちを写して、それがニュースで流れる。発煙筒はあたしたちとは関係ないっていいはるつもりだったけど、疑いをかけられたりはするだろうと思ってた」

カム・チェンの名前がニュースで報道されるようなことになったら、ロンドン郊外で歯科医をしている両親はどう思うだろう。そんなことを思いながら、キンケイドはきいた。「マーティンがライアンに発煙筒を渡すところをみたかい？」

「それは——みてないわ」カムは急に怯(おび)えたような表情になった。いままでより幼くみえる。「ふたりとも、アパートの寝室にいたから」

「じゃあ、マーティンがライアンになにを渡していてもおかしくないわけだね」

「そんなこと！」カムは椅子をうしろに勢いよく押した。椅子の足と床がこすれて大きな音がした。「マーティンがライアンを殺そうとしたと思ってるの？　そんなのありえない。マーティンはいやなやつだけど、そんなことをする人じゃない」

「では、ライアンが自殺する動機はあるだろうか。心当たりはあるかな?」

「ううん――ないわ。あるわけないでしょ。今日のことは事故に決まってる」

キンケイドはそれが本心ではないと見抜いていた。そのままカムの次の言葉を待つ。

シダナが口を挟んでこなければいいのだが。

「ライアンが――ライアンが自殺なんてするわけない」そうであってほしい、と懇願するような口調だった。「そんなこと、ありえない」

キンケイドはテーブルに身をのりだし、内緒話をするかのような雰囲気を作った。

「けど本当は、そうかもしれないと思っているんだね? どうしてだい?」

「ライアンは――レンがいなくなってから、ようすがおかしかったから」

「レンというのは?」

「女の子。マーティンの活動を通して知り合った子のひとりよ。うちのグループに加わってはいなかったけど、抗議活動やなんかに参加することはあった。ホームレスだったから、マーティンが住まいを用意してあげたの。だからマーティンにすごく感謝してた」

キンケイドは黙って続きを待った。

「ライアンはレンのことが好きだった。レンといるときのライアンは別人みたいだった」カムはそういったが、本当はそれを認めたくなさそうだった。

「ふたりは付き合っていたのかい？」

「それは——わからない。みんなの前でそういうそぶりはみせなかったけど、わたしはずっとそうじゃないかって……」うらやむような口調になっていた。

「カム、あなたもライアンのことが好きだったのね」シダナの優しい言葉をきいて、カムははっとしたようにシダナのほうをみた。

「ライアンは人気者だったの。女子はみんな、ライアンにあこがれてた。男子はみんな、ライアンみたいになりたいと思ってた。だけど、なんていうか……手の届かない存在だった。レンだけが特別だった」

「レンになにかあったのかい？」キンケイドがきいた。

カムは居心地悪そうに体を動かした。手が思わぬ動きをしたせいで、紙コップが倒れてしまった。冷めて膜の張った紅茶がテーブルにこぼれて広がる。茶色いアメーバみたいだ。「あっ、ごめんなさい」カムはあたりをきょろきょろとみまわして、拭くものを探した。

レコーダーの横に安物のティッシュペーパーの箱があった。証人や参考人が泣いたときのために置いてあるのだ。シダナがそれを何枚かとって、テーブルを拭いた。カムはそれを手伝おうとしてあたふたしていた。

「カム」キンケイドが有無を言わさぬ口調でいうと、カムは椅子に座り、両手を膝に置いた。「レンになにがあったんだい？　話してくれないか」キンケイドはカムをみつめたが、黒い瞳からはなにも読み取れなかった。

答えないつもりだろうか。キンケイドがそう思ったとき、カムはようやく口を開いた。「年が明けてすぐ、いなくなったの。それっきり戻ってこない」

7

ハーディの伝記作家たちは、このぞっとするような出来事が、P・D・ジェイムズに影響を与え、その作風をより陰鬱なものにしたのではないかと考えている。

——サイモン・ブラッドリー『St Pancras Station』2007

病院は嫌いだ。といっても、ダグ・カリンがそれを意識したのは、一月に足首を骨折したときがはじめてだった。生まれてはじめて——そしていまのところ一回きりの——入院をひと晩だけ経験したあと、合併症のせいで、外来のクリニックに何度も通うことになってしまった。足首はなかなかすっきり治らない。骨折してから二ヵ月もたつのに、まだデスクワークしかできずにいる。

ギプスもまだとれない有り様だ。おかげで地下鉄で移動するのもひと苦労だ。パトニーの家から地下鉄のパトニー・ブリッジ駅まで歩き、途中で乗り換えてから、ユーストン・スクエア駅で地下鉄をおりて地上階に出るころには、足首がずきずきしていた。ガラスのドアを通って外に出た瞬間、冷たい風が吹きつけてきた。

　ユーストン・ロードに立ち、東のほうをみる。ユーストンとセント・パンクラス駅のあいだはまだひどく渋滞している。メロディはよく病院にいけたものだ。

　体を震わせて反対側に目をやった。ガラスと鉄でできたユニバーシティ・カレッジ病院がそびえている。足を引きずるようにして、ガワー・ストリートを渡った。

　救急センターの入り口はすぐにみつかったが、中に入るのは簡単ではなかった。まるでドラゴンのような受付係に身分証をみせて、やっとのことでセンター内部に入ることができた。忙しそうだが受付係よりは親切な看護師が、カーテンで囲まれた区画のひとつに案内してくれた。

　ためらったものの、ノックをする場所がないので、カーテンの端をめくって中をのぞきこんだ。メロディはストレッチャーの上で体を起こしていた。私服のままだとわかって、ダグはほっとした。入院患者が着るガウン姿だったとしたら、それをみただけでうろたえてしまっただろう。

　鼻に酸素の管をつけられている。顔はすすで汚れ、目は赤い。しかしそれを除けばしっかりしているようだ。しかし苛立っている。

　それでも、ダグに気づいた瞬間、メロディの顔はぱっと明るくなった。「ダグ！　どうしてこんなところに？」

「ダンカンにきいたんだ。それで心配になってね。けど、お見舞いのお花はないよ」ごめんねという代わりに肩をすくめた。

　メロディはにこりと笑った。ダグが足首を折ったときに買った萎れかけの花束を思い出したからだ。「座って」カーテンの内側にあるプラスチックの椅子を指さした。ダグは、メロディの人さし指に酸素のセンサーがついていることに気がついた。

　おそるおそる腰をおろした。ストレッチャーのうしろにはさまざまな医療機器がある。それに触ったり動かしたりするといけない。「ひとりで家に帰れるか心配なんだが、あいにく、ぼくにできるのは言葉で応援することだけなんだ」自分の足首を指さした。「ジェマとも話した。心配してたけど、ジェマも子どもたちのことがあるから来られないそうだ」

「帰らないから大丈夫」メロディは苛立たしそうにいった。「ひと晩入院しなきゃならないんですって。病室があいたらそこに入れてくれるそうよ」

「元気そうなのにな」ダグは酸素の機械に目をやった。ぶくぶくと小さな音をたてている。

「煙を吸ったから、体にダメージがあるかもしれないって。白リンは毒性が高いらしいの。血液を採られたわ。検査の結果が悪かったらどうなるのか、知らないけど」メロディはまばたきをして、わきのカートに置いてある水のカップに手を伸ばした。

メロディが不安そうな顔をすることなんか、いままでにあっただろうか。どんな状況にも恐れることなく突っ込んでいくタイプの女性だ。どうしたらそんなに自信たっぷりにふるまえるんだろうと思うと、いつも自分が情けなくなるほどだ。

「大丈夫だよ」ダグはいったが、少しおおげさすぎる口調になってしまった。

「ええ、わたしもそう思う」メロディの笑みには力がなかった。「わたしたち、ふたりとも苦手みたいね、お見舞いの相手を励ますのが」

ふたりは奇妙なコンビだった。それぞれの上司——キンケイドとジェマ——を通して知り合ったときは、出会った瞬間に、互いのことを苦手なタイプだと思ったものだ。ダグはメロディのことを無神経で傲慢な女だと思ったし、メロディはダグのことを独りよがりのいやな男だと思い、面と向かって当人にそういったことも何度かある。しかし、そんな関係も次第に変わっていき、不安定ながらも休戦状態に至った。さらに、どちらにとっても意外なことだったが、ふたりのあいだに複雑な友情のようなものが生まれたのだ。もともと孤独を好むふたりにとっては、はからずもできた友だちといっていい。

「ある意味いいことなんじゃないか?」ダグは答えた。「そういう経験が少ないってことだからね。なにか必要なものはないか？」

「歯ブラシはもらえるみたいだから、大丈夫。こんなところに長居したくないし」

「ご両親に連絡しようか？」

「そんな、やめて」メロディはあわてていった。血液検査の結果が悪かったらと考えたとき以上に動揺しているようだ。「父がここに乗りこんできたら、大変よ。ここにいる人に片っ端から命令しまくるわ。それに、わたしのことをニュースの種にされちゃかなわない」

ダグがキンケイドからきいたのは、メロディが救急センターにいるということだけだった。「どういうことだい？　なんできみがタブロイド紙のネタなんかに？」

そのとき、カーテンがさっと開いた。医師か看護師だろうと思って振りかえったが、そこにいるのはアンディ・モナハンだった。顔色が悪く身なりも乱れていて、メロディより具合が悪そうにみえる。「やあ、ダグ」アンディが手を差しだしてきた。

ダグは立ちあがり、手を握った。「アンディ」

気まずい雰囲気になった。ダグは、メロディにアンディという恋人ができた以上、自分はもう友人として付き合えなくなるんじゃないかと思っていた。アンディのことが気に入らないわけではない。ただ、メロディとアンディが付き合っているという事実がまだピンとこないだけなのだ。それに、自分自身がメロディの恋人になりたいとは思っていなかったのだから。思わず顔が赤くなる。嫉妬に似た感情がかすかにわいてきて、居たたまれない気持ちだった。

しかし、ふたりが付き合っているのは本当だということは、よくわかった。この殺風景な空間の中でみつめあう目と目をみただけで、ふたりの気持ちは伝わってきた。

「ダグ、メロディがニュースのネタになりたくない理由を知りたいのか？」アンディがいった。ダグに椅子を勧められても断って、ストレッチャーの横に立つと、メロディの額のすすの汚れを拭った。キスより親密な行為にみえた。「なにもきいてないのかい？メロディは火に向かっていったんだ。自爆したやつを救おうとした。場合によっては自分の命まで――」

「アンディ、わたしは――」

「警官だ」アンディが言葉を継いだ。「わかってる。だが、だからってあんなことまでするとは思ってもみなかった……」

メロディはアンディの手を取って、ぎゅっと握った。「タムの具合は？」

アンディは、さっきは遠慮した椅子に座りこんだ。急に膝から力が抜けたかのようだ。しかしメロディの手は離そうとしない。「ひどい火傷だったが、処置はすんだそうだ。白リンの火傷は、内臓に深刻なダメージを与えることがあるらしい。ダメージがどの程度なのかがわかるまでに、まだ何日かかかるといわれた」

そのとき、メロディがダグに目配せをした。煙を吸いこんだことによる影響を知るためにひと晩入院することは、アンディにいわないでほしいということか。「マイケルとルイーズは？」メロディがいった。

「病院に来てる。タムはＩＣＵにいるから、ふたりで順番に面会しているそうだ。ルイーズが家に帰らないといいはるから、あとでおれが家に寄って、犬の世話をすることにした」

タムは、ガーデニング・デザイナーをしているパートナーのマイケルとふたりで暮らしていて、同じアパートの隣の部屋にルイーズ・フィリップが暮らしている。ルイーズは弁護士で、シャーロット・マリクの亡くなった父親といっしょに事務所をやっていた。タムとマイケルとルイーズは奇妙な家族のような関係だ。ダグがいままでにみてきた暮らしぶりからすると、血縁のある家族よりもずっと強い絆で結ばれている。

「タムになにかあったら……」アンディはいいかけて、メロディからダグに視線を移した。そして怒りに震える声で続けた。「いったいだれがなんであんなことを？　なんのためにあんなことをしたんだ？」

キンケイドはその後、マーティン・クイン以外のメンバーの事情聴取をジャスミン・シダナとスウィーニーに任せ、自分はニック・キャレリーといっしょに隣の部屋からみていた。シダナはいい仕事をしてくれた。メンバーたちが話したことは、アイリスと同じだった。発煙筒を用意したのはマーティンだったという。

ほかの点でも、メンバーたちの証言は一致していた。発煙筒だと思っていたこと。煙を出す役目は自分がやるとライアンが自分からいったこと。マスコミの注目を集めたかったこと。人に危害を加えるつもりなどまったくなかったし、ましてやライアンがこんなことになるとは思ってもみなかったこと。

トリッシュ・ホリングスワースを除いて、グループの全員が大学の卒業生または現役の大学生だった。眼鏡をかけて、あごに小さなひげを生やしたディーン・ギルバートは、今回のプラカードを運んだ若者で、広告学を学んでいる。あごひげをのばしたリー・サットンは、コンピューター・サイエンス専攻。みな、マーティン・クインのアパートで暮らしている。きまった収入がないので、おそらく家賃を払わず、マーティンの厚意に甘えているのだろう。

定職についていないのはマーティンも同じだ。シダナとともに取調室でマーティンと向かい合ったキンケイドは、こう尋ねた。「カレドニアン・ロードのアパートの家賃はどうやって払っているんだ？　それなりの値段がしそうじゃないか」

マーティンは骨ばった肩をすくめた。「答える必要はないだろ」

キンケイドは軽い口調のまま質問を続けた。「きみが払っているんだろう？　安くはないはずだ」

「金ならあるんだよ」しばらくすると、マーティンがしぶしぶ答えた。「グループのみんなだって家族から金をもらったりしているし。まあ、全員がそうってわけじゃないけどな。そんなことどうだっていいだろ？」

さっきはあんなに喧嘩腰だったのに、ずいぶん態度が軟化している。弁護士は呼ばなくていいんだろうか、とキンケイドは思った。

「発煙筒のことをきかせてほしい。最初に発煙筒を使おうといいだしたのはだれだ？」

「おれだ」誇らしげな答えだった。その結果なにが起こったのか、忘れてしまったんだろうか。

「それを思いついた理由は？　なにかがヒントになったんじゃないのか？」

マーティンはまた肩をすくめた。「抗議活動で発煙筒を使うのはよくあることだろ」

「だれかにそういわれたんじゃないのか？」

「違う」

「ライアン・マーシュがいいだしたんじゃないのか？」

「違うっていってるだろ」マーティンは姿勢を変えた。大きな体を普通サイズの椅子に合わせようと苦労しているんだろうか。膝がテーブルの裏面に当たっている。「そんな話をしたことがあったかもしれないが、覚えてない。たしかに、ライアンはなにをやってもイケてるからな」

「ライアンにほめられたくて、そんなアイディアを出したのか？」

「違う」マーティンは不機嫌そうにいった。「ライアンには鼻で笑われた。だがおれは――」そのときはじめて、マーティン・クインは涙目になった。「やるべきだといった。こんなことになるなんて、いまでも信じられない」

「あれが発煙筒だったというのは間違いないんだね？」

「もちろんだ」吐きすてるようにいう。「そう書いてあったんだから、そうとしか思えないだろう？　ビデオやなんかで、発煙筒は何度もみたことがあったし……」

シダナが身をのりだした。軽くゆがめただけの唇に、あなたのいうことはまったく信じられないわよ、という思いがあらわれている。「ビデオでちょっとみたくらいで、あなたの用意したのが発煙筒だってことを断言できるの？」

マーティンは答えない。

「どこで手に入れた？」キンケイドがきいた。

また激しい口調で答えるのかと思いきや、マーティンは小声でいった。「ある男からもらった」

キンケイドは眉を片方だけつりあげた。「ある男？　名前は？」

「覚えてない。ある抗議活動のときに出会ったやつだ。そのときは、もらったはいいがどう使うかなんて考えてもいなかった」

「家に置いといても持てあましちゃうわよね、ミキサーかなにかとは違うんだから」シダナが皮肉たっぷりにいった。

「ああ。というか――デモで発煙筒を使うところはみたことがあったが、どんな場面で使えばいいかわからなかったんだ」

当分のあいだは、シダナに〝悪い警官〟を演じてもらおう。キンケイドは穏やかな口調を心がけた。「今日の活動に使おうと思ったのはなぜだ？」

「あのバンドが来るってわかったからさ。マスコミが来るだろ」

「やめてくれよ」キンケイドは思わずつぶやいた。シダナが驚いたような視線を向けてくる。いまのマーティンの言葉をアンディがきいたら、タムが大怪我をしたのは自分のせいだと思ってしまうだろう。

「ネットで発煙筒についての記事を読んだんだ。効果的な使いかたが書いてあった」マーティンは満足げな顔をしている。いいことを思いついたぞ、とでも思っているんだろう。

「ブラウザに閲覧履歴が残っているだろうな」

マーティンは信じられないというようにキンケイドをみた。「いくら警察だって、おれのパソコンまでは――」

「みられるさ」マーティンの動揺ぶりをみて、キンケイドはしてやったりという気分だった。「捜索令状が出れば、パソコンも捜索の対象になる。あの部屋にあるすべてのパソコンが科捜研に送られる。履歴が完全に消えることはありえない。わかっているだろう？」

「捜索令状のことなんて、なにもきいてない」マーティンはいいはった。

キンケイドはシダナに視線をやった。とまどったような顔をしている。「マーティン」キンケイドは身をのりだして、目と目を合わせた。「いいか、人がひとり死んだんだ。きわめて痛ましい死にかただった。事故であろうと自殺であろうと他殺であろうと、その事実は変わらない。怪我人もたくさんいる。重傷を負った人もいる。使われた装置は自分が用意したと、きみは認めた。ならば、きみの自宅を捜索するのは当然だと思わないか？　きみの身柄も拘束することになる。きちんと答えてもらっていないことがいくつかあるからね」

「つかみどころのない男だな」キンケイドはそういいながら、シダナとともに刑事部のオフィスに戻った。ニック・キャレリーとスウィーニー巡査もついてくる。

シダナは眉をひそめた。「テロリストに興味のある小学生って感じですね」

「危険な男には違いない」キャレリーがいう。「とぼけたふりをしているが、じつは相当したたかなやつだ」

「弁護士を呼ぶのはやめたようだな」キンケイドが応じる。「無邪気な男の子って路線で通すつもりか」

そのままひと晩勾留ということになっても、弁護士を呼ぶという者はひとりもいなかった。弁護士の知り合いがいないだけかもしれないし、公選弁護士を頼めるということを知らなかったせいかもしれない。しかしキンケイドの受けた印象では、マーティン・クインが弁護士を頼まなかった理由はそれ以外のところにありそうだ。

「二十四時間ある」サイモン・イーカスが加わったオフィスで、キンケイドはいった。

「いや、まるまる二十四時間というわけにはいかないが」腕時計をみてつけたした。「彼らの勾留を延長できるような事実をつかんでほしい。マーティン・クインの情報をなるべく多く手に入れたい。もちろん、ほかのメンバーもだが」

捜索令状が出るのは明日の朝になる。明日はすっきりした頭で取り組んでほしいから、今夜は今夜でできることをやってほしいが、睡眠はしっかりとってくれ」キンケイドはキャレリーの顔をみた。「セント・パンクラス駅の状況はどうなっている?」

「列車の運行は再開されました。が、アーケードのあのエリアは立ち入り禁止にして、鑑識が徹底的に調べています」キャレリーは敬礼のポーズをとった。「では、お先に失礼。やることがあるし、待っている人もいるので」のんびりした足どりで出ていった。

キンケイドは片方の眉をつりあげただけで、コメントはしなかった。もう十時を回っている。駅は五時間近く閉鎖されたということか。列車の遅れを元に戻すには何日もかかるかもしれない。大規模な運休は、イギリス国内だけでなく、ヨーロッパ全体の鉄道網に影響を与える。

今度はサイモンにいった。「だれかに防犯カメラのチェックを頼みたい。できるだけ長くさかのぼって、手がかりをみつけてほしい。死亡した男性がいつどこからやってきたかが知りたいし、顔もみたい。サイモン、そのための人員を手配して——」

「ボス」キンケイドの言葉が終わらないうちに、サイモン・イーカスがいった。「ちょっと妙なことに気がついたんですが。グループの若者たちはみな、ライアン・マーシュは有名な活動家で、逮捕されたこともあるといっていましたよね？　ところが、ライアン・マーシュという名前は、前科者リストの中にはないんです。公開データベースの中にも、身体的特徴の一致するライアン・マーシュはみつかりません」

全員に仕事を割りふったあと、キンケイドはホルボン署をあとにした。冷たい風を受けて体を震わせながら、これからどうしようかと考えた。事件は奇妙な様相をみせてきた。だれかに話をきいてもらいながら、頭の中を整理したい。これからまっすぐ帰っても、家に着くころには、ジェマはもう寝ているだろう——そうであってほしい——し、子どもたちもベッドに入っているだろう。

　署の車を使わせてもらおうか。この時間なら、地下鉄を使うより早く帰れるだろう。タクシーを拾うという手もある。しかし、どちらのアイディアもいまひとつだ。ゆっくり考える時間がほしいのだから。

　電話が鳴った。こんな時間になんだろう。しかし、かけてきたのがジェマならありがたい。タムのようすを知らせる電話なら、それも大歓迎だ。

　ところが、発信者番号はダグ・カリンのものだった。なんの用か、一瞬でわかった。

「いまどこだ？」ダグがしゃべるより早く、キンケイドはきいた。

「ユーストン・ロードです。病院を出たところで」

　キンケイドはもう一度腕時計に目をやった。「まだそんなに遅くないし、距離も近い。タクシーを拾って、ラムズ・コンデュイット・ストリートのパブに来てくれないか。〈パーシヴィアランス〉っていう店だ」ダグに有無をいわせず、電話を切った。

　パブまでは歩いてもすぐだったので、キンケイドのほうが先に着いた。ラムズ・コンデュイット・ストリートとグレート・オーモンド・ストリートの角に立つ〈パーシヴィアランス〉は三角形をしている。暖かみのある気取らない店で、昼間はたいてい、グレート・オーモンド・ストリート病院の医師やスタッフでにぎわっている。しかしいまは水曜の夜なので、店内には静かな空気が流れていた。

ホルボン署に配属されてからすぐに好きになったパブだ。署の警官の多くは、ラムズ・コンデュイット・ストリートをしばらく行ったところにある、別のパブを愛用しているらしい。

カウンターに並ぶタップのひとつはアメリカのシエラネヴァダ・ビール。これが、この店を好きになった理由のひとつだ。それを一パイント注文し、ダグの到着を待った。黒板に書かれたメニューに目をやった瞬間、長いことなにも食べていないことを思い出した。そういえば、おなかがぺこぺこだ。

「食べるものは、なにか残ってるかい？」ウェイトレスにきいた。若くて可愛らしい女性だが、まだ名前を覚えられない。

「ごめんなさい。料理は十時までなんです。キッチンを閉めてしまうので」キンケイドがよほど悲しそうな顔をしたのか、ウェイトレスはすぐにこうつけたした。「そうだ、ステーキパイが残ってたはず。電子レンジで温めましょうか？　ポテトはつけられませんけど」

「ありがたい。恩にきるよ」キンケイドが笑いかけると、ウェイトレスも笑顔を返してきた。

「じゃ、すぐにお持ちしますね」

ドアがあいて、冷たい風が入ってきた。ダグ・カリンがいう。「また女の子を夢中にさせてるんですか？」バーに近づいてきて、キンケイドの隣に座った。

「いやいや、食料確保のためだよ」キンケイドは悪びれもせずにそういうと、ダグの肩を強く叩いた。

「ビールはなにを？」ダグは驚いて身を引きながらきいた。

「西部劇の本場、コロラド州のエールだ。一杯おごるから、ウェイトレスが戻ってきたら注文するといい」キンケイドはごくごくとビールを飲んだ。

もう酔っているんだろうか。ダグはそう思いながらキンケイドをみた。「アメリカのビール？　どうかしちゃったんですか？」

「どうもしないさ」キンケイドはさっと手を振って、話題を変えた。「メロディはどうだった？　会ってきたんだろう？」

「ええ、よくなるといいんですが」ワイヤーフレームの眼鏡に光が当たって、ダグの目を隠している。「今夜は入院して、様子をみるそうです。毒性のある煙を吸って、体がダメージを受けているかもしれないとのことで」

「そうか」さっきまでの上機嫌がどこかに消えてしまった。「タムは？」

「メロディのところにアンディが来ました。チェルシー・アンド・ウェストミンスター病院のＩＣＵでタムを見舞って、そこからまっすぐやってきたとか。タムの容体はよくないそうです。火傷だけでなく、白リンの毒のせいで臓器が傷んでいるようで」

ウェイトレスがキッチンから戻ってきた。湯気の立つステーキパイのまわりに緑の野菜がきれいに並べてある。「ポテトがないので、サラダを添えました」おおげさなしぐさで、皿をキンケイドの前に置いた。

「すばらしい。きみは今日のMVPだ」キンケイドはもう一度微笑み、自分のビールを指さした。「連れにも同じものを頼むよ」ウェイトレスがビールを注ぐあいだに、キンケイドはビールとパイの代金を払って、そばのテーブルのほうにあごをしゃくった。

ふたりは向かい合って座った。中央にろうの垂れたキャンドルがある。キンケイドはとっくに食欲をなくしていたが、食べなければだめだとわかっていた。パイが少し冷めるのを待つあいだに、ダグのようすを観察した。「足を引きずってるじゃないか」

「寒い中、ずいぶん歩いたんですよ。また悪化してしまう」

キンケイドは、ふたりが同じことを考えていると確信していた。足首が治ったとき、ダグはどこに配属されるのかということだ。

ダグの次の言葉で、それが裏付けられた。「新しい部下とはうまくいってますか？巡査部長でしたっけ」

「そんなことをいったら殺されるぞ」

「失礼。警部補でしたね」

キンケイドはパイを口に運んだ。まだ舌が火傷するほど熱い。ため息をついてフォークを置き、眉をひそめた。「変わり者なんだ。名前はジャスミン・シダナ。今日の事情聴取ではいい働きをしてくれたよ。なかなか鋭い質問をしていた。それに、メロディには優しかった。ぼくのことはどうにも気に入らないようだが」

「へえ。さすがのボスにもそういうことがあるんですね」

「そのようだ。今回ばかりは優秀な右腕が必要なんだがな」

キンケイドはもう一度フォークを取り、ゆっくり食べながら、これまでにわかったことをすべて説明した。SO15との共同捜査であること、ニック・キャレリーという警部のこと。最後に、焼死したと思われるライアン・マーシュには前科があると仲間たちがいっていたにもかかわらず、実際には前科者リストの中に名前がないことを話した。管理官によると、公的データベースにもその名前はみつからないらしい。

「偽名ってことですかね?」ダグはグラスに三分の一ほど残っていたビールを一気に飲みほした。「これ、うまいですね」いいながら、空のグラスをさらに傾ける。

ウェイトレスがやってきた。「ラストオーダーです。もう一杯いかがですか?」

キンケイドは考えた。車で帰るわけではないし、ノティング・ヒルまでどうせタクシーに乗るのなら、せっかくだからゆっくり飲むのも悪くない。「もらおうか。ふたつ頼むよ」ダグが断ろうとするのを遮って、いった。「きみもゆっくり飲んでいくといい。足を引きずって地下鉄や深夜バスになんか乗るもんじゃない。タクシー代は署の経費で落としてやる。名目はコンサルタント料だ」半分本気だった。

ダグとゆっくりおしゃべりしたいと、ずっと思っていた。というより、ダグという人間そのものが恋しかったし、心配でもあった。ダグは前より痩せたようだ。少年のようなブロンドとハリー・ポッター風の眼鏡は変わらないが、顔はどこかやつれている。メロディを心配しているからだろうか。

「そんなわけで……」キンケイドは二杯目のビールを飲みながらいった。「そう、偽名の可能性はある。だが、不思議なのは、経験豊富と思われる活動家が、どうしてあんな素人集団と手を組んでいたのかってことだ。そもそも年齢だってだいぶ違うじゃないか。グループのメンバーは若くて、これといった活動の経歴もない」

「見た目よりやり手のグループなのかもしれませんよ。まあ、話をきいた限りでは、統制のとれたグループという感じはしませんが」ダグがいった。テーブルのキャンドルが、最後にぱっと輝いて消えた。ふたりのあいだに白い煙が漂う。「あるいは、ライアン・マーシュという男には、目立ちたくない理由があったのかもしれない。弱小活動家グループにいれば目立つことはありませんよね」ダグはビールを口に含み、これはいいというようにうなずくと、話の続きをした。「けど、記録がないというのが気になるなあ。ぼくはこの一ヵ月半、データ入力ばかりやってきました。それでわかったのは、人の存在はなんらかの形で表に出てくるってことです。偽名であっても、なにかの形でどこかに記録されるものです」

キンケイドは眉を寄せた。「透明人間にはなれないってことか。ライアン・マーシュにそれができたのには、どういうからくりがあるんだ?」

パブの客はふたりだけになっていた。ウェイトレスは洗ったグラスをカウンターの端に並べている。それでもダグはあたりをみまわし、声を低くしていった。「戸籍が抹消されているのでは?」

8

この地で永遠の眠りについていたわたしたちは
だれもかれもいっしょにされて
恐怖にかられて叫び声をあげる
「わたしはいったい、だれなんだ！」

——トマス・ハーディ『The Levelled Churchyard』1882

ジャスミン・シダナはホンダのセダンのシフトレバーを握り、ウェストウェイの信号を抜けた。シェパーズ・ブッシュにさしかかると、南にハンドルを切り、また西に進んだ。自宅があるのはハウンズロー。大きな一戸建てに、両親と祖母といっしょに住んでいる。

「家に帰って休みなさい」キンケイド警視はそういって、刑事部のオフィスを出ていってしまった。どうしてあんな飄々（ひょうひょう）とした態度を取れるんだろう。今朝は今朝で、まるで二日酔いみたいにどんよりした目でやってきたし、さっき署の前でみかけたときは、パブの方向に歩いていった。自分は酒を飲まないことをみんなにからかわれているが、仕事だけはちゃんとやっている。

また信号だ。今度こそ、いらいらしないで待つことにしよう。それにしても、「家に帰って休みなさい」って、どういうこと？　もし自分がキンケイドの立場なら、全員に徹夜で仕事をさせるだろう。捜索令状が出たらすぐにそれを執行する。それが何時であろうと、どんなに疲れていようと、関係ない。

「だいたい、いつも上から目線なのよね。何様のつもり？」声に出していってみた。いいなれない言葉なので、なんだか妙な感じがする。「何様のつもり？」もう一度、もっと力をこめていった。「何様のつもり？　偉そうに！」不思議な満足感が得られたが、それでも憤りはおさまらない。

事情聴取の肝心なところは自分が仕切っておいて、残り物だけをこっちに回してきた。犬に骨をやるみたいに。

もうひとりの女性刑事を自分の手先のように扱っていたし、カム・チェンのこともばかにしていた。郊外のいい家に育って立派な両親がいることが、そんなに気に入らないんだろうか。

　となれば、こっちもどう思われるかわからない。両親は医師で、三十五歳になっても実家住まいなんだから。しかし、まともなパンジャブ人の娘は、アパートで独り暮らしなんかしない。お金があっても、そんなことはしない。職業訓練を積んだら、ふさわしい男性と結婚するのが望ましい。でもいまのところ、仕事より魅力的な男性はあらわれない。出会った男性はみんな、自分の話しかしない。自分がいかにがんばっているか、それぱっかりだ。キンケイド警視もそういう男に違いない。

　いったいなにをやらかして、スコットランドヤードのエリートコースからホルボン署に左遷されてきたんだろう。

　今回の捜査がうまくいかなかったとしたら、それはあの警視のせいだ。責任をとことん追及してやる。ハウンズローに着くころには、ジャスミンは鼻唄を歌っていた。


　人込みにまぎれて姿を消した。

　平均的な体格の男が黒いフードつきパーカを着てリュックを背負っていれば、ロンドンの夜に溶けこむことなど簡単だ。

　フードをかぶり、うつむき加減の姿勢をとり、早足になりすぎないようにして、セント・パンクラス国際駅を出た。警察が現場を封鎖したのはそのあとだ。

それからはひたすら歩いた。ブルームズベリ、コヴェント・ガーデン、ソーホー。できるだけ人の多いところを歩くようにした。バスや地下鉄には乗らない。防犯カメラに写りたくない。

ホルボンまで来たとき、どうしようかと考えた。別の名前で借りたアパートがハックニーにある。どこにでもありそうな、普通のアパートだ。あそこなら安全な隠れ家になりそうだ。いや、安全なんてどこにもない。あてになるものなどなにもない。

いまごろ、駅はどうなっているだろう。

寒さよりも動揺のせいで体が震える。あのときの光景が頭にこびりついて離れない。

グループから追放したいと思うなら、どうしてあんな方法をとるんだろう。あえて火を使いたかったということか。それとも、ゆがんだ形の復讐なのか。こちらはなにもしていないのに。吐き気がこみあげてきた。足がもつれる。通りすがりの人が避けていった。酔っぱらいだと思われたんだろう。こんなんじゃだめだ。とにかく目立たないようにしなければならないのに。

落ち着いて、よく考えよう。

やはりハックニーには戻れない。

家にも帰れない。そう考えると涙が出てきた。涙を拭くと、手にすすがついた。あわてて青いハンカチを出し、つばをつけて、顔を拭いた。黒く汚れた顔をしていたら、人々の記憶に残ってしまう。

さらに歩きつづけた。レスター・スクエア、ピカデリー、ウェストミンスターの裏道。手も足も感覚がなくなってきた。夜が更けてきた。この時間なら平気だろうと判断し、ヴォクソール橋を渡った。川の南岸の車庫に車を駐めてある。車の税金や保険を払ったり、車検に出したりするのには、偽名を使っている。いままで慎重に慎重を重ねてきたから、おじにはなにも気づかれていないはずだ。そうであってほしい。

車庫の前まで来ると、そこに五分間立って、聞き耳を立てたり周囲をみまわしたりした。ネズミの走る音。川からあがってくる湿気のにおい。それだけだ。ほっと息をついて、ポケットに入れていた小型の懐中電灯をつけると、それを口にくわえて、ロールアップタイプのドアの鍵をはずした。

アストンマーティンDB5が待っているわけではない。駐めておいたのは十年もののフォード・モンデオだ。色はダークブルー。派手なところはまったくないが、走るとぷすぷす音をたてるようなぽんこつ車でもない。どこにでもある、普通の車だ。うっすらと埃（ほこり）をかぶっている。今夜の天気なら、さらにみぞれが降りかかって迷彩模様になるだろう。

まずはトランクをあけて、非常用キットを取り出した。缶詰やフリーズドライの食品、水、サバイバル用品が入っている。拳銃と銃弾もある。ワルサーの九ミリだ。ファスナーつきの袋には現金。足跡をたどられないようなやつだ。これでなんとかなるだろう。

モンデオは一度でエンジンがかかった。いちばん高いバッテリーを買った甲斐があった。ガソリンは満タンに入っているし、タイヤの空気圧もばっちりだ。

これ以上ぐずぐずしている理由はない。それでも、車を出して車庫のドアを閉めたあと、エンジンをかけたままじっとしていた。

考える時間がほしい。なにが起こったのか、ちゃんと確認したい。だれが悪いのかを知りたい。それができないと、自分自身を守ることができないのだ。家族だって守れない。それをなしとげるまでのあいだ、安心して滞在できる場所は、ただひとつ。

車のギアを入れ、西に走りだした。

ジェマは目を覚ました。夢のせいだろうか。それとも物音をきいたからだろうか。隣になにかずっしりしたものがあって、温もりが伝わってくる。一瞬考えて、ダンカンではないとわかった。ジョーディだ。ダンカンが帰ってこないのをいいことに、ベッドの足元からこっそり入ってもぞもぞと上にあがり、ジェマの隣に落ち着いたらしい。

バスルームのランプの弱い光のおかげで、見慣れた家具の輪郭がなんとかみえる。ダンカンの側に置かれたデジタルの時計によると、時刻は一時十五分だ。

それをみて、完全に目が覚めた。体を起こして耳をそばだてる。さっききこえたと思ったのは、ダンカンが帰ってきた音だろうか。シャーロットが咳をしているんだろうか。

ベッドから出てナイトガウンを羽織った。いびきをかいて眠っているジョーディをベッドに残して、足音を立てないように階段をおりた。子ども部屋は暗い。シャーロットの少しかすれたような寝息が、あいたドアのむこうからきこえる。咳はしていないようだ。よかった。

キットとトビーの部屋にはテスがいるはずだ。ジョーディのようにぐっすり眠っていてくれるといいのだが。真夜中に犬が吠えだしたら、みんなが目を覚ましてしまう。

キットは学校で、弟と同じ部屋で寝ていることをからかわれることがあるらしい。しかしそれをいえば、ジェマだって独立するまでは妹と同じ部屋を使っていた。中流階級の人々は子どもにはひとり部屋を与えるのが当然だと思っているらしいが、そんなふうに決めつけるのはやめてほしい。ありがたいことに、キットは気にしていない。〝これとこれには触るな〟というルールをトビーが守ってくれる限り、同室でもかまわないと思ってくれている。

ダンカンの給料と自分の給料を合わせれば、郊外のどこかに、寝室が四つある二軒続きの家(セミデタッチト・ハウス)が買えるだろう。しかし、たったひと部屋増やすだけのために、この家を出る気にはなれない。とはいえ、出ていけといわれたら話は別だ。

何週間か前から、気になっていることがある。デニス・チャイルズ警視正からダンカンに、なにも連絡がないというのだ。だから、シンガポールに住んでいるデニスの妹のリズが事故に巻きこまれたのかどうかがわからない。この家はリズとその夫から五年の約束で借りていて、残り期間はまだ半分以上残っているが、リズの身になにかがあれば、その約束もどうなるかわからない。

この家を出るなんて、考えられない。まるで自分の心がこの家の一部になってしまったような感じなのだ。この家で暮らしはじめてから、いろんなことがあった。流産。キットの親権獲得。前はするつもりはなかったのに、いまとなってはそのことが信じられないような、ダンカンとの結婚。ダンカンと自分の異動。将来への不安。母親とルイーズの思いがけない病気。タムの火傷。この家は自分にとって、要塞のようなものなのだ。命綱ともいえる。

首を横に振って、さらに階段をおりた。母親がよくいうように、余計な心配をしてもしかたがない。ただでさえ、いまはタムとメロディのことがある。

一階もしんとしていた。しかし、玄関ホールに明かりがついていて、玄関を入ったところにあるコートフックにダンカンのコートがかかっているのがみえた。帰ってきたんだ、とジェマは思った。じゃあどうして寝室に来ないんだろう。

　リビングをのぞきこんだ。こちらに気を遣ってソファで寝ているのかもしれない。しかしソファに寝ているのは猫のシドだけだった。緑色の目を眠そうにぱちくりさせて、それまでよりも体を丸めた。

　フランス窓は鍵がかかっていた。もっとも、こんな深夜にダンカンが庭に出るとはおもえない。

　キッチンをみにいこうとしたとき、書斎のドアの下の隙間から光が漏れているのに気がついた。猫の親子のことが心配で、机の上のシェードつきランプをつけっぱなしにしておいたのだ。ドアをあけ、中に入ってドアを閉めた。

　ダンカンがいた。上質なグレーのスーツと編み上げ靴を身につけたままだ。母猫と子猫たちの入った箱のすぐそばの床に、横向きに寝そべっている。ランプの光のせいで、無精髭が伸びているのがよくわかる。呼吸に合わせて胸が上下する。ぐっすり眠っているようだ。

　部屋を満たしているのはダンカンの寝息ではなく、母猫が喉を鳴らす低い音だった。

9

十九世紀半ばのセント・パンクラスは、新しい鉄道駅を作る候補地になどなりそうもない場所だった。

――Bbc.co.uk/London/St.Pancras

ジェマはダンカンの肩をそっと押した。はっとして目覚め、体を起こしたダンカンをみて、笑いをこらえながらいった。「もうすこし快適なところで寝たら?」

「ああ、寝ていたのか」ダンカンは一瞬、ここがどこだかわからないという顔をした。ビールのにおいをさせながら、猫を指さした。「みていたら、そばにいてやりたくなったんだ」

ジェマは床に膝をつき、母猫のあごの下の真っ白な毛をなでた。「かわいいでしょう？」子猫たちはひとつに固まって、正体不明の毛の塊のようになっている。「子どもたちが助けてやらなかったら、いまごろどうなっていたかわからないわ」

「けど、小屋には鍵がかかっていたんだろう？　ああ、わかったぞ、そういうことか」ダンカンは片手で頭をかいた。頭がはっきりしてきたようだ。「器物損壊と家宅侵入の罪を犯したわけだ」

「しかも、なかなかの腕前だったようよ」ジェマは答えた。「今回は処分保留ってとこね。ただし、庭の管理員に謝って、鍵をつけなおす手伝いをさせるつもりよ」

「で、小さなモンスターたちをどうするつもりだ？　ああ、猫のことだよ。うちの息子たちじゃない」ダンカンは笑顔でいった。

「ブライオニーが引き取り手を探してくれるって」

「子どもたちの反応が目に浮かぶよ」

「三人とも大興奮だったわ。でも、シドを合わせたら、猫は全部で六匹になる。わたしは〝猫おばさん〟になるつもりはないわ」いいながら、ジェマは不思議に思った。猫をたくさん飼って変人扱いされるのは、どうしていつも女性なんだろう。〝猫おじさん〟がいてもいいはずなのに。男性なら猫をたくさん飼っても変人にみえないということか。

「〝猫おばさん〟か。きみには似合ってるけどな」

ジェマはダンカンの肩を叩いた。「やめてよ」それから、少し遠慮がちに続けた。「でも、悪くないかもしれな――」首を横に振る。「ううん、いまからそこまで考えることはないわよね。ただ、現状では、わたしたちが飼い主ってことになってるのよ。明日、ブライオニーがまた来てくれるわ。マイクロチップが入ってないか、調べてくれるんですって」

「ブライオニーが来てくれたのかい?」

「ええ。今日はブライオニーとウェズリーが大活躍してくれたの。ウェズリーはオットーのビーフストロガノフを持ってきてくれた。おなかすいてる?」

「いや、署の近くのパブで食べてきた。ダグと行ったんだ。ダグがメロディの見舞いに行ったあと、連絡をくれたんだよ。メロディは今夜だけ入院するらしい」

「ええ、きいてるわ」ジェマは体をぶるっと震わせた。「メロディが電話をくれたの。タムのことも、アンディからきいた話を伝えてくれた。よりによってタムがそんな怪我をするなんて……。でも、メロディやアンディだって、どうなっていてもおかしくなかったのよね。それで、亡くなったのがだれなのか、わかった?」

「まだなんともいえないな」ジェマはそれをきいて、まだいまはいいたくないんだな、と思った。

「じゃ、ベッドにどうぞ」

「子猫より魅力的なお誘いをありがとう」ダンカンは立ちあがって伸びをすると、ジェマの手をつかんで立ちあがらせた。「だがその前に、子どもたちの寝顔をみたいな」

そんなにひどい現場だったんだ、とジェマは思った。

遅い時間に寝たのにもかかわらず、キンケイドは翌朝八時前には署についていた。サイモン・イーカスも早く来て、捜索令状を手にキンケイドを待っていた。

「鍵屋も手配してあります。どんなふうに捜索を進めますか？　どれがだれのものだかわからなくて、混乱しそうですよね。部屋の中のものにいちいち名前が書いてあるわけじゃないでしょうから」

そのとき、ジャスミン・シダナが刑事部のオフィスに入ってきた。なんだか不機嫌そうだ。今日も朝から嫌われているのか、とキンケイドは思った。

イーカスにきかれたことについては、出勤のあいだに考えていた。今日は車で出勤した。交通機関の乱れに仕事を左右されたくなかったのだ。「シダナ警部補、おはよう」最高の笑みを作って声をかけた。「家宅捜索のあいだ、グループのひとりと取調室で待機してくれないか。カムがいいと思う。鑑識が写真を撮ってきみとサイモンに送るから、それをカムにみせて、だれのものだかきいてほしい」

「けど――」

「ああ、カムが本当のことをいうとは限らないが、捜索の現場に彼らを立ち会わせるわけにはいかないからね」

「いえ、わたし、捜索はわたしが仕切るものと思っていたんですけど」シダナは真剣な顔をして、その場に仁王立ちしている。刑事部のど真ん中で上司を殴りつけるつもりだろうか、とキンケイドは思った。前の上司にもこんなふうに食ってかかっていたんだろうか。だとしたら、よくおとがめもなく働きつづけてこられたものだ。

そんなことは絶対にさせない。決意したキンケイドは笑顔を保ったまま答えた。「きみは取調室のほうが実力を発揮できると思うんだ」それからイーカスにきいた。「キャレリー警部から連絡は？」

「現場に直接来るそうです」イーカスは答え、心配そうな目でシダナをみた。

「防犯カメラはどうだ？」

「ライアン・マーシュの特徴に合致する人物が十人ほどいましたが、まだ途中なんです。映像を全部みおわるころには、その数は倍以上になっているでしょうね。薄茶色の短髪に青い目の、中肉中背の男性。ジーンズに黒のフードつきパーカ、背中にはリュックサック——そんな人はいくらでもいますよ。しかも、写真がないから顔もわからない」

「カムに映像をみてもらうんだ」キンケイドはシダナにいった。「カムもわからないといったら、ほかのメンバーにも意見をきいてみてくれ。これだという映像があれば、それをぼくに送ってほしい。スウィーニーに協力させる」イーカスに向きなおった。「ライアン・マーシュの記録はどこにもみつからないのか？」

イーカスはうなずいた。「同姓同名は何人かいましたが、実在の人物で、身元もわかっていますし、身体的特徴が合致しません。ひそかに抗議活動をやっているということもなさそうです」

昨夜パブを出る前に、キンケイドはダグにちょっとした調べ物を頼んでおいた。去年の秋にヘンリー・オン・テムズで経験したことや、その後の不可解な異動のせいで、物事を深読みしすぎているのかもしれないが、社会的な記録のない人物が事件に関わっているという事実が、どうにも腑に落ちないのだ。しかし、なにもわからないうちは、イーカスにもほかのスタッフにも、不用意なことをいいたくない。

「わかった」イーカスにいった。「サイモン、取調室Aに、モニターの用意を頼む。ジャスミン、まずはカムを呼んで、防犯カメラの映像をみせていてくれ。追って、こちらからもアパートの写真を送る」

無意識のうちに、シダナをファーストネームで呼んでいた。しかしシダナのほうは、わざとらしく机の上を片づけつづけて、返事もしてこない。

ばかばかしい、とキンケイドは思った。しかし、こんな態度をとってくる部下でも、子ども扱いすることはできない。仕事は仕事としてやってくれるはずだし、自分にもやるべきことがある。コート掛けからコートを取ると、オフィスのドアに向かった。

カレドニアン・ロードの建物は、曇って冷たい朝の空気の中では、なおさらひどい状態にみえた。みぞれがやんだのはありがたいが、風は相変わらず強い。シベリアからの風が、イギリスめがけて吹きつけてくる。

ニック・キャレリーが足踏みをしながら待っていた。手にはコーヒーの入った発泡スチロールのカップ。隣に制服警官がいた。ひと晩じゅうここにいて、アパートを見張っていてくれたのだ。さらにもうひとり、頭の禿げかかった男がいる。分厚いパーカを着て、手には金属のケース。

「一階のチキン屋はもうあいてますよ」キャレリーは挨拶代わりにいって、カップを掲げた。「コーヒーでも買ったらどうです？　温まりますよ。こっちはメルです」もうひとりの男をあごでしゃくった。

「鍵屋です」メルがいう。「よろしくお願いします」

キンケイドは手袋をはずして握手した。「よかったらコーヒーをふたつ買ってこよう。鑑識待ちなんだろう？」

「そろそろ来るはずです」キャレリーがいう。

メルがコーヒーを飲むと答えたので、キンケイドはチキン屋に入った。まだ朝だというのに、熱した油のにおいが充満していて、気分が悪くなった。朝からフライドチキンなんか食べる人がいるんだろうか。

しかし、メニューを書いたボードをみると、ベーコンエッグのサンドイッチも出していることがわかった。ポテトもついている。ベーコンという言葉をみて、朝食を抜いてきたのを思い出した。子どもたちの朝食と登校をジェマにまかせて、早々に家を出てきたのだ。

カウンターの奥にいるのは中東出身らしい中年の男だった。でっぷりした腹からして、かなりの食いしん坊なんだろう。しかし、大きなエプロンは清潔だし、カウンターも、奥のキッチンも、掃除が行き届いている。「ベーコンエッグのサンドイッチをひとつください。ポテトはいらない。それと、コーヒーをふたつ」

「ベーコンエッグは焼きたてを使うから少しお待たせするが、いいかい？」

奥の鉄板をみて、キンケイドは答えた。「かまいませんよ」

店主と思われるその男は、ベーコンを二枚鉄板に置いて、卵を割りおとした。柔らかいパンを真ん中でスライスして、それも鉄板に置く。それから発泡スチロールのカップふたつにコーヒーを注ぎ、プラスチックの蓋をはめた。「クリームと砂糖はそっちにありますよ」横のカウンターをあごでしゃくって、カップを差しだす。

キンケイドはそのまま受け取った。クリームと砂糖が必要かどうか、鍵屋のメルにはきいていないが、もし必要なら自分で取りにくるだろう。「ありがとう。すぐ戻ります」

外に出て、メルにコーヒーを渡した。メルはおそるおそるひと口飲んで、驚いたように目を丸くした。「うまい」

「クリームと砂糖が欲しければ、中でどうぞ」

メルは首を横に振った。「コーヒーはブラックに限ります」

「ベーコンエッグのサンドイッチが食べたい人はいないかい？」

メルもキャレリーもいらないという。キンケイドはひとりで店に戻った。鑑識はまだ来ない。店で寒さをしのげるのがありがたかった。

「おいしいコーヒーですね」店主にいう。

「コーヒーにこだわりのある国の出身なんだ」店主は器用にベーコンと卵をひっくりかえした。

「へえ、どこです？」

「モロッコ。といっても、ロンドンに来て三十年たつし、この店をはじめて、もう十年になる」

「三階に住んでる人たちのこと、なにか知りませんか」キンケイドはきいた。

店主は鋭い視線を向けてきた。「警察かい？」

キンケイドはうなずいた。「刑事です」

「昨夜の騒ぎはなんだろうと思ってたんだ。今朝早くここに来たときも、外におまわりさんが立ってたし。店をあけてすぐ、内緒でコーヒーを差し入れてやったよ」ウィンクをして続ける。「いや、おとなしい若者の集団だ。なにかやらかしたのかい？」

「いや、それはまだなんとも。この建物は、ご主人のものですか？」キンケイドはきいて、紙に包んだサンドイッチを受け取った。

「いや、ＫＣＤ――キングズ・クロス・ディヴェロプメント――って会社の所有物だ。取り壊しになれば、店を引っ越ししないとな。それか、引退だ」

企業の持ちビルだったとは、興味深い。キンケイドは携帯電話にメモを打ちこんでから、サンドイッチの包みを開いた。ひと口食べて、思わず「うん、おいしい」といった。「卵もベーコンも、焼き具合が完璧だ」

「ありがとう」主人はエプロンで手を拭いて、カウンターごしに手を差しだしてきた。「メディ・エイシャスです。よろしく」

キンケイドはコーヒーのカップを置いて、エイシャスの手を握った。「ダンカン・キンケイドです。では、ここは取り壊しの計画があるんですか？」

「何年も前からそういわれてる。だけど、その会社の都合で、計画が進んでないみたいなんだ。ま、こっちとしてはありがたい。ここは競争相手も少なくて仕事がやりやすいからね。企業のオフィスもあるし。しゃれた店なら〈ドライバー〉ってパブがあるが、うちみたいに無難な店は少ないんだよ」

「無難どころか、すごくおいしいですよ」飢えていたかのように、一気にサンドイッチを食べてしまった。最後のひとかけらを口に放りこむと、財布から名刺を出した。「これからしばらく、上の部屋に出入りがありますが、あしからず」窓の外に鑑識のバンが来たのがみえた。「お仕事の邪魔はしないように気をつけます。なにか気づいたことがあったら、いつでも電話をください」

エイシャスは受け取った名刺をみて、目を丸くした。「警視さんとは、驚いたな」不安そうな口調でつけたした。「上で妙なことが起こってないといいんだが」

「ここではなにも起こってませんよ」キンケイドは曖昧な返事をした。「少なくとも、いまのところわかっている限りはね」


鑑識チームがバンからおりてくる。昨夜、駅に来たのと同じ顔ぶれだ。「徹夜だったんじゃないか?」キンケイドは尋ねた。

「はい。あっちはさっき終わったとこですよ」赤みを帯びたブロンドの若者がいった。昨夜、スコットと呼ばれていた鑑識官だ。「けど、近くにいるのがおれたちだけだったんで、この仕事も引き受けたんです」疲れた顔をしている。もうひとりの、痩せて背が高いスキンヘッドの鑑識官も同様だ。

「名前はスコットといっていたね。ファーストネームかい？」

「いえ、姓です。ファーストネームはアーサー。やっぱりわかりにくいですよね。こっちはチャド・ミルズです」スコットは相棒を紹介した。「ここでなにを調べるんです？きのうの気の毒な男と、なにか関係が？」

キンケイドはわかっていることを説明し、アパートをどう調べてほしいかを伝えた。

鍵屋のメルは、階段の手前にある一階のドアの鍵に取りかかっている。

あっというまに鍵がはずれた。メルは首を振ってつぶやいた。「セキュリティなんて名ばかりだな」キンケイドとキャレリーとふたりの鑑識官はメルのあとについて階段をのぼり、二階の踊り場で、次のドアがあくのを待った。メルの舌打ちがきこえる。「あきましたよ」一同が三階にあがると、メルがいった。「オートロックなので、閉めだされないように気をつけてください」キンケイドに名刺を渡す。「なにかあったらいつでも連絡してください」

室内は骨身にしみるほど冷えきっていた。汚れた窓から入ってくる灰色の光に照らされた部屋は、昨夜みたとき以上に殺風景だった。

キンケイドとキャレリーはゴム手袋をはめ、紙製の靴カバーをつけた。鑑識官たちはフル装備だ。「ぼくたちは昨夜もここに来たんだ」キンケイドはいい、キャレリーとふたりでドアの内側に立って部屋をみまわした。スコットとチャド・ミルズは道具箱をあけ、デジタル一眼レフカメラを取りだした。

昨夜も目についた寝袋は、いくつかがソファの下に押しこまれ、いくつかは折り畳んでリビングの角に置かれている。ズックの大きなバッグと頑丈そうな布の買い物袋も、壁際にあった。コーヒーテーブルの上には開いたままのノートパソコン。その横には新聞と雑誌が積みあげられている。とくに変わった雑誌はないようだ。コート掛けにはさまざまなコート類がかかっている。昨夜は気づかなかったものだ。ソファとコーヒーテーブルの下にはすりきれたラグマットが敷かれているが、ほかの部分は、傷だらけの床板がむきだしになっている。

棚はキッチンにあるだけだ。これなら鑑識の仕事も楽だろう。ただし、どれがだれのものかを特定するのは面倒かもしれない。

「携帯電話でも写真を撮りましょうか？」スコットがいった。「カメラの画像を転送する手間が省けるでしょう？　一眼レフで撮るような高精度の写真が必要なわけじゃないわけですし。で、ここには何人が住んでたんですか？」

「六人だと思う」キンケイドは答えた。「プラス、ライアン・マーシュだ。焼死体がマーシュだと確認できていないから、この部屋からなんらかの手がかりがほしいんだ」

ここに住んでいた若者たちの、だれがどこに寝ていたんだろう。男女の関係は生まれなかったんだろうか。マーティンといっしょに寝ていた人間がいたかどうかはわからないが、バスルームはどうだったんだろう。自分も十代のころ、妹のジュリエットと、よくバスルームの取り合いをしたものだ。それを思い出して笑顔になったが、キャレリーに不審そうな目でみられてしまった。

「なにかおもしろいことでも?」

キンケイドはかぶりを振った。「いや、こんな狭いところでよく何人もの若者が仲良く暮らせていたものだと思ってね」

「仲良く暮らしていたとは限りませんよ」キャレリーはコーヒーテーブルに近づき、手袋をはめた手でノートパソコンに触れた。ログイン画面があらわれる。「これも科捜研待ちか」肩をすくめる。もともと、中がみられるとは思っていなかった。「奥の部屋が爆弾の製造工場じゃなかったかどうか、調べてみますか」

ジャスミン・シダナは取調室Aでカム・チェンと向かい合っていた。留置場でひと晩過ごしたカムは、疲れきった顔をしていた。

ジャスミンは、糊(のり)のきいた白いブラウスに落ちていた髪を払いおとし、スカートをまっすぐに直した。ふたり同時にみられるようにセットされたパソコンのモニターに神経を集中させる。

レコーダーに録音されるよう、日付と時刻を口にしてから、カムに話しかけた。「これからすることを説明するわね。いっしょに写真をみていくわ。あなたたちの部屋で撮った写真よ。ライアン・マーシュの持ち物がどれか、教えてほしいの」

カムはジャスミンをみつめた。「なんでもきいて。あたしたちの私物はほとんどないの。マーティンが許してくれなかったから。けど、ライアンの持ち物については答えられそうにない」

「どうして?」ライアンに忠誠でも誓っているんだろうか、とジャスミンは思った。

「ライアンの私物はひとつもないから。歯ブラシ一本でさえ、置いてなかった」

寝室からはなにもみつからなかった。長身のマーティン・クインが斜めに寝ていたであろうダブルベッド、クローゼット、ぼろぼろのたんす、トールサイズのタグがついた衣類——それだけだ。バスルームも同じようなものだった。シャンプーのボトルがひとつ、清潔なバスタブの縁に置かれたボディシャンプー。バスルームの棚には歯ブラシと歯磨きペースト、ひげそり道具。ひとりぶんだから、やはりマーティンのものに違いない。ほかには市販の薬や湿布、毛抜きなどがあるだけだった。

白リンなどの爆発物の痕跡があるとしても、それをみつけるには科学捜査の力が必要だ。

「爆弾を作ったりテロリストをかくまったりしていたとしても、それはこの部屋じゃなさそうですね」キャレリーはそういうと、まもなく携帯電話でなにか話しながら部屋を出ていった。

サイモン・イーカスから電話がかかってきた。カムがシダナにいったことをきいて、電話を切ると、キンケイドはしばらくそこに立ったまま、鑑識が手際よく写真を撮ったりさまざまなものを採取したりするのを眺めていた。

マーティン・クインの人物像がはっきりしてきた。この部屋の主として、仲間たちに文字どおりここでキャンプ生活をさせ、自分に依存させていた。なんのためだろう。ライアンは、どうしてそんな生活に甘んじていられたんだろう。それに、無害な素人集団の活動に、白リンの手榴弾なんかを持ちこんだのはだれなんだろう。

また電話が鳴った。イーカスだろうと思って電話に出たが、きこえたのはラシード・カリームの声だった。ロイヤルロンドン病院の死体安置所からだ。

「遺体をみにきてもらえませんか。きっとそのほうがいい」ラシードはいった。

朝からずっと全身のあちこちをつつきまわされ、血を抜かれ、酸素レベルを調べられていたが、十時を少し回ったころ、メロディはようやく病院から解放された。与えられていた病院のガウンを脱ぎ、自分の服に着替えをすませたとき、ドアをノックする音がきこえた。

アンディがまずは頭だけを突きだして、それからほっとした表情で病室に入ってきた。「やあ。着替えの最中でなくてよかった」

「あら、逆じゃないの？」メロディはアンディの顔をのぞきこむようにしながら、セーターの汚れを払った。服に煙のにおいや肉の焦げるにおいがしみついている。気のせいだろうか。

「とんでもない。こんな状況じゃ、さすがにね」ベッドのまわりのさまざまな器具を指さした。

「わかってる」メロディはアンディをみつめた。アンディもきのうと同じ服だ。ピーコートの下は、パステルブルーのカーディガン。疲れた顔をしている。目の下にはくまがある。「眠れなかったの？」

「タムとマイケルの家のソファで、ちょっと横になっただけなんだ。犬たちは歓迎してくれたよ」

メロディはベッドの端に腰をおろした。急に脚から力が抜けてしまった。「今朝、タムには会った？　どんな状況？」

「いま、チェルシー・アンド・ウェストミンスター病院に行ってきたところだ。きのうと同じだった。いまもＩＣＵにいて、内臓の状態を調べてる。どれくらいのダメージなのか、判断するのはもう少し先になるそうだ」

「マイケルとルイーズは？」

「マイケルが説得して、ルイーズがやっと折れてくれた。家に帰って休んでる。マイケルも一時的に家に帰って犬の世話をしてた。まあ、ルイーズが本当に家で休んでるか確かめるためかもしれないけどね」アンディは弱々しい笑みを浮かべた。

「大変そう」メロディも力なく笑った。ブーツに手を伸ばす。

「もう帰れるんだね」

「今夜も来なきゃいけないけどね。また採血するんですって。でもとりあえず退院」

「家まで送るよ」アンディの背すじが伸びた。やるべきことができたので、気力がわいてきたようだ。

アンディをがっかりさせたくなかったが、メロディはいった。「家には帰らないわ。ダンカンがわたしの話をききたがってるでしょうし」そのとき、あることを思いついた。「アンディ、あなたのアパートでシャワーを浴びさせてもらえない？　あそこからならホルボン署まですぐだし」

オックスフォード・ストリートとトッテナム・コート・ロードの交差点のすぐわきの裏道沿いに、アンディの住むアパートがある。クロスレールがらみの再開発で取り壊されるのも時間の問題だ——というより、まだ残っているのが意外なぐらいだとメロディは思っていた。アンディの住まいは二階。ふた部屋のうちひと部屋がギター作りの工房になっている。リビングにはソファベッドがあって、夜になるとアンディはそれを広げてベッドにしている。残りのスペースは、ギターとアンプとアンディの飼っているオレンジ色の大きな猫のバートで、ほぼ埋めつくされている。

ごちゃごちゃした界隈にある薄汚れた建物ではあるが、メロディはアンディと知り合ってすぐ、ここを気に入った。自分の住むノティング・ヒルの高級マンションよりもずっと居心地がいい。いまでは自宅よりもこちらで寝泊まりすることのほうが多いくらいだ。冷蔵庫に必要なものをいくつか買い置きして、狭いスペースに着替えを少しだけ置かせてもらっている。人前に出て恥ずかしくない姿になれれば、それでいい。

それに、今日ばかりは、ひとりで家に帰る気にはなれなかった。

「まさか、今日も仕事をする気じゃないだろうね。きのうあんなことがあったばかりなのに」アンディが眉をひそめた。

「わたしは警官だもの」メロディは昨夜と同じように答えた。

「だが、きみの管轄じゃないだろう」

メロディはきのうの光景を思い浮かべた。煙。におい。自分がかきわけた人々の恐怖に満ちた顔。目の前で燃えた男性の姿——どんなに熱くて痛くて苦しかっただろう。怪我をした人々の悲鳴。救助に手を貸してくれた親切な人々。そしてタムの姿。

「そんなこと関係ない」

「気の毒にな」ラシード・カリームは、ロイヤルロンドン病院の地下にある小さなオフィスで、机の奥の椅子に腰をおろした。白衣の下には、いつものようにブラックユーモアの効いたデザインのTシャツを着ている。今日のはいつも以上に過激なやつだ。黒地に白いあばら骨が描かれ、真ん中がすっぱり切りひらかれたようになっている。定番の形をした心臓はあばら骨の外。その下に、〈心を奪われそう〉と書いてある。

「ラシード、相変わらずのセンスだな」キンケイドはそういって、いつものように、座る場所を探した。オフィスは書類や本やパソコンのモニターなどで埋めつくされている。中身のあふれかけているファイリングキャビネットの端にお尻をひっかけた。

「普通ですよ」ラシードは白衣の合わせからTシャツをひっぱりだして、じっくり眺めた。「これはお気に入りなんだ。あの焼け死んだ人物だって、このきれいな肋骨をみたら羨むんじゃないかな」廊下を少し行ったところにある剖検室のほうに顔を向けた。

いつものにおいがする、とキンケイドは思った。この地下室にしみついたにおい――薬品のにおいの奥に隠れた甘い死臭だ。ラシードはもう慣れて感じなくなっているんだろう。

「じゃ、みてもらおうかな」ラシードは立ちあがり、白衣を脱いだ。壁にはヘビメタのポスターが何枚も貼られていて、そのあいだからフックが顔を出している。フックに白衣を引っかけた。「剖検室は寒いから、一枚でも余計に着ていたいところだけどね。それに、白衣を着ているほうが偉そうにみえる」

「みないわけにはいかないいんだろうな」キンケイドはいった。

「所見を言葉でいうだけじゃ、うまく伝わらないと思うんだ。けど、防護服を着てもらいますよ。防護マスクも。あのにおいを嗅ぎたくなければ、そうしたほうがいい。それに、遺体は白リンまみれなんだ。汚染を防ぐためにも」

ふたりは準備室で身支度をした。キンケイドはラシードのあとについて剖検室に入った。剖検台に置かれた遺体をみた瞬間、防護マスクをつけていてよかったと心から思った。

記憶していたよりもひどい状態だった。残っていた衣類が取りのぞかれて、骨が露出しているし、切開したところからみえる肋骨の残骸が、ラシードのTシャツに描かれたものよりはるかにグロテスクだからだ。

それに、昨夜は駅の現場がカオス状態で、遺体の両手がないことに気づかなかったせいもある。

「男性であることは間違いないんだな？」キンケイドはきいた。防護マスクをつけているせいで、声が不自然にきこえる。

「頭蓋骨の形や骨盤の状態、身長、燃えのこっていた靴からすると、九十九パーセント男性です」防護マスクをつけていても、ラシードの発音は完璧だった。「大雑把な推定になりますが、身長は百八十センチ弱。年齢は二十代から三十代ですね」

「役に立つ情報をありがとう」キンケイドはあからさまに皮肉をこめていった。「個人の特定に役立つような特徴はないかな」

ラシードがあきれたように目をむいたのが、防護ゴーグルを通してもよくわかった。

「とてもじゃないけど、そんなものは。指紋も採りようがありませんよ」

「歯は？」

ラシードはかぶりを振った。剖検台に近づいて、手袋をはめた手で遺体を指さす。

「腰の高さに持っていた手榴弾が爆発したわけです。ポケットに入れていたのを、その瞬間に取りだしたのかもしれない。爆発は上方向に起こり、両手と胸部と顔面のほとんどが吹きとんだ。法歯学者が歯の残骸をみたところで、なにもわからないでしょうね」

「白人かい？」

「顔面がほぼ吹っとんでいるので、難しいな。けど、それを否定する情報が特にないのであれば、その可能性が高いかと。ただ、いいニュースがあります」ラシードはまた遺体の一部を指さした。「爆発が上に向かったことと、履いていたブーツがかなりしっかりしたものだったおかげで、足の裏の組織がいくらか残っていて、ＤＮＡのサンプルが採れました」

キンケイドは遺留品を載せるテーブルに目をやった。さっきまでは黒こげのごみが並んでいるようにしかみえなかったが、いわれてみれば、ブーツの残骸らしきものがある。

「ブーツの分析は科捜研がやってくれるでしょう」ラシードはキンケイドの視線を追って、そういった。「いいニュースがもうひとつ。背中にリュックを背負っていたことです。爆発が体の前面で起こったので、火につつまれたときリュックが背中の皮膚を守る格好になりました。で、そこからもＤＮＡが採れました。皮膚の内側についても、これからよく調べてみようかと」

ＤＮＡは役に立ちそうだ。もっとも、比較対象がなければどうにもならないし、検査には時間がかかる。つまりいま現在は、まったく意味がない。

「リュックの中身はどうだった？」キンケイドはきいた。カム・チェンの話からすると、ライアン・マーシュは身のまわりのものをいつも持ち歩いていたはずだ。

「あまりわかりませんね。非有機物の溶けたものを採取はしたから、それも科捜研の分析待ちってことで」

「寝袋みたいなものはなかったかな？　着替えとか」

ラシードはかぶりを振った。「いえ、なさそうです」

「手榴弾の破片は？」

「みつかりませんでした。鑑識が現場でみつけているといいですね」

キンケイドは立ちあがり、二十四時間前には生きた人間だったはずの黒い塊をみつめた。これがライアン・マーシュであるなら、そして彼が私物をアパートに残していないなら、爆発のとき、私物がリュックに入っていなかったのはおかしい。ライアン・マーシュの身のまわりのものはどこに行ったんだろう。

10

ミッドランド鉄道は、一八四〇年にロンドンでの営業を開始したが、運行路線を延ばしたことにより慢性的な混雑と遅延を起こすようになった。一八四六年、議会は別の路線をロンドンに通すことを承認した。これがグレート・ノーザン鉄道だ。ミッドランド鉄道は二万ポンドを払ってこの路線を利用するようになり、このあと、新しい駅の建設が検討されはじめた。

——Bbc.co.uk/London/St.Pancras

ジェマが起こしにいったとき、シャーロットの顔は少し赤く、熱を持っているようにみえた。ジェマはベッドに腰をおろしてシャーロットの額に手をあて、それから白いパジャマの中にも手を入れて、胸を触診した。

苦しそうなようすはない。しかし、目をあけたシャーロットは、ジェマにすがるように両手を伸ばし、泣きそうな顔をした。「ママ。こわいゆめをみたの。こねこがたいへんなの」

「子猫ちゃんたちは大丈夫よ」ジェマはシャーロットのくしゃくしゃの髪を額からなであげてやった。シャーロットのカフェオレ色の肌と比べると、自分の指が青白くみえる。「さっきみてきたところなの」

「ほんとう？」

「ええ、ほんとうよ」

「みにいきたい」シャーロットはそういったが、ベッドからおりようとはせず、ジェマにくっついて横になり、また目を閉じた。まぶたがいかにも重そうだった。

「あらあら」ジェマはささやいた。咳はよくなったようだが、昨夜、猫たちのことで興奮しすぎたのだろう。今日は保育園を休んだほうがよさそうだ。

「もう少しパジャマでいましょうね」ジェマはシャーロットの巻き毛にキスした。「トーストを持ってきてあげるわ。食べたら、子猫に会いにいきましょう。ブライオニーも来てくれることになってるの」

「ほいくえんは？」

「今日はおやすみして、ベティのところに行きましょうね」

シャーロットは額にしわを寄せた。「オリヴァーがさみしいっていうよ」

「そうね。でも、シャーロットはお熱があるわ。元気になれば、明日、オリヴァーに会えるわよ。さ、ママは支度をしてくるから、もう少し寝てなさい」

やることがいろいろある。シャーロットのことだけでなく、自分も大忙しだ。昨夜、上司のクルーガー警視に電話をして、メロディに起こったことを報告した。今日はメロディを見舞ってから出勤するつもりだったが、その前に、行くところがひとつできてしまった。

ケイレブ・ハートは、チェルシー・アンド・ウェストミンスター病院の火傷専門病棟の待合室に座り、頭を低く垂れていた。「ケイレブ？　ケイレブ・ハートさんですよね？」ジェマは遠慮がちに声をかけた。ケイレブに会うのは、ある殺人事件の事情聴取をしたとき以来はじめてだ。

クローゼットからこぼれでた服を適当に着て、色あせたタータンチェックの毛糸の帽子をかぶるだけ──いつもそんな格好のタムと違って、ケイレブ・ハートは、ほっそりした体といい、きちんと整えた髪とひげといい、デザイナーブランドの服に流行の眼鏡といい、いかにもミュージシャンのマネジャーという身なりをしていた。しかし、今日は違う。着ているものはよれよれで汚れているし、目の縁が真っ赤だ。

ケイレブは顔をあげた。なんだろう、という視線でジェマをみる。「ああ、警部さん――ジェマだったね？　きみとかわいいシャーロットのことは、タムからいつもきいているよ」

ジェマはケイレブの隣の椅子に浅く腰かけた。「タム、今日はどうですか？」

「痛みはかなりうまく抑えてもらえたようだ。だが、毒によるダメージがなにより心配だと」ケイレブはいった。声がかすれている。

「ここにひと晩じゅういたんですか？」

ケイレブはうなずいた。「マイケルに約束したんだ。マイケルが家に帰っているあいだ、わたしはここにいると」

ジェマはケイレブのもうひとつの顔を思い出した。見た目からは意外だが、じつはアルコール依存症更生グループの主宰者なのだ。助けを求められたらいつでも駆けつけることにしているそうだ。「今日は朝からメールばかりしてた。きのうのライブをみたというプロデューサーが、ふたりにデモセッションをやってほしいといってきた。それも、〈アビーロード・スタジオ〉なんだよ。だがアンディは、いまはとてもできないといってる。ポピーも同じだろう」

ジェマはまだポピーに会ったことがない。ただ、ネット上に瞬く間に広まったアンディとポピーのビデオは何度もみて、もう知り合いのような気分にはなっている。「やらせたいんですね？」

　ケイレブはまいったなというように肩をすくめた。「ふたりの気持ちはわかるんだ。だが、これからのキャリアってものを考えてほしい。タムだって、ふたりがこのチャンスをつかむのを望んでると思う」

「タムには会えるのかしら。どう思います？」

　ケイレブは腕時計をみた。「限定的に面会を認めるといっていた時刻まで、あと少しだ。痛み止めの投与量によっては、会話にはならないかもしれないが」

　ジェマは立ちあがった。ケイレブも立って、ジェマに手を差しだした。「来てくれてありがとう」

　ジェマは迷ったが、正直な思いを口にした。「前の事件のときのこと、ごめんなさい。わたし――」

「いや、きみはきみの仕事をしたまでだ」

　タムは、ジェマが思っていたよりは元気そうだった。病院のベッドを少しだけ起こしていたし、顔には小さな火傷や引っかき傷があったものの、顔色はよかった。なにより しっくりこないのは、いつものタータンチェックの帽子をかぶっていないことだった。髪が短くて、しかも薄くなってきているせいで、帽子がないととても無防備にみえた。

担当の看護師がくれたのは十分間。ジェマはひとつだけ置いてあった椅子に腰をおろし、母親を見舞ったときのことは考えないようにした。母親は白血病で、去年の秋から寛解状態にあるものの、心配な気持ちはいつも心に張りついている。

すぐにタムの寝息のリズムが変わり、何度かのまばたきのあと、目があいた。「ジェマか」

「おはよう、タム。具合はどうかなと思って、寄ってみたの」腹部をそっと覆うシーツの外に出ている手をぽんと叩いた。

「あまり元気そうじゃないだろう？」タムは小声でいい、顔をしかめた。「人に世話を焼かれて、いやになるよ。しかも、だれもなにも教えてくれない。メロディは――」

「メロディは元気よ」

「ほかの人たちは――」つらそうに顔がゆがむ。

ジェマはかぶりを振った。「大丈夫。手榴弾を持ってた男性が亡くなったけど、ほかに死者はいないわ」

「男性？」タムは目をぱちくりさせた。

「男性じゃないの？」

「男は男だが、男性というより少年に近かったな」

ジェマは驚いてタムをみつめた。「みたの？　火がつく前に？」

タムはうなずいた。「一瞬、ステージから目を離したんだ。自分でもどうしてだかわからないが。たぶん、観客の中に動きがあったからだろうな。そのとき、リュックを背負った少年が目に入ったんだ。バンドのひとりがなにか悪ふざけでもしようとしてるのかと思った」

「怯えてる感じではなかったの？」

「ああ、ちょっと緊張してるようにはみえたが、おもしろいことを起こしてやる、とでも思ってるみたいだった。そうしたら——そこがぱっと明るくなって——」タムはびくりとして、胸元のシーツをつかんだ。「わたしにも火がついていた。この世にあんな痛みがあるとは思わなかった」タムは顔面蒼白になった。額が汗でじっとり濡れている。

ジェマはタムの手をそっと叩いた。「ゆっくり休んでちょうだい、タム。看護師さんを呼ぶわね。もう少し具合がよくなるころに、きっとダンカンがお見舞いにくるわ」

タムは目を閉じて、枕に頭を沈めた。眠りに落ちたようにみえたが、ジェマが立ちあがると、タムは顔を横に向けていった。「ジェマ、頼みがあるんだが、きいてくれるかい？」

「ええ、もちろんよ。なんでもいって」

「マイケルとルイーズがちゃんと暮らすように、みててやってほしい」

ケイレブは椅子に座ったまま、首を横に倒して眠っていた。待合室に戻ってきたジェマはケイレブを起こさず、急ぎ足で病院を出た。フラム・ロードの喧騒が待っていた。ダンカンに電話をかけて、タムにきいた話を伝えるつもりだった。信憑性があろうとなかろうと関係ない。しかしそのとき、電話がかかってきた。かけてきたのはシャーラ・マクニコルズ。ブリクストン・ヒル署の巡査だ。いまはマーシー・ジョンソン殺人事件の手がかりを追っている。

「ボス、おはようございます。わたし、マーシーの友だちともう一度話してみたんです。女の子のひとりが、マーシーがディロン・アンダーウッドと話してる写真を携帯に保存してあるというので、これから署に同行してもらいます。できるだけ早く来てください」

キンケイドはロイヤルロンドン病院を出た。来たときよりも疑問が増えている。ラシードの所見について考えながら、ホワイトチャペル・ロードを西へと車を走らせる。しかし車がブリック・レーンのそばまで来ると、頭の中は別のことでいっぱいになってしまった。イーストエンドのこのあたりに来ると、いつもそうなる。シャーロットのことや、シャーロットを養子にすることになった経緯について、あれこれ考えてしまうのだ。フルニエ・ストリートにあるシャーロットの両親の家が売れたおかげで、シャーロットを、シャーロットの個性に合った保育園に入れてやることができた。

そのあとはタムのことを考えた。今朝はまだタムの状況を確かめていない。署に着いたらすぐに確認しよう。そう思った瞬間、電話が鳴った。司令官のトマス・フェイス警視正だ。電話に出た。

「はい」

「いまどこにいる？」フェイス警視正は前置きもなしにいった。

「ロイヤルロンドン病院のモルグを出たところです。署に向かっています」

「遺体について、なにか決定的な事実はわかったか？」

〝決定的な〟というのは、自分が絶対に使わない言葉だ。「いえ、まだです。身元もわかりません」

「マスコミが満足してくれそうなネタをつかんでおいてくれよ。正午から記者会見だ」

「え？」キンケイドは顔をしかめた。「SO15はどうすると？」

「専門刑事部の警視監から、いま電話があった。上からの指令だ。警視副総監は、この件にSO15を関わらせる必要がないと判断したそうだ。不審死として扱えと。つまり、われわれ刑事部――つまりはきみの――専門分野ってことだな。ただし、専門業務部の警視監は、この決定を喜んではいないだろう」専門刑事部と専門業務部は縄張り争いが熾烈なことで有名だ。

ニック・キャレリーは上司にどんな報告をしたんだろう。

「キャレリー警部は、記者会見に同席する」キンケイドの心を読みとったかのように、フェイスが続けた。「同様の事件はもう起こらないんだなと市民に思わせることが重要だ」

剖検台に載せられていた気の毒な男は自爆で死んだのではないか――そう思いはじめていたところだ。適当なことをいって市民を安心させるのがいいことだとは思えない。そもそも、遺体の身元さえわかっていないのだ。

フェイス警視正が電話を切ったときには、車はオルゲイト周辺の渋滞に巻きこまれ、まもなく完全に止まってしまった。ダッシュボードの時計をみては、ハンドルを指先で叩いていたが、やがて諦めて、この渋滞を利用することにした。ダグ・カリンに電話をかける。

「いま、いいかな」ダグが出ると、キンケイドはすぐにいった。

「コンピューターの地下牢から出られそうにないんですが、お役に立てますか？」ダグはスコットランドヤードでデータ入力の仕事をやらされているが、それが不満でしかたがないらしい。

「もちろん」

「いまなら」ダグは急にまじめな口調になった。「ほかにだれもいません。どうしたん

「いや、メロディのことはなにもきいてない」キンケイドは車を三センチ進めた。「昨夜話したこと、覚えてるか？」

「謎の男のことですよね？」

「透明人間、とでもいったほうがいいかもしれないな」キンケイドは家宅捜索やラシードの剖検の結果を話した。「どこにも自分の痕跡を残さないやつなんだ。電話もクレジットカードも歯ブラシも。どうやったらそんなふうに生きられる？　いったい何者なんだ？」一瞬置いてから、ずっと頭の片隅に巣くっていた言葉を口にした。「まるで幽霊じゃないか」

長い沈黙のあと、ダグが口を開いた。部屋にはほかにだれもいないのに、なぜか小声になっていた。「それか、秘密捜査員ですね」

そんな言葉をカメラの前で口にするわけにはいかない。捜査チームの仲間にも、当面はいえない。

秘密捜査員がマーティン・クインのグループに近づいて、なにをやっていたんだろう。

ホルボン署に着くとすぐ、キンケイドはサイモン・イーカスと話をした。

「鑑識から、家宅捜索についてなにかいってこなかったか？」

「まだ、なにがだれのものかを確かめているところです。しかし、爆弾やそれを作る道具、手榴弾のたぐいはみつかりませんでした」

「麻薬は？」

「グループのひとりが大麻を少量持っていました。八グラムほどです。個人で使用するためのものでしょうし、売人だとは思われません。剖検で身元はわかりましたか？」

キンケイドはかぶりを振った。「いや、ひどい状態だったからな。カリーム先生がいうには、ＤＮＡサンプルがとれたらしいんだが、照合するものがなければどうしようもない」刑事部をみまわした。「シダナは？」

「スウィーニーとふたりで記者会見の準備をしています」イーカスは腕時計をみた。

「あと十分ですよ」

「くそっ」キンケイドは小声で毒づき、トイレに駆けこんだ。手を洗って髪をとかし、ネクタイを直す。いちばんいいスーツを着てきてよかった。しかし、鏡で自分の顔をみて、気がついた。目の下にくまがある。昨夜の短い睡眠時間には、猫のいる部屋で床に寝た時間も含まれている。それが顔に出ているのだ。

肩をすくめて会議室に向かった。シダナとスウィーニーがテーブルの前に椅子をふたつ並べ、マイクをセットしている。記者が少しずつ入ってきたところだ。ニック・キャレリーはもう来ていた。きのうと同様、身なりは完璧だ。

「主役は警視ですよ」椅子に座ったキンケイドに、キャレリーがささやいた。「わたしは添え物ですからね」落ち着きはらっているようにみえる。そういえば、今朝はカレドニアン・ロードのアパートからさっさと帰っていった。キャレリーはこの場でどんな役目を演じようとしているんだろう。表に出たいのか出たくないのか、どっちなんだろう。

部屋が静かになるのを待って、キンケイドは質問を受け付け、答えはじめた。

いいえ、死亡した男性の身元はわかっていません。今回の事件がテロであるという証拠は得られておらず、同様のテロが計画されているとは思われません。現在は不審死――他殺として捜査中です。自分が捜査を指揮することになりました。はい、テロ活動との関わりを示すなんらかの情報が出てくれば、専門業務部のキャレリー警部と連携して捜査をおこなうことになります。はい、鉄道の運行はすでに通常どおりにおこなわれています。鉄道警察の尽力のおかげです。

「自殺の可能性はあると思われますか？」大手新聞社の記者から質問が出た。

「現時点ではなんともいえません」キンケイドは答えた。「これ以上の情報は、今後の捜査を待ってください」警察の記者会見の決まり文句だ。気に入らないが、だからといって「まだなにひとつわからなくて、お手上げ状態なんだ」みたいな返事をするわけにはいかない。

部屋の奥にいる女性記者が手を挙げた。メロディの父親の新聞社の所属だった。「爆弾との関連が疑われる容疑者を逮捕しましたよね？」

「はっきりさせておきたいのですが」キンケイドはきつい口調でいった。「まず、爆弾は使われていません。なんらかの発火装置を使ったのは明らかですが、爆発物ではありません。次に、まだだれも逮捕はしていません。何人かの参考人に、捜査への協力をお願いしているだけです」

この記者は、どうしてそんなことまで知っているんだろう。ひとつだけ確実なのは、メロディから漏れたのではないということだ。彼女はなにより、自分があの白リン手榴弾のそばにいたことを、父親に知られたくないのだから。

シダナは部屋の奥、記者たちのうしろに立っている。キンケイドをみて小さくうなずき、喉を切るようなしぐさをした。

「みなさん、ありがとうございました。そろそろ終了とさせていただきます」キンケイドが立ちあがると、キャレリーも続いた。質問を投げかけてくる記者たちを置いて、ふたりは会議室を出た。

「司令官は来なかったようですね」一般人が入れるエリアから出るとき、キャレリーがいった。「司令官の制服は市民を安心させると思ったのに」

「いや、その逆じゃないかな」キンケイドはキャレリーに目をやった。「専門業務部はこの件から手を引くそうだね。どうしてだ?」

「時間とマンパワーの無駄だと、警視副総監はいってる」キャレリーは肩をすくめたが、その瞬間、キンケイドには、キャレリーの灰色の目に感情らしきものがのぞいたように思えた。

キャレリーはキンケイドの肩を叩いた。「捜査が進展したら教えてくれませんか」笑顔をみせる。「ま、この事件が解決しようとしまいと、責任をとるのはあなたですよ、わたしじゃなくてね」


刑事部のオフィスに戻ると、キンケイドはサイモン・イーカスとシダナとスウィーニーを集め、一時間ほどかけて午前中の成果を報告しあった。

「カムに私物の確認をさせたあと、ほかのメンバーのようすはどうだった?」キンケイドはシダナにきいた。

シダナは言葉を選んでこたえた。「ちょっと……哀れな感じにみえました。みんな、私物なんてほとんどないんです。定収入もないから、マーティン・クインの善意にすがって生きているようなものでした。その善意というのも、なんていうか……怪しくみえますけどね」

「マーティン・クインは、御しやすい若者たちを手元に集めたんだろうか」キンケイドは考えこんだ。

「逆かもしれませんよ」シダナがいう。「人の善意につけこむ若者たちが、ターゲットをみつけたのかも」

おもしろい考えかただ。シダナには反発されてばかりだが、だからといって、シダナの意見に価値がないというわけではない。警部補にまで昇進している以上、それなりの能力だってあるはずだ。

「おもしろいことがいくつかわかりましたよ」イーカスがパソコンのモニターを指で叩いた。〝ださいやつ（ギーク）〟なんていうニックネームをつけられてはいるが、イーカスはきわめつけの美男子だ。黒い髪と濃紺の瞳の魅力を利用して女性スタッフを好きなように動かすことができるし、そのおかげで結果もしっかり出している。「ノートパソコンが二台。家宅捜索礼状でそこまでやっていいのかという問題はありましたが、ＳＯ15も絡んでいる事件なので、科捜研が動いてくれました。二歳児でも破れる程度のセキュリティだったそうですけどね」イーカスはやれやれというように首を振った。「ひとつはリー・サットンのもの、もうひとつはマーティン・クインのものですが、グループのほとんど全員が使っていたようです。サットンはSNSにハマっています。お祭しのとおり、内容はくだらないものばかり」

「ドラッグは？」

「ネットの閲覧履歴にはありました。マリファナを吸ってる自撮りや、あやしいパーティーの写真も。それからソフトコアのポルノ。まあ、ろくに勉強しない大学生の典型みたいな感じですよね。しかし、マーティン・クインのパソコンは……ちょっとおもしろかったな」

「もったいぶらないでくださいよ」言葉を切ったイーカスを、スウィーニーがせっついた。

「閲覧履歴にあるのが、妙なサイトばかりなんです。世紀末思想とかね。『真の英国は、灰の中からふたたび立ちあがる――選ばれしわずかな者たちのために』みたいな」

「なるほどね」シダナが小声でいう。

「世紀末思想から怪しい宗教に発展していく場合もあるでしょうが、それだけじゃありません。自警団を作ろう、という発想に行きつく輩がいるわけです」

「銃を持て、弾薬を持て、となるわけか」キンケイドがいった。

「そのとおり。多くは口先の計画ばかりですが、内容はかなり過激ですよ」

「クインが手榴弾を買ったり物色したりした形跡はなかったか？」

イーカスはかぶりを振った。「いいえ。ただ――」また言葉を切った。もったいをつけて話すのを楽しんでいるらしい。「――ビットコインを買った記録があります。それをどう使ったのかは調べようがありません」

キンケイドはうなった。「記録はどこかに残って――」

「いいえ。ビットコインとはそういうものなんです。ギャンブルもできるし、ドラッグも買える。ダイヤモンドも買える。銃でもロケットランチャーでも、買おうと思えば買えるんです。そして、取引の記録は残らない。仮想通貨、つまり、仮想の現金なんですよ」

「クインのパソコンに、個人的なデータはなかったんですか？」スウィーニーがきいた。

「サットンと違って、クインはSNSをやっていなかった。写真はロンドンの歴史的遺跡や鉄道工事に関するものばかり。もちろん、削除されたデータを復元すればなにかみつかるかもしれませんが、少なくとも表面上は、かなり慎重にパソコンを使っていたようです」

ますます気に入らない、とキンケイドは思った。「おもしろいことがいくつかわかった、といっていたが。そのほかにもあるということか？」

「ああ、そうでした。クインは銀行のオンライン取引をやっていました。科捜研が十五分かけてパスワードを破ってくれましたよ。マーティン・クインは家賃を払っていません。まあ、現金やビットコインで払っていれば別ですけどね。逆に、毎月金が振りこまれています。金額も、振り込み人も、毎月同じです。クイン本人や仲間たちが快適に暮らすのに十分な額でした」

「振り込み人の名前はわかるのか？」

「電信振り込みの記録には、ＫＣＤとありました」

ＫＣＤ。どこかできいたことがある。そうだ、チキン屋のメディ・エイシャスが、建物の所有者はＫＣＤだといっていた。「キングズ・クロス・ディヴェロプメントか」ほかの三人がぽかんとしてキンケイドをみる。

「あの建物を所有している会社だ。今朝、チキン屋の主人が教えてくれた」三人はまだきょとんとしている。「一階のチキン屋だ。マーティン・クインのアパートは三階。つまり、その会社はマーティン・クインから家賃を受け取るのではなく、逆に、毎月マーティン・クインに金を払っているわけだ。どうしてだろう」

「クインにきいてみましょう」シダナがいった。

キンケイドは少し考えた。「正直に答えるとは思えないな。それに、家主に金をもらっている理由というのは、事件には無関係だ。少なくとも法的にはそう判断されるだろう。だが、知りたい。理由を突きとめるほかの方法を考えよう」一同の顔に落胆の色が浮かぶ。キンケイドはみんなを制していった。「泳がせよう。全員だ。参考人を勾留したまま事情聴取をしているとなれば、マスコミが騒ぎたてるかもしれない。人権蹂躙だと責められてまで彼らを勾留していても、なにもつかめないいんじゃしかたがない。サイモン、ＫＣＤについて、みつかる限りの情報を集めてくれないか」

オフィスの椅子に腰を落ち着けると、キンケイドは留置場担当の巡査部長に連絡を入れ、参考人六人を釈放するようにといった。

「その前に彼らとなにも話をしないんですか？」

キンケイドは少し考えてから答えた。「いや、いい。とにかく釈放してくれ」当人たちを不安な気持ちにさせてやったほうがいい。そのためには、なんの説明もしないのがいいと判断した。

次に彼らと会うときまでに、こちらはしっかり準備をしておく。

昨夜の調書を読みはじめたとき、電話が鳴った。署の入り口で受付をしている巡査部長だった。メロディ・タルボットが訪ねてきたので中に通したとのこと。

立ちあがったとき、メロディが刑事部のオフィスに入ってくるのがみえた。ジャスミン・シダナが顔をあげ、メロディに親しげな会釈をする。メロディも笑顔で会釈を返した。キンケイドは自分のオフィスのドアをあけ、片方の腕でハグをした。チームの全員が好奇心いっぱいの目でこちらをみているのに気づいて手を離し、メロディに椅子を勧めると、ドアを閉めた。

メロディは、いつもの真っ赤なウールのコートではなく、サイズの大きすぎるネイビーのピーコートを着ていた。アンディが着ているのをみたことがある。キンケイドの脳裏に昨夜の光景がよみがえった。セント・パンクラス駅のコンコースにタムが横たわり、その体に赤いものがかけられていた。あれはメロディのコートだったのだ。コートの色より濃い色合いの血と、白リンが振りかかっていた。あのコートは二度と着られないだろう。

「病院にいなくて大丈夫なのか？」キンケイドはそうきいたあと、思い出したように「紅茶でいいかな？」ときいた。

「大丈夫です」本人はそういうが、メロディは大丈夫そうにはみえない。今日はノーメイクだ。いつもはつやつやとして美しい黒髪がぼさぼさになって、まるで梳かすのを忘れたかのような状態になっている。「夕方にまた病院に行って検査を受けなきゃならないんですけど、それまでごろごろ寝ていてもしかたないと思って」

「タムのこと、なにかきいているかい？」

メロディは首を横に振った。「今朝アンディが来てくれて、そのときいたのが最後です。火傷は治るだろうけど、白リンの影響がどう出るかはまだわからないと」キンケイドが次の質問をする前に、メロディは続けた。「アンディの部屋で記者会見をみました。参考人を勾留しているというのは本当ですか？」

「もう釈放したよ」詳しくきかせてくださいといいたげなメロディの視線に、キンケイドは応えた。

メロディは真剣にききいっていた。カレドニアン・ロードの活動家たちの写真をみて、顔をしかめた。「きのうはちらっとみただけだったし、プラカードのほうが気になっていたんです。それに、ライブに邪魔が入らないといいなって。でも、この人は覚えてます。背がすごく高かったし、毛糸の帽子をかぶってるのに巻き毛だってわかったから」写真の一枚を指先で叩いて、キンケイドの顔をみた。「マーティン・クインですね？」

キンケイドはうなずいた。メロディは残りの写真をみながらいった。「この人も覚えてる」

カム・チェンだった。「でも、ほかは……自信がないわ」

「なにが起こったのか、詳しく話してくれないか。駅に着いたときから」キンケイドはいった。昨夜現場に着いたときに簡単な説明は受けたが、そのときのメロディはショックを受けていたし、タムのことが心配で冷静ではなかった。「細部まできききたい」

メロディは記憶をたどるような顔をして、口を開いた。「わたし、遅刻して焦ってました。地下鉄で人身事故があって、行くのに時間がかかったから。ライブをみにいくとアンディに約束したんだから、アンディをがっかりさせないためにも、どうしても行きたかった。駅に着いたとき、アンディとポピーはもう演奏を始めていました。コンコースに入った瞬間、音楽がきこえてきたんです。ちょっと強引に前に進んで、ステージを囲む人だかりのいちばんうしろについたとき、あのグループがみえました」ふたたび写真に目をやる。「プラカードを持ってたので、やめてよと思いながらまわりをみたら、鉄道警察の警官がそっちに向かってるのがみえました」

キンケイドはうなずいた。「コリーン・リンスキーだな」

「あの人が対処してくれる、と思って安心したわ。アンディとポピーのライブ会場で警官の役目を果たす羽目になるなんて、最悪だから」メロディは椅子の背に身を預けた。疲れているようだ。「いま思うと、甘かったとしか」

「それで?」

「タムとケイレブがカフェの前に立ってるのがみえました。すごくうれしそうだった。あ、待って」メロディは両手をジーンズにこすりつけた。「それはプラカードに気づく前だったかも。思い出せない……」苛立たしそうな口調だった。

「じっくり考えればそのうち思い出すよ。で、タムとケイレブをみたところに話を戻そう。ほかに、なにか気づいたことはなかったかな? だれかをみたとか。ほんの一瞬でも、気を取られたものはなかったかい？」

メロディは悔しそうに首を振った。「いえ、なにも。あんなことになると思っていなかったし――そのまま演奏をみてました。アンディがこっちに気づいてくれたらいいなって思いながら。そのとき――」メロディはごくりと息をのんだ。「音楽のボリュームはかなり大きかったけど、きこえたわ。あの音。みんなの頭がそっちに向いた。そして悲鳴がきこえはじめた。わたしもそっちをみたら――人が燃えてた」眉をひそめて続ける。「いえ、そうじゃない。最初は人だってことがわからなかった。とにかく炎がまぶしくて。でもそのうち、炎の中心にいるのが男の人だってわかったんです」

「どうして男だとわかったんだい？　顔はみえなかったんだろう？」

「ええ。でも――その瞬間、男だって思ったんです。それから、その人はわたしの目の前で倒れました。わたしは近づこうとしたけど、まわりの人たちが押し合いはじめて……。逃げて、と叫んだけど、煙が広がりはじめてたし、スピーカーのハウリングが響いてたから、わたしの声なんてだれにも届いてなかったと思う。

それから男の人にぶつかった。その人はわたしの肘をぎゅっとつかんで、逃げろっていった。顔にハンカチをあててたから、その人も、燃えてる人を助けにいくのかと思った。自分は警官だといったら、顔を覆えっていわれて……ふたりで前に進んでいった」

メロディがこんなにか弱くみえたことが、いままでにあっただろうか。着ているもののせいもある。いつもはどんな上司にも負けないくらい、スーツを格好よく着こなしているからだ。オフのときのカジュアルな服装でも、そこはかとなく漂う凛とした雰囲気が、ちょっと控えめな物腰とあいまって、はっきり伝わってくる。

メロディ・タルボットは、テストに合格した。カオス状態の現場に駆けこんだ。どの警官も、そうすべきだと教えられるものだが、実際にそういう現場に出くわしてみないと、教えられたとおりの行動ができるかどうかはわからない。しかし、テストに合格したはいいが、いまは心身ともに弱ってしまっている。キンケイドはかすかな不安を覚えた。医師たちはメロディに、白リンの影響について気休めを話しているということはないだろうか。いや、こちらまで弱気になるのはよそう。医師の言葉を信じるしかない。

「ダンカン？」

キンケイドははっとして我に返った。「すまない。続きを話してくれ」

「その人とふたりで、燃えている男に近づいた。でも――」メロディは肩をすくめた。「――あれじゃ、どうすることもできなかった。その人が――いっしょにいた人が――なにかいったんだけど……思い出せない。『手遅れだ』みたいなことだったかしら。とにかく、すごく……絶望的というか、救いのない言葉だった。わたし、ショックで気が遠くなりかけたわ。においもひどかった。そのとき、まだ悲鳴があがっていることに気がついて、タムが燃えてるのがみえた」咳払いをした。「あとはだいたいわかっているでしょう？

現場を保存したり、タムやほかの被害者を助けようとしていたら、カフェのウェイトレスが手伝ってくれた。消火器を持ってきて、燃えてる人の火を消してまわってくれたの。彼女にお礼をいわなくちゃ」メロディはそこまでいうと、背すじを伸ばした。

「ぼくもそのウェイトレスに事情聴取をしないとな」キンケイドはいった。「事前になにかみていたかもしれないし。名前をきいたかい？」

「いいえ。黒のショートヘアの、きれいな子よ。もう一度会えばわかると思う。いっしょに行って話を――」

メロディがいいおわる前から、キンケイドは首を振っていた。「メロディ、これはきみの事件じゃない。事情聴取に連れていくことはできないよ」

メロディは肩を落として、ガラスの壁ごしに刑事部のオフィスを見渡した。「新しい仲間がいるんですものね。部下の警部補さん、昨夜はいい働きをしていたわ。すごくきぱきしていて」メロディは寂しそうに笑った。「でも、ダグじゃないんだわ」

「ああ」キンケイドは、メロディがシダナをほめてくれたのがうれしかった。

「ダグは自分からはいわないでしょうけど」メロディが続ける。「女々しいことはいいたくないっていうタイプだから。でも、異動になって、きっと寂しがってるはず」

「ぼくとの仕事はスリル満点だっただろうからね」キンケイドは冗談めかしていった。

上司が前の部下をなつかしく思うのはかまわないが、それを口に出してはいけない。

キンケイドは少し迷った。いまのところ、チームのメンバーに話したことしか、メロディには話していない。しかし、メロディは信用できる相手だ。「昨夜、ダグに会ったよ。きみのお見舞いをしたあとにね」そこからは声を低くして、ダグが調べてくれたライアン・マーシュの情報や、剖検のあとに浮かんできた疑惑について、メロディに話した。

メロディは目を丸くしてキンケイドをみつめた。「秘密捜査――」口元を手で覆った。「まさか」

「ああ、ぼくもそう思った。マーティン・クインは、ある抗議活動で謎の人物に出会った。その人物はライアン・マーシュと名乗った。その世界ではそれなりに有名な人物だったらしい。ライアン・マーシュはマーティン・クインと何度か交流を持つうちに、クインのグループと親しくなり、やがてクインのアパートに寝泊まりするようになった。クインが発煙筒――発煙筒とされるもの――を手に入れてくると、マーシュは、自分が実行役をやるといいだした。ただし、発煙筒を使うことがだれの発案かについては、証言にブレがある。マーシュいわく、自分は前科があるから逮捕されてもかまわない、ほかのみんなは逮捕されないほうがいい、と主張したそうだ。

ところが、マーシュの記録がいっさいみあたらないんだ。前科もない、電話番号も運転免許証もない。国民保険にも入っていないし、クレジットカードも持っていない」

「そんなに珍しい名前じゃないでしょう？」

「ああ。ダグは同姓同名の別人は排除して調べてくれた。管理官のサイモン・イーカスもだ。ライアン・マーシュは、どこにも足跡を残さないようにして暮らしている。なんのためにそんなことをするんだ？　それはきのうのことだけじゃない。自爆をするつもりだったのなら、それも理解できる。だが、そうじゃない。クインのアパートに泊まるたび、私物をすべて持ち帰っているんだ」

メロディはアンディの大きなコートの前をそれまでよりもきつく合わせた。キンケイドのオフィスが寒いわけではない。「クインのあんな小さなグループに、なんの目的があって近づくっていうの？　反テロ活動とかなら、ＳＯ15が手を引くのはおかしいわ。なにかの犯罪絡みかしら」

「麻薬取引の形跡はない。個人でマリファナを吸う程度だ。ギャンブルや売春もやってない。クインが売春斡旋（あっせん）まがいのことをやっていたかもしれないが、たいした金が動くとは思えない」

「おかしいですよね……」メロディは眉をひそめた。「そうだ……」身をのりだしたとき、頬に血色が戻りつつあった。「グループのメンバーの写真を送ってください」

「ああ。しかし――」

「〈クロニクル〉の過去のファイルを調べてみます。ライアン・マーシュに限らず、マーティンやほかのメンバーの写真が、なにかの事件絡みで保存されているかも。彼らはクロスレールの工事によってロンドンの歴史的遺跡が破壊されることに抗議してるんですよね？　過去のファイル写真があれば、必ずみつけだします。ライアン・マーシュがほかのメンバーといっしょに写っている写真もあるかもしれない」

キンケイドは、ひとりひとりの事情聴取のようすを思い出しながら、それぞれの写真を机に置いて、きっちり重ねていった。「グループのメンバーの協力は期待できない。今朝、全員に防犯カメラの映像をみせたんだが、だれひとりとして、ライアン・マーシュを指さそうとしないんだ。よくわからないが、グループの中になんらかの思惑があるんじゃないだろうか」

「ほかに協力してくれそうな人はいませんか？」

キンケイドは顔をあげた。そうだ、メディ・エイシャスがいる。チキン屋の主人だ。あの人物なら、グループのメンバーたちが建物に出入りするところをみているはずだ。「いる。協力してくれると思う」

「よかった」メロディは腰をあげかけた。「じゃ――」

「なにをやっているのか、新聞社の人には絶対に気づかれないようにしてくれよ」

メロディはうなずいた。「ええ、それは大丈夫です。自分のノートパソコンからデータにアクセスしますから」

「ダグ以外にはだれにも他言無用だ。アンディにも」

「えっ――それじゃ、ジェマにも……？」

「いや、ジェマは別だよ。ただ、昨夜からゆっくり話をするチャンスがなくてね。早いうちに話しておこうと思っている」考えてみれば、メロディはジェマの友人であると同時に部下なのだ。メロディにこちらの協力ばかりさせていたら、ジェマが困ってしまうだろう。しかし、協力してもらわないわけにはいかない。それも秘密裏に。闘う相手の正体を見極めるまでは、このことを公にはできないのだ。

「じゃあ、そういうことで」キンケイドはいった。「慎重に頼むよ。そして、体に気をつけてくれ。いいね？」


メロディが出ていったとき、内線電話が鳴った。「まったく」キンケイドは毒づきながら机の前に戻り、受話器を取った。警視正だろうか。あるいは警視監かもしれない。あの記者会見はなんだ、捜査の進捗はどうなっている、というお小言をくらうんだろうか。

ところが、きこえてきたのは受付の巡査部長の申し訳なさそうな声だった。

「警視、すみません。若い女性が来て、すごく取り乱してます。テレビのニュースで記者会見をみた、話したいことがある、と。きのうの事件以降、ボーイフレンドが行方不明で、なにかあったんじゃないかと心配なんだそうです」

11

ミッドランド鉄道の幹部役員たちがこれまでのさまざまな経験を総動員して新しい駅を作る場所を探したとしても——どこを選んだとしても、さまざまな問題が噴出することは間違いなかった——セント・パンクラス以上に適した場所はみつからなかっただろう。

——ジャック・シモンズとロバート・ソーン『St Pancras Station』2012

紺色のフォードをディドコット・パークウェイ駅の駐車場に駐めたとき、空はまだ暗かった。こんな時刻に駅の駐車場に出入りしても、みている人はいないだろうし、ここなら車を何日か置きっぱなしにしても、乗り捨てられた車だとは思われない。セント・パンクラスで起こったことを考えれば、〝何日か〟ではすまないだろう。永遠に戻ってこられないかもしれない。だが、いまはそんなことを考えたくない。それに、かなりの日数がたたないと、車がレッカーで撤去されることはないはずだ。そうなったときも、車の持ち主はだれにもわからないようになっている。

まわりに人がいないことを確認してからトランクをあけ、大きなリュックを取りだした。触れたところすべてを清潔な布で拭き、鍵をかけると、キーをポケットに入れた。

しばらくそこに立って、背負ったリュックの位置を調節すると、無人のプラットフォームに目をやった。あたりは真っ暗だが、ディドコット発電所のタワーがみえる。皮肉なものだ。自分の参加した抗議活動の結果、ディドコット発電所は閉鎖された。いまになってみれば、発電所なんてどうでもよかったと思えるのに。

列車の警笛が遠くからきこえる。その音を乗せてくる冷たい風を受けて、体が震えた。列車には乗れない。

東にむかって――テムズ川のほうに――歩きはじめた。


ジェマが署に着いたとき、シャーラ・マクニコルズ巡査がイズィ・ラマーとデジャ・ハリオットとイズィの母親を、特別調査室に案内しているところだった。特別調査室は、デリケートな問題での事情聴取をしたり、犯罪被害遺族のケアをしたりする部屋だ。

　マーシーが殺されたあとにおこなわれた事情聴取では、このふたりが、ディロン・アンダーウッドがマーシーを気に入り、マーシーも彼を気に入っていたと証言した。ガラスのドアごしに中をみて、ジェマは記憶をよみがえらせた。イズィは白人で、体はぽっちゃり型。十二歳にしては胸がずいぶん大きくなっている。もう少しゆったりした服を着せてやればいいのに。肩までの長さの髪はくすんだ金髪で、顔には化粧をしているようだ。ジェマは自分の子どものころを思い出した。このくらいならお母さんに気づかれないから大丈夫、と思って化粧をしたが、当然母親にはすぐ気づかれて、化粧を落とせといわれたものだ。妹のシンが同じことをやっても、なぜか叱られずにすんだのも覚えている。

　イズィの母親もブロンドだが、美容院でハイライトカラーを入れているようだ。濃いオリーブグリーンのスーツを着ているが、似合っていない。ぐったりと疲れた顔をしている。娘がチークやリップを下手くそに塗っていても、気づく余裕がないのかもしれない。

　もうひとりの少女デジャ・ハリオットは黒人だ。痩せていて、動きが緩慢な感じ。髪はうしろでひとつにまとめ、サイズの小さすぎる服を着ている。イズィ親子の正面に座り、両手のやり場がないかのように膝のあいだに挟んでいる。

「母親の名前は？」ジェマはシャーラ・マクニコルズにきいた。

「エミリーです」シャーラはメモをみないで答えた。「銀行の融資担当者で、イズィの携帯の写真をみて、自分から署に来てくれました」

「写真はみた？　アンダーウッドに間違いないの？」

「ええ、間違いありません。でも、マーシーはカメラからちょっと目をそらしてます」

ジェマは眉をひそめた。「そう。とにかく話をきいてみましょう」

笑顔でドアをあける。心配いらないわよという笑みのつもりだった。相手がそう理解してくれているといいのだが。「ラマーさん、今日はわざわざありがとうございました。もちろんあなたたちもね」年季の入った椅子を引き、少女ふたりの顔が同時にみえる位置に座った。イズィはソファに座ったまま体をもじもじさせた。ほとんどわからない程度だが、母親から離れて友だちに近づこうとしているようにみえる。よくみると、イズィの目は赤く、まぶたが腫れていた。泣いていたのだ。

ジェマはもうひとりの少女のほうをみた。「デジャ、今日はお母さんは？」

「仕事」デジャは蚊の鳴くような声でいった。「うちの学校の先生なの。九年生に国語を教えてる。今日は、イズィのママがいっしょだから学校を休ませてくれた」

「あなたたちふたりとマーシーは同じ学年だったわね？」

少女はふたりともうなずいた。イズィがいう。「七年生。うちの学校、チョー――」

いいかけて母親に目をやり、咳払いをしていいなおした。「すごく厳しくて大変なの」

「デジャ、来てくれてありがとう」ジェマはいった。「でも、お母さんの同席なしに話をきくわけにはいかないわ」顔をあげてシャーラをみた。「マクニコルズ巡査、だれかに頼んで、デジャにホットチョコレートをあげて。入り口のところで待っててもらうわ」

「あたしも――」イズィがいいかけたが、母親ににらまれて口をつぐんだ。

「もちろんあなたにもね。お母さんはコーヒーでいいですか？」

「でも、そんなに長居は――」エミリー・ラマーは背中を椅子の背につけて、ため息をついた。「ええ、砂糖を入れてください」

シャーラについて部屋から出ていくデジャがイズィと視線を交わすのをみて、ジェマはほっとした。これで別々に話をきける。この部屋には妙な空気が流れていた。少女を別々にしたほうが、真実を話してもらいやすいのではないか。イズィの母親も席をはずしてくれるとありがたいが、そのような状況でどんな証言が得られても、それは証拠とは認められない。

シャーラが戻ってくるまでのあいだ、ジェマは世間話をした。好きな教科はなに、といったような話だ。イズィと母親にリラックスしてもらいたかった。

シャーラが飲み物を持って戻ってきた。腰をおろして手帳を開く。それを待って、ジエマは身をのりだした。「イズィ、写真のこと、前に話をきいたときはどうして教えてくれなかったの？」

「だって、あの写真、マーシーが——」イズィは最後までいえなかった。目に涙がたまる。

「マーシーが亡くなる何日も前に撮ったものだから？」

イズィはうなずいた。「写真を撮ったことも忘れてた」ジェマが訝しげな顔をしていると思ったのか、言い訳がましくつけたした。「あたしのスマホ、写真だらけなの。おまけに美術の宿題もあったから、いつも以上に写真を撮りまくってて」

写真のことを忘れていたというのは嘘だ。ジェマはそう確信していたが、追及はしなかった。「みせてもらえる？」

イズィはジーンズのポケットからしぶしぶスマホを出すと、スイッチを入れて画面をスクロールした。「これ」

ジェマはスマホを受け取った。画面にかすかなひびが入っている。最新の機種ではないとはいえ、十二歳の子どもにこんなに高いものを買い与える両親の気持ちがわからない。キットには、今年になってようやく、メールの送信数に制限がある安い携帯電話を買ってやったばかりだ。キットは十四歳だ。

写真をじっとみた。遠くから撮ったもので、ピントが少々ボケているが、どこで撮ったものかはすぐにわかった。地下鉄のブリクストン駅の隣にある〈スターバックス〉の外。そして、写っている男は間違いなくディロン・アンダーウッドだ。日付は、マーシーが殺されたちょうど六日前だった。

画像を拡大すると、もうひとりの人物もよくみえた。マーシーだ。

ディロンはなにか切羽詰まった感じでマーシーに話しかけ、手を伸ばしている。マーシーはうつむいているので、髪に隠れて顔がよくみえない。まだ十二歳ながら、マーシー・ジョンソンは美人だ。肌の色合いからして、白人と黒人の血が混じっているのだろう。顔だちは繊細で、黒い巻き毛は肩に届く長さ。

もう一度写真を拡大してから、顔をあげてイズィをみた。「ディロンはマーシーになにか渡しているわね。なんだか知ってる？」

「スマホだと思う。でも、マーシーは教えてくれなかったの」

ジェマはその続きを待った。

まもなくイズィは話しはじめた。傷ついたような口調だった。「あんたたちには関係ないでしょっていわれた。友だちなのに！　ママに話したら殺すからね、ともいわれた」

「秘密にしたがるなんて、おかしいと思わなかった？」

「思ったけど……でも、マーシーは困ってたの」イズィは唾を飲んで続けた。「持ってたスマホをなくしたの。アイフォンじゃなかったけど、けっこういいやつだったから、なくしたら叱られるっていってた。メールの送受信に制限があって、ママにチェックされるんだって」自分の母親をちらっとみる。うちはそういうのやめてね、といっているみたいだった。「だから、マーシーが新しいスマホを買ってもらうことなんてありえない状況だったの。これじゃあパソコンも買ってもらえないって嘆いてた」

ジェマはここまでの話を整理して、質問を続けた。「なるほどね。でもそれは、マーシーが電話をもらった理由をあなたやデジャに話したがらなかった理由にはなってないわ」

「マーシーは――なんていうか、二週間くらい前からようすがおかしかった。パソコンがほしいっていいはじめてからよ」

「つまり、パソコンの店に行ってディロン・アンダーウッドと知り合ってから、ということね？」

イズィはうなずいた。

「ディロンはあなたにも声をかけてきた？」

「ううん」イズィはふくれっつらをした。「ディロンは、なんとなくだけど、マーシーだけとしゃべりたがってる感じだった。でも、パソコンを欲しがってるのはマーシーだったから当然かな。デジャもわたしも、パソコンは家にずっとあったから」肩をすくめる。持たざる者への優越感がかいまみえた。

「マーシーがスマホをなくしたこと、ディロンは知ってたの？」

イズィは眉をひそめた。「そうじゃないかな。マーシーがいうには、ディロンの店で落としたっぽいんだって。すごくあわてて店に戻って、泣きながら探してた」

「この写真は、それからどれくらいあとに撮ったものなの？」ジェマはイズィのスマホを指で叩いた。

「うーん……一週間くらいかな」

ジェマはもう一度写真をみて、日付を確かめた。マーシーが殺される六日前だ。「この写真を撮ったときのことを教えて」

「マーシーがいいだしたの。歴史の宿題があるから、スタバで集まろうって。なのにマーシーったら、すごくそわそわしてて、あたしのプリントにチャイラテをこぼしちゃうくらいだった。またお母さんと喧嘩したのかなって思ってた。そのうち、自分はもう帰るからふたりで続けてっていいだした。また学校で会おうって。別れてから振りかえったら、マーシーがディロンと話してた」

「そのあとマーシーはどうしたの？」

「あたしたちのことにらみつけてた。あたしたち、なんか動けなくなっちゃって。マーシーはディロンとも離れてどこかに行っちゃった。それからはあたしたちに話しかけようともしないし、スマホのこともなにも教えてくれなかった」

シャーラがはじめて口を開いた。「そもそも、ディロン・アンダーウッドはマーシーがその日〈スターバックス〉に来ることをどうして知っていたのかしら。マーシーはディロンと待ち合わせをしていたんだと思う？　だからそわそわしていたのかもしれないわよね」

「うん、そうだと思う」イズィはうなずいた。

「ディロンの携帯にも、店の電話にも、マーシーの自宅の固定電話からの通話記録がなかったのよ」シャーラは手帳をペンでとんとん叩いた。「マーシーはどうやってディロンに連絡したのかしら。イズィかデジャの携帯を使ったの？」

イズィはもじもじして答えた。「えっと、うん。その日の放課後、スマホを貸した。メールを送りたいっていうから」

「イズィ！」エミリー・ラマーは、娘の話が進むにつれて、どんどん蒼白になっていった。「どうしていままで黙ってたの？」

「メールしたあと、マーシーがそれを削除しちゃったの。だからあたし――いってもいわなくても同じだと思って……」

「でも、マーシーがその男と電器店の外で話してたことも、黙ってたじゃない」

「だって……マーシーはあれっきり、あの店には行かなかったし……そのあとは……なんだか怖くなっちゃって……」イズィの声がとぎれる。

「ちゃんと話しなさい」母親はそれまでよりも優しい口調でいった。

そのあとは、堰を切ったかのように言葉が出てきた。いいたくてもいえなくて、ずっと堪えていたかのようだ。「あたしたち——あたしたちがだれかに話してれば、マーシーは殺されなかったんじゃないかと思って、マーシーが殺されたのはあたしたちのせいだと思って、怖かったの」イズィは泣きだした。幼い子どもみたいに拳で目をこする。

「ばかね」エミリー・ラマーはイズィを抱きしめ、背中をなでた。「そんなはずないじゃない」

ジェマはシャーラと視線を交わし、しばらく待ってから、できるだけ穏やかに話しかけた。「イズィ、スマホを貸してもらえるかしら。科捜研の人たちが調べれば、メールを再現できるわ。それと、もうひとつお願い。デジャにも、お父さんかお母さんが同伴できるときにお願いすることになるけど、公式な調書をとらせてほしいの」

「でも——」

「大丈夫よ。難しいことじゃないわ。ここにいるマクニコルズ巡査が、いまあなたが話してくれたことを書きおこして文書にする。それをあなたとお母さんが読んで、間違いないと思えば、そこにサインをしてもらうだけ」

ジェマは立ちあがった。事情聴取はここまでだ。しかしエミリー・ラマーに声をかけられた。「刑事さん、ちょっといいですか?」

「ええ、もちろん」

「イズィ、こっちにいらっしゃい。お友だちのところに行きましょう」シャーラがそういって、イズィを連れだしてくれた。

エミリー・ラマーはジェマをまっすぐにみた。「刑事さん、うちの娘がこの……モンスターに狙われたりしないでしょうか。デジャは? 本当のことを教えてください」

この地域の保護者たちのあいだにパニックが起こることだけは、なんとしても避けたい。ブリクストンは多様性のあるコミュニティだが、住民同士は緊密につながっている。怯えた住民たちにディロン・アンダーウッドが襲われたりしたら、今回の事件の解決に差し障る事態になる。とはいえ、ジェマも人の親として、この少女たちを守る義務がある。ディロン・アンダーウッドがマーシーを殺した犯人ならば、マーシーが友だちになにかしゃべったんじゃないかと不安になっていてもおかしくない。

「刑事さん?」エミリーがせっついてくる。

「ラマーさん、公式なコメントではないと理解してください。いまのところ、アンダーウッドがマーシーに店のコンピューターをみせる以外のことをした証拠はないんです。でも、イズィとデジャがわたしの娘だとしたら、わたしなら、子どもたちの放課後の行動を厳しく管理すると思います。このことは他言しないでくださいね。妙な噂が立ってしまうと、捜査に影響が出てしまいます」

エミリー・ラマーはうなずいた。「犯人をつかまえてくださいね」

「はい、必ず」ジェマはきっぱり答えたが、内心ではそこまで自信が持てなかった。

エミリーを送りだすと、シャーラが廊下を戻ってきた。「アンダーウッドはマーシーを甘い言葉で誘いだしたのね」ジェマはいった。「友だちから切りはなして、マーシーに自分を信用させた」

「スマホがなくなったというのは——」

「マーシー本人は、店で落としたんだと思っていたけど——」

「マーシーが目を離した隙に、アンダーウッドが盗んだんですね」シャーラが言葉を継ぐ。「もしアンダーウッドが本当に犯人だったとしたら、マーシーのスマホを手に入れておきたいと思うでしょうからね。写真やメールが残っているし——」

「それだけじゃないわ。スマホをなくして焦っているマーシーにつけこみやすくなる。新しいスマホを買ってあげるなんて、目的を考えれば安いものかもしれない。おれ以外の相手には使うな、使えばおれが困ることになる、とかなんとかいいふくめたのかも。マーシーが殺された夜、ふたりがどうやって待ち合わせたのかがわからなかったんだけど、これでようやく読めてきた」

「スマホはどうなったんでしょう」シャーラがいった。「遺体のまわりにはなかったし、自宅にもありませんでした」

「アンダーウッドが盗ったのよ」その瞬間、ジェマははっきり確信した。「殺したあとでね」

ふたりは顔をみあわせた。シャーラが首を振る。何十本もの三つ編みの先につけた赤いビーズが揺れて、その動きを強調した。「それをそのまま持っているほど、アンダーウッドはばかじゃないですよね」

「ええ、たぶんね。でも望みはあるわ。それに、イズィが提供してくれた写真のおかげで、捜索令状を請求できる」

夜明けを知らせるほのかな光が東の空を染めはじめたときには、幹線道路を離れていた。

川がみえる前に、においがした。湿った土のような深いにおいが、冷たい風に運ばれてきた。カヌーはなくなっていなかった。川岸の草が繁ったところに隠しておいたのだ。荷物を載せたカヌーを土手まで引きずっていき、ゆっくり水に浮かべた。その側面を土手につけて乗りこむ。土手を押してカヌーの向きを変えると、パドルは舳先に渡したまま、速い水の流れに乗り、広々とした川の中央に出ていった。

東の空がピンク色になっている。ちぎれ雲をみたとき、いつのまにか風がやんでいることに気がついた。なんて静かなんだろう。鳥のさえずりも、葦のそよぎもきこえない。目の前に広がる銀色の水面は、まるで磨いたガラスのようだ。

静寂に包まれているうち、時の真空に迷いこんだような気がしてきた。手足が痛いほど冷えきっているのも感じなくなった。いままでに起こった出来事も、これから起こるであろう出来事も、すべて忘れた。

空がバラ色になった。ほんのりと金色が混じっている。

そのとき、葦がそよいだ。灰色の雲が点々とあらわれて、ボートは流れに乗って進みはじめた。

キンケイドの頭に最初に浮かんだのは、〝本当にこの世のものだろうか〟という思いだった。

肌は石膏のように白く、しかも透明感がある。肩にかかる綿あめのような髪も、純白に近い色だ。中綿入りの上着を着ていてもほっそりとして、受付の巡査部長にみせたという身分証に書いてある二十歳という年齢よりも若くみえる。

巡査部長は彼女を会議室に通して、お茶を出してくれていた。磁器のカップアンドソーサーだ。しかし手をつけられたようすはない。こちらに向けられた顔はノーメイクだ。瞳の色はきわめて淡い水色。無色といってもいいくらいだ。

「キンケイド警視です」名前を告げて正面の椅子に座った。「きみは――」巡査部長が渡してくれたメモに目をやったが、本当はもう名前を覚えていた。「――エアリアルだね？　シェイクスピアを思い出す名前だ」

「父はＵＣＬの歴史の教授なんです」ささやくような小声だった。「でも、シェイクスピアが大好きで」

「ぼくもだよ。ちなみに、ぼくはダンカンっていうんだ」

「まあ」エアリアルは笑顔になった。リラックスしたのが目にみえてわかる。「スコットランドのお話ですよね」

「ああ、そうだ。エアリアルと呼んでもいいかい？」メモをみると、姓はエリスと書いてあった。

「ええ、どうぞ」エアリアルはカップに触れたが、つかもうとはしなかった。「わたし、お茶は飲まないんです。いいたくなかったから、すみません」

「かまわないよ。あの巡査部長がお茶のいれかたを知っていたとは、驚きだな。それで、今日はどんなご用かな？」キンケイドは自分から誘導することなく、相手に話をさせたかった。

エアリアルは椅子に座ったまま少し姿勢を変えたが、キンケイドの目をみたまま口を開いた。「いまになってみると、なんだかばかみたい。なんでもないことかもしれないのに。ヒステリー女みたいで恥ずかしい」

「いいから話してごらん。ヒステリーなんて思わない。約束するよ」

エアリアル・エリスは下唇を嚙み、ため息をついた。「ボーイフレンドのことなんです。名前はポール・コール。きのうの午前中、ちょっと……喧嘩をして……。駅での抗議活動に参加するつもりだっていってました。それ以来、姿もみてないし、メールもなにもないんです。昨夜、ニュースをみたら、人がひとり死んだっていってて。そして今朝、マーティンのアパートに行ってみたら、警察の人が入り口にいて。どうしたらいいかわからなくなってたとき、ニュースであなたをみたんです。だから、話をするならあなただと思って訪ねてきました」

「では、きみはマーティン・クインの知り合いなんだね？」

エアリアルは肩をすくめた。「マーティンは、父の学生のひとりなんです。父のウォーキングツアーに参加したのがきっかけで、『ロンドンの歴史を守ろう』という活動を思いついたそうです。父はうれしかったようですけど……」エアリアルは、髪と同じく純白に近い色の眉をひそめた。眉の形を整えてもいないことに、キンケイドは気づいた。そのせいで、顔の印象が少しぼやけてみえる。「もちろん、共感を得られたことを喜んだだけですよ。父はロンドンの歴史を守りたいと強く思っていますが、破壊的な活動なんて絶対にしません」

「つまり、お父さんは抗議活動に反対というわけだね」

「人が傷つくようなことは絶対にだめだと。でもマーティンが抗議活動をはじめたので、それからは意見が相いれなくて」

「ボーイフレンドのポールも、きみのお父さんの学生なのかい？」

「ええ。マーティンとほかのメンバーとの接点は、うちの父なんです。わたしももちろんそのひとり。ただ、ポールは大学に学籍があるけど、最近はまったく授業に出てません」

「大学というのは、UCLのことかな？」

エアリアルはうなずいた。「そんなわけで、ポールのことが心配になったんです。ポールのお父さんはちょっと乱暴な人なので、ポールは、大学を留年しそうなことがばれたらどうしようって心配してました」

「ポールもマーティンのアパートで暮らしていたのかい？」

「わかりません。ときどきは泊まっていたかも。けど、彼は学生寮に部屋があるので」

「きみは？　きみもマーティンのアパートに？」

エアリアルは顔をしかめた。「床に寝かされて、マーティンに偉そうな態度をとられて、みたいな暮らしはしたくないわ。わたしは父と暮らしてます。ここからすぐなんですよ。カートライト・ガーデンズです」

キンケイドはメモをとった。「では、きみはいまも大学に行ってるんだね?」

「グラフィック・アートの学位をもうすぐとるところです」

「きのうの喧嘩について話してくれないか」

エアリアルの顔がバラのように赤くなった。「わたしたち、このところあまりうまくいってなくて。わたし、ポールがマーティンに関わりつづけていると人生を台無しにしちゃうんじゃないかと思っていたんです。そんなとき、わたし――」顔がますます赤くなる。「――妊娠してしまったの。ばかだった。父もまだ知りません。ポールには結婚しようっていわれたけど、わたしは、簡単にいわないでよって答えました。だって、結婚なんて――まだそういう状況じゃないし、仕事だってしてないのに。ポールは怒ってた。でも、それからわたし――」エアリアルの目に涙があふれた。エアリアルはそれを拭おうともしない。涙が頬を流れおちた。「――流産してしまったんです。望んでいた子どもではなかったから、あんなに悲しい思いをするとは想像もしてませんでした」

キンケイドはジェマの悲しみを――ジェマと自分の悲しみを――思い出した。予定外の妊娠だったが、流産したときは本当につらい思いをしたものだ。

「つらかったね」心からそういうと、エアリアルが意外そうな顔をした。

「わかってくれるんですか？」

「よくわかるよ」キンケイドは立ちあがり、部屋の隅のテーブルに置かれたティッシュの箱を取ってきた。

「ありがとう」エアリアルは震える笑顔でそういうと、ティッシュで目のまわりを拭いた。ティッシュへの感謝なのか、慰めの言葉への感謝なのか、キンケイドにはわからなかった。

「ポールはどうだった？　流産のことをどういってた？」

「ポールは——」エアリアルはティッシュを握りしめた。「ポールは——わたしのせいだといいました。なにか無茶なことをしたんだろうって。ばかなことをいわないで、とわたしがいったら、ばかなことってなんだ、そんなにいうならばかなことをしてやるぞ、とポールがいって。子どもみたいにむきになって。だから——」ごくりと息をのむ。

「ポールじゃないと思いたいけど、やっぱり心配で……」

「マーティンのグループは、セント・パンクラス駅で発煙筒を使う予定だった。それは知っていたかい？」

「わたし、グループの内部のことにはあまり関わってないんです。でも、きのうの午前中ポールに会いにいったら——妙な気は起こさないでっていうつもりでした——口論しているのがきこえました」

「口論？　だれとだれの？」

「ポールとマーティンです。発煙筒は自分が持つとポールがいって、マーティンは、それはライアンがやることになってるといって。それから、ポールがすごい勢いで部屋を出ていきました」

「じゃ、きみはライアン・マーシュを知っているんだね？」

エアリアルはうなずいた。「ライアンはあの部屋にときどき泊まってたから。あのマーティンでさえライアンには心酔していたし。でもライアンは全然偉そうじゃなかったんですよ」

まるでヒーローを讃えるような口調だ、とキンケイドは思った。「ポールはライアンに嫉妬していたんじゃないか？」

「みんながライアンにあこがれてるのが気に入らないようでした。嫉妬といえば嫉妬かも」エアリアルはぼろぼろになったティッシュペーパーをねじった。「まさか――ポールがライアンになにかしたわけじゃないですよね？　あれは――あれは――ライアンなんですか……？」いやいやをするように首を横に振る。

ライアン・マーシュに発火装置を渡したのがポール・コールという若者だとしたら、彼はいまどこにいるんだろう。いや、その逆の可能性も同じくらいある。ポール・コールがライアン・マーシュから手榴弾を受け取ったとしたら？　そんなことはありえないといえたら、どんなにいいだろう。

「エアリアル、きみはポールと親しかったんだね？」

「ええ、そうみたいです」皮肉と恥ずかしさを合わせたような答えだった。

「ポールには……ポールの体には……なにか特徴がなかったかな。たとえばタトゥーとか。あるいは、骨を折ったことがあるとか」

「そんな」エアリアルは片手を口元にやった。「それって――テレビできいたことがあるけど――〝識別マーク〟っていうやつのこと？」

「ああ。心当たりはないかな？」

エアリアルは水色の目をみひらいた。

「どうしたんだい？　助けが必要なら、話してほしいんだが」

「わたし――わからない――そんな」エアリアルの声が消え入った。ぼんやりみえていた恐怖と真正面から向きあったかのようだ。「ええ、あります。左の肩甲骨の内側に、生まれつきの痣が」

12

運河やガス工場や、敷地内に墓のたくさんある古い教会、ロンドンでも有数のスラム街などがあり、その下をフリート川が流れている。

——ジャック・シモンズとロバート・ソーン『St Pancras Station』2012

キンケイドはエアリアル・エリスを送りだす前に連絡先をきき、必ず連絡すると約束した。

署のエントランスのドアをあけてやると、エアリアルはウールの帽子をかぶり、キンケイドに笑顔を向けた。「ありがとうございます。だいぶ落ち着きました。胸のつかえが取れたみたいで。きっとポールは無事だと思います。わたしが心配しすぎてるだけ」

本当にそうならいいんだが、とキンケイドは思った。調べなければならないことがひとつできた。それと、気になることがある。どうして活動家グループの若者たちは、ポール・コールやエアリアル・エリスの名前を口にしなかったんだろう。捜査チームにその話をする前に、キンケイドはオフィスに戻ってドアを閉め、ラシード・カリームに電話をかけた。ラシードが電話に出た瞬間、背後の車の音がきこえた。

「ラシード、ダンカンだ。ひとつ調べてほしいことがある。焼死体の左の肩甲骨の内側に、生まれつきの痣がないだろうか」

人の話し声がきこえたあと、ラシードが答えた。「すみません。ダルトンで変死体がみつかって、いまその現場に来たところなんです。ロンドンに戻って遺体を調べるまでに、しばらくかかりそうです」

「記憶にないかな。背中に痣はなかっただろうか？」エアリアル・エリスと行方不明のボーイフレンドの話をした。

「可能性はある、としか」ラシードは一瞬おいて答えた。「背中の皮膚はリュックに守られていたので、顕微鏡で調べれば皮膚組織に部分的な違いがあるのがわかるかもしれません」

「三十歳ではなく二十歳だという可能性は？」

「あります。モルグに戻ったらすぐ連絡します」

いまはここまでで満足するしかなさそうだ。

刑事部のオフィスに戻ると、チームのみんなが興味深そうな顔を向けてきた。

「なにかわかったんですか？」サイモン・イーカスがいう。

「あの女の子はだれです？」スウィーニーもきく。「妖精みたいな髪の女の子。きれいな子だったなあ」

スウィーニーにいわせれば、脚が二本と胸さえあれば、だれでも美人なんじゃないか――キンケイドはそう思ったが、エアリアル・エリスが美人なのは間違いない。

スウィーニーを無視してキンケイドはいった。「遺体の身元として、もうひとつの可能性が出てきた」エアリアルからきいたことを話したが、流産の部分は省いた。焼け死んだのが彼女のボーイフレンドだということがはっきり裏付けられないかぎり、その情報を公開する必要はないと思ったからだ。「カリーム先生にはすでに連絡した。背中の痣についての報告を待つあいだ、ポール・コールについて調べてみてくれ」

いったん言葉を切り、考えた。足を使って情報を集めるのは自分の仕事ではない。

「ジャスミン、ジョージ」意識的にファーストネームで部下を呼んだ。「UCLに行ってくれ。ポール・コールの学生寮の住所はきいてある。ガワー・ストリートにある〈ラムジー・ハウス〉という建物だ。だがその前に――」腕時計に目をやった。「――大学の事務局が閉まる前に、コールの両親の連絡先を問い合わせたほうがよさそうだな」

「わかりました」スウィーニーは充電器から携帯電話を抜いて、コート掛けのコートを取った。シダナは黙ってうなずき、バッグと上着を持った。

「終わったら連絡をくれ。情報のすり合わせをしよう。そのあいだに、サイモンにもポール・コールの情報を探ってもらう。つかみどころのないライアン・マーシュより、いろいろわかるんじゃないかと思う。駅で死んだのは、いままで思っていたのとはまったく別人だったのかもしれない」

メロディはアンディのキッチンの戸棚をあけて、中を探った。喉の痛みを鎮めてくれるものはないだろうか。奥のほうに古いマーマイトと、空になったオリーブオイルの瓶がある。そのうしろに、レモンジンジャーのティーバッグの箱がみつかった。

箱をあけてにおいを嗅いだ。少し古くなっているようだ。でも冷蔵庫のしなびたレモンを使えば、飲めるものになるだろう。アンディを批判しているわけではない。自分の冷蔵庫だってなにも入っていないのだ。ギブソンのロゴが入った清潔なマグカップをみつけると、ケトルでお湯をわかしはじめた。

それだけでも頭がくらくらする。レモンをスライスして、ティーバッグとともにマグカップに入れた。わいたお湯を注ぎ、カップをリビングに持っていった。

ダンカンと話をしたあとはぐったり疲れてしまったので、アンディの部屋に帰ってきて、リビングのソファベッドでくつろいでいた。手元にはノートパソコンと、アンディの猫のバート。アンディはタムを見舞いに行ったまま、まだ帰ってこないが、ノティング・ヒルの自分の部屋に帰る気にはなれなかった。

メロディの体温の残る場所にバートが陣取って、敵意をこめた視線を向けてくる。

「バート、どいてちょうだい」メロディは声をかけて、バートを追いやると、アンディがコーヒーテーブル代わりにしているアンプの上にマグカップを置いた。ふと、アンディが脱いでソファベッドに引っかけていった青いカーディガンを手に取り、羽織ってみた。暖かくて、ほっとする。きのうアンディがこれを着てあんなことを経験したのにと思うと、奇妙な感じだ。かすかに残るアンディの香りのせいだろうか。石けんとシャンプーと肌の香りが入り交じったものに、この部屋のちょっと黴臭い(かびくさい)においが加わっている。

ノートパソコンを膝に置き、お茶を飲む。思ったより快適だ。ただ、喉のいがいがはちっとも治まってくれない。何分もしないうちに、咳がまた出はじめた。頭も痛い。パソコンのディスプレイに神経を集中させようと思っても、脳にもやがかかったようで、のろのろとしか動いてくれない。

〈クロニクル〉の映像データベースにログインし、〝環境・抗議活動〟というキーワードで検索をかけた。期間は過去十年間。しかし、ディスプレイがぼやけて、頭がずきずきしてきた。ため息をついて目を閉じ、バートのあごをなでた。バートはごろごろと喉は思わなかった。

を鳴らし、前足でメロディの脚を押してきた。どういうわけか、爪が当たっても痛いと
それからうとうとしていたらしい。ドアが開く音ではっと目が覚めた。あやうくノートパソコンを床に落とすところだった。

「メロディ、大丈夫か？」アンディだ。

メロディはノートパソコンを閉じて、だるい体を起こして目をこすった。「ええ」

「いや、大丈夫にはみえないな」アンディはメロディの隣に腰をおろし、心配そうに顔をみた。

「ありがとう。あなただって、ちょっと元気がなさそうよ」アンディの顔はやつれた感じで、目の下にはくまがある。ブロンドの髪もぼさぼさだ。「タムはどう？」

アンディはメロディの体ごしに手を伸ばし、バートの頭をなでた。「鎮痛剤をうたれてる。検査の数値はあまり変わってないが、火傷の痛みがひどくなってるんだ」

「マイケルとルイーズは？　ふたりともどうしてる？」

「ぼくがタムに付き添ってるあいだ、ふたりには休んでもらった。そしたらケイレブとポピーが来た」アンディはメロディとバートから目をそらして腕組みをした。

「どうしたの？」なにか問題があるらしいと察して、メロディはきいた。「ケイレブとポピーがお見舞いに行ったらまずいことでもあるの？」

「いや、そういうわけじゃない。ただ……ライブにプロデューサーが来るって話をしていたよね？」

メロディはうなずいた。

「きのうあんなことがあったというのに、やっぱりぼくたちにデモ演奏をやってほしいっていうんだ。しかも今夜。〈アビーロード〉を押さえてあるそうだ」

「〈アビーロード〉？」メロディは背すじを伸ばした。やっと完全に目が覚めた。「〈アビーロード・スタジオ〉のこと？　すごいじゃない！」

「けど、タムがいない」

メロディはアンディをみつめた。「まさか、断るつもりじゃないでしょうね？」アンディは答えない。「アンディ？」

アンディは首を左右に振った。メロディは、その目に涙があふれていることに気がついた。「タムがいないのに、そんなことできるわけないじゃないか。これまでタムにはさんざん世話になったってのに」

「それは逆でしょ？　こんなチャンスを棒に振ったと知ったらタムがどう思うか、考えてみて。ポピーとケイレブにとっても、これ以上にないビッグチャンスなのよ。あなたの感情のために、あのふたりからそれを奪うつもりなの？」

アンディは目をみひらいた。メロディは、自分が怒りに震えていることに気がついた。「ごめんなさい」小さな声で謝った。「こんなふうに怒るつもりじゃなかった。わたし、どうしちゃったのかしら。ただ、もっとしっかり考えてほしいだけ」呟きこみはじめた。

「いや、きみのいうとおりかもしれない。だが、メロディ、そっちこそ大丈夫なのか？　きのうのことを話せる相手はほかにいないのかい？　ためこんだものは吐きだしてしまわないと……気が立つのは無理もない」

「ありがとう。でも、あなたが考え直してくれてよかった」メロディはやっとのことで笑顔を返した。

「今夜スタジオに行くことになれば」アンディが続ける。「今夜のきみの検査についていけない。きみはぼくの大切な人だ。放っておくわけにはいかない」

「そう思ってくれるのはうれしいわ」メロディはアンディの腕をなでた。「でも、ひとりで闘うことには慣れてる。心配しないで」

「ご両親に連絡したらどうかな」

「だめ」強い口調で答えてしまった。「うちの両親は……ときどきちょっとうっとうしいっていうか。父は……ジャーナリストで……なにかに食らいついたら離さないタイプなの。わたしのほうから線引きをしないと、わたしの人生まで踏みあらされてしまう」

「そんなにひどいのか」アンディはいった。父親がいなかった子ども時代を思い出しているんだろう、とメロディは思った。母親は心身ともにデリケートで、アンディの世話をろくにしてくれなかったときいている。

「いえ、悪い人じゃないのよ。ただ、わたしはこれまでずっと、父に頼らず生きていこうとがんばってきた。わたしにとっては、それがだいじなことなの。わかってほしい」

アンディには話していないことがたくさんある。話せない。とくに、いまのこの状況では無理だ。しかし少なくとも、これまでに嘘はついていない。

「だから紹介してくれないんだね。ぼくのことを恥じているのかと思ってた」

「違うわ。そんな気持ち、みじんもない！」メロディはアンディに向きあい、アンディの肩に自分の頭を寄せた。一瞬おいて、アンディが両腕で抱きしめてくれた。「約束するわ。そのうちきっと、あなたを両親に紹介する。この話はまたにしましょう。ねえ、アンディも約束して。今夜デモライブをやるって」また呟きこんだ。アンディが髪をなでてくれた。

「病院の検査はどうするつもりだい？」

認めたくはなかったが、やはりひとりで行くのは心細いと思えてきた。不安もある。タムだけでなく自分も、無事に回復できるかどうかわからない。

「ジェマに連絡してみる」

キンケイドは基本的に短気ではないが、戻ってくるはずの人間を待っているときは別だった。とくに、自分だったらそんな仕事はもうすませているかもしれないと思うようなとき、待っているのが苦痛になる。それもあって、スコットランドヤードにいたときは、特別合同捜査チームの一員として捜査をするのが好きだった。警視という役職にありながら、現場に出て実際の捜査をすることができた。しかし逆に、大きなチーム全体を自分ひとりで指揮することに慣れる機会がなかったのも事実だ。いまの立場に、これまでのことを恵まれていたと思うべきなのか、その反対なのか、わからなくなってしまう。

さっきからサイモン・イーカスの背後に張りついていたが、しまいにはサイモンに追いはらわれてしまった。なにかわかったら知らせますから、とのこと。

刑事部のオフィスのポットからコーヒーをもう一杯注ぐ。自分専用のオフィスにまともなコーヒーマシンを買おう、と心に決めつつ机に戻ると、報告書を読みなおしたり、ラシードやシダナから連絡が入っていないかチェックしたりしつつ、壁の時計をにらみ続けた。時刻はもうすぐ六時半になる。

ジェマに連絡してみようと思ったとき、携帯電話が鳴った。画面にジェマの顔があらわれる。

「やあ、いまちょうど電話しようと――」

「ホルボン署の近くで少し会えない？　わたし、いまＵＣＬ病院にいるの」

キンケイドは心臓がどきりとした。「どうかしたのか？」

「メロディの検査に付き添ってるの」

「そうか。どうだった？」

「全身状態に問題はないそうよ。でも、あと二、三日は仕事を休んだほうがいいっていわれたわ」声の背後でタクシーのクラクションが鳴った。風の音もして、ジェマの声が一瞬とぎれる。「……というわけで、心の支えが必要なの。署の近くにいいワインバーがあるっていってなかった？」

「〈ヴァット〉だね。だが、この時間はすごく混んでる」キンケイドはちょっと考えて続けた。「もっとこぢんまりしたいい店があるよ。署にも近い。〈ラ・グルマンディナ〉だったかな。〈パーシフォン・ブックス〉の隣だよ」

「ＯＫ。じゃ、そこで。あっ、タクシーが来た！」

電話は切れた。キンケイドはコート掛けのコートを取って、刑事部のオフィスを抜けた。行き先をサイモンに告げ、なにかわかったら連絡するようにと頼んだ。

空は真っ暗だった。まだ光が残っていたとしても、低く垂れこめた雲のせいで地上には届かない。風も強いままだ。しかし、雨だけは降っていないし、そう遠くまで行くわけではないのがありがたい、とコートの襟を立てながら思った。

〈ラ・グルマンディナ〉は、〈パーシヴィアランス〉に行く途中でみかけただけの、デリとワインバーの中間みたいな小さな店だ。しかし入ってみると、ここにしてよかったと思えた。こぢんまりとして、静かで暖かい。窓際の高いテーブルのひとつにはカップルがいて、ワインを飲んでいる。もうひとつのテーブルでは女性がひとりでコーヒーを飲み、手帳になにか書きこんでいる。

奥のほうのテーブルを選び、注文した。よく冷えた白ワインをジェマに。自分はコーヒーにした。ウェイターが飲み物を持ってきたとき、ジェマがドアをあけて入ってきた。

ジェマはダンカンにキスしてコートを脱いだ。頬が冷たい。帽子を脱いで、赤褐色の髪に指を通す。

「ちょうどタクシーが来て、助かったわ」ジェマはスツールに腰をおろして、ワインのグラスを指さした。「最高。ありがとう」グラスを持ちあげて乾杯のまねをすると、ひと口飲んだ。ため息をついて目を閉じる。「完璧」

「疲れてるようだね。子どもたちは？」

「大丈夫よ。シャーロットはベティのところにいるし、キットとトビーは猫のポスターを作ってる。ふたりとも、あまりうれしそうじゃないけど」

「ポスターって？」

「今朝、ブライオニーがスキャナーを持って、猫たちをみにきてくれたの。マイクロチップはみつからなかったけど、すごく人に馴れてるから、近所の飼い猫じゃないかって。だから、クリニックやコーヒーショップにポスターを貼って、飼い主を探すことにしたのよ」

「で、子どもたちは猫を飼い主に返したくないってわけか。まあ、飼い主がみつかるかどうかはまだわからないが」

ジェマはあきれたという顔をしていった。「そうなの。キットは生物学者じゃなくて弁護士になるつもりじゃないかって気がしてきたわ。その手の本に書いてあるようなことばかりいってるの。いちばんすごいのはこれ。飼い主がしかるべき世話をしていたら、猫は妊娠しなかったであろうし、迷子になることもなかったはずだ、って。でもだからといって、飼い主があらわれたのに返さずにうちで飼うのが正しいとはいえないわよね」

「きみも返したくないと思ってるみたいだね」

ジェマは悲しそうな顔をした。「なんとでもいって」

キンケイドはにやりと笑った。「子猫の一匹はヘイゼル・キャヴェンディシュが飼うといいんじゃないか？」

「あなたのお友だちのマッケンジーもね」

「どの子とお別れするか、決められるのかい？」

ジェマはダンカンの腕をパンチした。「やめてよ、わたしは頭のおかしい〝猫おばさん〟なんかにはなりませんからね。子猫を四匹も飼うのは無理よ」

「四匹は無理だけど、四匹未満なら考えてもいいってことかい？」

ジェマは笑った。「キットに知恵を授けてるのはあなたね？」ジェマはワインを口に運び、本音をいった。「わたしのお気に入りは、白黒の子」

「まだ目もあいてないし、雄か雌かもわからないじゃないか」

「ええ。ばかみたいよね」ジェマの顔から輝きが消えた。外から入ってきたばかりのときはピンク色だった頬もいまは真っ白だし、表情がこわばっている。そういえば、電話で「心の支えがほしい」といっていた。

「きみの好きな子を何匹でも残すといいよ」ダンカンは優しくいった。「猫の話をしにきたわけじゃないだろう？　心配事はメロディのことかい？」

「それもあるわ。とことん弱ってる感じなの。肉体的にも……精神的にも。心ここにあらず、みたいな。現場が相当ひどかったの？」

ダンカンは少し考えた。「あれよりひどいものをみたことがあるか、考えてみたんだが……ないと思う。ぼくは騒ぎがおさまってから行ったのに、そう思ったんだ。彼女はその瞬間を目撃してしまった」

「爆破事件を扱ったことがないというのは、わたしたち、ラッキーなのかもしれないわね」ジェマはワインを口にした。ロンドンの警察官ならだれもが、いつそういう事件を扱うことになるかわからない。しかし、覚悟を決めているのと、実際に現場で対処するのとは、まったく別のことだ。「それに、メロディが心配してるのは自分の体のことだけじゃない。タムのことが心配でたまらないのよ。それはわたしたちみんなが同じだけど。

わたしが消耗してるのは――」ジェマはほとんど空になったグラスを前に押しだした。「――すごく自分勝手なんだけど、メロディの力が必要だってことなの。いまほど強烈にそう感じたことはないわ」ジェマは署にやってきた少女たちのことを話し、マーシー・ジョンソン殺人事件の捜査状況を説明した。「やっと証拠がみつかったっていうのに、肝心の容疑者がどこにいるのかわからない」

「高飛びしたのか？」

「そうとも限らない。今日は仕事が休みなのに、アパートにいなかった。でも警察が行方を捜してるってわかったら、遠くに逃げるでしょうね」ジェマは眉をひそめた。「傲慢な男だから、それくらいじゃ動じないかもしれないけどね。メロディの捜査力が恋しいけど、病院でそんな話をするわけにもいかなくて」

「マクニコルズ巡査がいるじゃないか」

「ええ。彼女もよくやってくれてるけど、でも——」ジェマの表情が停止した。「そうだ、病院といえば。すぐ話すつもりだったのに忘れてたわ。今朝、タムに会いにいったの。ちょうど起きてた。痛み止めが切れかけてるタイミングだったのかもしれない。どれくらい頭が冴えていたかはわからないけど、焼死した人をみたといってた。手榴弾を使う直前からみていたって。怯えたようすはなくて、ちょっと緊張してるような、興奮してるような感じだったそうよ。そして、若かったって」

「若かった?」ライアン・マーシュは三十歳前後。「タムのいう〝若い〟ってのは、どれくらいのことをいうんだろう」

「男性というより少年だった、といってたわ」

そのときキンケイドの携帯がポケットの中で振動した。発信者はラシード。

電話に出ると、ラシードは前置きもなくいった。「ダンカン、行方不明のボーイフレンドの血液型を調べたほうがよさそうだ」

13

まずは用地を更地にしなければならなかった。それは強引なやりかたで進められた。地主が土地を売ると、住人たちはなんの補償もなく住まいを追われたのだ。

——Bbc.co.uk/London/St.Pancras

目覚めたとき、意外なほど暖かかった。あたり全体を闇が包んでいる。体を少し動かして、寝袋のつるつるした表面に触れてみる。ロンドンの友人、メディのところに残してきた安物の寝袋や毛布とはやはり違う。フォードのトランクに隠しておいたこの寝袋は、零度以下の寒さに耐えられるよう作られていて、この季節外れの寒さから身を守ってくれる。

目が慣れてくると、いろいろなものの形がみえてきた。頭上を覆っているのは迷彩柄の防水シート。カバの木の枝で作った杭(くい)を使い、風も雨も防げるよう、角度をつけて張ってある。防水シートの両側には、細い指を広げたような、葉のおちた木々がみえる。夜空には雲の輪郭がぼんやり浮かびあがっている。雲と雲のあいだに、ひとつだけ星がみえる。

頭を横に向けると、小さな光がみえた。寝る前に燃やしたたき火がほとんど燃え尽きて熾火(おきび)になり、妖精が散らす火花みたいにちらちら光っているのだ。

体を動かすと、思わずうめき声が漏れた。背中が痛い。肩が痛い。足先を動かそうとすると、脚全体に痛みが走った。いったい何キロ歩いただろう。いいブーツを履いてきたとはいえ、ありえない距離を歩いたと思う。寝袋にもぐりこんだときには足が冷えきって、もうこのまま感覚が戻らないんじゃないかと心配になったものだ。いまは逆に、感覚がないほうがよかったのにと思える。

手の指も腫れて、ひりひりしている。秘密の小島に着いたあとは、カヌーを陸に引きあげてワラビや小枝で隠した。そしてあらかじめ半分だけ埋めておいた鋤(すき)をみつけて、地面を掘った。まずはたき火をするための炉が必要だった。穴がじゅうぶんな深さになると、湿った丸太を積み重ねて三辺に壁を作り、風が当たらないようにした。

次に、二十リットルのプラスチック容器を掘りだした。真水が入っている。これだけあれば、川の水を濾過装置に通して飲めるようになるまで、もってくれるだろう。密封した二十センチの塩ビパイプには、フリーズドライの食料と着火剤が入っている。繊維の屑とワセリン。ドライヤーのフィルターから糸屑を取っているのを、妻にみられたことがある。なにをしているのときかれ、「火を熾すときに使うんだよ」と答えた。「生きていれば、火を熾すことが必要になることがあるんだ」

妻はわけがわからないという顔をして肩をすくめ、首を振った。「例の自給自足計画ね。あなたって本当に子どもみたい」ばかにされているのがはっきりわかった。その瞬間、意識下のどこかで確信した。夫婦の溝はもう埋められないレベルになったと。

しかし、最初は遊びみたいなものだった。川に秘密基地を作る。子どものころのボーイスカウトや、父親と行ったキャンプの楽しみを再現したかった。それに、どうしてもひとりきりになりたいときがあったからだ。

去年の秋の出来事や、やるべき任務をうまくこなせなかった経験のあと、ただの遊びではなくなった。現実から逃避したいことがあるたび、テムズ川の秘密の小島にやってきて、本格的な準備をはじめた。塩ビパイプにさまざまなものを詰めて備蓄した。食料、ロープ、杭、風除けに最適なアルミの緊急用ブランケット、折りたたみ式の釣り竿、滑車装置。どれも違法なものではなく、簡単に手に入った。例外はふたつ。そのひとつは、アーマライトAR7、二十二口径のライフルだ。完全に分解して、大きめのパイプに収納してある。小さめの動物なら撃ちころせるし、水にも浮く。

もうひとつは、偽造パスポートと数千ポンドの現金だ。小型のパイプに入れてある。どうしようもなくなったときに使うためのもので、そんなときが来ないことを願っている。

不安が押し寄せてくる。暖かい寝袋の中で、体が汗ばんできた。胃袋がよじれる。そうだ、腹が減っているんだ。喉も渇いたし、おしっこもしたい。火も熾さなければ。起きて動きだそう。どんなに体が痛かろうと、どんなに苦しい状況であろうと。


キンケイドはシオボルズ・ロードでジェマにタクシーを拾ってやると、歩いて署に戻り、刑事部のオフィスに入った。シダナとスウィーニーの姿はない。サイモン・イーカスは相変わらずパソコンに張りついている。

「なにかわかりましたか？」サイモンが顔をあげた。

「ラシードから電話があった。焼死体の左肩に痣があった可能性が高いそうだ。それと、血液型がかなりめずらしいものだった。A型Rhマイナス。つまり、ポール・コールの血液型がはっきりすれば、遺体の身元を特定できる可能性が高くなる。それと、遺体がコールではないかと思われる理由がもうひとつある」キンケイドはジェマとタムとの会話の内容をサイモンに話した。「コールの写真をタムにみてもらう必要がある」

タムのパートナーであるマイケルに電話をかけた。「マイケル、ダンカンだ。いま、タムの病室にいるのか？」

足音やドアの閉まる音がしたあと、マイケルがいった。「ああ。ＩＣＵから病室に移してくれたんだよ。ルイーズは家に帰したが、おれは今夜はここに残る」

「よくなっているようだな」キンケイドは心からほっとした。

「いまのところ、臓器はちゃんと働いてるそうだ。火傷の痛みがひどいらしいが」

「ジェマにきいたんだが、タムは、死亡した男が手榴弾を使う直前の姿をみたそうなんだ。身元がわかりかけているので、タムに写真をみて確認してもらいたい」

「いまはサンタさんの写真をみても、だれだかわからないだろうな。鎮痛剤を変えたんだ。楽にはなったようだが、意識が飛んでる。すっかりヤク漬けの状態なんだ。かわいそうに」マイケルの声には愛情と労り（いたわ）の気持ちがこもっていた。キンケイドは、いつも淡々としたマイケルの違う一面をみたように思った。

入院しているのがタムではなくジェマだったら、自分はどんな気持ちになるだろうか。想像もできない。「マイケル、ぼくにできることがあったらいつでもいってくれ」

「犯人をつかまえてくれといいたいところだが、死んじまったんだろう？」

状況はもっと複雑だ。しかしキンケイドはそれを口にはしなかった。「タムが写真を確認できそうになったら、連絡してくれないか。それと、マイケル、ルイーズにもよろしく。体に気をつけてほしいと伝えてくれ」

電話を切ると、キンケイドはしばらく考えた。カフェのウェイトレスはどうだろう。メロディの話では、救助に尽力してくれたそうだ。なにかみたかもしれない。

時計をみた。八時を回っている。カフェが何時まであいているのかもわからない。そのウェイトレスの出勤シフトも知らない。

そのとき、電話が鳴った。ジャスミン・シダナからだった。

「警視」シダナはいつもこうだ。〝ボス〟と呼んでくれたことはない。「学生寮ではきのうの朝以来だれも、ポール・コールをみていないそうです。隣の部屋の学生が――あ、ここはひとり部屋の寮なんですが――」シダナはそれをけしからんと思っているかのような口調だった。「――このところ、ポールのようすが少しおかしかったといってます」

「おかしいというと、どんなふうに？」

「部屋に引きこもってばかりで、この二、三週間ほどは人と話もしなかったと」

「エアリアルというガールフレンドのことはなにかいっていなかったか？」

「いいえ」

エアリアルによると、きのうの朝、エアリアルとポールは大喧嘩をしたとのことだ。それは寮の部屋ではなかったんだろうか。

「大学の事務局でも話をききました」シダナが続ける。「ポール・コールは留年が決まっていたそうです」

ガールフレンドとの激しい口論、大学の留年――ポールの年代の若者にとっては、どちらも発作的な自殺のきっかけになりうる。しかし、タムの話では、少年は怯えてはおらず、興奮していたようだったとのこと。これから自爆をしようという人間は、怯えているのが普通ではないか。いずれにしても、ポール・コールが白リン手榴弾をどうやって入手したかがわからない。ライアン・マーシュではなくポールが実行役をやった理由もわからない。

しかも、それもまだ推定にすぎないのだ。

「両親についてはなにかわかったか？」

「はい。実家はバタシーにあり、父親は銀行の支店長です」

「スウィーニーとふたりで会いにいってくれないか。痣のことをきいてほしい。ラシードは可能性にすぎないというが、もしポール・コールに痣があったと両親が認めるなら、両親に最悪の事態について話しておいたほうがいいだろう」

今回はいやな役目をやらずにすんだ。ありがたい。

タクシーを拾って、ホルボンからセント・パンクラス国際駅に移動した。タムに会えないなら、ポール・コールをみたかもしれないほかの人物を探すまでだ。メロディが話してくれたウェイトレスが気にかかる。アーケードで仕事をしていたなら、ちらりとでも目に入ったかもしれない。

パンクラス・ロードの一番出口の前でタクシーを降りた。ユーロスターのタクシー降り場だ。制服警官の姿はもうない。駅に入るといやな記憶がよみがえったが、みえてきた風景は、きのうの大混乱とは無縁のものだった。

コンコースは文字どおり輝いていた。〈マークス・アンド・スペンサー〉の食品店は、閉店直前に食品や花束を買いもとめる客でにぎわっている。時刻はもう九時になる。通行人はそれほど多くない。旅行客も通勤客も、おしゃべりをしたりアイポッドで音楽をきいたりしながら、不快な表情を浮かべることなくコンコースを歩いていく。

仮設ステージは撤去され、だれかが駅ピアノを弾いている。バッハだ。キンケイドは一瞬足を止めてききいった。スピーカーから流れるアナウンスが演奏にかぶる。

アーケードを横切り、きのうの現場のそばを通った。黒こげの死体のあったところはきれいに磨かれているものの、ほんのわずかだが、黒い痕跡が残っている。カフェの外テーブルにはひとりの男性が座って新聞を読み、別のテーブルでは女性が一心にメールを打っている。

きのうの恐ろしい光景や苦しみが魔法のように消え去っている。ちょっとシュールな感じだ。

カフェに入り、店内をみまわした。メロディが話してくれた特徴に合致するウェイトレスはいるだろうか。ドアの近くの〈ご案内しますのでこちらでお待ちください〉という案内板のところには、だれも立っていない。せかされることなく観察することができた。

みた瞬間、あの子だと思った。ウェイトレスとして働いているのではなく、奥のテーブルについて、Lサイズのマグカップでコーヒーかホットチョコレートを飲んでいる。ほっそりした体にショートカットの黒髪だが、ボーイッシュというわけではない。顔だちがかわいくて、一度みたら記憶に残るタイプだ。

カフェの黒いシャツとズボン姿の若者が、奥から出てきた。キンケイドは店長を呼んでほしいといった。ウェイトレスにいきなり話しかけるよりも、筋を通したほうがいいと判断したからだ。店長がキッチンから出てくると、キンケイドは小声で用件を話した。店のスタッフ、とくにあのウェイトレスの対応がすばらしかったと礼をいった。

「ナタリーですね」店長は中年の女性だった。「今日はちょっと元気がないんです。ほかのスタッフもそうなんですけどね」首を左右に振る。「あんなことが起こるなんて、本当に信じられない。でもナタリーは本当によくやってくれました。一日休みなさいといったんですけど、そんなことはできないといって、出勤してきたんですよ」

「話したいんですが、かまいませんか？」

「ええ、もちろん。紹介しましょう。なにかお飲みになります？」

「コーヒーをいただけたらありがたいです」キンケイドはそういいつつ、ワインを飲んだりおいしそうなサンドイッチやサラダを食べたりしている客に羨望の眼差しを送った。そういえば、おなかがすいて死にそうだ。ランチもいつ食べたか覚えていない。しかし、いまは頭をしっかり働かせる必要がある。サンドイッチを食べながら目撃者に事情聴取しても、いい結果は得られないだろう。

店長とキンケイドが近づくと、ウェイトレスは顔をあげた。店長にキンケイドを紹介されたとき、顔にかすかな警戒の色があらわれた。

「ナタリー、座ってもいいかな」キンケイドはきいた。

ナタリーがうなずくのを待って、キンケイドは椅子を引いた。

「きのうあなたをみかけたような気がするわ」ナタリーは眉をひそめていった。

「ああ、きのうもここに来ていたよ。きのうの事件の捜査の指揮官なんだ。いくつかききみにききたいことがあるんだが、その前に、お礼をいわせてほしい。怪我をした人たちの救助に尽力してくれたそうだね。ここにいた女性刑事が、きみのことをほめたたえていたよ」

「あの刑事さんも大活躍だったわ」ナタリーは微笑んだが、すぐに真顔になった。「ひどい火傷をしていた人がいたけど——あの人、大丈夫ですか？」

「ああ、回復に向かっているよ。いまは鎮痛剤をたっぷり投与されてるけどね。しかし今朝、ぼくとは別の刑事が話をききにいったら、焼け死んだ人の生前の姿をみたといっていた」

「医療チームの人たちがいってたけど、白リンが使われたんですってね。全身をよく洗えっていわれたわ」

「そのとおり」

店長がコーヒーを持ってきてくれた。湯気の立つカップから極上の香りが漂ってくる。キンケイドは礼をいってひと口飲むと、ナタリーに視線を戻した。

「どうしてあんなひどいことを？」ナタリーの真剣な声をきくと、答えられないことが歯がゆかった。

「わからない。だが、焼け死んだ人物の身元を特定できれば、いろいろわかってくると思うんだ。写真を一枚みてもらってもいいだろうか。この若者の行方がわからなくなっている。いま入院している怪我人にもききたいんだが、具合がよくなるまで待たなきゃならないんだ」

ナタリーはカップをぎゅっと握りしめた。表情をこわばらせながらも、覚悟を決めてくれた。「はい」

キンケイドは携帯電話を取りだし、ポール・コールの写真を表示させると、それを前に差しだした。

ナタリーは眉をひそめて写真をじっとみた。「いいえ、火が出る前にこの人をみた覚えはないわ。わたしは店の奥で接客していて、最初に異変に気づいたのは、人の悲鳴だったんです。外のテーブルのお客さんたちは、テーブルの下にもぐりこんでました」

「きみはどうしてそうしなかったんだい？」キンケイドは好奇心で尋ねた。「テーブルの下に隠れようとは思わなかったのかな」

ナタリーは、質問の意味がわからないという顔をした。「だって、燃えてる人たちがいたから。自分だけ隠れてなんかいられないでしょう？」首を振って、写真に目を戻した。「でも、この人には見覚えがあるわ。店にときどき来て、奥のテーブルでノートになにか書いてた」

「ノート？　どんなノートだろう」キンケイドは食いつくように尋ねた。

「日記かなにかじゃないかしら。シンプルな黒いノートだった。パソコンじゃなくてノートになにか書いてる人をみると、気になっちゃうんです。わたしもノート派だから」

「女の子といっしょに来たことはなかったかな。すごく色の薄いブロンドで、みればきっと記憶に残るような子だよ」

ナタリーはかぶりを振った。「いいえ、来るときはいつもひとりでした。それに、自分の殻にこもっているというか——いいたいこと、わかってもらえます？　全然フレンドリーじゃなくて、自分のことで頭がいっぱいみたいな」目を大きくみひらいて、キンケイドをみつめた。「まさか……あの人が？　自分の知ってる人だったなんて、考えもしなかった」片手を口にあてて、ごくりと息をのんだ。「なんてこと」

「まだはっきりしたことはなにもわからないんだ。小さな手がかりをひとつずつ調べている段階でね。彼の名前を知らないかな？」

「いいえ。コーヒーを注文するだけだもの。支払いはいつも現金。あ、そういえば——」ナタリーはつけたした。「何度か、駅について書いた本を持ってることがあったわ。歴史か建築を勉強してる学生さんかと思ったの。それか鉄道オタク」

最初の推理が当たりだよ、とはいわなかったが、キンケイドはそれをきいて考えた。鉄道オタクという線もあるのではないか。焼け死んだのがポール・コールだとして、それが自殺だとしたら、熱烈な鉄道マニアが自殺の場所として駅を選ぶというのはありそうなことだ。マーティン・クインの率いる抗議活動の一環として自殺したというより説得力がある。とはいえ、とにかく仮定が多すぎる。もっと情報がほしい。

コーヒーを飲みおえると、キンケイドはナタリーに礼をいった。「きみもＵＣＬの学生さん？」

ナタリーは微笑んだ。「ええ、英文学です。両親にもっと役に立つ勉強をしろといわれて、ウェイトレスをしてるんです」
「なるほど」キンケイドはにっこり笑い、名刺を差しだした。「なにか気づいたことがあったら、いつでも連絡してほしい」立ちあがってから一瞬考えた。おせっかいなアドバイスなど、しないほうがいいだろうか。いや、なんと思われようとかまわない。「ナタリー、きのうの大活躍からして、きみはいい警官になれると思うよ。大学を出て警官になると、昇進も早いんだ。もし将来のことをまだ決めていないなら、考えてみてくれ。力になれると思うよ」

ダグ・カリンの家の玄関に取りつけられたステンドグラスのパネルから、緑色の光が漏れてくる。

ＵＣＬ病院で再検査を受けたあと、アンディのアパートでひとりきりになるのがいやだった。かといって、自分の家にも帰りたくない。ジェマにはひとりで大丈夫といってアンディのアパートに戻り、バートに餌をやって小さなキッチンを片づけたあと、アンディのコートを羽織り、バッグを持って、地下鉄に乗った。ノティング・ヒル・ゲートで地下鉄を降りてから高級住宅街の坂を下り、自分の部屋には入らずに車だけを取ってきた。そしてパトニーに向かった。

テムズ川を渡ってダグの家の近所まで来たとき、おなかがぺこぺこだと気がついた。

お気に入りのパブに寄って何種類かのサンドイッチを買い、車を駐めてロックしたいまになって、ここに来たのはまずかったかな、と思いはじめた。

　先に電話をするべきだった。ダグがだれかほかの人といっしょだったらどうしよう。サザーク署のモーラ・ベルとときどきデートしているようだが、どの程度真剣な交際なのかはわからない。電話を取りだしてダグにかけようとしたとき、ドアが開いてダグが出てきた。

　ダグはまったく驚いていないようだ。「なにやってるんだい？　早く中に入ればいいのに。外は寒いじゃないか」

「わたしがここにいること、どうしてわかったの？」メロディはドアにむかって歩きながらきいた。

「車の音が独特だからね。そうかと思ったら歩道に突っ立ってぼんやりしてるから、どうしたのかと思ったよ」

「ぼんやりしてたわけじゃないわ」メロディがむっとしていうと、ダグがドアをあけてくれた。「ただ、先に電話するべきだったなと思って。お邪魔虫だったら悪いし」

「ばかだなあ」メロディが暖かい玄関ホールに入ると、ダグはドアをしっかり閉めた。「大丈夫かい？」眼鏡を押しあげて、心配そうにメロディをみる。ダグは、あちこちほつれた古いウールのセーターにジーンズという格好だった。ブロンドの髪がつんつんと立っているが、そういうスタイリングをしたわけではなさそうだ。「検査の結果はどうだった？」

「いまのところ問題なし。ジェマが付き添ってくれたわ。さっき病院を出たところなの」リビングに入って、小さな歓喜の声をあげた。「素敵！　暖炉を使ってるのね！」

ダグの小さな家は、リビングとダイニングがつながってひとつの大きな部屋になっている。キッチンはその奥だ。ダグがこの家を買ったとき、どの部屋にもきれいな暖炉があるのに、そのすべてが板でふさがれていた。メロディは暖炉を修復して使うべきだと主張し、暖炉で使えるガスストーブと、炉棚にかけるアンティークの鏡を選ぶ手伝いをした。その暖炉に赤い炎が元気に踊って、体を温めてくれている。

メロディが最後にここに来たときからいままでのあいだにも、家の内装が進んだようだ。ふたつの部屋のペンキ塗りが終わっている。色は金色がかった緑色。メロディが提案したとおり、玄関のステンドグラスの色を取り入れたのだ。天井の塗装も終わっている。天井の塗装といえば、ダグが自分でやろうとしたとき、脚立から落ちて足首を骨折したのだが……。「ダグ、まさか自分でやったんじゃ――」

「いや、業者に頼んだよ」ダグは足のギプスを指さした。「最近、脚立は使わないようにしてる」

ダグが脚立から落ちたとき、クリーム色のペンキがカーペットに飛び散ったが、そのカーペットもいまは剝がされて、ぴかぴかのフローリングになっている。

「すごく……素敵ね」メロディはそういいながら、胸の痛みを感じていた。長いこと来ていなかったと気づいたからだ。

「もっと遊びにきてくれればいいのに」ダグは皮肉をこめていった。いつものように、メロディの心をみごとに読みとっているらしい。

「手配とかいろいろ、ダグひとりでやってるの？」メロディはきいた。モーラ・ベルが手伝っているのではと思ったら、妙な嫉妬心がわいてきた。

「そうだよ。きみのアドバイスに従って進めてる。それより、コートを脱いだらどうだい？　またすぐに出てくつもりなら別だけど」ダグはメロディのコートを受けとり、ソファの端に置いた。アンディのコートだと気づいたとしても、ダグはなにもいわなかった。「その荷物は？」

「ああ、そうだった」メロディはそれを持っていることも忘れていた。「パブでサンドイッチを買ってきたの。ダグも食べてないかもしれないと思って……」くんくんとにおいを嗅ぎ、コーヒーテーブルの上の厚紙の容器を探しあてた。「信じられない。カップラーメン？」

「おなかがすいてたんだ。忙しかったし」肘かけ椅子の前のオットマンに、ノートパソコンが開いたまま置いてある。「けど、サンドイッチはありがたくいただくよ。ワインとビールもある。うちの食料保存庫は、少なくとも飲み物部門に関しては、在庫が充実してるんだ」

「でもわたし、紅茶をもらっていい？」メロディはほっとしたようにソファに腰をおろした。「紅茶なら何杯でも飲めそう」

「了解。それくらいならぼくにもできる」

ダグがキッチンでお湯をわかしているあいだに、メロディはサンドイッチをテーブルに並べた。「スコットランド産スモークサーモンとキュウリのサンドイッチ、ホースラディッシュとチャイブクリーム添えと——」大声でダグに伝える。「——手作りフィッシュフライサンドと、チキンとスモークベーコンのクラブハウスサンド」

ダグはおやという顔をした。「あの店、五時以降はサンドイッチを作ってくれないんだけどな」

「そこはわたしの腕のみせどころ。張り込み中の刑事がおなかをすかせて死にそうなの、助けて！って。百発百中よ」

ダグがマグカップをふたつとティーポットをトレイにのせてきた。サンドイッチの取り皿もある。メロディがサンドイッチを分けるあいだに、ダグはメロディのカップにミルクを注いだ。メロディの好みの量をしっかり心得ている。「アンディはどうしたんだい？」メロディをみないでいった。

メロディは〈アビーロード・スタジオ〉でのデモ演奏の話をした。

ダグはひゅうと口笛を吹いた。「すごいじゃないか」

「そのことで言い合いをしたの。アンディは、タムがこんなことになってるときにやりたくないって。わたしは、そんなチャンスを棒に振ったとわかったら、あとでタムが怒るわよって」

「きみの意見のほうがまっとうだ」ダグはサーモンのサンドイッチをかじって、探るような目でメロディをみた。「だけどさ、メロディ、このあとどうなるかわかってるのか？　アンディとポピーが本当に売れたら——売れるだけの才能はあると思うよ——アンディはライブ漬けの毎日になる。きみとは全然会えなくなる」

「だから、チャンスを棒に振れっていうべきなの？」メロディは首を振った。「そんなこと、するわけないじゃない。わかってるくせに」

「そうだろうね」メロディは、それでいいんだよ、とダグにいわれたような気がした。

チキンのサンドイッチを少し食べて、メロディは驚いた。きのうの事件以来はじめて、食べ物がおいしく感じられたのだ。「それだけじゃないの」ためらったあげく、話すことにした。「わたし、アンディを両親に紹介してないでしょ。アンディはその理由を、わたしがアンディのことを恥ずかしく感じてるからだって思ってた」

ダグはフィッシュフライのサンドイッチを半分手にして、顔をあげた。「まだ話してなかったのか」

「ええ」

「いつまでも内緒にはできないよ」

メロディはため息をついた。「そうよね」

「長く黙ってれば黙ってるほど、気まずくなると思う」

「それもわかってる。でも、いまは考えたくないの」メロディはフィッシュフライサンドの残り半分を手にとって、紅茶に息を吹きかけた。話題を変えるために、ダグのノートパソコンに顔を向けた。「なにやってたの？」

ダグはあわてている。「いや、仕事としかいえない」

「ダンカンになにか頼まれてるんじゃないの？　わたし、きいてるわ」

「ああ、そうか。よかった」ダグの表情が明らかに変わった。ダグってこういうところがいいのよね、とメロディは思った。すべてが顔に出てしまう。嘘がつけない人間だ。

それならきいてくれよ、とでもいうようにダグが話しだした。「ライアン・マーシュの正体を突き止めようとしてるんだ。秘密捜査官のこと、ダンカンにきいてるよね？」

メロディがうなずくのをみて続ける。「年齢は三十歳くらい、身体的特徴はざっくりとしかわからない。それで、警察学校の名簿を調べることにした。十年ほど前のやつからだ。秘密捜査官はファーストネームだけはそのまま使って、ラストネームは本物の名前を少し変えたり、なんらかの関連があるものにしたりすることが多い。いまのところ三年分調べたけど、これというのがみつからない」

「干し草の山から針をみつけるような作業ね。でも、わたしがやってることよりはましかも」メロディは大きなハンドバッグから自分のノートパソコンを取りだした。「わたしは新聞社の写真データベースから、マーティン・クインのグループの写真を探してるの。ライアン・マーシュらしい人物がいっしょに写ってるやつをね」

ダグは眉を片方だけつりあげた。キンケイドがよくやる表情だ。「きみのアイディアかい？」メロディはうなずいた。「いいじゃないか。続けよう」

ふたりは紅茶を飲み、サンドイッチを食べながら、それぞれの作業を続けた。沈黙が心地よかった。メロディはブーツを脱いでソファに座りこみ、写真を次々にみていった。満腹と温かさと心地よさのせいでまぶたが重くなってきたが、一枚の写真をみて、はっと背すじを伸ばした。一年前の写真だ。クロスレール工事に協力する考古学者が、悪名高きベドラム病院の跡地で発掘作業をして、乱暴な脳の手術を受けたと思われる頭蓋骨をみつけたときの写真。何人かの活動家が防護フェンスの外に並び、〈ロンドンの歴史を守れ〉というプラカードを掲げている。

ひょろっとしたマーティン・クインの姿はすぐにわかった。キンケイドが送ってくれた写真と同じだ。ただし、この写真では帽子をかぶっていない。その隣に、年上の男がいる。五十代くらいか。髪が白い。ほかのメンバーの中に、キンケイドに送ってもらった写真と似た人物はいないし、ライアン・マーシュの特徴に合致する人物もいない。

「気になる写真があるわ。でも、あまり――」

「くそっ」ダグが自分のパソコンのディスプレイをみたままいった。「みつけたぞ。ヤードじゃなくてロンドン市警察だったのか。テムズ渓谷署だ」パソコンをもって立ちあがり、ギプスをつけた足をひきずるようにしてメロディの隣に座った。メロディがディスプレイに目をやると、ダグはそれを拡大した。「そこだ。最前列の左から二番目。十年前に十九歳だったライアン・マーロウだ。特徴も合致する」

メロディはその顔をみた。若くて真剣そうな顔。明るい褐色の髪。目の色は……。

この色は……。「嘘。信じられない」声にならない声でいった。この目をみたことがある。煙の中、青いハンカチに半ば覆われた顔。あの男性の目だ。

14

ウィリアム・ヘンリー・バーロウはウーリッジの近くで、著名な数学者であり物理学者である父親の息子として生まれた。十六歳のときに父親のもとで仕事を始め、その後、ウーリッジとロンドンの造船所で土木技師の見習いとなった。

――networkrail.co.uk/VirtualArchive/WH-Barlow

メロディはアンディのソファベッドで背中に冷気を感じ、浅い眠りから目覚めた。

「わあ、冷たい」メロディはそういいながらも、その冷たさから逃げるのではなく近づいて、アンディの体に寄りそった。

「そうなんだ」アンディはむきだしの腕をメロディの体に置いた。腕も冷えきっていた。「ベイカー・ストリートまで歩いてやっとタクシーを拾えた」

メロディはアンディの手を取り、唇を寄せた。かすかに金属のにおいがする。ギターを何時間も弾いたあとのにおいだ。「ポピーは？」

「ケイレブがトワイフォードまで送っていったよ。終電の時間なんかとっくに過ぎちゃったからね」

「いま何時？」メロディは時計をみようとして目を凝らしたが、アンディに上掛けをかぶせられた。「何時でもいいじゃないか」耳元でささやかれた。ひげが頬に当たってちくちくする。

メロディは上掛けを押しさげて、仰向けに寝返った。薄明かりの中にアンディの顔のシルエットがみえる。「どうだった？」

アンディは体を起こし気味にした。その肩にメロディが寄りかかる。「最高としかいいようがないよ」ゆっくり話しだした。「〈アビーロード〉のセッションに加わったことは何度かあるけど、まさか自分の——自分たちの——レコーディングをすることになるなんて、夢にも思わなかった。ポピーが絶好調で、あとはもう……魔法がかかったみたいだった。その場で新しい曲が二曲ほどできたくらいだ」

こんなに手放しで喜ぶアンディははじめてだ、とメロディは思った。音楽の話をするとき、アンディはいつも少し感情を抑え気味に話す。そんなにうまくいくわけがない、と自分にいいきかせているかのように、一歩引いた態度になるのだ。

もうひとつ気がついたことがある。アンディが成功しますようにと思う自分の心のなかに、不安が頭をもたげている。ダグの言葉のとおりになるんだろうか。アンディが成功したら、ふたりの関係は終わってしまうの？

そんなことを考えちゃだめ、と自分を叱りつけた。そんなことにはならない。そんなことにはさせない。いまのアンディの喜びに水を差すようなことは口にしないと決めた。「プロデューサーの反応は？」

「明日、ケイレブと話しあうそうだ。タムも明日には少しよくなってるだろうから、今夜のことを報告できる。そう思うことにしたよ。朝いちばんに病院に行ってみる」事件以来、アンディがタムの名前を落ち着いて口にするのは、これが初めてだ。そうであってほしいとメロディも思った。

「じゃ、少し眠らないとね」今夜はどこでなにをしていたか、アンディにきかれたくなかった。明日の朝、アンディがタムを見舞っているあいだになにをするつもりかも、きかれると困る。

「眠るよりもっといいことがしたいな」アンディは手を上掛けの中に入れ、メロディの体を抱こうとした。「なんでこんなに服を着てるんだい？」

メロディはTシャツとヨガパンツを身につけていた。「寒かったから」

「もう寒くないだろ？」

金曜日の朝、ジャスミン・シダナは車で約束の場所に向かっていた。ポール・コールの両親と八時半に会うことになっている。

病院の駐車場にホンダを駐めた。昨夜、ポールの実家を訪ねたときも気が進まなかったが、いまも同じくらい気が重い。訃報を伝えるのは苦手だ。どうふるまっていいかわからなくて、気が立ってしまう。悲しみにうちひしがれる遺族には、いったいどんな言葉をかけたらいいんだろう。

考えてもしかたがない。昨夜もそうだった。できるだけ礼儀正しくして、スウィーニーにも余計なことをいうなと釘を刺し、バタシーのヴァーデンズ・ロードにあるヴィクトリア朝様式の大きな家を訪ね、呼び鈴を押した。ジャスミンは家をみて不動産価値を推測するのが好きなので、車を降りて家をみた瞬間、ひゅうと口笛を吹いたものだ。夜の暗さの中でも、褐色のレンガにほどこされたクリーム色の縁取り部分のペンキが塗ったばかりであることや、小さな前庭の手入れが行き届いていることがよくわかった。家の中が現代化されて住みやすくなっていれば、二百万から三百万ポンドにはなるだろう。ポール・コールは苦学生ではなかったわけだ。

夫人が出てきた。よくあることだが、こちらをみた瞬間に不愉快そうな顔になった。

警官だと名乗るまえにドアを閉められてしまうかもしれない、と心配になった。

「訪問販売はお断りよ」コール夫人は眉間に深いしわを寄せた。こちらの肌の色が気に入らないんだろう、とジャスミンは思った。「ほら、そこに書いてあるでしょ」

凝ったデザインの真鍮の呼び鈴の横に、陶器の飾り板のようなものがついている。訪問販売を断る旨の言葉がきれいな書体で書かれていた。

「コールさん、わたしたちは警察官です。息子さんのことでお話をうかがいたいのですが」

不愉快そうだった顔が狼狽の表情に変わった。赤くなった顔をみて、ジャスミンは溜飲のさがる思いがした。

夫も玄関に出てきた。夫人は老化に無駄な抵抗を続けて痩せぎすになってしまった中年女性のひとりだが、夫のほうは太鼓腹で脂ぎっている。スウィーニーと同じでコロンのつけすぎだ。こちらのほうが高級そうではあるが、ジャスミンの好きな香りではない。鼻がむずむずする。

「リサ、どうした?」不機嫌そうな口調だった。苛立ちが自分たちに向けられたものなのか、妻に向けられたものなのか、ジャスミンにはわからなかった。

「ホルボン署の刑事部の者です。わたしはシダナ警部補、こちらはスウィーニー巡査」

「ポールのことでいらしたんですって」コール夫人がいう。

とわかる。

「今度はなにをやったんだ？」夫の声に不安は感じられない。ただ苛立っているだけだ

「中でお話をうかがえませんか？」ジャスミンはいい、身分証を出して前に一歩出た。そうすれば、相手は一歩さがるしかない。玄関先に立ったまま、震えながら話を続けたくなかった。

夫人はしかたないわねといわんばかりの態度で、ジャスミンとスウィーニーを応接室に通してくれた。通りに面した部屋で、インテリアはすごく凝っている。というか、やりすぎだ。どこもかしこも金めっきでぎらぎらしている。客を感心させるためだけの部屋なんだろうと思わずにはいられなかった。招かれざる客として、ブロケード織りの固いソファに腰をおろすと、スウィーニーもそれに倣った。部屋は冷えきっている。コートを脱げといわれなかったのはそういうわけかと、ジャスミンは納得した。

「コールさん、おふたりとも座っていただけませんか」

コール夫人は正面のソファに座った。不安でいっぱいの顔をみて、ジャスミンはさっき意地悪なことを考えたのを後悔した。

「ロバート、あなたも座ってちょうだい」夫人がいう。「刑事さんなのよ」夫よりも飲み込みがよさそうだ。刑事部の警部補がちょっとした非行くらいで訪ねてくることはないとわかっているのだろう。

コール氏は首を振り、火の入っていない暖炉の前に立っていた。「わたしはここでけっこう。なんとかいう名前の刑事さんにもう一度きかせてもらおうか。ポールが今度はなにをやらかした？」

「息子さんがなにをしたかはまだわかりません」ジャスミンは相手の失礼な態度を気にしないようにした。あとでスウィーニーが思い出し笑いの種にしないことを祈るのみだ。「ただ、お友だちのひとりが、息子さんの行方がわからないと相談してきたんです。この両日のあいだに、息子さんと会ったり電話で話したりしましたか？」

「いいえ」夫人が答えた。「きのう電話をかけたけど、留守電だったわ。息子からはまだかけなおしてこないけど、一日や二日たってかけてくることもよくあるから――」

「その友だちとやらは、例のヒッピーみたいな活動家なのか？　だったら相手にしないことだな」夫が割りこんだ。

「ロバート、あの子たちは環境問題の活動をしているのよ。ポールがそういってたわ」

「落ちこぼれの問題児の集団だろう。ポールはもっとまじめに勉強して、まともな大人になってもらわないと困る」

あのグループの活動についてはロバート・コールの意見に賛成だ。ジャスミンはそう思ったが、このまま、この夫婦がいままで繰りかえしてきたであろう口論を続けてもらいたくはない。父親は息子のことをよく思っていないし、理解もしていない。母親は子離れできていない。このとき初めて、ジャスミンはポール・コールが気の毒に思えた。

「コールさん、さっき、『ポールが今度はなにをやった』とおっしゃいましたね。これまでにもなにかのトラブルがあったんですか？」

「クロスレール建設工事に抗議活動をして、警察から厳重注意を受けたんだ。逮捕されなかっただけでもラッキーだと思え、と息子にはいってやった。たくさんの人の時間や金を無駄にしてることを、やつらはわかってない。工事が妨害されてスケジュールどおりに進まなかったら、大きな損害が出るというのに」

いや、それがわかっているからこそ、彼らはあんな活動をしているのだ。

そろそろ切りだそう。気は進まないが、しかたがない。「コールさん、奥さん、きのうセント・パンクラス国際駅で事件がありました。あそこでおこなわれた抗議活動にポール・コールが参加する予定だったかどうか、ご存じありませんか？」

「ニュースでみたわ」リサ・コールはマニキュアを塗った手を膝の上でぎゅっと握りしめた。「亡くなった人がいるとか。まさか、ポールがそのことに関係していると？」

ジャスミンはスウィーニーの体が動いたのに気づいて、視線で制した。「奥さん」ふだんは無縁の、優しい口調で説明する。「いまはまだ、亡くなった人の身元を調べている段階です。息子さんの体に、生まれつきの痣はありませんか？」

それに対するコール夫人の答えを受けて、今朝、病院で再会することになった。

ジャスミンは、コール夫妻が来る前に、法医学者のカリームとひとこと話したいと思っていた。しかし夫妻はすでに病院に来て、モルグの遺族控え室の中を行ったり来たりしていた。コール夫人は今日もブランド物の服を着て、メイクも完璧にしているが、一睡もしていないのではないかという顔をしている。夫のほうは顔を真っ赤にして、いまにも沸点に達しそうだ。「上司を連れてこい。わたしたちに時間を浪費させ、妻にひどい心配をかけて、ただですむと思っているのか」ジャスミンが朝の挨拶をするのも待たず、コール氏はいった。

ひとりで大丈夫だといいはってスウィーニーを連れてこなかったのは正解だった。暴言を浴びせられて顔が赤くなったのをみられずにすんだ。「わざわざ来てくださって、ありがとうございます」引きつった笑みを浮かべたとき、カリームがやってきて自己紹介をした。

ジャスミンに会釈する。「シダナ警部補、おはよう」

きっといやなやつだろう、とジャスミンは思っていた。理由のひとつは、キンケイドが指名した法医学者だから。理由のもうひとつは、ハンサムすぎるから。ハンサムな男は信用できない。しかし、現場でみたカリームは有能で優しかった。いまでは、いやなやつだろうと決めつけていたことを申し訳なく思うくらいだ。

「いったいなんなんだ？　わたしたちはなんのために呼ばれたんだ？」ロバート・コー

ルはカリームが差しだした手を無視した。「茶番はいい加減にしてくれ」

いやな男。ジャスミンは思ったが、そのとき、コールの手が震えていることに気がついた。この人は怯えているんだ。恐怖から身を守るために虚勢を張っているんだ。

カリームは平然として、遺族控え室の椅子のひとつに腰をおろした。「まず、いくつか質問をさせてください」身をのりだし、両膝に肘をのせる。相手の信頼を得やすいポーズだ。「おふたりとも、息子さんの血液型をご存じですか？」

リサ・コールはかぶりを振った。「わかりません。でも、わたしはRhマイナスAB型なんです。妊娠したとき、抗D人免疫グロブリンを注射されました。抗体を作るためとかで。ポールが無事に成長するようにって」

「なるほど。ということは、息子さんがRhマイナスA型である可能性は高いですね。コールさん、とても稀少（きしょう）な血液型です」

ジャスミンは、カリームが確信した顔になったのに気づいた。コール夫妻は、いまの話にどんな意味があるのかわかっていないようだ。

カリームが続けた。「どこかの病院に記録が残っていないでしょうか。ポールは病気をしたり手術を受けたりしたことはありませんか？」

「九歳のときに虫垂炎の手術を」リサ・コールが答える。

「それはよかった。小児科か外科ですね。医者の名前を覚えていますか？」

リサ・コールはかぶりを振った。「どこかに記録があるはずですけど」

カリームは笑みを返した。「まあ、いいでしょう。血液型が書いてあるかどうかわかりませんしね」

「おい」ロバート・コールがいった。「いったいなんなんだ？　こんなところに呼びだして、なにをしようっていうんだ？」

「写真を何枚かみてほしいんです」カリームは、部屋に入ってきたときに何気なく椅子のそばに置いたファイルから、何枚かの写真を取りだした。「まずはこれを。昨夜、シダナ警部補から、息子さんの体に痣があったかどうかという質問がありましたね？　その痣は、こういう形でしたか？」夫婦それぞれに写真を差しだす。

ロバート・コールは一瞥して、渡された写真をくしゃくしゃに丸めた。「ばかばかしい。こんなものでなにがわかる？　月の形みたいなものじゃないか。それともロールシャッハテストかなにかのつもりか？」

リサ・コールの肩ごしに、ジャスミンも写真をみた。痣の部分を拡大した写真だ。コンマのような形をした痣の一部が、赤い水ぶくれに覆われている。傍らに定規の目盛りがあって、大きさがわかるようになっている。痣の大きさは三センチくらいだろうか。

カリームは次の写真をリサに渡した。母親だけを相手にすることに決めたらしい。ブーツの写真だった。というより、ブーツの残骸だ。靴紐は溶けてぐちゃぐちゃのひとかたまりになっているが、そのまわりの茶色い革や布地は残っているし、靴底はほぼ無傷だ。「このハイキング用ブーツに見覚えはありますか？」

リサ・コールは写真をみつめた。丁寧にさしたであろう頬紅が、顔から血の気が引いたせいで、ピエロの頬のように赤く浮いている。「クリ――クリスマスにわたしがプレゼントした靴に似ています」声が消え入りそうだ。「高かったけど、ポールが欲しがっていたから」

「もういい」ロバート・コールが妻の手から写真をひったくった。「妻とわたしへのいやがらせはやめてくれ。たかが若者の非行じゃないか。わたしたちは帰る。これ以上話がしたいなら、弁護士を通して――」

「ロバート！」リサ・コールは立ちあがり、夫に向きなおった。体が震えている。「もうやめて！　あなたって、どうしていつも自分のことばかりなの？　この人たちがなにをいいたいか、わからないの？　ポールは死んだのよ。わたしたちの息子は死んだの」

キンケイドは、ホルボン署を出てラムズ・コンデュイット・ストリートを少し行ったところにある小さなカフェを選んだ。窓に赤い縁取りのある明るい店で、イリーコーヒーの看板と新聞のラックが外に出してある。窓の内側にはベンチと細長いテーブルを並べただけ。ホルボン署の刑事たちが毎朝立ち寄る店ではありませんようにと願いながら入ったが、中にはだれもいなかった。

コーヒーとベーコンのサンドイッチを注文した。今日も朝食を抜いて出てきてしまったのだ。出されたサンドイッチはおいしかったが、メディ・エイシャスのサンドイッチにはかなわない。最後のひと口を食べたとき、ダグとメロディが入ってきた。

メロディはきのうと同じ服装だ。ジーンズとセーターに、アンディの紺色のピーコートを羽織っている。家に帰っていないんだろうか。昨夜はダグから電話があった。わかったことがあるというので、それをきくために、ここで会うことにした。ダグもメロディも、興奮したような顔つきだ。つまり、ふたりで協力してなにかを突き止めたんだろうか。よくみると、ふたりともノートパソコンを持っている。

「コーヒーを買ってくるから、準備しておいてくれ」

カップをふたつ持って席に戻ると、ふたりともパソコンを開いていた。

ダグは、警察学校の名簿を調べ、ライアン・マーシュと似通った名前の、現在三十歳前後の人物を探したという。「で、みつけたのがこれです」ディスプレイをキンケイドのほうに向けて、声を低くした。しかし、店主はエスプレッソマシンの手入れで忙しそうだ。「テムズ渓谷署の十年前の名簿に、ライアン・マーロウという名前があります。テムズ渓谷署で二年間勤務してから昇進して刑事部に入り、そのあとどうなったかがわかりません。しかし、刑事時代、怪我をした同僚に輸血をした記録があります。血液型はRhプラスO」

「遺体とは別人ということか」

ダグがメロディが待ちきれないという顔をしている。「ええ。メロディからも報告があります」

「ライアン・マーロウがライアン・マーシュだとしたら、彼は生きています。少なくとも、水曜日には生きていました。事件のあと」

「どうして断言できるんだ？」キンケイドはきいた。

「わたしがみたからです。わたしに声をかけてくれた、善きサマリア人でした」

「本当か？」

メロディはうなずいた。「いまわたしが警視の顔をみているのと同じくらい、確実です。この写真より十歳老けてはいますが、間違いありません。警官かもしれないと思った、といいましたよね？　火から逃げるのではなく、火に向かっていったんです。助けようとして」

「それはわからないぞ。首尾を確かめるためだったかもしれない」

「いいえ」メロディは激しく首を振った。「あのときの顔はそんなんじゃなかった。燃えてる人をみたとき、あの人は……すごくショックを受けていました」

「燃えているのがだれだかわかったんだろうか」

メロディは少し考えてから答えた。「あのときいた言葉は、たしか……『これじゃ手のつけようがない。だれにもどうしようもない』だったかと」

「どうともとれるな」キンケイドはそういって眉をひそめた。

「ええ、でも……」メロディは爪を噛んだ。めずらしいな、とキンケイドは思った。「わたしは確信しています。絶望的な声でした。うまく説明できませんけど」

「わかった。じゃあとりあえず、その路線で進めよう」キンケイドは折れた。「ガールフレンドによると、ポール・コールは自分が手榴弾の実行役をやりたいといって、マーティンともめたそうだ。マーティンにだめだといわれたポールが、ライアン・マーシュに掛け合ったのかもしれない」

ダグとメロディはキンケイドをみつめた。ダグがゆっくり口を開いた。「マーシュがあれを発煙筒だと思っていたなら、白リンだとわかったときにあわてたはずですよね」

「ええ、責任を感じたはずだから」メロディが同意する。

キンケイドはダグのノートパソコンに表示された写真をじっとみつめた。「可能性はもうひとつある。ライアン・マーシュが、本当は自分の命が狙われていたんだと思ったとしたら？」

「そうか」ワイヤーフレームの眼鏡の奥で、ダグの目が大きくみひらかれた。

「だから姿を消したのかも」メロディは独り言のようにつぶやいた。「不思議だったたんです。隣にいると思っていたら、いつのまにかいなくなっていて……」

「可能性にすぎない」キンケイドは人さし指でディスプレイを叩いた。「ダグ、写真をトリミングしてこの部分だけぼくに送ってくれないか。だれかにみせて確かめてもらう必要がある」

「グループのだれかに、ですか？」ダグがきく。

「いまはまだ、彼らには伏せておきたい。ほかに心当たりがあるんだ」キンケイドはメディ・エイシャスの話をした。チキン屋の主人だ。

「もっと確実な方法がありますよ」メロディが椅子をずらしてキンケイドに近づき、自分のノートパソコンをみせた。「探す対象のイメージがはっきりしたので、写真が次々にみつかったんです」六枚ほどの写真をスクロールしていった。少しピンぼけの写真ばかりだが、どれをみても、ライアン・マーシュだということははっきりわかる。短いあごひげをたくわえているものもあれば、長髪のものもあるし、頭にバンダナを巻いたのもある。しかしメロディのいうとおり、いったんこの顔だとわかれば、同じ顔がすぐにみつかるようになるものだ。特徴を言葉できいただけでは平凡な顔つきの男だとしか思えなかったが、こうしてみるとちゃんと特徴があって、それが目を引く。

「これはフクシマの抗議活動のとき。こっちはディドコット。よくある原発反対の抗議デモです」メロディが写真をゆっくりスクロールしながら続ける。「それから、これがみつかりました」スクロールを止めた。「去年の秋のはじめの写真です。マーティンのグループがクロスレールの抗議活動をやっている写真はないかと調べていて、みつけました」

「これがクロスレールなのか？」キンケイドは写真をよくみた。掘削工事をしているようすはない。

「いえ、これは違います。保護リストにある建物の取り壊しに抗議しているところです」

グループは、いつもの〈ロンドンの歴史を守ろう〉というプラカードを持っている。まず、マーティン・クインの顔がみつかった。みんなより頭ひとつ飛び出ているからだ。その隣にアイリスとディーンがいる。ライアンもフレームの端に写っている。首に青いバンダナを巻いて、颯爽とした雰囲気だ。隣には女の子。ふわふわした茶色の髪を肩くらいまで伸ばして、カメラに向かってうっすら微笑んでいる。あのグループの一員ではない。

写真を拡大してみた。少女はネックレスをつけている。先端には小さな茶色の鳥。アイリスのうしろにはポール・コールがいて、カメラをまっすぐみつめている。写真を撮ったのはエアリアル・エリスだろうか。

メールの受信音がした。シダナからだ。いままさに知りたかったことが書いてある。

「ポール・コールの血液型は、焼死体のものと一致する可能性が高いそうです」とのこと。次のメールが来た。「母親が身元を確認しました。DNAの照合検査をします」

返信する前に、キンケイドはダグとメロディをみた。「焼死体はポール・コール。DNA検査で否定されない限り、確定だ。次は、ライアン・マーシュについて考えよう」

メロディのパソコンの画面を逆にスクロールしながら、必死に考えた。「ライアン・マーロウはどうして消えたんだろう。ライアン・マーシュの名で秘密捜査官をやっているとしたら、所属はテムズ渓谷署なのか、それともスコットランドヤードなのか。いまも秘密捜査官なのか、それとももう警察をやめたのか」キンケイドはカフェのテーブルを指先で叩いた。「慎重なやつだ。グループにもなんの情報も与えてない。なにを――だれを――恐れていたんだろう」

「いまも秘密捜査官をやっているなら」ダグがいった。「上司はだれなんでしょうね。なんのためにこんなことをやっているんでしょう。国内の抗議活動グループなんて、政府はテロの脅威とはみなしていないのに」

キンケイドは背中がむずがゆくなってきた。あたりをみまわして、急に人目が気になりだした。ガラスの窓を通して、外から丸見えだ。客はみなコーヒーや朝食をテイクアウトで買っていくし、注文したものを受け取ったあとに長居する客もいない。

「気に入らないな」静かにいった。「まだわからないことが多すぎる。当面、このことはぼくたち三人とジェマの秘密にしよう。ダグ、ライアン・マーロウについて調べてくれ。生まれ、学歴、結婚歴、なんでもいいから情報がほしい。ライアン・マーシュも、姿を消したままではいられないはずだ。過去を知れば、いまの居所もわかるかもしれない。ほかのだれかがみつける前に、ぼくがみつけだしたい」

15

一八五七年、バーロウはミッドランド鉄道の新しい顧問技師として働きはじめた。ジョージ・スティーヴンソンのあとを継いだ形だ。主な任務は、ミッドランド鉄道の線路をベドフォードからロンドンまで伸ばすことだった。一八六二年に開通した延長路線のおかげで、会社はロンドンに至る独自の路線を手に入れたのだ。バーロウはセント・パンクラス駅の設計を任された。ユーストン・ロードにある、鉄道の終着駅だ。駅に壮大な屋根を作ることも、計画の一部だった。高さ七十三メートルの屋根は、当時の建築物としては世界最大のものだった。

——networkrail.co.uk/VirtualArchive/WH-Barlow

店頭で買えるコデインとイブプロフェン――処方箋をもらって記録を残すわけにはいかない――を、過剰摂取になりすぎない程度にのんで、ようやく動けるようになった。火を熾し、暖かい食べ物と飲み物を用意した。調理道具を洗ってきれいにしてから、よりよい環境作りのために風よけを追加した。ありがたいことに、いまだけ雨がやんでくれている。朝になったら川の水を引いてこよう。運よく魚が釣れたら、それを朝食にする。作業は一度にひとつずつ。いまはそれしか考えられない。

雑事を終えたあと、火が長持ちするように盛り土で覆うと、キャンプ用のスツールに座り、塩ビパイプから宝物を取りだした。高級ウィスキーを入れたフラスクだ。シングルバレルのスペイサイド・スコッチ、バルヴェニーの最後のボトルから詰めてきた。レンがサプライズでくれたもの。いろんなアルバイトをしてやっとのことで貯めた金で買ってくれたのだ。最初は受け取れないといった。レンは自分のものをなにも買っていないと知っていたからだ。着るものもほかの子のお下がりばかり。しかし、レンの悲しそうな顔をみて、受け取ることにした。ただし、いっしょに飲むという条件つき。レンは酒もドラッグもやらないが、このウィスキーは少しだけ口に含んで楽しんでいた。

まさにこの場所で飲んだのだ。この秘密の島に連れてきたことがあるのはレンひとりだけ。それもあの一回きりだった。あの車庫から数日間だけフォードを出した。抗議グループのみんなには適当な言い訳をして、レンをアパートから連れだして車に乗せた。レンがアパートから出ることは珍しくなかったので、それ自体は問題ない。ただ、ふたりいっしょにいなくなったことを怪しまれないよう祈るだけだった。

季節は秋だった。木々が鮮やかな色をみせはじめ、夜の空気が冷たくなってきたころ。レンはみるものすべてに感動していた。カヌー、川、森、秘密基地、たき火、美しい星空。あの日は保存食ではない食べ物を用意した。熾火で調理したステーキとベイクトポテトだ。レンはなにもかもがはじめての経験だといって、小さな子どもみたいに喜んでいた。

ウィスキーを口に含み、思い出に浸った。

レン。どこからともなくあらわれた少女。あまりにも華奢で、カレドニアン・ロードのアパートにいるのかいないのかわからないくらいだった。ふわふわで、いつも踊っているような茶色の髪や、濃い蜂蜜みたいな色の瞳をみていると、茶色の小鳥みたいだと思ったものだ。動きはすばしこくて、音も立てずに動きまわる。レンというのは本名なのかと尋ねたとき、レンは笑顔で答えた。「もらった名前なの」意味がわからず、謎だけが残った。

自分のことはいっさい話さなかった。もっとも、カレドニアン・ロードのアパートにいる仲間たちの中には、身の上を話したがらない人がほかにもいた。話したところで、真実かどうかなんてわからないのだ。とはいえ、レンほど秘密を貫いていた人はいなかった。生きていれば皮膚の角質が落ち、髪が抜けるように、ふつうはちょっとした情報を無意識のうちに落としていくものだ。あっちにひとこと、こっちにひとこと。お父さんがどうした、お母さんがこうした、弟が、妹が、あるいは学校でどうの、といった具合に。レンはそれもなかった。

レンを観察するようになった。最初は警官としての好奇心――難しいパズルに挑戦するような感覚だった。ロンドン出身なのは発音からわかっていた。それも北部ではなく南部だろうと。中産階級出身だが、仲間たちのほとんどは同じ中産階級だ。ただ、ほかのみんなは、家に帰りさえすれば、アパートの床に置いた寝袋なんかより快適なベッドで寝られるはずなのに、レンはそうじゃなかった。

そのうち、好奇心からではなく、レンに対する好意から、彼女を観察するようになった。仲間たちにはそれぞれ、抗議活動に参加する理由がある。反抗心、理想主義、まわりと違う人間でいたいという気持ち、目立ちたいという気持ち。レンは違った。ただそこにいただけだ。あのときあのアパートに、レンのように、ただ純粋にあそこにいることを楽しんでいた人がほかにいただろうか。

あの秋までに、レンに対する思いは単なる好意以上のものになっていた。妻のことは愛していた。それは当然だ。学校を卒業してからずっといっしょに暮らしてきた相手なのだ。しかし、レンに対する思いは、ほかのだれにも感じたことのないものだった。一線を越えたらもうなかったことにはできないとわかっていた。わかっていたのに、自分を抑えきれなかった。

レンをここに連れてきた夜、はじめてレンを抱いた。恐怖と欲望で体が震えたのを覚えている。レンに触れてもいいんだろうか、拒絶されないだろうか……と思っていたが、レンはごく自然に受け入れてくれた。それでも、彼女の体を傷つけてしまうのではないかと不安だった。あまりにも華奢な体だったから。しかし、レンは路上生活を続けた経験があるのだ。自分などかなわない強さを秘めた人間だった。

なのに、結局はレンを壊してしまった。そうでなかったら、年が明けたとき、レンはあんな行動を取らなかったはずだ。レンを守ることより家族を守ることを選んだから。レンがそう感じたからだ。

その結果、自分自身も壊れてしまった。

ダグとメロディが別々の方向に去っていくのを見送ったあと、キンケイドはカフェの外に立って、これからどうするか迷っていた。メロディはライアン・マーロウの最新の写真を送ってくれた。ふわふわの髪の少女といっしょに写っているやつだ。

署に戻ろうか。シダナが焼死体の身元確認について報告してくれるだろうから、それをきいて、次の指示を出すべきか。

いや、それはシダナに任せよう。やるべきことはほかにある。それに、ホルボン署のチームになにをどう話すか、じっくり考える必要がある。署に背を向けて歩きだした。コートの襟を立てて、雨があと三十分降らないでくれますようにと願った。ラムズ・コンデュイット・ストリートをまっすぐ行ってから右に折れ、グレイズ・イン・ロードに入ると、さらに北に進んだ。風が頬を刺し、髪を踊らせる。頭の中もすっきりさせてくれればいいのに、と思った。ライアン・マーシュについての疑惑を捜査チームやSO15のニック・キャレリーに話さないのは、愚かなことだろうか。パラノイアになるようなタイプではないが、去年秋のヘンリー・オン・テムズでの事件以来、なにかが頭にひっかかりつづけている。ジェマの昇進も、自分の異動も。そして、前の上司、デニス・チャイルズ警視正が姿を消し、連絡さえしてこないことも。

チャイルズ警視正はもともとなにを考えているのかわからない人間だったが、好きだったし、信頼もしていた。いまも信頼している。ただ、元副警視監アンガス・クレイグの件では、チャイルズにうまく操られてしまった。また、スコットランドヤード上層部で起こっていることを知っているはずなのに、教えてくれなかった。チャイルズはいったいだれを守ろうとしているんだろう。自分自身か。キンケイドか。それともほかのだれかだろうか。

そしていま、チャイルズは文字どおり地図から消えてしまっている。真実を知るために問いつめたくてもそれができない。それに、チャイルズがいなくなったのは本当に、シンガポールにいる妹のせいなんだろうか。ほかになにか理由があるのでは、と気になってしかたがない。

ジェマにさえ、この疑惑についてどこまで話していいのかわからない。ジェマの昇進は口止め料ではないのかという思いを、まだ話していないからだ。

そうした疑惑と、この事件の捜査はまったく無関係のはずだが、闇になにかが蠢いているような感覚は、なぜか共通している。常にだれかにみられているような、背中がむずがゆい感覚が消えていかない。

カレドニアン・ロードに入ったとき、通りかかった車が水をはねかけてきた。まわりに気をつけて歩こうと心がけた。キングズ・クロスから北東に進むと、北の空から広がってきた黒い雲の下、町の風景がますます陰鬱にみえてきた。この状態は長くは続かないだろう。高層ビルやホテルやオフィス街がここにもできて、メディ・エイシャスのような人々はどこかに追いやられる。せめて、ジョージ王朝様式の建物は保存されればいいのだが、よほどの金持ちでなければ住めないのが現実だ。こうして考えてみると、マーティン・クインがやっている活動にも共感できる部分はある。

クインのアパートに到着した。窓をみても人の気配はない。ペンキの剝げかけた窓枠をみていると、少しくらい金をかけてもいいのにと思ってしまう。

一階のチキン屋が呼んでいる。ドアをあけて中に入ると、暖かさと湯気とベーコンの焼けるにおいが出迎えてくれた。

メディ・エイシャスがカウンターの奥からこちらをみて、にっこり笑った。「キンケイドさん。またベーコンのサンドイッチを食べにきてくれたのかい？」

「残念ながら、さっき食べたばかりなんです。けど、やっぱりこっちのサンドイッチのほうがおいしかったな」

エイシャスは軽く舌打ちした。「先にこっちに来なきゃだめだよ。まあいいや。今日はどんなご用で？」

「まずは絶品のコーヒーを」

エイシャスが湯気の立つカップを渡してくれるのを待って、キンケイドは携帯電話を手渡した。メロディが送ってくれた写真を表示してある。「この男を知らないかな？」

エイシャスの丸い顔から陽気な笑顔がすうっと消えた。画面をじっとみつめてから携帯をキンケイドに返し、エイシャスは首を横に振った。「ライアンだ。いったい――どういう――」

「セント・パンクラスで死んだのはライアンではないと考えています。しかし、そのライアンがみつからない。どこにいるか、心当たりはありませんか?」

「じゃ、だれだったんだ? 駅で死んだのは」エイシャスは独り言のようにいった。

「いま、身元を確認中ですが、ポール・コールという名の若者ではないかと」

エイシャスはぽかんとした顔でキンケイドをみつめた。「その名前じゃなにもわからないな」

キンケイドはポール・コールの写真を出して、もう一度携帯を差しだした。

「この子か」エイシャスは顔をしかめて携帯を返してきた。「この子がどうしてそんなことを?」

「知ってる子ですか?」

「ああ、ここにちょくちょく来てた。仲間と来ることもあったし、ひとりで来ることもあった。礼儀ってものを知らなくて、文句ばかりいってたな。コーヒーが熱すぎる、ぬるい、チキンが揚げすぎだ、ポテトが少ない、ってな具合だ」げんなりした顔でつけした。「だからといって、死ねばいいのにとか思っていたわけじゃない。わかってくれると思うが」

「ええ、もちろん。それともうひとつ」キンケイドは画面をスクロールして、ライアンの写真に戻した。「ライアンの隣にいる女の子ですが、ご存じですか?」

エイシャスはもう一度写真をみて、近視の人がよくやるように目を細くした。「何度かみたな。アパートに出入りしてた。ここにはライアンと何度か来てくれた」

「名前はわかりませんか？」

「知らないな。えらく無口な子だったが、いつもにこにこしていた」エイシャスは口をつぐみ、いつもそこにあるふきんでカウンターを拭いた。「作り笑いじゃない、純粋な笑い顔だった。まっすぐ相手をみて笑うんだ。わかってくれるかい？」

「ええ、わかるような気がします」コーヒーを飲みおえた。「ありがとうございました、エイシャスさん」

「メディと呼んでくれないか」

「メディ、とても参考になりましたよ。このことは他言しないでください」

「もちろん。口は固いから安心してくれ」


三階の部屋の呼び鈴を押すと、キンケイドが名を名乗る前に、道路に面したドアが開いた。階段をあがっていくと、開いたドアのそばにアイリスがいた。

「みえたの」アイリスがいった。こちらを責めているようにもみえるし、怯えているようにもみえる。「あたしたち、協力したでしょ。なのに牢屋に入れるなんて、ひどい」

責めていたらしい。「すまない、アイリス」ここは下手に出よう、とキンケイドは決めた。「人がひとり死んでいるんだ。どうしようもなかった」

アイリスは一歩さがってキンケイドを中に入れた。表情は固いままだ。

全員が揃っていた。テレビがついていて――ITVのモーニングショーだ――音声は消してある。トリッシュとディーンがミニキッチンに立っている。キンケイドがそちらに目を向けた瞬間、トースターからトーストが飛びだした。こうばしい香りが部屋に広がる。

マーティン・クインは、リーと並んでソファに座っていた。テーブルにはノートパソコン。新しく買ったんだろうか。家宅捜索のときにはなかったものだ。ソファが低いせいか、クインはクモみたいにみえる。長い脚を折りまげているので、膝が耳のあたりまで来るのだ。両手は脚のあいだにおろしている。その印象だけで、怪しい人間だと思ってしまいそうになる。カム・チェンがベッドルームの入り口に立って、濡れた黒髪をタオルで拭いていた。ジーンズにセーターという格好だが、なぜか裸足だ。そのとき、バスソルトの香りが漂ってきた。

この若者たちは、一日じゅうなにをしているんだろう。全部で六人の若者が殺風景な部屋に集まって、仕事もせず、授業にも出ずにいるなんて。ここは、小さな不満を積みかさねて、大きな悪意を生みだすための部屋なのか。不満が募って大きくなると、殺人にまで至ってしまうものなのか。

クインが手を伸ばし、パソコンをぱたんと閉めた。「今度はなんの用だ？　知ってることは全部話したぞ」

だれもキンケイドに座れといわない。焼けたトーストはトースターに入ったまま、どんどん冷めていく。「悪い知らせを持ってきた」キンケイドは全員をみまわした。

まず反応したのはカムだった。ドアの側柱を片手でつかみ、もう片方の手でタオルをつかみ、胸にあてている。「ライアンだったの？」声が震える。「ライアンが本当に死んだの？」

その質問に答える代わりに、キンケイドは問いかけた。「どうしてだれも、ポール・コールの名前を出さなかったんだ？」

六人はぽかんとしてキンケイドをみつめた。

ディーンが我に返った。「あんなマスかき野郎、どうでもいいだろ。なんでおれたちがあんなやつの名前を出さなきゃならないんだよ？」

「ポールはここに出入りしていた。抗議活動や発煙筒のことを知っていた。発煙筒は自分が持ちたいとマーティンにいって、もめた」

「なにがあっても、あいつに実行役をやらせるつもりなんかなかったさ」マーティンがいう。「あいつは、抗議活動なんかどうでもよかったんだよ。ただ目立つことをやって格好をつけたいだけの男だ。あんなやつ――」そのとき、マーティンはぽかんと口をあけた。意味がようやくわかったらしい。「まさか。冗談はやめてくれよ」

「あいにく、冗談でもなんでもない。焼死体はポール・コールだと判明した」

「そんな、信じられない」カムがつぶやいた。「ポールが死んだっていうの？　ライアンじゃなくて？」

アイリスがソファの横の椅子にへなへなと座りこみ、口を手で覆ってすすり泣きはじめた。安心しているのか悲しんでいるのか、キンケイドにはわからなかった。

マーティンが首を左右に振った。「そんなこと、ありえない。おれはライアンに発煙筒を渡したんだ」

「ライアンがポールに渡したのでは？」

「ありえない」

「でも、可能性はあるわ」カムがいって眉をひそめた。リビングに出てくると、リーの横の肘かけに腰をおろした。タオルはぎゅっとつかんだままだ。「ポールはライアンにあこがれてた。ライアンのあとを、小犬みたいについてまわってた。だからライアンはポールがかわいそうになったんじゃ――」

「ライアンがポールに発煙筒を渡したとしても」マーティンがいった。「だからなんだっていうんだ？　あれは発煙筒だった。手榴弾なんかじゃない」

「では、こういうことだね？」キンケイドがいった。「マーティンはライアンに発煙筒を渡した。ライアンはポールに、実行役をやらせてもいいといった。しかし、ライアンがポールに渡したのが発煙筒ではなく手榴弾だったとしたら？」

全員が、なにをいっているんだという顔でキンケイドをみた。

「なんでだよ？」マーティンがいう。「なんでライアンがそんなことをするんだ？」

「理由はいろいろ考えられる。たとえば、ポールがライアンの秘密を知ってしまったとか」キンケイドはラジエーターに腰をひっかけて腕組みをした。「きみたちはライアン・マーシュについてなにを知っていた？　そこから考えていかないか」カムがライアンについていっていたこととほかのメンバーの話に食い違いがないか、確かめておきたかった。

「なんとなくいっしょに行動するようになったって感じ」アイリスが鼻をすすりながらいった。「夏だったと思う。あたしたちの行動に、ライアンが興味を持ってくれて」誇らしそうにいう。「しばらくしたら、ここに泊まるようになった」

「ほかには？　出身地とか、いまいそうなところとか、なにか知らないか？」

全員が同時に首を振った。トリッシュが口を開いた。「自分のことはなにも話さなくて、人の話ばかりきいてた。ライアンが話をきいてくれるから、認められたような……なんだか特別な人物になったような気分になれたの。みんなそうだと思う」

マーティンが、えっというように顔をあげた。自分は違うといいたいんだろうか。

「レンのことは？　知っていることを話してほしい」

　みんなの顔に不安の色があらわれた。カムが口を開きかけたが、すぐに目をそらした。

「どうしてレンのことなんか知りたがるんだ？」マーティンがいった。「ただのホームレスじゃないか。しばらくここにいたけど、その前はキングズ・クロス駅にいたよ。ときどき食べ物を恵んでやってたんだ。そしたらあるとき、すごく具合が悪そうでさ。ゴホゴホ咳きこんでて、どこかで寝かせてやらなきゃだめだと思った」

「それで、ここに連れてきたんだね。それから、黙っていなくなったのかい？　ちょっと恩知らずな感じだな」キンケイドが水を向けた。

　こそこそと視線が交わされる。「だよな」マーティンがいった。「ま、もっと青い芝生がみつかったんじゃないか？」

「どういうことだい？」

　マーティンは肩をすくめた。「おれたち、食べるところと寝るところを与えてやってただろ。けど、もっといい住処（すみか）がみつかったんじゃないかと思ってさ」

「出ていったのはいつごろだい？」

「覚えてないな。年明けのころだったような気がする」

「さよならもいわず、どこへ行くともいわずに？」

マーティンはまた肩をすくめた。「おれたちは自由に集まってるだけだし」

マーティン・クインが生活費を出し、みんなを従わせているというのに、それを〝自由に集まってるだけ〟といえるんだろうか。「ライアンは、レンがいなくなったことに関与していないのかい？」

「それはないわ」カムがいった。「ライアン、すごくショックを受けてたもの」マーティンがさっと振りかえってカムをみる。ミルクも凝固するんじゃないかと思うような、鋭い視線だった。「ていうか、あたしたちみんな、ショックだった。レンのことが好きだったから」

「なんでレンの話をききたがるの？　死んだのはポールなのに」アイリスがソファの肘かけをつかんで体を起こした。「どうしてだれもポールの話をしないの？」頬を涙が流れているが、口調は辛辣だった。「みんな、ひどい。ポールがかわいそう」

「ポールのことをきかせてくれないか」キンケイドはいった。「どうしてそんなに実行役をやりたがったんだろう」

視線が飛び交う。カムが口を開いた。「たぶん、エアリアルがライアンのことばかり気にかけてたからじゃないかな」

「エアリアルとライアンは特別な関係だったのかい？」

「違うわ」カムがにらみつけてきた。「そんなわけないじゃない。少なくともライアンは違う」

「あの日の午前中ポールとエアリアルがここに来てたことを、どうしてだれも教えてくれなかったんだい？　午前中はここにいたのに駅にはいなかった、そのことにだれも気づかなかったのか？」キンケイドは姿勢を少し変えた。みんなを不安にさせるためでもあったが、アパートの中に不自然なものがないか、観察したかったからでもあった。全員の表情も確かめておきたかった。

リー・サットンが肩をすくめて答えた。「おれたち、ポールは自分の思いどおりにならないからむくれて帰っちゃったんだと思ったんだ。エアリアルは、ポールが行かないなら行かないってスタンスだろうって。そもそもあのふたりはここに住んでなかったし」

マーティンがまた肩をすくめて、つけたした。「あいつらはこのグループのメンバーとはいえなかったんだよ」

「だが、ここにいるほとんど全員が、エアリアルのお父さんを通して知り合ったんだろう？」

「エリス先生はおれたちの目からウロコを落としてくれた。けどいまでは、先生とこのグループはまったくの別物だよ」マーティンはどこまでもプライドが高い。

「エアリアル、知ってるのかな？」カムがいった。「ポールのこと」

「焼死体がポールだと判明したことは、まだ話していない。しかし、ポールの行方がわからないと相談してきたのはエアリアルなんだ。あの日の午前中、抗議活動のことで口論したといって、すごく心配していた」

「そういえば、喧嘩してたわね」カムが静かにいった。「口論しながらここを出てったの。エアリアルが、実行役なんかやめろってポールにいってて」

「それは、ここにいるみんなが出かけるより前のことだったんだね？」

「ずっと前よ」アイリスが答える。「ポールはかんかんだった」

「ライアンは？　いつ出かけた？」

カムが眉根を寄せた。「お昼ごろ？　あたしたち、ライアン以外のメンバーはセント・パンクラス駅の〈マークス・アンド・スペンサー〉の前で落ち合おうって決めてた。ライアンはそのときまでに現場にいることになってた」

「じゃあ、ここを出てから駅に行くまでのあいだにライアンがどこにいたか、みんなは知らないんだね？」キンケイドは、手榴弾が爆発したときにライアンが駅にいたということは、ここではいわないことにした。

「ええ」カムが答える。「ライアンがここを出てどこに行ったのか、全然知らない」

「だれか、抗議活動の現場でライアンをみかけたかい？」キンケイドは全員の顔を順にみた。全員が首を振る。

「ポールに気づいた人は?」同じ反応だった。「つまり、ポールとライアンは、朝から夕方までのあいだにどこかで落ち合ったかもしれないわけか」

「そうかもしれないけどさ」トースターの横で、ディーンが口を開いた。「ここでは約束なんかしてなかった」

「ふたりとも、携帯があるもの」カムが応じる。「メールを送ればどこでだって会えるでしょ」

「マーティン、ライアンに発煙筒を渡したのはいつだい? 正確に答えてほしい」

「ライアンがここを出る直前だよ。カムがいったように、昼ごろだったと思う。使いかたを説明しようとしたら、ライアンに背中を叩かれた。それくらい知ってるってさ」マーティンはむっとしている。

「不安そうでもなく、取り乱したようすもなかったんだね?」

「ああ」

「ポールは? 最近のようすはどうだった?」

「エアリアルにつっかかってばかりいたけど、それ以外は別に」カムがいう。

「ふたりがうまくいかなくなってたのはどうしてだろう」

「さあ。リーもいったように、あの人たちはここに住んでなかったから、あたしたちの知ったことじゃないっていうか」カムはやけに激しい口調だった。

「ポールが冷静さをうしなって、勢いで自殺したってことはありえないだろうか」

カムがキンケイドをみつめた。「ポールが自殺を？　なにそれ、ありえない。つま先をちょっとぶつけても、おうちに帰ってママに甘えるポールが？　そんなことするわけないじゃない！」

「では、別の質問をしよう」キンケイドは前に出て、グループとの距離を詰めた。「ライアンは、発煙筒を使わせてやるとポールにいって、手榴弾を渡したのか、それとも、ライアンが実行役をやると考えていた人間が、ライアンに手榴弾を渡したのか。どっちだと思う？」

部屋がしんと静まりかえった。全員が質問の意味を理解したらしい。

カムが沈黙を破った。「ライアンがポールを殺そうとしたか、だれかがライアンを殺そうとしたか、そのどちらかってことよね？」立ちあがって部屋の中を歩きまわりはじめた。湿ったタオルが床に落ちても、だれも拾おうとしない。「信じられない。そんなのありえない」

「だが、ポールは死んだ」

「そしてライアンがいなくなった」アイリスが消え入りそうな声でいった。「ライアンが生きているなら、どうして戻ってこないの？」

ジャスミン・シダナは決定的な事実をつかんでキンケイドにメールした。その返事は「引き続き頼む」だった。

いわれたとおり、その後もいろんな手配をした。鑑識にポール・コールの寮の部屋と実家の部屋を調べさせた。白リンの手榴弾との関わりがありそうなものや、自殺の衝動につながるようなものや、遺体のＤＮＡと照合するための私物からとれるＤＮＡのサンプルを探してもらうことになっている。ＤＮＡサンプルが採れれば、遺体のＤＮＡと照合することにより、遺体はポール・コールだと断定することができる。

家族担当係に連絡して、ポール・コールの両親のケアを頼んだ。女性と男性どちらがいいかわからなかったので、そのときの当番の人に行ってもらうことにした。母親のように優しく世話を焼いても、コール夫妻には喜ばれないだろう。それでもコール夫人のほうは、支えを必要としているように思える。夫からの支えが期待できそうにないからだ。

ホルボン署に戻ってきても、キンケイドの姿はなかった。

「警視は一日中出ずっぱりなの？」ジャスミンはサイモン・イーカスにきいた。

サイモンはパソコンから顔をあげた。「朝いちばんにやってきて、五分くらいで出ていったよ」

「どこに行くか、いってた？」

「全然」

いったいなんのつもり？　ジャスミンはバッグを机にどんと置いた。「まったく、カウボーイじゃあるまいし！」そうつぶやいたあと、汚い言葉を口にしてしまってぎょっとした。ああ、もう！　ダンカン・キンケイド警視に振りまわされて、すっかり調子が狂ってしまった。


メロディは、来たときよりも明るい気持ちで病院をあとにした。あちこちをつつかれ、突きさされ、酸素レベルや呼吸を調べられたあと、もう一度だけ血液検査を受けてほしいとはいわれたものの、無理さえしなければ仕事に戻っても大丈夫というお墨付きをもらった。それをきいたとき、浮かんだ笑みを押しころした。深夜の激しいセックスは〝無理をする〟ことにカウントされるんだろうか、と思ったからだ。医師には尋ねなかった。

「ラッキーでしたよ」医師は診断書にサインしながらいった。「リンをたくさん吸いこむと、肺やその他の臓器が機能不全になり、永遠に回復しないんです」

善意のコメントだとわかっていたが、メロディはタムのことがまた心配になってしまった。ライアン・マーシュだと思われる人物の安否も気になる。

あの男性は、駅でどれくらい煙を吸っただろう。遺体には触れなかっただろうか。いまはもう思い出せない。すべての記憶がぼやけている。あのときの光景を頭の中で何度も再生し、細部まで思い出そうとするのだが、思い出すのは煙とパニックばかりなのだ。

ライアンはあのあとどうしたんだろう。治療は受けただろうか。煙を吸ったり怪我をしたりしたはずなのだ。

病院の外に立ち、ユーストン・ロードの排気ガスが混じった空気を吸いながら、考えた。車はアンディのアパートにある。ここから地下鉄に乗って家に帰り、シャワーを浴びて服を着替え、ブリクストンの職場に向かおうか。

そうするべきだとわかっている。しかし、なにかダンカンの力になれることはないかと考えてしまう。見逃していること、気づいていないことがあるはずだ。それともダグといっしょにライアン・マーシュ/ライアン・マーロウのことを調べるべきか。

目を閉じるたび、黒こげになったポール・コールをみつめるライアンの苦悩に満ちた顔がよみがえってくる。どこに行ったんだろう。どうして姿を消したんだろう。自分はどうしてあの男のことがこんなに気になるんだろう。

電話が鳴って、はっとした。アンディのピーコートのポケットから携帯を取りだした。きっとアンディからだ。

しかし、電話はジェマからだった。ジェマは前置きもなしにいった。「これから来られる？　ディロン・アンダーウッドが今朝出勤したところを逮捕したわ。いまは留置場に入れて、アパートの捜索令状を申請してるとこ。メロディ、あなたが必要なの。体調さえよければ、お願い」

16

かなり広く知られていることだが、現在は切符売り場やカフェや流行(はや)りのショップがあるセント・パンクラス駅の地下は、かつてはビールの貯蔵庫だった。しかし、セント・パンクラスがビール生産の中心地だったということは、多くの人に忘れられてしまっている。ビールの輸送、熟成、梱包(こんぽう)、取引は、現在とはまったく別のやりかたでおこなわれていたのだ。

――meantimebrewing.com/stpancras-station

キンケイドが外に出たとき、電話が鳴った。マイケルからだ。心配で胸がどきりとした。こちらからもっと早く連絡をして、タムのようすをきいておくべきだった。

しかし、電話に出ると、マイケルはこういった。「タムが目覚めたから、その連絡だよ。頭はまだあまりはっきりしてないけどね。目の前がぱっと光ったときのことばかり話してる」

「無理もないな」携帯を耳につけたまま、キンケイドはキングズ・クロス駅にむかって歩きつづけた。「爆発の瞬間、手榴弾の方向をみていたんだからね。目に影響がなくてよかった。医者はなんていってる？」

「予想以上にスムーズな回復ぶりだ、と。内臓は機能しているらしい。火傷の痛みは相変わらずらしいけどね。家に帰りたがってるよ。頑固だからなあ」マイケルは優しい声でつけたした。「犬が恋しいといってる」

「証言のほうは、もう心配しないでくれ。タムの証言がなくても、遺体の身元はほぼ断定できる状況になった。もう少し元気になったらお見舞いにいくよ」

マイケルはためらうような口調で話しはじめた。「ダンカン、来てくれると助かるよ。きみと話をすることで、タムの気持ちが落ち着くと思うんだ」

「もちろん行くよ。タムの状態がよさそうなときに連絡をくれないか。病院に行ってもいいし、自宅でもかまわない。ルイーズはどうしてる？」

「家で休ませてる。心配だからってタバコを吸うなよ、といいきかせたよ」

キンケイドは笑った。「さすがだな。タムが退院して具合がよくなったらシャーロットを連れてお邪魔すると、ルイーズに伝えてくれ」電話を切ったとき、キングズ・クロス駅に着いた。

しばらくそこに立ち、駅の新しいファサードを眺めつつ、地下鉄駅に大きな損壊をもたらした一九八七年の火災のことを考えた。古い木製のエスカレーターの隙間に投げ捨てられたマッチまたはタバコが原因で起きた火は、はじめはくすぶっていたものの、やがて切符売り場まで一気に燃えひろがり、三十一人の死者と数多くの負傷者を出した。生存者と目撃者は、そのときのことを永遠に忘れないだろう。今回の事件も、手榴弾から出た火が燃えひろがっていたらと思うとぞっとする。現在の火災予防規制は昔のものとは違うとはいえ、大変なことになっていたかもしれない。

今回はラッキーだった。負傷者の数が少なく、死者も火を出した本人だけですんだのだから。それでも謎は残っている。ポール・コールがなぜ死んだのかもわからないし、行方不明の人間もいる。悪いニュースはこれで終わりではない。

署に戻ろうかと思ったが、考えなおした。ここからならカートライト・ガーデンズが近い。ジャスミン・シダナにメールを送った。エアリアル・エリスが教えてくれた住所を伝え、三十分後に来てほしいと書いた。

歩いているうちに太陽が顔をのぞかせた。一日じゅう雨だなんていったのはだれ?とでもいっているようだ。キンケイドが目的地に着くころには、空はまた暗くなり、雨朝、ダグとメロディとの打ち合わせに出かけたとき、署に傘を置いてきた。いたのが失敗だった。

　カートライト・ガーデンズは三日月形の道路に沿った形の建物で、一階部分は白く、アーチ形のドアや窓がある。二階から上は褐色のレンガ造り。魅力的なのは断然一階部分だ。建物に面した三日月部分の土地は、遊び場のある公園になっている。天気のいい日には小さな子どもを連れた母親たちでさぞかしにぎわうのだろう。

　しかし今日は、ジャスミン・シダナの黒のホンダがエリス家の近くの路肩に停まっているだけで、人気がなくがらんとしている。こんな天気でも、シダナの車は汚れひとつなくぴかぴかだ。どうやってそんな状態を保っているんだろう。雨が降るたび、車全体を磨いているんだろうか。

　車から降りてきたジャスミンをみて、キンケイドは顔から笑みを消した。不機嫌そうだ。冗談をいっても笑ってもらえそうにない。

「どこに行ってたんですか？」いきなりつっかかってきた。「署に全然顔を出さないなんて」

「デスクワークは苦手でね」

「でしょうね。でも、一匹狼（いっぴきおおかみ）スタイルで殺人事件の捜査チームを指揮することはできないと思いますけど」

ジャスミンが怒るのももっともだ。そろそろどうにかして関係改善をめざさないと、今後の捜査に差し障るかもしれない。ただしライアン・マーシュについての疑惑は、まだジャスミンには話せない。

質問に答えることにした。「カレドニアン・ロードから歩いてきた。ポール・コールのことをエアリアルに知らせる前に、マーティン・クインの仲間たちに話しておきたかったんだ。それもできるだけ堅苦しくない形で。そのほうがうまくいくこともあるからね」

「で、うまくいったんですか?」ジャスミンの怒りは多少は収まったらしい。

「なんともいえないな。みんなショックを受けていたが、死んだのがライアンじゃなくてほっとしているように思えたよ。ポールはあまり人気者ではなかったようだ。ただ、自殺はありえない、といっていた。それと、事件の日の午前中、ポールとエアリアルが口論していたのは、みんなが認めていた。ふたりがアパートを出ていったあと、ライアンが発煙筒を持って出かけたそうだ」

「まだ発煙筒だといいはってるんですか?」

「そうだ。まあ、あれは手榴弾でした、とはいわないだろう」ジャスミンがしぶしぶうなずくのをみて、キンケイドは続けた。「ライアンがポールを気の毒に思って、実行役をやりたいというポールの願いを叶(かな)えてやったんじゃないか——みんなにそうきいてみたら、それはあるかもしれないとのことだった」

「事件のあと、ライアン・マーシュにはだれも会っていないんですね？」

「そういってる」

「信じるんですか？　彼らのいうことをひとつでも」

キンケイドはコートのポケットに手を入れ、ハンカチを探した。寒さのせいで鼻水が垂れてきた。「みんな、死んだのはライアンだと思っていた。これは本当だと思うよ。ということは、ライアンがいまどこにいるかはだれも知らないわけだ」

「じゃ、そもそも命を狙われたのはライアン・マーシュだったってことですか？　ライアン・マーシュがポール・コールを殺したのでなければ」

現場にライアン・マーシュがいたというメロディの証言を、まだ伝える気にはなれない。ライアンが秘密捜査官だった——現在もそうなのかどうかはわからない——ということも。どちらの事実も、マーシュがポールを殺したという説を否定するものではないが、自分はメロディの直感を信じようと思っている。

また、ライアンがポールを殺したとしたら、もっとも強く考えられる動機は、ポールがライアンの正体を知ってしまったから、というものだが、これもジャスミンに話すわけにはいかない。とはいえ、秘密捜査官の正体がばれた場合は、すみやかに姿を消すことができるよう、対応策を念入りに考えてあるのがふつうだ。人を殺すようなことにはならない。

「とにかく、やることをやってしまおう」

ジャスミンは意外そうにキンケイドをみた。「訃報を伝えるのが苦手なんですか？」

「いやな仕事だな。何度やってもそう思う」

「だから、昨夜はわたしをコール夫妻のところに行かせたんですね」

ジャスミンの科白にはユーモアのかけらが混じっているように思えた。雪解けを期待してもいいのだろうか？「そのとおり」キンケイドは真顔で答え、エリス家の玄関にむかって歩きはじめた。

次の瞬間、キンケイドは足を止めた。ジャスミンがうしろからぶつかってきた。

「なんなんです？」ジャスミンが顔をしかめる。「またわたしにまかせて逃げる気ですか？」

「いや、そんなんじゃない。ただ、思い出したことがあってね。ポール・コールの私物の中に黒いノートか日記帳がないか、調べてみてほしい――きみから鑑識にそう伝えてくれと頼むつもりだったのに、忘れていたんだ。グループのメンバーたちにもきいてみるつもりだったのに、忘れていた。セント・パンクラス駅のカフェのウェイトレスが、ポールのことを覚えていたんだ。事件の日は来なかったが、それまではちょくちょく来て、日記のようなものを書いていたと。そのノートがどうなったのか気になるんだ」

「ウェイトレスにきいたって、いつですか？　一匹狼はいい加減にしてくださいよ」

「いや、まあ」キンケイドは適当にかわした。「昨夜だよ。現場をもう一度みたくなってね。ポール・コールの写真をタムに――タム・モラン、事件で重傷を負った人だ――みせようと思っていたんだが、タムは薬で眠っていた。そのとき、メロディが話していたウェイトレスのことを思い出して、会いにいったんだ。怪我人の救助に大活躍してくれたというウェイトレスだよ。現場にいたんだからポール・コールをみたんじゃないかと思ってね」

「そのノートに事件解決のヒントでもあると？」ジャスミンは興味をひかれたらしい。

携帯電話を取りだして短いメールを送り、キンケイドのあとについてきた。

呼び鈴の1というボタンの横に〈エリス〉と書いてある。つまり、いちばん魅力的な一階部分に住んでいるのだ。

ボタンを押したあと、インターホンのスイッチが入る音をきいて、キンケイドは名前を告げた。ブザーが鳴るのを待って外のドアをあけた。

一階住戸のドアがあいて、男性が立っていた。薄い色の金髪といい、繊細な顔だちといい、エアリアル・エリスとよく似ている。しかし、ブロンドには白髪が混じりはじめているし、鼻の頭には銀縁の老眼鏡をひっかけている。五十代前半だろうか。しかし体はすらっと引き締まっている。女子学生に人気がありそうだ。

「なにかご用ですか？」

「エリスさんですね？　キンケイド警視と申します。こちらはシダナ警部補。ホルボン署の刑事部からまいりました。お邪魔してもよろしいですか？」

「ああ、もちろんです」エリスはこぢんまりとした玄関ホールを通り、リビングに案内してくれた。思わずきょろきょろしてしまうような、素敵な部屋だった。

通りに面して三つ並んだアーチ形の窓から、光がたっぷり射してくる。暖炉にはガスの炎が踊り、炉棚の上の鏡をのぞけば、すべての壁面が本棚と絵画で埋めつくされている。窓際には、みるからに使いこまれた感じの机。暖炉の前にはふかふかの革のソファがふたつ。小さなサイドテーブルにはマグカップと、学生のエッセイらしきものの束があり、それをランプが照らしている。コーヒーと古い本のにおいに混じっているこの香りは……チェリー風味のパイプタバコだ。炉棚に置かれた小さなラジオは〈ラジオ３〉に合わせてあり、穏やかなクラシック音楽が流れてくる。

もしもノティング・ヒルの住まいが自分の持ち家だったら、ぜひともこんなリビングにして暮らしてみたい。そのときふと気がついた。チェシャーの実家の雰囲気に似ている。

「コートをお預かりします」エリス氏がいった。

ジャスミンは遠慮したが、長いこと歩いてきたせいで体がほてっていたキンケイドは、コートを脱いでエリスに渡した。エリスはそれを入り口のフックにかけて、リビングに戻ってきた。

「お嬢さんにお目にかかりたいのですが」キンケイドは切りだした。「ご在宅ですか？」

「いいえ、いまは授業中です。しかしまもなく帰ってくるでしょう。どうぞおかけください」

キンケイドとジャスミンは、エリスが仕事をしていたソファの正面のソファに座った。

キンケイドの視線に気づいて、エリスはいった。「いまの学生はなんでもオンラインで提出したがるんですが、わたしはプリントアウトして提出させています。古い人間なんですよ。紙でないと、きちんと評価できないような気がしましてね。紅茶かコーヒーでもご用意しましょうか」

キンケイドはジャスミンの返事を待たずに首を横に振った。エアリアルが帰ってくる前のこの時間を有効に使って、エリスに心の準備をさせ、エリスがなにをどこまで知っているかを探りたい。「どうぞおかまいなく、エリス先生」

「そうですか、では……」エリスはソファに腰をおろした。「学生たちにはスティーヴンと呼んでもらっています」

もちろんそうだろう、とキンケイドは思った。気に入りの学生たちを連れて、ロンドンの歴史的建造物をみてまわったり、おそらくそのあとは紅茶を飲んだりシェリーを飲んだりする——そんな教授が堅苦しい呼びかたを好むとは思えない。いかにもカシミヤのカーディガンが似合いそうな、リラックスした雰囲気の大学教授だ。いま着ている淡いグレーのセーターもカシミヤだろう。

「エリス先生、残念ながら、今日はお嬢さんに悲しいニュースを知らせにきました。お友だちのポール・コールが行方不明だということは、きいていらっしゃいますか？」

「ポールか、ああ、きいている」エリスは眉をひそめた。「なにかというと感情的になる若者なんだ。癇癪を起こしてどこかに行ってしまったんじゃないか、と娘にも話していたところで」

「このところ、お嬢さんとポールはうまくいっていなかったようですね」

「その手のことには口を出さないようにしているんだが」エリスは少しためらってからいった。「ポールが娘に依存しすぎているように思えてね。娘はどちらかというと世話焼きなタイプではあるんだが、それにしても目に余るというか」

「ポールが暴力を振るったり自傷的な行為に及んだりしそうだと思ったことはありませんか？」

エリスが蒼白になった。「いや、そんなことは——なにがあったんだ？」

「水曜日にセント・パンクラス駅で起こった事件ですが、死亡した人物はポール・コールであると警察は考えています」

「まさか――」エリスは眼鏡をはずして鼻梁をもんだ。「たしか、焼死だったときいたが」

「ええ、そうです」ジャスミンがいった。キンケイドがきいたこともないような、優しい口調だった。「お水でもお持ちしましょうか？」

エリスがうなずいたので、ジャスミンはキッチンに行き、グラスに水道の水を入れて持ってきた。キンケイドは不思議な気がした。前にも感じた疑問だが、水にはショックや悲しみを癒やす力があるんだろうか。しかしエリスは素直にそれを飲んだ。子どもが親にいわれて薬をのむような感じだ。そしてほとんど空になったグラスをサイドテーブルに置いた。

「信じられない」エリスはつぶやいて首を左右に振った。「ポール……エアリアルとうまくいってなかったとはいえ、どうしてそんなことを……」

「それを、いま調べているんです」キンケイドがいった。「お嬢さんに会いにきたのもそのためなんですよ」

「エアリアル、かわいそうに！」エリスは娘が急にあらわれたかのように、部屋をきょろきょろみまわした。「どうやって伝えれば――」

「ご心配なく。わたしたちが伝えます」

「しかし……」エリスはグラスを手にしたが、水は飲まなかった。「エアリアルは、いままでにいろいろとつらい思いをしてきたんだ。エアリアルが十四歳のときに母親が死んだ。ひどい事故だった。エアリアルが助かったのは不幸中の幸いだったが、つらかったと思う」本棚のまわりの絵画を指さして続ける。「事故のあと、エアリアルは絵を描きはじめた。セラピストの勧めもあってね」

キンケイドは絵をよくみた。「お嬢さんの作品なんですか？　そういえば、グラフィック・アートを学んでいるときききました。なるほど」どれも大きなキャンヴァスに大胆な色づかいで描かれた作品で、写実的な表現と抽象的な表現が入り交じっている。文字や単語が上からステンシルで重ねられた作品もある。強烈な印象を受けるものばかりだ。妖精のような雰囲気の少女が描いたものとは思えない。「すばらしい才能ですね」

エリスはうなずいた。「そうなんだ。妙な活動にうつつを抜かしていないで、もっと真剣に取り組んでくれたらいいんだが」

「しかし、活動家グループは、先生の教え子さんたちだとききましたが」

エリスはすっくと立ちあがった。「わたしは歴史家だ。無節操な開発によって史跡が破壊されるのは我慢ならない。とくにクロスレールの工事はひどい。優秀な考古学者の協力のもとでやっているというが、大切なものを見落とすことだってあるだろう。その結果、取り返しのつかないことになることだってあるだろう。だがわたしは、暴力だけは認めない」

「だから、先生はマーティン・クインと袂を分かったんですね？」

「マーティンか……。彼は優秀な構造工学の学生だった。どうしてその道をあきらめてしまったのか、理解できないんだよ。両立できないものでもないだろうに。しかし、なにかよくないことがあったんだろうと思っている。その影響がほかのメンバーにも広がっているようだ」エリスは顔をしかめた。「わたしの思いすごしかもしれないが、エアリアルには、グループから距離を置いたらどうかとアドバイスした」

「マーティンが人に暴力をふるうことはあると思いますか？」

エリスは眉をひそめた。「人を支配して動かそうとか、そんなタイプではないと思う。ただ、強迫観念にとらわれかけているというか……」

外のドアが閉まる音がした。鍵をあける音に続いて、玄関のドアが開いた。

全員が凍りついたように動けなくなった。悪いことをしている現場をみつかったような気分だった。エアリアルの明るい声がきこえた。「お父さん、外にみたことのない車が――」

リビングに入ってきたエアリアルは、キンケイドとジャスミンをみて立ちどまった。声をかけようとした父親を制して、キンケイドが立ちあがった。

「エアリアル、気の毒だが、ポールの悪い知らせを伝えにきたよ」

エアリアルは目を大きくみひらいた。本のたくさん入ったバッグが床に落ちて、大きな音をたてた。

「そんな」エアリアルはキンケイドから父親に視線を移した。本当なの？　ときいているようだ。そして小さくつぶやいた。「そんな……」膝から力が抜けて、エアリアルは床に倒れた。一枚の羽が落ちるような、小さな音しかしなかった。

「完全に復帰して、もう大丈夫なの？」ジェマは、机をはさんで座るメロディをしげしげと観察した。ブリクストン・ヒル署の刑事部のオフィスにあらわれたメロディは、昨夜ジェマとふたりでＵＣＬ病院に行ったときと同じ服を着ていた。「ちょっといわせてもらうけど、その格好、なんとかならない？」

メロディは微笑んだ。「すみません。家に帰って着替える時間がもったいないと思ったんです。こんな格好でも、早く駆けつけたほうがいいかなって」

「文句をいってるわけじゃないのよ」ジェマも微笑んだ。「もしかして、全然家に帰ってないの？　事件以来一回も？」ジェマのみたところ、メロディは顔色が悪くて髪がぼさぼさなだけではなく、たった三日で二、三キロ痩せてしまったかのようだ。

「ええ、というか、車を取りには戻りましたけど、部屋には入りませんでした。昨夜は急いでダグの家に行ったから」

「急いでダグの家に？　本当に大丈夫なの？」ジェマは、医師の診立てが信じられないような気分だった。

「話せば長くなるんですけど」メロディはほつれた髪をうしろになでつけた。「それより、家宅捜索はどうでしたか？　なにかみつかりました？　どうしてすぐにアンダーウッドを尋問しないんです？」

「家宅捜索が終わるまで待たせてやったほうが、アンダーウッドが焦ってぼろを出しやすくなると思ったの。それに、なにかみつかれば尋問のときに使えるし」

「みつかったんですか？」

ジェマはため息をついた。「なにも。うちの子たちも、あの半分でいいから部屋をきれいにしてほしいものだわ。二十二歳の男がきちんとベッドメイクをして、キッチンにもお皿をためてないって、信じられる？　1LDKのアパートなんだけど、店員をやってる若者が住んでるにしては、いい部屋だったわ」

「なにか副業でもやってるのかしら」

「だとしても、それを示すものはなにもなかった。家具はIKEAの安物ばかり。巨大なテレビ。高そうなステレオセット。いかにも電器店で働いてますって感じよ。ただ――」ジェマはうしろに体をそらして、手に持ったペンをくるくる回した。「――パソコンがないのよ。持ってたのが壊れて、新しいのを買ってないんだっていってたけど。

携帯電話もパソコンも、店のを使ってるんですって。でもわたしは怪しいと思う。ハードディスクを叩き割ってどこかのごみ箱に、パソコン本体も叩きこわして別のごみ箱に、みたいな処分をしたんじゃないかしら」

「携帯電話を調べる礼状は請求しましたっけ?」

「いいえ。どうせなにも出てこないわ。ディロン・アンダーウッド、あいつの悪知恵はかなりのものよ」ジェマは立ちあがった。「じゃ、ディロンに会いにいきましょうか」

ディロン・アンダーウッドは、身なりもアパートと同じくらいきちんとしていた。ジェマとメロディの正面に座ったディロンは、お茶にでも誘われたかのようにくつろいだようすだった。きちんと折り目のついたベージュのズボンに、胸にショップのロゴが入ったポロシャツ。褐色の髪は短く整え、爪の手入れも行き届いている。目は薄い褐色で、奇妙なくらい表情がない。笑うとあらわれる歯はホワイトニングを欠かさずやっている感じだ。あごに小さな剃刀（かみそり）の傷があった。

「こんにちは、ディロン」ジェマはいうと、メロディに合図をしてレコーダーをオンにさせた。「尋問をはじめます。わたしはジェマ・ジェイムズ警部、こちらはメロディ・タルボット巡査部長」ディロンが黙っているので、ジェマ・ジェイムズは続けた。「わたしたちのこと、覚えてくれているわよね?」

メロディは持ってきたノートとペンをテーブルに置いた。〝いい刑事と悪い刑事〟みたいな作戦はアンダーウッドには通用しないだろう、と前もって打ち合わせをしていた。メロディが黙ってメモをとりつづけていれば、そのほうが相手を苛立たせるには効果的かもしれない。

アンダーウッドはふんぞりかえって脚を組んだ。「ああ、もちろんだ。仕事の邪魔をされたからな。今日だってそうだ。おれは店の重要な戦力だってのに」

ジェマは、アンダーウッドが予想どおりの反応をしてくれたことに感謝した。身をのりだして、テーブルに両肘をつく。「優秀な店員なのね、ディロン」

「ああ、そうさ」アンダーウッドは唇をゆがめて、下卑た笑顔をみせた。

「お客さんにも人気があるの？」

「みんな、おれを指名してくる。おれに任せれば、必要なものがちゃんと手に入る」

「どのお客さんにも好かれているの？　男性にも女性にも？」

「まあ、そうだな。物知りだからな」

「じゃ、お客さんの顔はみんな覚えてるんでしょうね」

アンダーウッドは肩をすくめた。「毎日客が何人来るのか、知ってんのか？」

「でも、お得意さんは覚えてるでしょ？　何回も来るお客さんとか」

アンダーウッドは脚を組みかえた。目から光が消えて、死んだ魚の目のようになった。「あの女の子のことかい？　前にもいったろ、覚えてないって」

「女の子の名前はマーシー・ジョンソン。十二歳。あなたの店に何度も通っていた。マーシーは十三歳の誕生日にお母さんにパソコンをねだりたかったから。不幸なことに、マーシーは十三歳の誕生日を迎えられなかった。レイプされ、首を絞められ、クラパム・コモンにぼろ雑巾のように捨てられた」

たいていの人間は、こういう描写をきくと無意識に顔をしかめて不快感をあらわすものだ。まばたきをすることもある。ディロン・アンダーウッドの顔は完全に無表情なまだった。「気の毒にな。だが、おれには関係ない」

「そうかしら。それにしても、マーシーを覚えてないなんて、驚いたわ。だってあなた、マーシーに携帯電話をプレゼントしたんでしょ」

アンダーウッドはまばたきをした。「なんの話かわからないな」サウスロンドンの訛りがある。アンダーウッドは声が高めで、少し鼻にかかっている。

ジェマはファイルフォルダーを持ってきていた。それを開いて、写真を一枚取りだす。イズィ・ラマーの携帯で撮った写真を引きのばしたものだ。写っているのがディロン・アンダーウッドであることは間違いない。マーシー・ジョンソンに携帯電話を渡しているのも疑いようがない。「説明してくれる？」

アンダーウッドは写真をみつめた。手がひくひくしている。写真をつかみたいんだろう。しかしその衝動をこらえ、体を前後に揺らして腕組みをした。「だれが撮ったんだ？」

「そんなこと、どうでもいいと思うわ。写ってるのはあなたとマーシーよね。あなたはマーシーに携帯電話を渡してる」

「あの感じの悪いやつらだな。いつもこっちをじろじろみては、こそこそ内緒話なんかしやがって」

最初のひびが入った。敵意がにじみ出てくる。ジェマは喜びの視線をメロディに向けそうになったが、思いとどまった。「マーシーに携帯電話をあげたことを認めるのね？」

アンダーウッドは答えない。メロディはノートになにか書いている。片手でそれを隠して、向きが逆とはいえ、アンダーウッドからはみえないように気をつけた。

「ディロン」ジェマが続ける。「写真もある。目撃者もいる。あなたがマーシーと知り合いだってことも、あなたがマーシーに携帯をあげたことも、証明できるのよ。理由を話してちょうだい」

「ああ、わかったよ」アンダーウッドはメロディから視線を離した。「あの子がかわいそうになったんだよ。泣きながら店にきて、泣きやまないからさ。スマホをなくして、母親にバレたら新しいのなんか買ってもらえない、とかいって。あの年頃ってのは、スマホが生きがいみたいなもんじゃないか。だから、安物のプリペイドのやつをやったんだ。十ポンドぶん入れといてやった。法律違反じゃないよな？」

「地下鉄の駅の前であげたのはなぜ？　待ち合わせしたのね？」

「店で渡すわけにはいかないだろ？」

「どうして？」

アンダーウッドは答えに詰まって、肩をすくめた。「あの子が帰る直前に、それをあげようって思いついたんだ。早く帰らないとママに叱られる、とかいってた。で、なんとかできないか考えてみるっていってやった。で、そのプリペイド携帯をたまたま手元に持ってたとき、あの子を駅の前でみかけたってわけさ」

「なかなか素敵なストーリーね、ディロン。でも、マーシーの友だちがいってたわよ。マーシーがあのふたりに、〈スターバックス〉に行こうって誘ったんですって。なのに実際に行ってみたら、マーシーはずっとそわそわして、よその人のほうばかりちらちらみてる。しまいにはふたりと別れてひとりになろうとした。マーシーがみていたのはあなたよね。そうでしょ？　そして、あなたがお店で携帯をプレゼントできなかった理由は、その場面をだれにもみられたくなかったから。その携帯、お金を払って買ったの？それとも、だれが買ったか追跡できないように、在庫からこっそり盗んだの？」

アンダーウッドはまた脚を組みかえた。「倉庫に古い携帯が置いてあったんだよ。新しいのを買ったときに古いのを置いてっちまう人がいるんだよな」

ジェマはこれっぽっちも信じていなかった。在庫の新品を盗んだに違いない。しかし、電器店では万引きはよくあることだし、在庫を調べても、アンダーウッドが盗んだのがどの機種か特定できない限り、なにもわからないだろう。写真からは携帯の機種まではわからない。「で、その電話に現金でチャージしたってわけ？」ジェマは善人をほめたたえるような目でアンダーウッドをみた。

「クレジットカードはきらいなんだ。オーウェルの小説を読んで怖くなった。それだって法律違反じゃないだろ」

「そして、これを好きに使いなといってマーシーに渡した」

「ああ、そうだよ」

「マーシーがそのことをお母さんに話したら、あなたは店とトラブルになったんじゃない？」

「ああ。それに、あの子は携帯を取りあげられるだろう。だから絶対話さないと思った」アンダーウッドはまた自信たっぷりな態度になった。自分の作り話に満足しているのだ。

メロディはジェマにノートを渡した。こう書いてある。〈マーシーが携帯をなくしたんじゃなくて、店にいるときにどこかに置いたのを、アンダーウッドが盗んだのでは？〉

ジェマはちらりとメロディをみてうなずくと、返事を書いた。〈足のつかない連絡手段を持つのには、絶好のチャンスよね〉

「なにやってんだよ」アンダーウッドがきく。「授業中にメモを渡しあってる女子小学生みたいだな」

筆談されたりくすくす笑われたりというのが、よほど嫌いなようだ。どうしてなんだろう、とジェマは思った。

質問は無視して続けた。「マーシーが携帯のことを友だちに話さなかったのはどうしてだと思う？　親友なのよ？　電話やメールで話してもいいじゃない？」

「そんなこと、おれが知るわけないだろ。その携帯もなくしたんじゃないのか？」

「ディロン、わたしの考えを話してみましょうか」ジェマはさらに身をのりだした。そのとき、妙なにおいに気がついた。恐怖のにおいではない。酸っぱい汗のような恐怖のにおいは、嗅げばすぐにわかる。ディロン・アンダーウッドから漂ってくるのは、石けんのにおいのようでもあるし、薬品のにおいのようでもある。いいにおいではない。ジェマは鼻にしわを寄せてつづけた。「だれにもいうなって、あなたがいったんでしょう？　携帯電話のことは秘密で、おれとの連絡のためだけに使え、と。そして、自分用にもうひとつ、安い携帯電話を盗んだんじゃない？　それなら足がつかないから」

「ありえないね。おれはなにも盗んだりしない」

「あの電話、どこにいったのかしらね。彼女の家にもなかったし、彼女が身につけてもいなかった。殺したあと、あなたが取ったの？」

「前にもいっただろ。おれはあの夜、友だちとクラブにいた」

「でもあなた、マーシー・ジョンソンのことを知らないっていったじゃない。嘘よね。だったら、あの夜クラブにいたっていうのも嘘なんじゃない？　マーシーをメールで呼びだして、クラパム・コモンで会ったんでしょ？　なんていって呼び出したの？　プレゼントがあるとでもいったの？　それとも、マーシーのことを好きなふりでもしたの？」

「店の外で会ったのは、あのとき一回きりだ。どうせ証拠もないくせに」死んだ魚の目に怒りが宿った。

「でも、DNAがあるわ。あなたの部屋からサンプルが採れたの。歯ブラシに剃刀。マーシーの遺体についていた遺留品と照合できる」

アンダーウッドはにやりと笑った。「無理だね。おれはそんなとこに行ってない。あの子にも触ってない。そろそろ仕事に行かせてくれよ。これ以上話を続けるなら、弁護士を通してくれ」

「あと二十四時間勾留できたのに」ジェマがディロン・アンダーウッドを釈放する書類

にサインをするのをみて、メロディがいった。

「まだ収穫らしい収穫がないんだもの。弁護士を呼ぶといわれたらどうしようもないわ。まあ、勝ったと思わせておきましょう」

「黒ですよね？」

「もちろんそう思うわ。あの男がマーシー・ジョンソンを殺した。それを立証してやる。あの男、なんであんなに自信たっぷりなのかしら」

「携帯電話のことを認めさせたのはいいけど、マーシーの遺体からアンダーウッドのDNAが検出されても、弁護側は、携帯電話を通して付着したものだっていいだすかも」

ジェマは眉をひそめた。「あの男、そういうこともわかってるのかしら」

「ええ、たぶん」

「それはありうることだけど」ジェマはゆっくりこたえた。「爪の裏側とか、ふつうの接触では付着しないところについていたら、それは通らない。検査を急がせましょう。それと、イズィとデジャの両親に連絡して、ふたりを安全なところに匿う（かくま）ように注意しなくちゃ。携帯電話をあげるところをみたのはあのふたりだってこと、アンダーウッドにわかってしまったから。ほかにもなにかみられてるんじゃないかって、警戒すると思う」

「でも、そこまでばかじゃないかも」メロディはいった。「計算高い男ですからね。あの子たちになにかあったら自分が疑われるってことくらい、わかりますよ」

「そうはいっても、悪いやつだもの」ジェマはきっぱりいった。「あの男、自分はなにをやってもつかまらないって思ってる。これから電話をかけるわ。そのあと、アリバイ崩しにかかりましょう」

17

アーケードの設計をしたW・H・バーロウは、鉄の梁と支柱を使って、スペースを最大限に利用できるようにした。曰く「ビールの樽の長さをもとに、このフロアの各部の長さは決められている」とのことだ。

——meantimebrewing.com/stpancras-station

スティーヴン・エリスは、娘をベッドに寝かせた。エアリアルは、倒れて一分かそこらで目をあけたものの、焦点が合わず、頭も混乱していた。エリスはキンケイドとジャスミンの協力の申し出も断って、ひとりで娘を運んだ。

戻ってきたエリスはいった。「お騒がせして申し訳ない。ショックを受けたんだろう。事故以来、深刻なストレスを受けて倒れることが何度かあったんだ。少し眠れば回復すると思う」

　キンケイドとジャスミンはエリスの自宅をあとにして、ジャスミンのホンダで署に戻ってきた。

「どっちも厄介なものだな」署に入ってオフィスへと歩きながら、キンケイドはいった。「思いもかけない訃報を伝えるのも、半ば覚悟している訃報を伝えるのも」

「でも、ヒステリーを起こされるよりは、気を失ってくれたほうがいいですね」ジャスミンが応じる。「あなたの旦那さんがパブの喧嘩で殺されましたよって奥さんに伝えたとき、顔を思い切り殴られたことがありますよ」

「その奥さんがフライパンを持ってなくてよかった」キンケイドがいうと、ジャスミンが横目でみてきた。その顔には笑みが浮かんでいるようにみえた。

　刑事部のオフィスにはサイモン・イーカスひとりしかいなかった。

「スウィーニーは？」ジャスミンが不愉快そうにいった。

「一時間前に出かけたよ。今朝ジムでどこかの腱を痛めたとかいって」

「まったく、なにやってるんだか」ジャスミンは不満そうに唇を突きだした。

　いまのところ、ジョージ・スウィーニーの働きぶりに感心したことは一度もないとはいえ、ジャスミンの毒舌の餌食になるのはなんだか気の毒だな、とキンケイドは思った。

「いっしょにしないでくれよ、ジャスミン」イーカスはにやりと笑った。「それに、ちょっとおもしろい情報を仕入れたんだ」椅子をぐるりとまわしてジャスミンをみる。キンケイドも机に身をのりだして、耳を傾けた。ジャスミンはコートとバッグを自分の机に置いて、イーカスのそばにやってきた。

「マーティン・クインの口座に、建物を所有している会社から毎月振り込みがあるって話、覚えてますか？」

「謎のKCDって会社だな」キンケイドは応じた。「キングズ・クロス・ディヴェロプメント」

「そうです。その会社の記録を探ってみたんですが、なにがわかったと思います？」

「もったいぶらないでくれよ」

「企業のオーナーのひとり、つまり筆頭株主は、リンジー・クインって男です。キングズ・クロス一帯の再開発に関わる引っ越しや追い立てみたいな仕事をしてて、それがマーティン・クインの父親なんですよ」

キンケイドは片方の眉をつりあげた。「その父親は、息子がやってることを知ってるのかな？　最大の敵は身内にありってやつか」

「会ってみたらどうかと思って、秘書に電話をしてみました。今日は予定がいっぱいだそうですが、明日のアポが取れましたよ。セント・パンクラス・ルネサンス・ホテルの

〈ブッキングオフィス・バー〉。クインのお気に入りの打ち合わせ場所だそうで」

「サイモン、ありがとう」キンケイドは少し考えてから続けた。「マーティン・クインに次に会うのは、父親に会ってからにしよう」振りかえってジャスミンをみる。「コール夫妻のところに行った家族担当官から、なにか報告は来ていないか？」

ジャスミンは携帯電話をチェックした。「日記はみつからないそうです。それと、ポールの部屋は列車の本でいっぱいなんだとか。母親によると、小さなころからの鉄道ファンだったそうです。部屋には最近使ったとみられる時刻表があったと」

「どういうことなんだろうな。鉄道が好きすぎて、セント・パンクラスを自殺の場所に選んだってことか？」かぶりを振った。「ありえないな。それに、ぼくはやっぱりポールが自殺したとは思えないんだよ」


サイモンと話したあと、キンケイドは一日ぶんの報告書に目を通した。とくに役立ちそうな情報はない。そこで、金曜日のラッシュアワーの渋滞に果敢に挑戦してみることにした。リンジー・クインに会うのも、ＤＮＡの照合結果が出るのも、ダグの報告をきくのも、次になにを調べるかを決めるのも、すべては明日を待つしかない。

キンケイド／ジェイムズ家では、金曜日はピザ・ナイトと決まっている。しかしそれにはルールがある。ピザはホームメイドであること。電子機器は使用禁止。このふたつだ。ふたつとも、はじめのうちは子どもたちに不評だった。トビーはテイクアウトのピザが好きだし、テレビやゲームがないのはつまらないという。キットはピザはホームメイドでもいいらしいが、携帯電話と離ればなれになるのがつらいという。シャーロットはといえば、家族みんなでなにかができるのがうれしくてしかたがないようだ。

若干遅刻したものの、無事に帰宅したキンケイドは、ジェマのエスコートのうしろにアストラを駐めた。車から降りてロックすると、しばらくそこに立って家を眺めた。まだブラインドを閉めていないので、窓から中の明かりが漏れている。青と黄色の明るいキッチンにジェマとキットがいるのがみえる。

家族全員がこの家を気に入っている。子どもたちが安全に暮らせる場所でもあるし、自分とジェマはここではじめて同居した。デニス・チャイルズ警視正やその妹になにかがあったとしたら、自分たちはここを出なければならないんだろうか。

心配してもしかたがない。自分にとっても、ほかのだれにとっても、いいことなんかひとつもない。ただ、自分の生活を自分でコントロールできないというのは不本意だ。今回の異動以降、そのことがずっと頭にひっかかっている。

ジェマがキッチンの窓から外をみて、すぐに視線を戻した。外は暗いので、路上に立つ夫の姿はみえなかったようだ。キンケイドは気持ちを切り替えて、玄関へと歩きだした。チェリーレッドに塗られた玄関に立ち、鍵をあけた。

ピザ生地の独特なにおいに出迎えられた。犬たちが吠え、シャーロットが甲高い声をあげながら駆けよってくる。

「パパ、ずっとおそとをみてたのよ」抱きあげてやると、シャーロットはそういった。

「そうか。我が家の番犬だな」

シャーロットがくすくす笑う。「ばんけん？」

「家族をみまもってる犬のことだよ。シャーロットはジョーディみたいだ。髪がくるくるしてて――」シャーロットの髪をなでた。「――お鼻が長くて――」シャーロットの鼻をつまんだ。

「いぬじゃないもん」シャーロットはもじもじしてダンカンの腕からおりた。「ねえ、トビーがダンスしてるの！」

ジェマがキッチンから出てきた。

「ただいま。いま帰ったよ」ダンカンはにっこり笑った。

「そのようね」ジェマはダンカンにキスした。ジェマの頬にはトマトソースがついている。ダンカンはそれを指で拭うと、もう一度キスした。コートを脱いでフックにかけてから、きいた。「ダンスってなんのことだい？」

「バレエにいったの」シャーロットがつま先立ちになってジャンプする。「マッケンジーが、トビーとわたしをオリヴァーのバレエのクラスにつれてってくれたの」

「オリヴァーがバレエをやってるのかい？」ダンカンはジェマに目を向けた。オリヴァー・ウィリアムズはシャーロットの親友だ。ダンカンはオリヴァーの母親のマッケンジーと近所のカフェで知り合った。ダンカンが育児休暇をとっていたときのことだ。マッケンジーはオリヴァーの通っている名門保育園にシャーロットが入れるように話をつけてくれた。ほかの保育園に連れていってもうまくいかずに困っていたときだった。

実質的で気取らない性格のマッケンジーが、夫のビルとふたりで大流行のカタログ通販会社〈オリー〉をやっていて、マッケンジーはそのカタログのトップモデルでもある。知り合ってだいぶたってからそのことを知ったときは、たまらなく気まずい思いをしたものだった。それ以来友だち付き合いをしているマッケンジーとジェマは、ダンカンの鈍さをいまでも笑いの種にしている。

「ノティング・ヒルではいま、男の子のバレエ教室が大人気なのよ」とジェマはいった。「今日、マッケンジーがシャーロットとトビーをいっしょに連れていってくれたの。シャーロットはそうでもなかったけど」シャーロットが走りだすのを見守りながら、小さな声でいう。「トビーは夢中になっちゃった」

トビーがジャンプしながらリビングからやってきた。両手をまっすぐ上にあげ、叫んでいる。「みててよ！　ア……アン……えっと、なんだったっけ？　でもぼく、できるんだよ」

「海賊ブームは終了かい？」ダンカンはジェマの耳元でささやいた。
「そうみたい」ジェマはほっと息をついた。「でも、バレエのほうがずっとお金がかか
りそうよ。さあ、ピザをオーブンに入れたわ。ケトルもスイッチオン！」
ピザが焼けるのを待つあいだ、キットはダンカンと子猫たちをみにいった。ダンカン
を歓迎したあとのジョーディが書斎のドアの前で足に頭をのせて寝そべっている。
「おやおや、どうした？」ダンカンはジョーディの耳をなでてやった。
「今日、ジョーディがこの部屋に入ったんだよ。トビーがドアをちゃんと閉めなかった
から」キットがいった。「ジーナがすごい勢いで箱から出てきた。ジョーディを威嚇し
て、鼻先をぶったんだ。それ以来、ジョーディはここで見張り役をしてる。ジョーデ
ィ、子猫がいるってわかったのかな？」
「たぶんそうだろうな。頭のいい犬だから」
キットがドアをあけたが、ジョーディは中に入ろうとせず、廊下で見張りを続けてい
る。同じ姿勢を崩そうとしない。
ふたりが書斎に入ると、ジーナが挨拶代わりに甲高い声で鳴いた。立ちあがって伸び
をする。ダンカンが箱のかたわらに膝をつくと、ダンカンの手のそばに頭をつっこんで
きた。ダンカンは耳のうしろをなでてやった。

子猫たちは眠っている。おなかが丸く膨らんでいるので、ソーセージを並べたみたいにみえる。

「箱の中で動きまわるようになったんだ。すごくおもしろいよ。目がみえないから、ぶつかりあったりしてさ。ブライオニーが、二、三日で目が開くって」ダンカンの横で膝をついていたキットがいった。

「ブライオニーが今日も来てくれたのか？」

「うん、午後にね。トビーとシャーロットがマッケンジーと出かけてるときに。性別を見分けてくれたよ」キットは胸を張った。「いまはまだわかりにくいみたいなんだけど」三毛の子猫に触れる。「この子はもちろん雌だよね。ぼく、猫の遺伝子の本を読みはじめたとこなんだ。で、このトラ猫も雌。黒の子と白黒の子は雄だって」

「驚いたな」ダンカンのみたところ、母猫が元気になっているようだ。がりがりな感じがしないし、毛づやもよくなった。目も輝いている。「ほんの二、三日の食事でこんなに元気になるんだな。それにすごく人に馴れてる。ポスターに反応はあったか？」

まずいことをいったらしい。キットは体をうしろに引いて、ふくれっつらをした。

「ううん。だけどさ、もし飼い主がこの母猫を探してるなら、とっくに連絡があるはずだよね？　ポスターなんか、もう剝がしたいよ」

「だけど、母猫と子猫全部をうちで育てるわけにはいかないだろう」

「マッケンジーが、一匹なら引き取れるって。オリヴァーもすごく気に入ってる。ジェマはヘイゼルに話すっていってるし、ぼくはエリカにきいてみようと思ってる。日曜日、いっしょにランチする予定なんだ。エリカが猫を飼うのって、いいと思わない？」

「そうだな。だが、それでも子猫は一匹残るぞ」

「うちで飼えばいいでしょ！　もちろん、ジーナも」キットはすっかり懇願口調になっている。

ダンカンは黒い子猫をなでてやった。子猫はもぞもぞ動きながら、母猫に近づいていこうとしている。「シドが許してくれるといいんだが」今回の猫問題については、まったく途方に暮れてしまう。しかし、自分も猫がかわいく思えてしかたがなかった。「キットはどの子がお気に入りなんだ？」

キットはまた身をのりだした。真剣な目をして子猫たちをみながら、一匹一匹順になでていく。「迷っちゃうなあ。けど、この三毛猫かな。雌だけが三毛猫になれるってかっこいいし。だけど、この白黒の子もかわいいよ。タキシードを着たジェームズ・ボンドみたいだ」

ジェマが呼んでいる。「まあ、考える時間はたっぷりある。明日、ポスターをはずしていいかどうか、ブライオニーにきいてごらん。ぼくはかまわないと思う」

「本当？」キットは跳びはねて喜んだ。まるでトビーみたいだ。

ダンカンは立ちあがり、落ち着けとばかりにキットの肩に手をおいた。「ブライオニーに確かめるまでは、決定じゃないぞ。いいな？」

「了解！」

「あんなに喜ばせちゃって、大丈夫？」数時間後、いっしょに洗い物をしながらジェマがダンカンにいった。

「ん？ キットのことか」ダンカンはとぼけた顔で答えた。

みんなでピザを食べ、シャーロットの好きな蛇と梯子（はしご）のゲームを少しやってから——トビーがずるをしてばかりだった——ビートルズ・モノポリーを楽しんだ。シャーロットは駒（トークン）を多めにもらって参加していたが、すぐに眠そうな顔をしてジェマに甘えだした。トビーもぐずりだしたので、そのふたりをベッドに寝かせたあと、キットに携帯電話とアイポッドの使用許可を出した。

自分の部屋に行く前に、キットが話しかけてきた。「毎週金曜日、友だちの誘いを断ってるんだよ。家族でこんなことしてるなんて、恥ずかしくていえないけどさ」

ジェマが軽くにらみつけた。

「だけど楽しかったよ」キットはそういってにやっと笑った。直後、階段を駆けあがる音がきこえた。

「そうよ、キットのこと」ジェマがいった。「書斎でなにを話したのか知らないけど、キットったら、クリームをなめた猫みたいな顔をしてたわ。猫に関することでしょ?」

「母猫と子猫を一匹飼いたいそうだ」

「いまからそんなこと、大丈夫?　それに、どの子を選ぶかでトビーやシャーロットともめそう」

「話しあいってものを学ぶいいチャンスじゃないか?　それに、きみだって子猫を一匹残したいんだろう?　白黒の子がいいっていってたじゃないか」

ジェマはキッチンの椅子に腰をおろした。疲れているようだ、とダンカンは思った。いや、疲れているだけではなさそうだ。

「子どもたちの願いを叶えてあげることも、ときと場合によっては必要かもね」

ダンカンはジェマに目をやって、冷蔵庫からちょっと高級な白ワインのボトルを出した。週末用にとっておいたサンセールだ。コルクを抜いてふたりに一杯ずつ注いだ。ひとつをジェマに渡す。ジェマの笑顔をみて、ダンカンも腰をおろした。

「どうした?」そっと声をかけた。「子猫の問題じゃなさそうだね」

「ええ」ジェマは、ディロン・アンダーウッドの取り調べのことを話した。「なんだか考えさせられちゃって。マーシーの母親が、マーシーの欲しがってたパソコンを選びに、店にいっしょに行っていたらどうだっただろう、携帯電話をなくしたことをそんなに厳しく叱らなかったらどうなっていただろうって。メロディもわたしも、ディロンはあの親子のそういうところにつけこんだんだと思ってる」

「ジェマ」ダンカンはテーブルごしにジェマの手を握った。「マーシーの母親は間違ったことをしてないよ。マーシーもだ。わかってるだろう？」

そういいながら、ダンカンも寒けを覚えていた。金曜の夜に家族でゲームをしたり、そのほかいろんな面で子どもたちを大切にし、愛情を注いでいても、ディロン・アンダーウッドのようなモンスターから守ってやれるという保証はないのだ。ほかのだれよりも、ふたりはそのことをよくわかっている。

「週末はゆっくり休むといい」ダンカンはジェマのグラスにワインを注ぎたした。ジェマの表情が柔らかくなり、顔色もよくなった。しかし、その顔にうしろめたい表情があらわれたのを、ダンカンはみのがさなかった。「出勤する気なのか？　DNA検査の結果が出ないと先に進めないんだろう？」

「ええ、出勤するつもりはないわ。でも……」ジェマはダンカンをみて、ワインを口に含んだ。「ファイルは持ちかえってきた。なにかみすごしてる気がしてしかたがないのよ。でも、心配しないで」ジェマはダンカンを制していった。「あなたは出勤するんでしょ？」

ダンカンは顔をしかめた。「正直、進むべきなのか引くべきなのか迷ってる。真実がわかればわかるほど、どうしたらいいのかわからなくなる」

　ジェマは眉をひそめた。「メロディは昨夜、ダグのところに行ったんですってね。本人にきいたわ。ダンカン、ふたりを捜査に巻きこんでるの？」

「ダグに関しては否定できない。だがメロディは、進んで協力してくれてる。状況が状況だからね」

「あなたのチームにはできなくて、あのふたりにはできることがあるのね？」

「ああ、難しい問題なんだ。タムのいったとおり、焼死体は若者だった。まだ二十歳の学生だったんだ」ダンカンはジェマに、いままで話すチャンスのなかったことをすべて話した。当初、焼死体の身元と思われていたライアン・マーシュが秘密捜査官ではないかとダグがいいだしたこと。ライアン・マーシュが少なくとも過去に警察官だったのは事実であること。駅でメロディを助けようとした男性がライアン・マーシュだったたこと。ライアン・マーシュが現在行方不明であること。抗議活動のグループから年明けに抜けた少女がいること。

　ボーイフレンドが失踪したと相談にきたエアリアル・エリスについても話した。流産をしてポール・コールと喧嘩したことも。

　流産について話すのはためらわれた。ジェマにかつての悲しみを思い出させたくなかったからだ。しかし、黙っていたことがわかったら、ジェマは怒るだろう。

「自殺だったと思う？」

ダンカンは肩をすくめた。「ポールは気分屋で、目立ちたがりだったそうだ。だが、自殺をするようなタイプじゃないとみんながいってる。それと、ポールは日記をつけていたそうだ。いまのところ、私物からはみつかっていない」

「ライアン・マーシュについてわかったことを、ホルボン署のチームには話していないのね。どうして？」

「本当に秘密捜査官だとしたら、だれの下で働いていると思う？」ダンカンは身をのりだし、使いこまれたマツ材のテーブルに両肘をついた。両手のあいだにワイングラスがある。「あのグループに潜入したってことは、あのグループがなんらかの脅威になっているからだ。なぜ、ライアンの雇い主はライアンを探そうとしない？　ライアンはどうして姿を消したんだ？」

「手榴弾で狙われたのは自分の命だったとライアンは気づいた、あなたはそう思ってるのね？」

「現場でのライアンの動きは、訓練された警官のものだった。メロディはそういってる。しかし、燃えているポールをみたとき、ライアンはショックを受けていたと。警官としてではなく個人として、恐怖を覚えたんじゃないかな。そしてぼくは、ライアンの正体を知っていることも、ライアンがいまも生きているということも、謎が解けるまではだれにもいわないつもりだ」

　ジェマはワインを飲んで考えこんだ。「ライアン・マーシュはポール・コールに発煙筒を使わせることにしたけど、その発煙筒は、ライアンの知らないうちに手榴弾にすりかえられていた。そんなすりかえができた人物は？」

「まず浮かんでくるのはマーティン・クインだ。クインの父親は、キングズ・クロス一帯の地上げの元締めみたいな人物なんだ。マーティンに金銭的援助もしている。マーティンはもっと大がかりな抗議活動を計画していたが、ライアンに、父親や警察にバラすぞと脅されたんだろうか。あるいは、ライアンが秘密捜査官だということをマーティンが知ったのか」

「でも、この状況じゃ、マーティンが疑われるのは当たり前でしょ。そんなばかなことするかしら」

　ダンカンは両方のグラスにワインを注ぎたした。「ああ、そうなんだ。かっとなりやすいところはあるが、マーティンはそんなにばかな男じゃない」

「ライアン・マーシュの自爆だということで事件は片づく、そう思いこんでいたなら別だけど」

「グループの何人かがいっていたんだが、レンという少女がいなくなってから、ライアンのようすがおかしかったそうだ」ダンカンはみんなの言葉を思い出しながらいった。

「マーティンはそうは思っていなかったようだが」

「なのに、その少女になにがあったか、だれも知らないの？」

「そうなんだ。ただふらっと出ていって、そのまま戻ってこなかったと」

「それよ」ジェマはグラスを持ちあげた。「全体像の中で、欠けてるのはその部分だわ。レンっていう少女について、調べてみたら？　ライアン・マーシュとの関係も」

18

セント・パンクラス駅の〝バーロウのアーチ〟の各アームは、頑丈な鉄のプレートに、十五本のメインブレースと五十本のクロスブレースをつけたものを平行に並べた構造になっている。アーチは全部で二十五あり、それぞれの間隔は約八メートル九十五センチ。地下部分の柱の倍の間隔だ。つまり、ビールの樽の大きさが、ここにもあらわれているわけだ。全長は二百十メートル。この巨大な内部構造をひと目みただけで圧倒されてしまうのは、巨大な空間を正確に区切るように並んだ、これらのアーチのせいだろう。

――サイモン・ブラッドリー『St Pancras Station』2007

「今日、アストラに乗ってもいい？」土曜日の朝、トーストと紅茶の朝食をとっているダンカンに、ジェマはきいた。「レイトンの両親に、子どもたちを連れて午後遊びにいくって約束したの。子どもたちが犬も連れていきたいっていうから、エスコートじゃ無理なの」

キンケイドはうなずいた。トーストとマーマレードで口の中がいっぱいなので、しゃべれない。

「よかったらエスコートを使って」

「紫色の車で仕事に行くのもなあ」ダンカンはトーストを飲みこんでいった。「ホルボン署の笑いものになりそうだ」ジェマがむっとするのをみて、ダンカンは笑ってキスをした。「嘘だよ。けど、ぼくの長い脚が入りきらないから、地下鉄で行く。駅まで歩くのもいいものだ」

今朝の空は、きのうまでのような鉛色ではなく、真珠のような色をしている。少なくともいまのところ、風も強くない。こういう日には歩くのがいちばんだ。

かなり考えて、着るものを決めた。土曜日の出勤にスーツは着たくない。ぱりっとした水色のシャツにジーンズとスポーツジャケット。これなら〈ブッキングオフィス・バー〉に行っても浮かないだろう。そう願いたい。

コートを着て傘を持ち、ジェマにキスすると、二階にいる子どもたちにむかって大声で「行ってきます」といった。

地下鉄の駅までは、ランズダウン・ロードをまっすぐ行くだけだ。歩きながらまわりをみると、木々の枝のつぼみがふくらみ、地面からはスイセンが果敢に頭を持ちあげようとしている。春は突然、華々しくやってくる。そう思いながらも、ダンカンはコートのボタンを上までとめた。マフラーを持ってくればよかった。

地下鉄のホランド・パーク駅に着く前に、ダグに電話をかけた。

「いま、家かい？」

「ボートを漕いでます」ダグの自虐ジョークだとすぐにわかった。「もちろん、家ですよ。土曜日ですからね。だけど、調査はやってますよ」

「ライアン・マーシュまたはライアン・マーロウについて、なにかわかったか？」

「いえ、まだ」

「そうか」キンケイドは少し考えた。「追加で頼みたいことがある。姿を消したレンという少女のことが知りたい。ライアン・マーシュの写真にいっしょに写ってる子だ。レンがどうしていなくなったか、だれもなにもいわないんだが、ただなんとなく出ていっただけというふうには思えないんだ」

「ライアン・マーシュがレンを殺して、ポール・コールがそれを知ったんじゃありませんか？　だからライアンは実行役をポールに譲り、発煙筒と手榴弾をすりかえた」

「ありそうな話だが、問題がふたつある。ひとつは、ポールが燃えているのをみてライアンがショックを受けていたというメロディの証言。もうひとつは、レンがいなくなってからライアンが落ちこんでいたというグループのメンバーの証言だ」

「じゃ、ポール・コールがレンを殺して、ライアンがそれを突き止めたとか？　だったら、ライアンがポールを殺す動機としては十分ですよ」キンケイドが反論する前に、ダグは続けた。「あ、やっぱりメロディの証言と食いちがってきますね。メロディの勘違いということはないだろうし。それに、ポールがレンを殺す動機もない。変質者だったなら別ですけど」

ホランド・パーク駅に着いた。「不審死リストをチェックしてくれないか？　若い女性――二十歳くらいだと思う――の身元不明の死体が、年明け前後にみつかっていないかどうか。いなくなったのが何日か、正確な日付はわからない。ぼくは一月一日のリストを調べてみる。マーティン・クインやグループのメンバーには、クインの父親に会うまでは接触しないつもりだ」

「お安いご用ですよ」

「ダグ、頼りにしてるぞ」キンケイドは笑顔でいうと、電話を切った。

キンケイドの新しい上司であるフェイス警視正は、キンケイドに不満を持っていた。すでにジャスミン・シダナとサイモン・イーカスが出勤していた。キンケイドが刑事部のオフィスに入るとすぐ、イーカスが顔を動かして上の階をみた。「警視正がお呼びですよ」

「なにか報告できることはあるか？」

イーカスはかぶりを振った。「空振りばかりです。ライアン・マーシュという人物の尻尾をつかみたいんですが、うまくいきません」

「スウィーニーは？」

「腱を痛めたことをまだぶつくさいってます」シダナがいう。

「わかった」キンケイドは廊下に出るとエレベーターに乗り、フェイス警視正のオフィスに行った。

秘書はいなかった。フェイスはキンケイドをみると立ちあがり、奥の個室へと招きいれた。

「捜査の状況を知らせてくれるか」フェイスは、キンケイドが着席すると前置きもなくいった。「死者の推定される身元をマスコミに発表する必要がある。家族に知らせた以上、引き延ばせない。その愚かな若者は、駅で自爆したのか？」首を振って続ける。「わたしにも大学に通う年頃の息子たちがいる。両親はさぞかしつらかろう」

「そうですね」キンケイドは答えた。椅子の座りごこちが悪い。小さすぎるのだ。脚が前に突きだす格好になり、なんとなくぶざまな感じがする。フェイスはわざとこんな椅子をここに置いているんだろうか。しかし、デニス・チャイルズ警視正と違って、フェイスは率直なタイプだ。家具や人間工学といったものにうといだけかもしれない。「ここまでの捜査から、ポール・コールが自殺をしたと考えられる事実は出てきません。殉教のたぐいとも思われません。

抗議活動グループのメンバーのうち、もともと発煙筒を使うことになっていたライアン・マーシュという人物が、姿を消しています。彼の素性はまだつかめていませんし、その人物が故意にポール・コールを殺す理由も認められません」

「グループのリーダーはどうだ?　クインとかいう男だ。ライアン・マーシュやポール・コールを殺す動機はないのか?」

「その線に関しては、多少の進展がありました。マーティン・クインの父親は、キングズ・クロス・ディヴェロプメントの筆頭株主です。この企業はクインと仲間たちが暮らすアパートを所有しているだけでなく、クインが抗議しているような開発プロジェクトを進める会社でもあります。クインの父親はクインに経済的な支援をしています。ライアン・マーシュがそのことを知って、クインを脅したとも考えられます。おまえのやろうとしていることを父親にばらすぞ、と」

「クインの父親が知らないとでも思うのか?」フェイスは片方の眉をつりあげた。

「今日の昼過ぎにクインの父親と会う約束があるので、そこからまた考えるつもりです」

　フェイスは体をうしろにそらし、ため息をついた。「少年の自殺だったとわかれば、いろんな面倒がなくてすむんだがな」

　キンケイドの背すじに冷たいものが走った。似たような科白を前にもきいたことがある。そのときも気に入らなかったが、今回はますます気に入らない。

　トマス・フェイスのことは正直な警官だと思っていたが、こうなると、自分の判断力さえ信じられなくなってきた。フェイスの言葉に深い意味などないと思いたい。遠回しな命令などではないと信じたい。

「では」フェイスはいった。「クイン氏の扱いには気をつけてほしいが、必要な捜査を続けてほしい。SO15との連携はどうなってる？」

「SO15は手を引いたので、それきりです」

「連絡は取り合うように。単なる殺人よりひどい事件につながる可能性もあるんだからな」

　キンケイドはフェイスの言葉の続きを待った。

「マーティン・クインが発煙筒だと思って買ったものをライアン・マーシュに渡し、ライアン・マーシュはそれを発煙筒だと信じてポール・コールに渡した、という線はないのか？　三人とも悪意がまったくないケースだ」

「つまり、クインに発煙筒を求められて白リン手榴弾を売った人間がいるんじゃないか、ということですか？」キンケイドは頭を整理しながらいった。「悪意を持って、ですね？」

「そういうことだ。そういう人間がいるとしたら、ほかにもどんな武器を持っているかわからない。なにを計画していてもおかしくない。そうなると、わたしたちが責めを負うことになるぞ。マーティン・クインに白リン手榴弾を売った人物を突きとめろ。それができたら、もう一度ＳＯ15との合同捜査をしてもらう」

「わかりました」

「クインの父親と話したら、わかったことを報告してくれ」

「はい」話はこれまでだろう。キンケイドは立ちあがった。頭の中をいろんなストーリーが駆けめぐっている。「さっそく取りかかります」

「キンケイド」ドアに手をかけたとき、呼びとめられた。「きみはいままで、自分のやりたいように捜査をやってきたと思う。だがここはスコットランドヤードじゃない。定期的に報告をあげるように」

「承知しました」

「ところで、部下とはうまくいってるか？」

「はい」キンケイドは答え、自分でも驚いた。ひとつの例外をのぞけば、いまの答えは真実だ。ジョージ・スウィーニーのことは、もうしばらく大目にみてやってもいい。

フェイスのオフィスを出た瞬間、携帯電話が鳴った。ジェマからだ。

「やあ、どうした？」階段を使って刑事部のオフィスに向かう。「大丈夫？」

「アストラが動かないの。エスコートのバッテリーをつないでみたけど、全然だめ」

キンケイドはうなった。悪いことは重なるものだ。「修理に出す必要があるが、月曜日まではどうしようもないな」アストラは古いステーションワゴンで、いわれてみれば、何日か前から若干調子が悪かった。寒さのせいで元気がないんだろう、くらいに思っていたのだが。

「キットがボンネットをあけてみたけど、車のことなんて、さすがにわからないものね」

キンケイドがキットの年齢のころには、車の基本的なメンテナンスはできるようになっていたが、それは必要に迫られてのことだ。田舎住まいで、父親が機械に弱く、車が動かないときは町まで八キロ歩かなければならない――そんな環境だったのだ。「少しずつ教えていこうかな。それより、だったらエスコートに乗っていくのかい？」

「それだと犬たちが乗れないのよ。だから地下鉄ででかけようと思うの。子どもたち、あなたの働いてる街がみてみたいんですって。お昼過ぎに約束があるっていってたけど、その前に、どこかで早めのランチっていうのはどう？　子ども連れでも大丈夫なところはないかしら」

ということは、ホランド・パークからセントラル線でレイトンに行くわけか。その途中にホルボンがある。キンケイドは腕時計をみた。短時間ならなんとかなりそうだ。食事を終えてから、リンジー・クインとの約束の時間までにセント・パンクラスへ行けばいい。「グレート・オーモンド・ストリートに小さなカフェがある。〈トゥッティ〉とかいう名前だったな。その前に署に来てくれれば、中を案内するよ」

久しぶりに日が出たことで、却って落ちつかない気分になった。夜が明けると、空にかすんだような太陽があらわれ、猛烈な風が吹きつけてきた。秘密の島は不気味なほど静まりかえっている。はじめて、木々のあいだを飛びまわる鳥たちの存在に気がついた。かすかなさえずりもきこえる。

日の出の直後に川魚が二匹釣れた。さばいて直火で焼き、朝食にした。どういうわけか、保存食ではない食べ物のにおいや味のせいで、孤独をより強烈に感じた。

日付の感覚がなくなっていく。しかし、記憶を整理してみると、今日は土曜日だとわかった。つまり、川に人が出てくるおそれがある。まだ寒い季節だが、ボート選手や漁師、ウエットスーツを着てカヤックに乗った人だって、ここを通るかもしれない。だから火を消した。木々のあいだからわずかな煙でもあがっていたら、みとがめられる。枝や枯れ木をたくさん集めてきて、野営地が外からみえないようにした。

あとはなにもすることがない。じっと座って、木々の隙間から川を眺めて、物思いにふけるだけだ。そういえば、じっくりものを考えたのは何ヵ月ぶりだろう。ここ数日間のキャンプ生活のおかげで、頭の中は意外なほどすっきりしている。

レンが自殺をしたなんて、一瞬でも信じた自分がばかだった。レンはそんな人じゃない。いままで知り合ったほかのだれより、レンの気持ちがよく理解できた。レンは生きることを愛していた。そのひとときひとときを大切にしていた。そして、自分はレンに愛されていた。

ヘンリーでの失敗の罰として、おじがレンを殺させたのか？　それとも、協力しないと家族がこうなるぞという見せしめなのか？

あの現場にはエアリアル・エリスがいた。しかしエアリアル・エリスはレンが飛ぶところをみていない。レンはだれかに押されたのか？　それとも、おまえは恋人のために犠牲になるしかない、と迫られたのか？

やつらは人の心を操る天才だ。

棒で焚き火跡をつついた。灰の下に、まだ熾火が残っている。

クリスティや子どもたちは無事だろうか。会いたい。娘たちを抱きしめて、髪や肌の甘く清潔な香りを吸いこみたい。犬はどうしているだろう。会いたい。

そんなこと、できるわけがない。もしも、これがおじのやったことだとしたら。駅で焼け死んだのが自分じゃないということが知られたら。家や家族は見張られていて、近づけない。これからどうしたらいい？　国を出ようか。現金もあるし、偽造パスポートもある。しかし、それでどうなる？　クリスティを助けることもできなくなる。自分だって、どうやって生きていけばいいのか。いままで、警官の仕事しかしたことがないし、それ以外の仕事をやりたいと思ったこともないのだ。

しかし、警官になったせいで、彼らに出会ってしまった。大昔——秘密捜査官としての最初の作戦を実行中の出来事がきっかけだ。だれかの密告により秘密捜査官であることがばれ、上司が刺された。大量の輸血をしたが、命は助からなかった。その後、まわりから軽蔑の目でみられ、ひそひそと陰口を叩かれるようになった。パブで会っても、仲間に顔をそむけられる。「犬」とか「臆病者」といった言葉が背後からきこえた。そんな陰口を叩く人間ととうとう対峙したとき、怒りを抑えきれず、相手の警官の顔を殴ってしまった。上司には都合のいい口実を与えたようなものだ。停職処分が待っていた。

そんな憂き目にあっていたとき、ロンドンから訪ねてきた人々がいた。話があるという。そしてこんなことをいわれた。おまえのキャリアは閉ざされたも同然だ。あの騒動がだれのせいであろうと関係ない。おまえと組んで働きたいと思う警官はもういない。だが、それとは別の仕事がある。新しいスタートを切れるぞ。しかも、警官として。

　あのとき黙って立ち去るべきだった。


　署の受付にジェマと子どもたちが来ていた。キンケイドが受付の巡査部長に家族を紹介すると、トビーがいった。「パパのおしごとのへやをみせてくれるの?」

「それは無理だなあ。秘密中の秘密のお仕事だから、大人しか入れないんだ」刑事部のオフィスに立てたホワイトボードには、ポール・コールの黒こげ死体の写真が貼ってある。なにがどうあろうと、子どもが入れる場所ではない。

「ここは?　なにがあるの?」シャーロットは受付の窓を指さした。

「ああ、ここは大丈夫だよ」キンケイドがシャーロットを抱きあげたとき、ジャスミン・シダナがメイン・エントランスから入ってきた。キンケイドがフェイス警視正に呼ばれているあいだにジャスミンはスウィーニーを探しにいったと、サイモン・イーカスがいっていた。

　怒りに満ちたジャスミンの顔からすると、スウィーニーはみつからなかったのだろう。ジャスミンはキンケイドと家族に気づいて足を止めた。「警視。どうしたんですか?」

キンケイドは微笑んだ。「シダナ警部補、妻のジェマ・ジェイムズ警部を紹介するよ。そして、この子が息子のキット」

キットはジャスミンと握手した。「はじめまして」エリカがマナーを教えてくれているらしい。

「こっちがトビー」キンケイドが続ける。

「ろくさいだよ」トビーがいう。「はじめまして」兄のまねをした。

ジャスミンは厳粛な面持ちで子どもたちと握手している。

「で、この子がシャーロットだ」シャーロットはにっこり笑い、照れてキンケイドの肩に顔を埋めた。「三十分ほど誘拐されてくる。戻ったら、スウィーニーのことを報告してもらおうか」

家族といっしょにエントランスを通る瞬間、キンケイドは振りかえった。ジャスミンは受付の前に立ったまま、なにがなんだかわからないという顔をしてこちらをみていた。

ダンカンは、ハーメルンの笛吹きになった気分で家族を率いて歩いていった。三人の子どものうちだれかが店の前で立ちどまるので、それを追い立てるようにして歩かせる。

「さっきの人が、あなたと組んでる警部補さん？」ジェマが歩きながら耳元でいう。

「あまり機嫌がよくなかったみたいね。どうしたのかしら」

「たぶん、今回はぼくのせいじゃない。標的は別の巡査だよ」

店に着いた。カウンターで注文する方式のフレンドリーなカフェで、ラムズ・コンデュイット・ストリートとの角にあり、向かいにグレート・オーモンド・ストリート病院がある。そばの椅子を借りてきて、なおかつキットとトビーを窓側のカウンターに座らせることで、混んだ店内に無事落ち着くことができた。ほかにも子ども連れの家族がいるし、ベビーカーもいくつか置いてあって、店内は歩く隙間もないくらいだ。

「さあ、なにを食べる？　早く決めてくれよ」ダンカンは子どもたちにいった。放っておいたら永遠に決まらないとわかっているからだ。「シャーロット、トビー、ハムとチーズと野菜ジャムのサンドイッチはどうだ？」

「オランジーナ、のんでもいい？」トビーがきく。

「いいよ。キットは？」

「ホットチョコレート」シャーロットが甲高い声でいった。ダンカンはシャーロットの冷たい手を取り、こすって温めてやった。「ほうら、これで温かくなった。キットは？」

キットはメニューをじっとみていたが、ようやく決まったようだ。「フムスとフェタチーズのラップサンド、キュウリとミント添え。飲み物はラテをお願い」

ダンカンは笑みを噛みころした。キットはこのごろ友だちとコーヒーショップに行くようになったので、コーヒーを飲む練習をしているのだ。本当はホットチョコレートを飲みたいだろうに、と思ってしまう。

「わたしはロブスターとルッコラ」ジェマがいった。「わたしもラテにするわ」キットにウィンクする。

「ぼくはツナにしよう」ダンカンはメニューをぱたんと閉じた。「待っててくれ。注文してくる。ぼくの椅子を確保しといてくれよ」

テーブルに戻ってくると、トビーに袖を引っぱられた。「あした、バレエにいくんだよ。マッケンジーがつれてってくれるの。えっと……マ、マチネだって」はじめて使う言葉だったらしい。

「ねむりひめ」シャーロットが興奮して体を弾ませる。「おひめさまになりたいな!」

「おひめさまになんか、なれるもんか。ばかだな。まだちっちゃいから。それに、ずっとねてるんじゃや、おひめさまになってもつまんないよ」トビーがあきれたようにいう。

「トビー、妹にばかなんていっちゃだめよ」ジェマはたしなめた。

ダンカンはジェマをちらりとみた。「明日の昼はエリカのところに行くんじゃなかったのかい？」

「あとで行くつもりよ。バレエだけど、公演直前に出た子ども用のチケットを、マッケンジーが人数分押さえてくれたの」

飲み物が運ばれてきた。ダンカンは眉を片方だけあげて、ジェマをみた。さすがマッケンジー・ウィリアムズだ。彼女が子どもたちをバレエに連れていきたいと思ったら、チケットはどこかから自然にあらわれるに違いない。マッケンジーはなにかを企てているのではないか、という気がする。シャーロットは前回のバレエ教室をそれほど気に入ったわけでもなさそうだったから、なにか企んでいるとすれば、トビーに関することだろう。

ジェマは軽く肩をすくめた。どうやら同じことを考えたらしい。「エリカには、明日のランチはダンカンの予定次第っていってあったのよ」

「そうか。ぼくはいけそうにないな」ダンカンが答えたとき、サンドイッチがやってきた。

捜査の突破口がほしい。ライアン・マーロウと行方不明のレンという少女について調べてくれるようダグに頼んだが、その報告はまだない。捜査チームから上がってきた情報で有用なものといえば、マーティン・クインとリンジー・クインの関係くらいだ。リンジー・クインと会ったあと、マーティンを問いつめて、手榴弾の入手先を突きとめてやる。

「パパ、なにか考えごと?」キットが声をかけてきた。寂しそうな口調だ。「レイトンから帰ったら、友だちと〈スターバックス〉に行きたいんだ。ジェマが、パパの許可を取りなさいって」

「ああ、かまわないよ。ただし、ホランド・パークの――」ダンカンの言葉がとぎれた。カフェのドアが開いて、エアリアル・エリスが入ってきたからだ。中に入ってすぐのところで足を止め、ためらっている。ダンカンは立ちあがり、エアリアルに近づいた。

「エアリアル? 大丈夫だったかい? ここでなにを?」

「すみません、お邪魔してしまって」エアリアルは顔を真っ赤にして、綿あめみたいな髪をかきあげた。「ただ――署に会いにいって、きのうのことを謝ろうと思ったんです。そしたらここにいらっしゃるのがみえたので。署で待ってますね」

「いや、こっちに来てくれ」ダンカンはエアリアルの肘を取り、自分たちのテーブルに案内した。「みんな、エアリアルだよ。捜査に……協力してくれてるんだ」ジェマと子どもたちを紹介した。「なにか飲むかい? サンドイッチは?」

エアリアルは恥ずかしそうに微笑んだ。「いえ、じゃあ、ホットチョコレートを」

「ぼくが買ってくるよ」キットが食べかけのサンドイッチを残したまま立ちあがった。

「ホイップクリームは？」

エアリアルは首を振った。「プレーンでお願い」白い肌の下の頬骨が目立つ。きのうからの一日で少し痩せたのではないだろうか。

気まずい沈黙を、ほかのテーブルから椅子を引いてくることで埋めた。エアリアルが腰をおろしたとき、キットがホットチョコレートを持って戻ってきた。高級レストランのウェイターのように慎重で丁寧なしぐさだった。エアリアルが笑顔で礼をいうと、キットはやっとのことでどこにもぶつかることなく自分の椅子に戻った。

「どうか、お食事の続きをしてください」エアリアルがいう。「今日はなにか特別なお出かけなんですか？」

「くるまがうごかなかったから、ちかてつできたんだ」トビーが答える。口の中がハムとチーズでいっぱいだ。

キットがトビーをにらみつけて、説明した。「今日はパパが車を置いて仕事に行ったから、残りのみんなで犬を連れて、レイトンのおじいちゃんとおばあちゃんのところに行こうと思ったんだ。けど、車が動かなくて。オルタネーターじゃないかと思うんだけど」目をつぶっていても車の修理ができるかのようないいかただ。

「犬を飼ってるの？」エアリアルがきいた。「なんて種類？　わたし、犬が大好き」

「ぼくの犬はテリアで、テスっていうんだ。なにテリアか知らないけど。捨てられてたのを拾って育てたから。それと、コッカースパニエルのジョーディがいる。毛の色は黒と――」

「ねこもいるんだよ」トビーが割りこんだ。「ジーナ。こねこもいるよ！　そとのこやでこごえてたの。ぼくたちがドアをこわして、たすけたんだよ」

ダンカンはトビーの髪をくしゃくしゃとなでた。「その部分はあまり人にいわないほうがいいぞ」

「すごく勇敢だったのね」エアリアルはトビーにいって、キットをみた。キットが顔を赤らめる。

「今朝、ポスターを撤去したよ」キットが胸を張った。「ブライオニーがいっていったんだ」

「ブライオニーはかかりつけの獣医なの」ジェマが説明した。「猫にはマイクロチップがついてなかったけど、ブライオニーに、何日かのあいだは近所にポスターを貼っておいたほうがいいっていわれたの。探してる人がいるかもしれないからって」

エアリアルは寂しそうな顔をした。「猫を飼ったことはないんです。母がアレルギーだったし、それに……」

キットの表情から、〝アレルギーだった〟という過去形に気づいたのがわかった。会話がそっちのほうに流れるのはまずい。とくにいまはシャーロットがいる。「スムージーもあるみたいだぞ」ダンカンはすばやく話題を変えた。「スペシャルデザートだ。ほしい人はいるかな？」

「はーい」トビーが手をあげる。

「はーい」シャーロットも続く。

キットは迷っているようだ。断って大人っぽくみせたい気持ちと、飲みたいという気持ちがせめぎあっているんだろう。

ダンカンは財布をキットに渡した。「みんなに希望をきいて、買ってきてくれないか。エアリアルはどれがいい？」

エアリアルはかぶりを振った。「いえ、けっこうです。ありがとう」

キットがトビーとシャーロットを引きつれてカウンターに行くと、エアリアルはジェマに向きなおった。「素敵なご家族ですね。ごいっしょさせてくださって、ありがとうございます」

ジェマはにっこりして、エアリアルの腕に触れた。「こちらこそ。でもあの子たち、ときどき手に余るのよ」声をさらに落としてつけたした。「つらかったわね。ダンカンからきいたわ」

エアリアルの目に涙が浮かんだ。「まだ信じられません」声が震える。ひと呼吸おいて、ダンカンのほうをみた。「じつは、あるものをみつけました。それもあってうかがったんです。大学のメールボックスに、ポールからのメモが。どういう意味なのかわかりませんけど」バッグに手を入れようとしたエアリアルをみて、ダンカンは首を振った。

「それは署でみせてもらうよ」

「ダンカン、もう行って」ジェマがいった。ダンカンはサンドイッチの最後のひとかけらを口に入れたところだった。「話があるんでしょ？　ここはわたしにまかせて。わたしたちもどうせここで別れてレイトンに行くんだし。土曜の午後は店が混むから、手伝うって約束しちゃったの」

「わかった」ダンカンは感謝の笑みを返した。スムージーを持って戻ってきた子どもたちをみて、立ちあがる。「エアリアルと警察署でお話があるんだ」シャーロットを抱きあげてハグし、トビーの頭をくしゃくしゃとなでた。「今夜、またな」ジェマの頬に軽くキスして、エアリアルとともに店を出た。

署にむかって歩きながら、エアリアルがいった。「奥さんに事件の話を？」

「妻も警察官なんだ。刑事部の警部だよ。じゃ、メモをみせてもらおうか」

エアリアルはバッグに手を入れて、一枚の紙を取りだした。安物のノートから破りとったような紙だった。

文字はひどいなぐり書きだったが、なんとか読むことができた。

みんなを後悔させてやる。

19

線路のロンドンまでの延長を認める議案が通過してから二年間、会社は、ベドフォードからの線路の敷設と、プラットホームの上を覆う屋根の建設に全力を注いだ。屋根は、セント・パンクラス駅を利用する乗客のために必須のものだった。常設の切符売り場、待合室、その他の施設もこのあとに作られ、ユーストン・ロードに面するファサードをもつホテルも建設された。

――ジャック・シモンズとロバート・ソーン『St Pancras Station』2012

「このメモはいつからメールボックスに入っていたと思う?」家族懇談室にエアリアルを案内してから、キンケイドはきいた。

「最後にボックスをみたのは……あの日より前。たしか前日だったと思いますけど。いつもはたいしたものは入ってません。パンフレットとか、そういうもの。だから、気が向いたときにしかあけないんです」

「しかしポールは、きみのメールボックスがそこにあるのを知っていたんだね」

エアリアルはうなずいた。「もちろん。ポールも自分のを持ってるし、ボックスには名前が書いてありますから」

キンケイドは、捜査チームがポール・コールのメールボックスを調べたかどうか確かめなくては、と思った。もう一度メモに目をやった。いまは証拠保管用の透明な袋に入っている。「これは間違いなくポールの字なんだね？」

「ええ、間違いありません。ポールの字は本当に汚くて。あんな字を書く人が、どうして手書きの日記をつけてるのか、不思議なくらい。サミュエル・ピープスの日記は後世に残ったんだ、現代人の日常生活を示す電子メールやメッセージは宙に消えてしまう、なんてことをよくいってました。ロンドンもそうやって消えてしまう、と」

「では、ポールも日記をつけていたんだね？」キンケイドは知らなかったふりをしていた。ポール・コールは、自分のなぐり書きのような日記を、百年も二百年もあとの人が本気で読みたがると思っていたんだろうか。しかし、それをいえばサミュエル・ピープスだって、自分のおなかの調子や排泄の習慣を日記に書いて、後世の人間に読ませようと思ったのだ。

「ええ」エアリアルは答えた。「黒い安物のノートに書いてました」

「そのノートはどうなっただろう」

「部屋になかったんですか？　なければリュックに――あっ……」両手で顔を覆った。

「考えただけで、わたし……」

「考えちゃだめだ」キンケイドはいった。「想像するとつらくなるだけだからね。あの日――事件の日――日記を自分のメールボックスにしまったという可能性はないだろうか」

「さあ、わかりません」エアリアルは涙声になりかけていた。

「あの日のことを詳しく話してくれないか？　ポールと口論したというのはきいたが、その場所は？　マーティンのアパートかい？」

「はじまりはあの部屋でしたけど、それからポールの寮の部屋に行ったんです」

「それで？」

中綿入りのコートをきつくかきあわせながら、エアリアルはいった。「わたしがあの日のデモを批判したことが始まりでした。発煙筒なんてくだらない、とマーティンにいったんです。そして寮に行ってからはポールにも、そんなことをして警察につかまったら、ポールの両親もうちの父もかんかんに怒るわよ、と。そしたら……」

キンケイドは黙って続きを待った。

「そしたら……ポールが、流産なんかしやがってっていいだして。わたしにはどうしようもなかったのに。だからわたし、赤ちゃんを産んだって、わたしたちに育てられるわけないでしょ、駅で発煙筒なんてばかなものを使ってデモをするような人とのあいだに、子どもなんかいらないわよ、といってしまったの」エアリアルはひとつ息をついた。「そんなの本心じゃなかったのに。でも、腹が立って……どうかしてた」

「それから?」

「わたしは帰りました。わたしが閉めたドアに、ポールがなにか投げた音がしました。それが——それが最後でした」エアリアルは唇をぎゅっと結んで、泣くのをこらえていた。「もしあのときわたしが——」

「やめなさい」キンケイドは強い口調でいった。「ポールが自分で決めたことだ。それに、あの日なにがあったのかは、まだはっきりわかっていないんだよ」立ちあがった。「さあ、外まで送るよ。家に帰って、少し休むといい。なにか食べなきゃだめだよ。もう倒れたりしないように。いいね?」

「ええ」エアリアルはかすかに震える笑みをダンカンに返した。

署のエントランスを出る直前で、エアリアルは振りかえった。「ライアンのことが心配です。だれもみてないっていうし。あの日のこと、自分のせいだと思ってるんじゃないかしら」

「ライアンのことは、いま調べているから心配しなくていい。なにかわかったら知らせよう」

エアリアルを見送ったあと、キンケイドはポールのメモをみながら刑事部のオフィスに戻った。やはり、ポールが自殺したとはとても思えない。「みんなを後悔させてやる」というのは、ライアンが発煙筒の実行犯役を譲ってくれることになったという意味かもしれないし、自分を認めてくれないグループから脱退するという意味かもしれない。ポールはみんなによく思われていなかった。逆にライアンはみんなに好かれていた。

では、ライアンはいったいどこに行ったのか。これまでにいったい何度、自分に同じ問いかけをしてきただろう。

刑事部のオフィスに着くと、サイモンにポールのメモを渡し、証拠として保管するよう頼んだ。そしてジャスミン・シダナのところに行ってメモの説明をし、ポールの筆跡サンプルを入手してメモと比較してほしいと頼んだ。それから小声でいった。「スウィーニーはどうしたんだ?」

ジャスミンはいうべきかどうか迷っているようだった。スウィーニーの素行からジャスミンも悪い影響を受けてしまっている。やがてジャスミンはしぶしぶ口を開いた。「ほかの巡査たちに、スウィーニーをみなかったかってきいてまわったんです。そしたら、ひとりが教えてくれました。木曜日に駐車場でスウィーニーをみた、記者のひとりと話してた、と。記者会見の前だったそうです」

キンケイドは信じられない思いでジャスミンをみた。「ぼくたちが参考人グループを勾留してたことを、スウィーニーがリークしてたってことか？」

ジャスミンはうなずいた。「わたしはそう思います」

「最低だな」キンケイドはそういいながら、うしろめたさを感じていた。リークしたのはジャスミンかもしれない、気にいらない上司の最初の記者会見を失敗させてやろうという企みではないか、と思っていたからだ。

「今日出勤しなかった理由も嘘だと思います」ジャスミンが続ける。「ジムできき込みをしてみようと思います。今日は土曜日だから絶対来なきゃいけないわけじゃないけど、大きな事件の捜査をしてるときは仕事だって、みんなわかってるはずですよね」

「なにかみつけたら知らせてくれ」キンケイドはいった。このことをフェイス警視正に報告しないですむとありがたいが、信頼できない人物がチーム内にいるのは困る。信用できない理由がどんなに小さなものであっても。

「あの、警視」歩きだそうとしたとき、ジャスミンに呼びとめられた。「ちょっといいですか？　警視のオフィスで」

「もちろん」キンケイドは腕時計をみた。まだ時間はある。「座ってくれ」オフィスに入ると、ついてきたジャスミンに声をかけた。

「いえ、そこまでの話じゃないので」ジャスミンがめずらしく動揺している。「個人的なことなんです。それに、わたしなんかがきくのは失礼なんですけど」

いったいなにをきかれるんだろう。「なんだい？」

ジャスミンはもじもじして手を組んだ。「奥様が警部さんだというのは知りませんでした」言葉が一気に出てくる。「とても――いいご家族ですね。あの、小さなお嬢さんは――あの……」

「シャーロットは養女なんだ。福祉課がゴーサインを出してくれたら、法的な手続きをする。シャーロットは、去年両親をなくしたんだよ」それ以上詳しいことは、シャーロットの人生に深く関わる人間にしか話せない。

「知りませんでした。福祉課は、人種に関係なく養子縁組を認めてくれるものなんですね」

「昔より規則が緩くなってきたそうだよ。ほかの要因もいろいろ関係してくるし」

「そうですか……」ジャスミンは眉間にしわを寄せた。「うまくいくことを祈ってます。ありがとうございました」

机に戻るジャスミンの背中をみながら、キンケイドは考えた。どうしてあんなことをきいてきたんだろう。どうして難しい表情をしたんだろう。どうしてお礼なんかいったんだろう。

シオボルズ・ロードでタクシーを拾った。また雨が降りだしていた。冷たい霧雨だ。それに、セント・パンクラスまで歩くと間に合わない。〈ルネサンス・ホテル〉の前で料金を払っているとき、電話が鳴った。無視しようかと思ったが、発信者がダグだと知って、ホテルのアーチ形のエントランスにむかって走りながら電話に出た。早く屋根の下に入りたい。

「レンって子ですけど。飛びこみ自殺してました」ダグがいった。

「えっ？」キンケイドはあいたほうの耳を手でふさいだ。車の音で電話の声がきこえない。

「行方不明の子です。電車に轢かれてました」

「電車に？　なんでまた」キンケイドは写真の顔を思い出して、気分が悪くなった。こんなにいやな結果が出るとは思わなかった。「どこで？　いつ？」

「十二月三十一日、場所はロンドン西部。パディントン行きの電車でした」

「よくあの子だとわかったな」電車に轢かれた死体は、ふつうは原形をとどめない。

「顔はわりときれいに残ってたんです。体の半分だけ轢かれたというか。直前に逃げようとしたのかもしれませんね」ダグは咳払いをした。「写真はみないほうがいいです」

「事故の可能性はないのか?」

「いえ。真夜中に土手をのぼって線路に入る趣味があるなら別ですけど」

「身元確認や遺体の引き受けは?」

「いえ、申し出がなかったようです。行方不明者リストの中に、特徴が合致する人もいなかったと」

あのグループのメンバーのだれひとり、捜索願を出さなかったということか。「ダグ、すまない。もう時間だ。マーティン・クインの父親と会う約束がある。ライアン・マーロウまたはマーシュについて、引き続き調べてくれるか?」

「仰せのままに」ダグは電話を切った。キンケイドは思わずにやりとした。

しかし、少女のことを思うと笑みは消えた。レン。グループの若者たちは、レンが死んだことを知っているんだろうか。みんな、レンの話になると口数が少なくなる。レンの死は、ポール・コールが鉄道マニアだったことと関係があるんだろうか。

腕時計をみて首を振った。それはあとで考えよう。

ホテルに入り、ドアマンに会釈すると、受付のあたりをみまわした。改修後のこのホテルに来るのははじめてだ。ヴィクトリア朝時代の建築家ギルバート・スコットが設計したガラス張りのエントランスホールがみごとに修復されている。その隣には、バーロウが設計した壮大な駅舎。こんな鉛色の日でも、ホテルの中は光に満ちている。優雅なラウンジには、ゆったりとした会話が楽しめそうなソファセットがいくつもある。お茶やカクテルを飲んでいる客の中にはとても裕福そうな人もいるし、疲れた旅行客らしき人もいる。

受付に行き、〈ブッキングオフィス・バー〉はどこかと尋ねると、右手のドアを示された。

目が馴れるまでにちょっとかかった。そこにあるのは、明るいラウンジとは対照的な、薄暗い空間だった。薄暗いといっても、荘厳な雰囲気がある。もともとはセント・パンクラス駅の切符売り場だったところで、ジョージ・ギルバート・スコットによるゴシック様式のデザインが完璧に再現されている。シェードをつけられた照明も、各テーブルを小さく囲むように配置された革張りの椅子も、スコットの使った深紅色のレンガの壁や、高くそびえる窓を引きたてている。片側の窓からはロビーの光が入り、反対側の窓からは駅舎の光が入ってくる。

ランチタイムのピークは過ぎていたが、バーはまだ混雑していた。高い天井とレンガの壁に、客の会話や食器の音が反響する。魅力的なブロンドのウェイトレスに出迎えられたキンケイドは、リンジー・クインの名前を出した。

「はい、クイン様でしたら、もういらしてますよ」ウェイトレスは微笑んで、中に案内してくれた。示されたのは、いちばん奥の壁際の、装飾を施した間仕切りの横のテーブルだった。

立ちあがった男性をみて、キンケイドは思った。この人なら自己紹介などなくてもリンジー・クインだとわかる。白いものが少し混じっているものの、マーティンと同じ巻き毛だ。ただし、どっしり構えた大物のオーラがすごい。自分を大きくみせようとして怒鳴りちらしているマーティンとは大違いだ。キンケイドと同じくジーンズ姿だが、上に着ているのはツイードのスポーツコート。しゃれたスエードの肘あてがついている。テーラーメイドではないだろうか。

「キンケイドさん、どうぞ座ってください」

キンケイドは革張りの肘かけ椅子に腰をおろした。テーブルにはティーポットがひとつとカップがふたつ。水差しと、美しいエッチング模様の入ったグラスもふたつ置いてある。

クインも腰をおろした。「このテーブルが好きなんだ。いちばん奥で静かだからね。遠慮なく会話ができる。紅茶を注文させてもらいましたよ。この時間はセイロンが好きなんだが、もしほかのものがよければ遠慮なくご注文を」

「いえ、紅茶をいただきます」キンケイドは答えた。「ミルクを少し、砂糖はなしで。ありがとう」

クインは優雅な手つきで紅茶を注いだが、キンケイドに向けた視線は鋭かった。

「それで、キンケイドさん」カップを差しだしながらいう。「刑事部の警視さんがうちの息子について知りたいとは、どういうことかな」

「息子さんからなにもきいてないんですか？」

「いや、あなたに会ってからにしようと。準備万端で臨もうと思ってね」

キンケイドは必要もないのに紅茶をかきまぜた。「あなたは、マーティンが住む建物を所有する会社の筆頭株主ですね」

「あの建物はもうすぐ解体される。それまでのあいだ、だれかに住まわせておいたほうがいいでしょう」クインは訝しげな顔をした。「しかし、どうしてそんなことを警察が気にするのかね？　建物になにか不都合なことでも？」

「いえ、建物のことではありません」キンケイドは紅茶を口に含んだ。ティーバッグの紅茶ではないことがはっきりわかる。「息子さんが再開発への抗議活動をしていることはご存じですね？」

「再開発への抗議活動？　いや、そこまでおおげさなものではないのでは？　マーティンは賢い若者なんだ。いまは少々足が地につかない生活をしているが、放っておけば、そのうちあんなお遊びからは卒業するだろう。だれもが通る反抗期にすぎない」

たしかにそうだ。キンケイドは紅茶を飲みながら考えた。しかし、反抗の資金を親に出してもらうケースはめずらしい。

「マーティンは構造工学専攻だ」クインは自分のカップに紅茶を注ぎたした。「ロンドンの建築物の保存に関心がある。わたしと同じだ。しばらくその問題について考えたあと、大学で学んだことを前向きに活用していってもらいたいと思う」

「つまり、マーティンはあのアパートに住まわせてもらう代わりに、建物の管理をしていると？　ウィンウィンというわけですか」

「そういうことだ。不幸なことに、最近は不法占拠や破壊行為などの問題があるからね」クインはなにをきかれるんだろうと気になっているようだが、肩の力は抜けたままだ。キンケイドはほぼ確信した。マーティンは今回の事件について、父親になにも話していない。

「マーティンのアパートには、抗議活動の仲間五、六人がいっしょに暮らしていることを知っていますか？」キンケイドは自分のグラスに水を注いだ。

クインはあっけにとられたようだ。「抗議活動の仲間が？　あのアパートに？　まさか、なにかの間違いだ。たまに友だちが来ることはあるだろうと思っていたが、そんなことはまったく――」

「男性三人と女性三人が、事実上あの部屋で暮らしていました。マーティンが生活を支えてやっている状態でした」

クインはまたなにかいいかえそうとしたが、思いとどまり、肩をすくめた。「息子には小遣いを渡している。遣いみちは好きにさせているし、あの建物がどう活用されていようと、警察に文句をいわれる筋合いはないと思うが？」そういってから眉をひそめ、キンケイドの表情に目を凝らした。「過去形だったな。キンケイドさん、どういうことなのか、きちんと話してくれないか」

キンケイドは身をのりだし、穏やかな声で話しはじめた。「クインさん、水曜日にセント・パンクラス駅で起こった事件に、マーティンのグループが関与していたことをご存じですか？」

「なんだと？　この駅の——」クインは驚いて目をみひらいた。「男がひとり焼け死んだという、あの事件か。いや、そんなはずはない」

「事実なんです」リンジー・クインの表情をみると、マーティンが弁護士を呼ぼうとしなかった理由がわかるような気がした。父親に今回のことを知られたくなかったのだ。

しかし、あの日のデモが計画どおりに進んだとしたら、マーティンはそのあとのことをどう考えていたんだろう。ライアンは逮捕を免れて、グループはただ事件現場のそばにいたというだけでマスコミに注目されてめでたしめでたし、とでも？　発煙筒を手に入れた人間だということがばれなかったとしても、プラカードを持ってテレビに映っていれば、父親の機嫌を損ねるのではないか。

「死亡したのはポール・コールという若者だと確認されました」キンケイドは続けた。

「大学生で、マーティンの活動グループの一員です。あのアパートに住んではいなかったようですが」

「だからといって、うちの息子は関係ない。その若者が勝手に焼身自殺しただけだ」クインは慎重に言葉を選んでいる。守りに入ったのがわかる。

「自殺だったかどうかはまだわかりません。グループのだれかが発煙筒をたいて、ほかのメンバーが抗議のプラカードを持つ、というのはマーティンの発案です」

「マーティンの発案？　なんてばかなことを――」クインはいいかけてやめ、巻き毛をかきあげた。「刑事さんはいま、発煙筒といったじゃないか。だが駅で使われたのは発煙筒じゃない。どういうことなんだ？」

「それをあなたに教えていただければと思って、ここに来たんですよ。マーティンがどうやって白リン手榴弾を手に入れたのか、ご存じありませんか？」

「白リン手榴弾？　マーティンが手に入れた？　いや、そんなことはありえない」クインはすっかり混乱している。「きっとほかのだれかが――」

「マーティンは、抗議活動で知り合った人間から発煙筒を買ったと認めています」

「尋問したのか？　弁護士もつけずに？」

「マーティンが要求しなかったので」

「なんてことだ」クインはあきれはてたという顔をしている。「息子はＩＱが高いんだ。本人からきいていないか？　なのに常識がない。だが、これだけはいっておく。故意に人に危害を加えるような人間ではない。それも、あんなひどいやりかたで」首を左右に振った。「そこまで過激な活動に手を染めているとは、考えもしなかった」

「息子さんが再開発への抗議活動に加わっているということを、だれかに話したことはありますか？」

クインは少し考えた。「クラブで話したことはあるかもしれん。わたしくらいの年齢になると、酒を飲みながら、子どもたちがいかに脛かじりかっていう話になるんだ。みんな、話半分にきいていると思うが」

そうとは限らない。マーティン・クインが活動家だという話を信じた人間が、ライアン・マーシュをグループに送りこんだということも考えられる。もちろん、ライアンがみずから活動家に転身していたのなら別だが、その場合ライアンは、マーティンという活動家と手を組もうと考えた可能性もある。

リンジー・クインは椅子に深く座りなおした。その顔からは断固とした決意が感じられる。「抗議活動をやるにしても、息子の場合はやりすぎだ。どうやらわたしが甘すぎたようだ。だが、そんなことをやらかすとは思いもしなかったんだ。クライアントのひとりでも、このことを知ったらどうなるか……。キンケイドさん、セント・パンクラス国際駅のような大きな駅をたとえ三十分でも閉鎖したら、どれだけの経済的損失が発生するか、ご存じだろうか。全国規模の遅延が発生するだけではない。ユーロスターでつながっているヨーロッパ各国の鉄道にも影響が出る。少なく見積もっても数十万ポンド。いや、もうひと桁上かもしれない」

クインは水から上がった犬のように、大きく体を震わせた。その瞬間、ショックを受けた父親の顔がビジネスマンのそれに戻った。

「キンケイドさん、あなたの質問にはろくに答えられず、申し訳ない。だがわたしは、マーティンは愚かであるという以上の罪は犯していないと信じている」

「発煙筒を買ったと認めているんですよ」

「違法ではないだろう」

「混乱を招く目的で、公共の場で発煙筒を使用することは、明らかに違法です」

「だが、発煙筒を実際に使ったのはマーティンではない。それに、混乱を招く目的だったかどうかを立証するのは、そう簡単なことではないと思うが？」クインはティーカップを押しのけた。バーの騒音を凌駕する音がした。「亡くなった若者のことは気の毒だと思うが、息子はそれに巻きこまれてほしくない。今後ふたたびマーティンに尋問するときは、弁護士を同席させていただこう」クインは立ちあがった。ここの支払いはどうするつもりだろう、とキンケイドは思った。

帰れ、といわれたも同然だ。そういう態度をとられて素直に従うのは不本意だが、とりあえず今日はここまで、ということなら賛成だ。キンケイドは立ちあがり、礼儀正しく応じた。「貴重なお時間をどうも、クインさん。大変参考になりました。近いうちにまた、お話をうかがうことになるかと思います」握手の手を差しだしてから、踵を返してその場を離れた。

20

セント・パンクラス駅のファサードはゴシック様式だ。鉄道駅隣接のホテルなどという新しくて現代的なものに、ダンテやチョーサーの言葉に相当する建築用語を話すことを要求すべきではない、というのは、ものごとの表面だけをみた安直な考えにすぎない。

――サイモン・ブラッドリー『St Pancras Station』2007

キンケイドはバーを出た。鉄道駅に直結するほうの出入り口を使った。父親が動くより先にマーティン・クインに会ったほうがいい。リンジー・クインは、マーティンが事件と無関係だったという体裁を作るためなら手段を選ばないだろう。しかもそれは、父親として息子の身を案じているからではない。この階の南口の外はユーストン・ロードだ。カレドニアン・ロードのアパートまで歩いて行ける。

しかし、そこで一瞬足を止めた。巨大なアーチ形の屋根を通して光が降りそそいでくる。なにかで読んだことがあるが、ウィリアム・ヘンリー・バーロウが設計したこの屋根は、アーチ形の屋根としては当時世界最大だったそうだ。いまはその記録が破られているかもしれないが、それでもみごとというほかない。ポール・コールやマーティン、あるいはマーティンに発煙筒を売った謎の人物はどうして、これほど美しい建築物に傷をつけるようなことを企んだのだろう。

しかし、わかってきたこともある。マーティン・クインの心の根底にあるのは、父親に対する根深い嫉妬と反感ではないだろうか。もしそうなら、なにをやってもおかしくない。

雨は冷たい霧に変わった。カレドニアン・ロードを歩いていくと、進歩的なことで有名な書店〈ハウスマンズ〉がみえてきた。キングズ・クロス周辺の再開発が北に広がっていったら、この店はいつまでここにいられるんだろう。少なくともいまは、マーティン・クインにとって、欲深い資本主義に抵抗するいい仲間といえる。

アパートに着くと、三階の呼び鈴を押した。カチリと音がして外のドアが開く。階段をのぼると、カムがドアをあけて待っていてくれた。

「刑事さん、鍛えてるのね」挨拶のつもりだろうか。「全然息が切れてない」

「中年の刑事としてはまあまあかな。犬と走ったり、子どもたちとサッカーをしたりしてるからね」

カムは一歩さがって、キンケイドを中に入れてくれた。「今日はあたしひとりよ。刑事さんが来るのが窓からみえたの」

「みんなは？」

「ネズミみたいにばらばらになっちゃった。トリッシュもよ。警察でひと晩すごすのはもうたくさんだからって。哀れなのはマーティンだわ」口先だけの同情だった。「みんなを探しにいったの。またいっしょに活動しようって説得するつもりなんですって。でも今回ばかりは、マーティンの説得術も通用しないでしょうね」

「きみはどうして残ってるんだ？」キンケイドは殺風景な部屋をみまわした。テレビはついていない。家具にはかすかな埃が積もっている。窓は閉めてあるのに、チキン屋の油のにおいがする。

「なんかおもしろいじゃない？　学位論文が書けそう。『デモ不成功がもたらした過激派グループの分裂』なんてタイトル、どう思う？」カムはソファのひとつに座って体を丸めた。キンケイドはソファの反対側の端に座ったが、コートは脱がなかった。部屋は冷えきっていて、カムも服を重ね着していた。

「〝デモ不成功〟というのはいまひとつ正確じゃないな。駅に大混乱を引きおこし、資本主義で肥えた金持ちに損害を与えるという意味では、デモは大成功だったじゃないか」

「それは違う。あのデモの目的は、あたしたちの活動の趣旨を世間に知らせることだった。ちょっとカメラに写れば、それでよかった」

「それはうまくいかなかったようだね」キンケイドは身をのりだした。「カム、あれがただの発煙筒だったとしたら、あのあとどうなったと思う？　テロだと思った人々が大パニックを起こしたに違いない。列車の運行も止まったかもしれない。多くの人々が恐怖で逃げまどい、ぶつかって怪我をしたかもしれない」

カムは大きなセーターの中に両膝を入れ、両手を反対側の袖口につっこんだ。これまでのカムはタフで挑戦的で、グループのメンバーの中で唯一、キンケイドが気持ちを通わせることのできる相手だった。しかしいまは、夢から覚めたかのように力をなくしている。「ばかだった。いま思うと、なにを考えてたんだろうって感じ。みんな、逮捕されるんじゃないかって不安がってる。皮肉よね。プラカードを持ってカメラにアピールしてたくせに、怯えたウサギみたいに逃げだしたのよ。逃げなかったのはアイリスだけ。そういうタイプだとは思ってもみなかった。肝が据わってるわ。そのことでマーティンに責められたけど、堂々といいかえしてた」

「セント・パンクラス駅でデモをやろうっていい出したのは、だれなんだ？　そもそもはだれの発案だったか、覚えてるかい？」

カムは細い眉を寄せて考えた。「マーティンよ。間違いない。マーティンは、ロンドンを破壊しようとしてる資本主義の中心はセント・パンクラスにあると信じてたから」

「セント・パンクラスの駅とホテルが修復されることで、ヴィクトリア様式の貴重な建築物が生き残った。修復されなければ荒廃の一途だっただろう。マーティンはそのことをどう思ってるんだ？」

「まったく逆。昔、セント・パンクラスは行き過ぎた資本主義の象徴として建てられた。そしていま、修復によって同じことが繰りかえされた。マーティンはそういってた」カムは肩をすくめた。「いまとなってはそらぞらしくきこえるけど、マーティンが力説するのをきいたときは、なるほどと思ったものだわ」

「マーティンがセント・パンクラス、とくにこの地域を標的にしたのには個人的な理由があるとは思わなかったのかい？」キンケイドはきいた。マーティンがいつ戻ってきてもおかしくないと意識していた。カムがひとりきりのときにできるだけ話をきいておきたいが、あまり強引に会話を進めるわけにもいかない。

「クロスレール以外の理由があるっていうの？　あとは大学に近いことくらいでしょ？」カムは戸惑っている。「ううん、全然わからない」

「きみたちのだれも、考えたことがないのかい？　マーティンがどうやってここの家賃を払っているのか。活動の資金はどこから来るのか」

「家庭教師をやってるとかいってた。工学部の学生に」カムはそういいながらも、おかしな話だと思ったようだ。

「父親が大物の不動産開発業者だってことはきいていないのか？　ある企業の筆頭株主でもある。その企業は、キングズ・クロス地区再開発のために取り壊しが予定されている建物を多数所有していて、この建物もそのひとつだ」

カムは目を丸くしてキンケイドをみつめた。「冗談でしょ」

「マーティンの父親は、マーティンをここにただで住まわせて、その報酬として小遣いを与えている」

カムは笑いだした。「なにそれ、最低。じゃ、マーティンのやつ、飼い主の手を嚙んでたってわけ？　偽善もいいとこ。そんなことがばれたら、マーティンはもう、どこの活動グループにも信用してもらえないわね」

「それをだれかが突きとめていたとしたら？」キンケイドはきいた。「ライアン・マーシュ、あるいはポール・コールが」

すぐにはぴんと来ないようだった。一瞬おいて、カムは頭を激しく振った。黒髪が顔に激しく当たる。「やめて。そんなのありえない。マーティンはばかだけど――思ってた以上にばかだったけど――秘密を守るために人を殺したりしない。あたしは信じない。とてもじゃないけど、考えられない」

「だれかが気づいた可能性はないだろうか」

カムはしばらく考えこんだ。「ライアンならありうるかも。いつも、突拍子もないことを思いつく人だった。仕掛け屋っていうか――」キンケイドの質問をみこしたのか、説明を加えた。「――物理的な仕掛けじゃなくて、アイディアだけよ。すごく何気ない形で、ネタを提供する感じ。どこかのデモでだれかがこんなことをしたとか、こんなチラシを作ったことがあるとか、そんなこと。するといつのまにか、マーティンが自分のアイディアとして、それをみんなに提案する。すごいことを思いついたんだ、みたいにね」

「発煙筒のときもそうだったのかい？」

カムはまたためらった。「ううん、あのときは違うと思う。マーティンがどこかの抗議活動で知り合った人のアイディアよ。マーティンが、デモをやっても全然注目してもらえないって愚痴ってたら、その人が、人目を集めるためのものを持ってるっていいだして。マーティンがセント・パンクラスのデモを思いついたのは、そのあとだった」

「その人物は、マーティンが発煙筒を買ったのと同一人物なのか？　もし知っているなら、教えてほしい。ここで正直に話してくれないと、学位論文どころじゃなくなるぞ」

カムは姿勢を変え、袖口で涙を拭いた。「それもそうね。こんなの、もういや。なにもかもいや。ポールが死んだなんて信じられない。でもあたし、本当に知らないの。あの日、なにかを売ったり買ったりするところはみてないし」

「じゃあ、マーティンが発煙筒を買ったあとのことをきかせてくれ。マーティンはそれをセント・パンクラス駅で使いたいといったんだね？」

「はじめ、マーティンは自分が実行役をやるといったの。変装をして、撮影されてもだれだかわからないようにするって。マーティンならバレると思うけど」カムは弱々しい笑みを浮かべた。「煙にまぎれて逃げてしまえば大丈夫、といってた。残りのメンバーはそこから離れたところでデモをやる。ロックバンドのおかげで、デモのほうはマスコミのカメラに写るだろうって。

でもライアンは、そんなにうまくいくとは限らないから実行役は自分がやる、自分にはもう逮捕歴があるから、といった。ほかのみんなは逮捕歴がなかった」

「ずいぶん親切な申し出だな」キンケイドは軽い皮肉をこめた。

「でも、そうなの。ライアンは、いつでも親切で、いろんな気遣いのできる人だった。ものごとを筋道立てて考えられて、マーティンみたいに怒鳴りちらすこともなくて。経験豊富な活動家としてうちのグループに加わってるだけじゃなく、ある意味、あたしたちの面倒をみてくれてるような存在だった」

「で、ライアンはマーティンに、自分が発煙筒を使うといったんだね」

カムはうなずいた。「マーティンはわりと素直に引き下がった」カムはばかにするような口調でいった。「それもそうよね。駅で混乱を招いたってことで逮捕されたら、お父さんに叱られちゃうもの」

キンケイドの脳裏にリンジー・クインの姿がよみがえる。たしかに、カムのいうとおりだろう。「で、ポール・コールはどう絡んでくる？」

カムは苛立ったようにため息をついた。「ポール……」キンケイドに目をやる。「死んだ人のことを悪くいうのは気が引けるけど、ポールは目立ちたがりだった。逮捕されてもかまわない、なんていってた。自分を牢屋から出すために父親は苦労するだろうけど、そうなったらいい気味だって。ポールはライアンに嫉妬してた。けどライアンは、そんなポールを温かくみまもってた」

ソファがへたっているので、体が深く沈みこみそうになる。キンケイドはなるべく端に座って、カムをまっすぐにみた。言葉を選んで尋ねる。「ポールは目立ちたがりだといったね。そのために自殺をしたとは考えられないかい？」

カムはゆっくり首を振った。「いいえ、それはないと思う。刑事さんだってそう思うでしょ？　自殺してやる、といってる人がいても、そんなのポーズだけとしか思わない。ポールもそうよ。ひどいことをいうようだけど、もしポールが自殺するつもりだったら、できるだけ派手な演出をして、注目を浴びようとしたと思う」

「今日、エアリアルが署に来たんだ」キンケイドはカムをみながらいった。「大学のエアリアルのメールボックスに、遺書めいたメモが入っていたと」

カムが目をみひらいた。「今日？　今日みつけたの？　怖い。どういうこと？」

「エアリアルがいうには、あの日の午前中、ポールと喧嘩をしたそうだ。最初はポールが発煙筒の実行役をやりたがったことについて。それからエアリアルの流産について。ポールは流産のことでそんなにショックを受けていたのか？」

カムは立ちあがって窓辺に立った。キンケイドが待っていると、こちらを振りかえった。「エアリアルは流産なんかしてない。ポールもそれを知ってる。あたしが教えたから。だから、ポールがショックを受けていたとしたら、流産のせいじゃなく、エアリアルに嘘をつかれたからよ。もしあたしが――」

「待ってくれ。どういうことだい？」キンケイドはさえぎった。

カムは部屋の中を歩きはじめた。苛立ちを感じさせない、ダンサーのような軽い足取りだった。「エアリアルは妊娠したことを公言してた。でも……母親になる喜びみたいなものがちっとも伝わってこなかった。わかるけどね。ポールが父親じゃ、先の希望がないもの。だけどポールは得意満面。みんなにはできないことをやったんだ、みたいな顔をしてた」

「そしてある日、あたし、みちゃったの。エアリアルがクリニックから出てくるところ。カレドニアン・ロードに、堕胎専門のクリニックがあるのよ。最初はエアリアルかどうか確信が持てなかったけど、あの中綿入りのコートに見覚えがあった。それであたし、クリニックに入っていって、友だちの手術の付き添いに来ましたっていったの。そしたら、手術はもう終わった、本人はいま帰ったところだっていわれた。それで間違いないってわかったの。はじめ、あたしはだれにもいわなかった。いえないでしょ、そんなこと。けど、翌日になってエアリアルが泣きながらここに来て、流産したっていいだしたわけ。

そのあと、エアリアルはあまり顔を出さなくなったけど、ポールはずっとここにいて、おれのせいだ、おれのせいだ、ってぐずぐず悲しんでた。だから教えてあげたの」

カムは足を止めてキンケイドと向きあった。身を守るように腕組みをした姿と黒髪を、薄汚れた窓から入ってくる灰色の光がそっと包んでいる。「ポールが気の毒だったの」

キンケイドはエアリアルの話を思い出した。流産したのをポールに責められたといっていた。流産ではなく中絶だったとポールが知っていたなら、エアリアルを責めたのもうなずける。

「あたしがそれを教えたせいでポールが自殺したなら――」

「仮に――あくまでも仮にだが――ポールが自殺したとしても、きみのせいじゃない」

キンケイドはきっぱりいった。「それに、自殺だとしたら、ポールはどこでどうやって白リンの手榴弾を手に入れたんだ？　説明がつかないだろう？　ライアン・マーシュがいなくなった理由だって——」

下のドアが閉まる大きな音がした。どんどんという足音が階段をのぼってくる。カムが振りかえり、両手を横に落とした。キンケイドは立ちあがってカムの緊張を受け止めた。

すごい勢いでドアが開いて、中の壁にぶつかった。マーティン・クインが大股で部屋に入ってくる。髪の毛まで、いつもより広がっている感じだ。キンケイドをみた瞬間、その顔が怒りにゆがんだ。一瞬、キンケイドは身構えた。

しかしマーティンは震える指をキンケイドに向けただけだった。「おまえ！　親父に会ったんだってな。もう小遣いはやらん、アパートから出ていけ、といわれた」

「マーティン、きみは自分のやっていることが父親にばれないと思っていたのか？」キンケイドは体の力を少しだけ抜いた。「きみは賢い若者だ。お父さんもそういっていた。なにかをすればその結果があらわれることくらい、わかりそうなものだ」

「デモは違法じゃない。人を傷つけるつもりなんて、これっぽっちもなかった」マーティンの怒りはあっというまに霧散して、いまはただの苛立ちになっていた。

「だったら、デモで使った発煙筒をだれから買ったか、話してくれるね」

マーティンは驚いたようにカムをみて、「ビッチ」といった。

カムは肩をすくめた。「荷物をまとめるわ」キッチンに行き、戸棚から自分のものを出しはじめた。

「話してくれ」キンケイドはもう一度いった。

今度はマーティンが肩をすくめた。「知らない。でかいデモでときどき会う、それだけの関係だ。元軍人なんだろうな。イラクやアフガニスタンの話をしてた。ただの発煙筒で無害だといわれた。本物の閃光手榴弾は使うな、一歩間違うと痛い目にあう、といってたな。イラクでは民間人の居住地に投げこんでいたそうだ」

「ポールがセント・パンクラス駅で使ったのは閃光手榴弾じゃない」キンケイドは厳しい口調でいった。「もちろん、閃光弾だったとしても大変なことになったとは思う。つかわれたのは白リンの焼夷擲弾だ。軍用レベルのものだった可能性もある。その男の名前を知らないか？　どこに行ったら会える？」

「知らない」マーティンは首を振った。「名前はいわなかった。こっちは金を払っただけだ。ビットコインで払うこともできるといったが、現金でいいといわれて」

「それを買ったとき、まわりにはだれがいた？」

「わかってるだろうけど、カムがいた」マーティンはカムをにらみつけた。「ほかのメンバーもほとんどそこにいたと思う。だが、人はたくさんいたし、おれはまわりなんかみてなかった」

ライアン・マーシュは、違法な武器弾薬の取引について調べていたんだろうか。いや、あの発煙筒が怪しいと思っていたなら、ポール・コールにそれを使わせたりしなかっただろう。

マーティンはソファに腰をおろした。「これからどうしたらいいんだ」迷子の子どもみたいだった。

「家に帰るといい」キンケイドはいった。「ただし、いつでも連絡が取れるようにしておいてほしい。きみに用がなくなったわけじゃないからな」

「マーティン、ほかのみんなのことは心配じゃないの？」リビングに戻ってきていたカムはそういって、ズック袋を持ちあげた。「あたしは大丈夫だけど、アイリスは？　トリッシュは？　トリッシュはどこに行けばいいと思う？　あなたにとって、あたしたちはおもちゃみたいなものなの？　いらなくなったら捨てるだけ？　レンみたいに」

カムがはっとした。マーティンの顔にも同じ表情が浮かぶ。カムは口元に手をあてた。しかし、一度出た言葉は戻らない。

レンがふらっと姿を消したというのは嘘だった。彼らは、レンになにがあったのか、知っていたのだ。

21

ジョージ・ギルバート・スコット（一八一一～一八七八）は、ミッドランド鉄道のコンペティションに勝ち、ロンドンの駅の設計をすることになった。コンペ参加者の中でもっとも有名な人物でもあった。

——アラステア・ランズリー、ステュアート・デュラント、アラン・ダイク、バーナード・ギャンブリル、ローデリック・シェルトン
『The Transformation of St Pancras Station』2008

「座ってくれ」キンケイドはカムをみて、ソファを指さした。片手をあげて、動こうとしたマーティンを制する。「ふたりともだ」カムが腰をおろし、ズック袋を膝に置くと、キンケイドはぐらぐらする木製の椅子を引いてきて、ふたりと向き合った。

「話してくれ。レンになにがあった？」

マーティンとカムは顔をみあわせたが、カムが先に口を開いた。「十二月三十一日、男子たちがビールを買ってきて、みんなで飲もうってことになった。ライアンは出かけてた。どこに行ったかは、本人がいわなかったのでわからない。ポール・コールもいなかった。エアリアルはちょっと機嫌が悪かったみたいで、なにか過激なことをやろうっていいだした。スローガンをどこかに大きく書くのはどうかって。場所についてもいいアイディアがあるっていってた。エアリアルはアーティストだから、ペンキの扱いがうまいの」カムはためらった。「こんなこと、いわないほうがいいのかも……違法なことだから」キンケイドの視線を受けて、ごくりと息をのんで続けた。「男子たちはだれもその気にならなかった。もうビールを飲んでたし。そしたらレンが行くといって。エアリアルは、お父さんの車があるといってた。で、ふたりで出かけていったの」カムはまた口をつぐんだ。ズックの袋をぎゅっと握っている。マーティンは相変わらず口を開こうとしない。

「続けてくれ」キンケイドがいった。「きいているよ」

「残ったみんなは、ふたりのことは忘れてた。ライアンが帰ってきて、レンはどこだときいた。それから二時間くらいして、エアリアルがひとりで帰ってきた。すごく動揺してた。落ち着けといくらいってもだめで、とうとうライアンがエアリアルを叩いて、しゃべらせた。そのときにはライアンも殺気だってた。みんな、なにかよくないことが起こったんだと思ったけど、それがなんなのか、見当もつかなかった」カムはすすり泣きをはじめた。次に口を開いたときには、声が震えていた。

「エアリアルは、盛り土をした線路に行ったの、と話しはじめたわ。前にもそこで同じことをやったことがあるんだって。車を降りてから長いこと歩いて、でも、盛り土の土手をのぼって線路のところまで来たとき、ペンキの缶をひとつ忘れたことに気がついて、車に取りに戻った。そのとき、すごいブレーキ音が響いた。エアリアルがそこに戻ると、もう電車は止まってたけど、レンの体が電車の下にあったって」カムの頬を涙が流れおちている。カムはそれを拭こうともしない。

「それから？」

「明かりがついて、叫び声がきこえて、サイレンが鳴りはじめて、エアリアルは怖くなって車に戻り、まっすぐ帰ってきたといってた。ライアンは――あのときのライアンのようすは、なんて表現したらいいかわからない。何度も何度も、なにがあったんだ、なにがあったんだ、とエアリアルにきいてた。エアリアルは、わからないっていってた。それからレンが自分から電車に飛びこんだのかもしれないし、転んだのかもしれないって。それからライアンは、だれにも姿をみられてないかって何度もエアリアルにきいた。だれにもあとをつけられてないかって。ライアンは……おかしくなってた」

「どうして警察に知らせなかった？」

「ライアンにやめろといわれた。レンには家族がいないし、だれにもどうすることもできないんだからって。マーティンは届けようってしきりにいってた」カムはそういって、マーティンを強くにらみつけた。「関わりあいになりたくないからよね。エアリアルも警察に行きたがってたけど、ライアンは行かなくていいといった」

「で、みんながライアンに従ったんだね」

「ライアンには従わないわけにはいかない。ライアンはみんなのリーダーだから。でも、そのことがあってから……」カムはズック袋からティッシュペーパーを取りだして、鼻をかんだ。「ライアンは別人みたいになっちゃった。レンのことを悲しんでた。みんなもそれがわかってた。だけど、それだけじゃなかったの。ここに泊まっても、出かけるたびに自分の私物を持っていくようになった。そして、何日も戻ってこないこともあった。ライアンはたぶん――なにかに怯えていたんだと思う」

キンケイドはカムとマーティンの新しい連絡先をきいてから、アパートを出た。ほかのメンバーからも話をききたい、連絡がなければ警察が突きとめる、ともいっておいた。

キングズ・クロス駅方面に歩いて向かいながら通りかかったタクシーを拾った。エアリアルの住むカートライト・ガーデンズの住所を運転手に告げた。しかし、エアリアルの家の呼び鈴を押しても、応答はなかった。ちょっと考えてからまたタクシーを拾い、ホルボン署に戻った。

サイモン・イーカスとジャスミン・シダナはまだ刑事部のオフィスにいた。キンケイドはレンについてわかったことをふたりに話した。やむをえず、ダグに調査を頼んでいたことや、レンが電車に轢かれて死んだのを知っていたことも打ち明けた。

「その事故について調べてみます」サイモンがパソコンに向かった。「飛びこみだったのか、転んで轢かれたのか、わかるかもしれません」

あるいは、だれかに押されたのかもしれない。キンケイドは、ライアンがエアリアルに、だれかにあとをつけられなかったかと何度もきいていたというのが気になっていた。しかし、それを口には出さなかった。ライアンがなにを――あるいはだれを――恐れているのかわからないが、その恐怖が自分にも伝染していた。

「エアリアルのメールボックスに入っていたメモの筆跡について、なにかわかったか？」ジャスミンにきいた。

「家族担当官が、ポールの部屋にあったものを送ってくれました。科捜研の筆跡鑑定専門家がいうには、細部までの分析には時間がかかるから断言はできないものの、みた感じでは同一人物の書いたものだろう、とのことです」

「わかった。だが、あれが遺書だとは、ぼくには思えない」キンケイドは腕時計をみた。「ふたりは帰ってくれ。もう遅いし、今日はもう新しい収穫はないだろう。さっきエアリアルの家に行ってみたが、留守だった。事情をきくなら、もう少し情報を手に入れてからのほうがいいかもしれない。サイモン、よろしく頼むぞ」

キンケイドがすでに知っているのに隠していることは、ほかにもあった。レンの事故が起こった場所だ。これはまだいえない。

キンケイドはセントラル線に乗ってノティング・ヒルに戻った。地下鉄のホランド・パーク駅を出たときは、雨がかなり強くなっていた。顔をしかめ、コートの襟を立てて、傘をさした。ランズダウン・ロードを北にむかって進む。水たまりを避けながら、傘を風に取られてひっくり返されないよう、気をつけて歩いた。

コートを着てベージュのコッカースパニエルを散歩させている男とすれちがった。犬が自分と同じくらい寒くてつらそうにみえた。ジェマと子どもたちは、もうレイトンから帰っているだろうか。お昼に別れて以来連絡がない。

ふと、背中にあのむずがゆい感覚を覚えた。しかし振りかえっても、傘をさしたごくふつうの通行人が何人かいるだけだった。色付きガラスの黒い車につけられている光景を想像した自分自身を笑いとばした。家に着くころには、乾いた衣服に着替えて暖炉に当たり、夕食前に高級なスコッチを一杯飲むことだけを考えていた。

ドアに鍵を挿そうとしたとき、電話が鳴った。「なんだよ」とつぶやいて携帯を出そうとして、傘と鍵を落としてしまった。

ダグだった。「ライアン・マーロウの妻をみつけました。オックスフォードシャーのある村に住んでます。レディングの郊外です」

「クリスティーン・マーロウ、二十九歳。子どもがふたり。近所の工務店で簿記係をしています。住所はキャヴァシャム。ロンドンから一時間くらいですかね」

「ヘンリーの近くだな」キンケイドはいった。きいたことのある地名だ。

「そうですけど、レディングのほうが近いですよ」

「いまから車で――」キンケイドはいいかけたが、路肩のアストラをみて、故障しているのを思い出した。「ああ、間が悪いな。車が動かないんだ。ジェマの車で行くか」

「メロディが来てます。彼女のクリオで行きましょう。迎えにいきますから、三十分待ってください」

「なんでメロ――」いいかけたとき、電話が切れた。

ジェマと子どもたちの顔をみて、乾いた靴に履きかえるのにはじゅうぶんな時間だった。

「温めておいてあげましょうか？」コンロの鍋をのぞきこむと、ジェマがいった。「トルコふうのラタトュイユよ。ヘイゼルとホリーが子猫をみにくるの。だから今日はベジタリアンってわけ」

「さっそくみにきてくれるのか。よかったな」ダンカンはジェマの耳にキスした。「食事は温めておかなくてもいいよ。帰りがいつになるかわからない。ヘイゼルによろしく伝えてくれ。ティムとはどうなってる？」

「話をきいた感じでは、緊張緩和がかなり進んだ状態ね。そこそこ仲良くしてるみたい」ジェマは振りかえってダンカンをみあげた。「こんな時間から、いったいだれに会いにいくの？」

携帯の着信音が鳴った。ダグからのメールだ。家の外に着いたとのこと。「帰ったら話すよ」

玄関にむかう途中、キッチンのテーブルで不機嫌そうな顔をしていたシドの黒い毛をなでてやった。「先輩猫になるとは思いもしなかったな。新入り親子をよろしく頼むぞ」

メロディの青いルノー・クリオが、エンジンをかけたままの状態で止まっていた。キンケイドは後部座席に乗りこみ、室内灯の下のメロディに目をやった。休息を取ったようだし、久しぶりに自分の服を着ている。自分の部屋に帰ったということだ。

「アンディはどうしてる？」シートベルトを締めると、車を動かしはじめたメロディにきいた。

「タムが退院したんです。マイケルが世話をしてて、アンディはそれを手伝ってました。このあと、〈トウェルヴ・バー〉でポピーとライブですって。もうひっぱりだこみたいですよ」

「まだまだこれからだ」キンケイドはいってから、今日一日でわかったことをふたりに報告した。

「じゃ、レンが自殺じゃない可能性もあるんですね」ダグがいった。「そして、レンが死んだときのライアンのアリバイがない。ポール・コールも。ふたりのうちのどちらかが関与してるとは考えられますか？」

キンケイドはよく考えて答えた。「カムからきいた話からすると、ライアンが関与してるとは考えにくいな。カムもマーティンも、その夜ポールがどこにいたかは知らないそうだ。だが、ポールがレンを殺す理由がみつからない」

「エアリアルと喧嘩をしたとか？」メロディがいった。「だからなにか無茶なことがしたくなって、あとをつけたのかもしれませんよ。レンに嫉妬して殺したくなったとか。ポールとエアリアルって、妙なカップルですよね」

「たしかに。だが、エアリアルとレンが友だち以上の関係だというようなことは、だれもいっていなかった。だったら嫉妬をする理由がないだろう。クリスティーン・マーロウはどうやってみつけた？」キンケイドはダグにきいた。

「驚いたことに、公文書にふつうに載ってました。まあ、探しかたがうまかったんですけどね」ダグは含み笑いをした。メロディがにらみつける。

「ヤな感じ！」

メロディは運転がうまい。雨の中、ロンドン西部の道路から道路へとハンドルを切り、M４道路に乗った。会話はやんでいた。

まもなく車はレディングまでやってきた。その郊外からは、メロディはナビを使った。めざす住所は、キャヴァシャムの北のはずれだ。

クリスティーン・マーロウの住まいは、郊外の閑静な一画にあった。二軒続きの家はレンガと小石の打ち込み壁で造られている。ぬかるんだ庭は若干放置された印象。玄関前に子どもの自転車が転がっていた。

「話はぼくがしたほうがいいだろうな」車からおりるとき、キンケイドがいった。「きみたちは管轄が違う」

「ライアン・マーロウの件は、管轄もなにもないような気がしますけどね」ダグがいった。

「なにかあったとき、責任を取るのはぼくだ」キンケイドはつぶやいて呼び鈴を押した。そのとき、いまの自分のスタンスは、発煙筒の実行役を申し出たライアン・マーシュのスタンスと同じだと気がついた。

子どもたちの声がする。テレビの音声もきこえる。犬が吠えはじめた。

出てきた女性は美人だった。わずかに色あせたブロンドの、二十代後半の女性。ドアを少しだけあけて、犬が出られないようにしている。犬はラブラドール・レトリバー系の雑種で、鼻先の毛が白くなりかけている。「サリー、出てきちゃだめ」女性は犬にそういうと、怪訝(けげん)そうに「はい？」といった。「エホバの証人でしたら――」

「いえ、違います。クリスティーン・マーロウさんですか？」

「ええ、クリスティです。クリスティーンって呼ばれることは全然ないわ。どちらさまですか？」

「ママ？」そばに来ていたふたりの女の子のうち、ひとりがいった。「おきゃくさん？　パパなの？」ふたりとも母親と同じブロンドだ。妹のほうはトビーと同い年くらいだろうか。姉はそれより二歳上といったところだ。

「キッチンに行っててちょうだい」クリスティ・マーロウは厳しい口調でそういうと、もう一度キンケイドにいった。「どちらさまですか？　なんのご用でしょう」

メロディがいてよかった、とキンケイドは思った。ダグとふたりだったら、無言でドアを閉められたかもしれない。身分証を取りだした。「ホルボン署刑事部のキンケイド警視です。突然ですが——」

「えっ、刑事さん？」クリスティ・マーロウの顔から血の気がさっと引いた。膝に力が入らないのか、両手でドアにつかまった。「なにがあったんですか？」ぱっとうしろを振りかえり、娘たちがそばにいないことを確認する。「夫は——」

「マーロウさん、お邪魔してもよろしいですか？　いくつかおききしたいことがありますので」

クリスティ・マーロウは三人をみつめた。カジュアルな私服であることや、キンケイドの表情やしゃべりかたから状況を判断し、少し安心したようだ。「ええ、どうぞ」

クリスティが一歩さがると、犬がキンケイドのにおいをさかんに嗅ぎはじめた。メロディとダグはどうでもいいらしい。「うちの犬のにおいが気になるのかい？」キンケイドはそういって犬をなでた。

リビングに通された。テレビは『ドクター・フー』の再放送をやっている。土曜の夜、典型的な子どもたちのお楽しみタイムだ。我が家と同じ、ごくごくふつうの家庭なのだ、とキンケイドは思った。子ども、犬、料理のにおい。この女性にきくつもりの質問を、どうやって口に出したらいいんだろう。

リビングの家具は全体が揃いになっていて、新品当時はさぞかしいいものだっただろう。おもちゃを片づけて座る場所をつくった。サイドテーブルに、飲みかけの赤ワインがある。しかしクリスティは三人になにも勧めなかった。不安そうに椅子の端に腰を落とす。「ライアンは無事なんですね？　夫になにかがあったわけじゃないんですね？」

おかげで話しやすくなった。「ぼくたちが奥さんにききたかったのもそのことなんですよ。今週起こった事件について、ご主人にききたいことがありまして。ご主人は、緊急事態での救助活動に尽力してくれました。なのに、その後姿を消してしまったんです。いまどこにいるか、ご存じありませんか？」

「事件？　事件ってどんな？」

「セント・パンクラス駅で火が出た事件です」

「あれですか。若い男性が焼け死んだとかいう……」クリスティは片手を喉にあてた。

「あの現場にライアンが？　怪我は？」

「いえ、無事だと思います。人々を避難させようとした警官に手を貸して、立ち働いてくれたとのことです」

クリスティの肩から力がいくらか抜けた。一瞬目を閉じて椅子の背にもたれかかる。

「いいえ、夫から連絡はないし、いまどこにいるかもわかりません」

キンケイドが小さくうなずいたのをみて、メロディが身をのりだした。「マーロウさん、わたしがそのときの警官です。わたしたちは協力して、駅にいた人々を火から遠ざけました。燃えている人に近づいたときも、ご主人が手を貸してくれました。ご主人がいなかったら、わたしにどれだけのことができたかわからないくらいです。なのに、ご主人はいなくなってしまいました。わたしたちは、燃えて亡くなった人がご主人の知り合いだったと考えています。だから、なにがあったのか話してもらいたいと思っているんです。無事かどうかも確かめたいと思って、ここにうかがいました」

「どこにいるのか、わたしにもわからないの」クリスティは繰りかえしたが、目には涙がたまっていた。

キンケイドがいった。「ご主人は、お仕事はなにを？」

「大型トラックの運転手です。造園業もやります。大規模な工事みたいなのを」

「では、長いこと家を空けているんですね？」

クリスティはうなずいた。「でも、たいていは週末に帰ってきます。そうじゃないときは電話があります」

「なのに今週末は、電話もかかってこないと？」

クリスティはうなずいた。「ええ」消え入るような声だった。

「ご主人は、かつては警察官でしたね？」

「ええ、そうです。でもやめました。なにかあったみたいで。わたしはなにも知りませんけど。身分証を取りあげられて、そのあと、ライアンはあちこちで雑用みたいな仕事をやるようになりました」

「いまの雇い主をご存じですか？」

クリスティはかぶりを振った。「いえ。ただ仕事に行くというだけで」

「給料は小切手ですか？」

「いえ、現金だけです。一週間ごとに、働いたぶんだけ払ってもらえるそうで」クリスティの姿勢がわずかに変わった。心配して、いったんは安心したようだったが、なにかがおかしい。まるで、質問に対する答えを前もって用意して、練習していたかのようなのだ。それに、こんな個人的な質問をされているのに、その理由もきいてこない。

この女性は嘘をついている。しかも、いままでに何度もついてきた嘘だ。

「マーロウさん——クリスティと呼んでもいいですか？」キンケイドはきいた。堅苦しさをなくすことで、もっと踏みこんだ話がしたい。

クリスティはうなずいた。

キンケイドは質問を続けた。「クリスティ、この何年か、ライアン・マーロウは警察の秘密捜査官として働いていたと思われます。あなたも知っていますね？　しかし、なにかのトラブルに巻きこまれているんじゃないでしょうか。ぼくたちは彼を助けてあげたいんです」

「いいえ」クリスティはふらつく体を押しあげるようにして、椅子から立った。「これ以上お話しすることはありません。帰ってください」キッチンのほうをみる。子どもたちに話をきかれていないか、気になったんだろう。

キンケイドは片手をあげた。「クリスティ、お願いですから座ってください。あなたたちの力になりたいんです。ライアンを助けてやりたい」

「こっちは、あなたがどういう人かも知らないんですよ」クリスティが声を荒らげた。その声を必死に抑えて、言葉を継いだ。「身分証をみせてくれたけど、そんなものに意味はないわ。あなたたちなんて――」メロディとダグを指さした。「――身分証をみせてもくれなかった。まあ、どうでもいいわ。そんなものはいくらでも偽造できる。だれがどんな嘘をつくかわからない」

「ぼくは嘘はつきません。信じようが信じまいが、あなた次第です。こちらはダグ。こちらはメロディ。みんな、ロンドン警視庁所属の刑事です。しかし、今日は警察官としての公式な訪問ではありません。ぼくたちは別々の署で働く友人同士なんだ」

メロディが続いた。キンケイドがきいたことのないような、熱心な口調だった。「クリスティ、どう説明したらいいかわからないけど、わたしはあの数分間、ライアンといっしょでした。なにか……絆みたいなものを感じてます。ああいう事件のことは話にきくばかりで、実際に経験するのははじめてでした。わたしたちはいっしょに火に向かって走ったんです。でもライアンはいなくなってしまった。そのとき、なんだか妙だと思いました。事件現場はダンカンの――」キンケイドのほうに顔を向けた。「――管轄ですが、ダグとわたしが進んで協力している状態です。だからすべてオフレコ。あなたのいうこともオフレコです」

「信じたい。そう思うわ」クリスティ・マーロウはいった。「でも、もし信じたとしても、なにも話せない。ライアンの身になにが起こっているのか、わたしは本当に知らないんです。ライアンはわたしには話してくれないから」

クリスティの椅子の横に寝そべっていた犬が起きあがってキンケイドに近づき、その膝に頭をのせた。「やあ、来てくれたのか」キンケイドは頭をなでてやった。

「まあ、サリーったら」クリスティは困ったように頭を振った。目に涙が浮かんでいる。「かまわないでください。この子、ライアンに溺愛されてるから、寂しいんだと思います」

「クリスティ」キンケイドは優しく声をかけた。「ライアンと結婚してどれくらいですか。十年くらい？　居場所の見当もつきませんか？　困ったときにどこに隠れるか、心当たりはありませんか？」

クリスティは涙を拭いてキンケイドをみた。キッチンにいる子どもたちの声が大きくなってきた。喧嘩でもしているんだろうか。

「どうしたらいいの……」クリスティがようやく口を開いた。キンケイドの膝に甘えてよだれを垂らしている犬に目をやる。「ライアンはいつもいってました。人間なんかより犬のほうがずっと信用できる、いつでも犬の反応をみていろ、と」鼻をすすり、ため息をついた。「ライアンは昔から、キャンプやカヌーが好きでした。ライアンにしてみれば、そういったものに理解のないわたしにがっかりしていたでしょうね。わたしは濡れたり汚れたり不便だったりする生活なんてしたくないから。だから――」クリスティは自分の両手に視線を落とした。「正直、ここ一年くらいは、夫婦仲がうまくいってませんでした。ライアンは週末にうちに帰ってくると、娘たちや犬と遊んでから、カヌーを持って川にいってしまうんです。

去年の秋、カヌーを持って帰りませんでした。そして、カヌーをどうしたのか教えてくれなかった」

「ライアンがよく行っていた場所はわかりますか？」ダグがはじめて口を開いた。「ぼくも川が好きなんです」

「わたし――」クリスティは視線を膝に落とし、両手を組み合わせた。「わたし――恥ずかしいことをしました。ライアンのようすが変わったから。去年の秋。なにがあったのか、わたしにはわからなかった。ライアンに、完全に拒絶されるようになったんです。浮気をしてるのかと思いました。いままでに何度もあったんです。そのたびに、わたしは気づきました。でもなぜだか、ライアンがいなくなるなんて思ったことはなかった……。そしてある週末、わたしはライアンのあとをつけてみました」クリスティは顔をあげて三人をみた。「ライアンはひとりでした。あとをつけたことは、ライアンには話してません」

「つまり、ご主人の行き先を知っているんですね」ダグがいった。

「ウォーリンフォドの近くです。あのへんは、川のまわりが湿地みたいな湖になっていて、その中に小さな島がたくさんあるの。ライアンが茂みの中からカヌーを引っぱりだして、島のどれかに向かっていくのをみました。わたしにわかるのはそれだけ。それ以来、あとをつけたことはありません。疑って悪かったと思ってます」絞りだすような声でいった。

キンケイドはとてもいえなかったが、ライアンとレンについてこれまで調べたところによると、クリスティの疑惑は真実だったと思われる。

「ありがとう、クリスティ」キンケイドはシンプルにいった。「全力で探して、無事かどうか確かめますよ」

犬の頭をもう一度なでて、立ちあがった。炉棚に飾られた一枚の写真に目が留まった。家族の写真だ。子どもたちの年齢からすると、二年か三年前のものだろう。キンケイドたちがライアン・マーシュの名で知っている男が、笑って下の娘の肩を抱いている。この日からいままでのあいだに、いったいなにがあったんだろう。

家を出るとき、キンケイドはクリスティに、携帯電話の番号を書いた名刺を渡した。

「なにか連絡があったら、あるいはなにか必要なら、電話してください。それと——ぼくたちのことを信じたくなければ信じなくてもかまいませんが、ぼくたちがここに来たことは、だれにもいわないほうがいいと思います。ライアンの居場所もね」

「さっきいってた場所、完璧にわかりますよ」車に乗りこむと、ダグがいった。「夜は島なんて全然みえません。テムズ渓谷署に話して、明日の朝いちばんに船を出してもらいましょう」

キンケイドは考えてから首を振った。「いや、まだ敵の顔がみえてこない。テムズ渓谷署が関わってくることで、逆に身動きが取れなくなると困る」

「わかりました。じゃ、ウォーリンフォドの貸しボート屋がオープンしたらすぐにボートを借りましょう。漕いでもらいますよ」

22

セント・パンクラス駅にとって――イングランドにあるほかの多くのものもそうだが――変化の到来を告げたのは第一次世界大戦だった。一九一八年二月十七日の夜、ドイツの爆撃機が、駅やホテルの付近に五つの爆弾を落とした。その五つめの爆弾は、切符売り場の近くの、ガラスの屋根のある車寄せに着弾し、二十人の死者と三十三人の負傷者を出した。これは、その戦争でロンドンの駅が標的となった空爆のうち、もっとも多くの犠牲者を出したものだった。

――ジャック・シモンズとロバート・ソーン『St Pancras Station』2012

夜明け前から目が覚めていた。ジェマの体のぬくもりには未練があったが、ベッドからそっと抜けだしてバスルームに向かった。三十分後、ジーンズとフィッシャーマンセーターに、持っているうちでいちばん分厚いパーカを着てジェマのエスコートに乗り、キンケイドはパトニーに向かった。

ダグを拾う。ダグもキンケイドと同じような服装だった。今日は足にギプスをつけていない。

「ギプスは？」車を出しながら、キンケイドはきいた。

「あんなものをつけてると、ボートの乗り降りができませんから」ダグが答える。「それに、これでまた足首を傷めれば、もうしばらくデスクワークを続けることになって、スレイター警視の使い走りをせずにすみます」

「仮病を使うつもりか？」

「使いたくもなりますよ」ダグの口調はまじめそのものだった。

それからしばらくは、黙って運転に集中した。東の空は明るくなってきたばかりだ。日曜日の朝なので、街はまだ動きだしていない。早朝の静かなロンドンは大好きだ。通りが静かで人がいないと、街そのものの命を感じることができる。

しかし、車はもうすぐM4道路に乗る。夜明けの空を引き連れるようにして、西に向かうのだ。

「詳しい行き先を教えてくれるか？」キンケイドはダグにきいた。

「ウォーリンフォドの北に、小さな貸しボート屋があります。日曜日は休みなんですが、昨夜店の主人に電話で頼んで、あけてもらえることになりました。近くまで行ったら電話することになってます」

「よほどうまく口説いたんだな」

ダグはにやりと笑った。「警察の仕事だ、トップシークレットで頼む――これで決まりですよ」

車はディドコットで幹線道路をおり、中央分離帯に生け垣のある田舎道を川にむかって進んでいった。

空に残っていたほのかなバラ色が消えたころ、小さなマリーナに着いた。カヌーやカヤックがラックに並んでいる。桟橋には、二艘の小型モーターボートと手漕ぎボートが繋留されている。

「モーターボートだとありがたいんだが」キンケイドはいいながら草地に車を駐めた。

「ぼくたちの接近を相手に知らせてもいいんですか？　警察のボートを使いたくないといったのはボスじゃないですか」ダグがいう。「大丈夫ですよ、ぼくが漕ぎますから」

貸しボート屋の主人は、店の外で待っていてくれた。現金の前払いでボートを貸してくれるという。戻ってきたら、元の場所につないでおいてくれ、といいおいて、オフィスのドアに鍵をかけ、好奇心などおくびにも出さずに離れていった。

ロープワークもオールの扱いも、ダグは慣れたものだった。まもなくボートは水の上を滑りだした。

ロンドンを出るころにはぱらぱらと雨が降っていたが、いまはやんでいる。空気は冷たく、風はない。風を感じるとしたら、自分たちが水の上を進んでいるからだ。

舳先の方に顔をむけて座ったキンケイドは、ダグの漕ぎっぷりをほれぼれと眺めた。

「悪くないな。みごとなものだ」

「私立学校に行くと身に着くスキルですよ」ダグはストロークとストロークのあいだに答える。「これはスカルとはまったく違いますけどね。けど、イートンはボートが大好きな学校なんですよ」

川幅が広くなった。まわりには灰色の水と灰色の空があるだけだ。やがて前方に黒々とした木立がみえてきた。両側を水に囲まれている。

「あれが島なのか?」

「ちょっと待ってください」ダグはオールを置いて、うしろをみた。「ええ、たぶん。このあたりじゃないかと思います」

ダグはふたたびオールを水面におろした。木立が近づいてくる。そのうち一本一本の木がみわけられるようになった。茂った草もよくみえる。アオサギが飛んできた。大きな翼が水面に薄い影を落とす。足にはめられた黄色いリングをみせながら頭上を通りすぎ、梢(こずえ)のむこうに消えていった。

としている。

ダグがまたオールをおろした。水の流れにまかせてボートを進め、島の岸に近づこう

ふたりは無言だった。キンケイドは、小さく切り取られた大自然の中で、人間は自分たちふたりだけ――そんな気分になってきた。そのとき、無風の空気の中に煙のにおいを感じた。

ジェマはキッチンのテーブルにつき、二杯目のコーヒーを飲んでいた。熱くてミルクたっぷりのやつだ。家の中が、日曜日だというのに不自然なほどしんとしている。ダンカンが先に起きて出かけてしまった上、マッケンジーがトビーとシャーロットを迎えにきてくれたせいだ。ピカデリーの〈ザ・ウォルズリー〉でのブランチに連れていってくれるという。

「本当にいいの？」ジェマはきいた。「すごい勇気だわ。あんな高級なところにうちの子たちを連れていくなんて」

「心配いらないわ」マッケンジーはいつものように明るくいった。「夫に同行を命じたの。小さな怪獣たちに、少しでも早くマナーを覚えさせたほうがいいでしょ。トビーのことじゃないわよ」いたずらっぽく笑う。

ジェマもおどけた顔で答えた。「マッケンジー、あなたなら奇跡を起こせるわ」子ど

もたちには、〈オリー〉のカタログから買った服を着せたが、トビーがいつまでそれを汚さずにいられるかわからない。

それにしても、マッケンジーはすごい人だ。いつもはメイクもせず地味なふだん着で、ボリュームのある黒い巻き毛をクリップで留めているが、今日はゴージャスそのもの。〈オリー〉の最新号の表紙に載っていた服だ。「マッケンジー、本当に素敵」ちょっと妬ましい気持ちさえわいてきた。

「歩く広告塔」マッケンジーは軽くかわしたが、実際そのとおりだ。〈ザ・ウォルズリー〉でもバレエの劇場でも、マッケンジー一行は自分たちがなにかをみる以上に、人の注目を浴びるだろう。トビーとシャーロットがお行儀よくしていますようにと祈るばかりだ。

「一日ゆっくりしてね」マッケンジーはジェマの頰にキスをして、子どもたちを連れていった。ジェマの嗅いだことのない、うっとりするようなシトラス系の香りが、しばらくそこに残っていた。

マッケンジーにいわれたとおり、今日は一日ゆっくり過ごそう。ジェマはアーガの放つ暖かな空気とコーヒーを楽しみながら、そう思った。子猫たちは元気だ。すでに二匹の里親が決まっている。昨夜、ジェマの友人のヘイゼルが娘のホリーを連れてきた。トビーと同い年の、仲のいい遊び相手だ。そしてホリーは迷うことなく黒猫を選んだ。マッケンジーの息子のオリヴァーは、トラ猫がいいと前からいっている。トラ猫の白い模様は、母猫の模様に似てきた。

キットを連れてお昼にエリカの家に出かけるまでは、ひとりの時間を楽しめる。ずっと弾いていなかったピアノを弾くのもいい。異動以来、忙しくてピアノどころではなかった。

でもその前に……。キッチンの椅子に置きっぱなしだったバッグからファイルを取りだした。マーシー・ジョンソン事件に関するメモが入っている。もう一度だけ目を通しておこう。科捜研の報告書を半分ほど読みなおしたとき、階段をおりる足音がきこえた。

キットがキッチンに入ってきたのと同時にジェマはファイルを閉じた。「仕事?」キットが責めるようにいう。

「ちょっと確認したいことがあってね」ジェマは笑顔を返し、キットの姿をじっくりみた。「イケてるわね」新しいシャツにギャップのセーターを重ねている。シャワーを浴びて髪を洗ったのがわかる。

キットはほめ言葉に反応しなかった。「ぼくもコーヒーが飲みたいな」

「ミルクたっぷりにするわよ。ティーンエイジャーがカフェイン中毒になったら困るもの。それに、カフェインなんてなくてもじゅうぶん元気そうだし」

「ちぇっ」キットの反論をきかず、ジェマは牛乳をマグカップに半分入れて、それを電子レンジにかけた。「エリカから電話があったよ。ローストチキンは二羽じゃなくて一羽にするって。それでも多すぎるよ。ぼくは野菜の料理を手伝うつもりなんだ。エリカがブロッコリーを茹ですぎないように、みはってないと」キットは電子レンジからマグカップを出し、コーヒーポットを手にとった。みられているか確かめるように、ジェマのほうをみる。「よーし！」とニヤニヤしながらいってコーヒーを半分だけ注いだ。

ジェマは立ちあがり、自分のカップにコーヒーを注ぎたした。「なにかついてるわ」キットの頰についた白いものを、指で拭う。

「うわ、なんだよ！」キットはあわてて身を引いた。

「シェービングクリームね？」ジェマはにおいをかいだ。「わたしのでしょ？　剃刀もわたしのを使った？」ダンカンのものではないはずだ。ダンカンは電気のシェーバーを使っている。

「だってさ――」キットは髪のつけねまで真っ赤になった。「薄く生えてきたから、すっきりさせたくて……」

ジェマは愛情をこめてキットの肩をぽんと叩いた。「ルールその一。女性用の剃刀を使わないこと。次にやったら怒るわよ。今度買い物に行ったとき、キットのを買ってきてあげる」

「本当？」

「もちろん」ジェマはいったが、内心はショックだった。キットがもうひげを剃るようになるなんて……。

そう思った瞬間、ジェマはマグカップとコーヒーポットを持ったまま、その場に立ち
つくした。ひげ剃り……。

「ジェマ、どうしたの？」キットがみている。

「あ、ううん、大丈夫。ちょっと調べものをしなくちゃ」

「わかった」キットはもう一度ジェマをみた。「部屋にいるから、なにかあったら呼んでね」

ジェマはキットがキッチンから出るのを待って、椅子に座り、ファイルを開いた。科捜研の報告書を出して、マーシー・ジョンソンの肌から検出された化学物質のリストをみる。シェービングクリームが太ももについていたとのこと。マーシーは十三歳になる前だった。そんな年齢で、脚のむだ毛を剃ったりするだろうか。

ディロン・アンダーウッドの家のバスルームにあった、ひげやむだ毛を剃る道具類を思いうかべた。自分の毛を被害者の体に残さないよう、脚の毛や陰毛を剃っていたとしたら、シェービングクリームがマーシーの脚についていてもおかしくない。

マーシーの母親にもう一度きいてみよう。マーシーがむだ毛の処理をしていたかどう

か。していたとしたら、どのメーカーのクリームをつかっていたか。科捜研にも、検出されたシェービングクリームのメーカー名をきく。マーシーがむだ毛を剃っていなかったとしたら、そして、ディロン・アンダーウッドのバスルームに置いてあったシェービングクリームと、マーシーの脚から検出されたものが一致したら、少なくとも捜査の足がかりにはなる。

フォルダーをぱたんと閉じて、メロディに電話をかけた。

念のために防水のブーツを履いてきたダグは、ボートを島の縁に横向きにつけて飛びおり、陸側からボートを引いて、キンケイドが濡れることなく降りられるようにした。背の低い木を見つけて、ボートをしっかり固定する。それから、ふたりはその場に立って耳をすませた。この島にだれかがいるとしたら、ふたりがやってきた音に気づいているはずだ。

きこえるのは鳥のかすかなさえずりと、ボートの側面をそっと叩く水の音だけ。しかし、煙のにおいはさっきより強く感じられる。ここには人がいる。

島の中心のほうをみて、穏やかに声をかけた。「ライアン・マーシュ。ぼくはダンカン・キンケイド。警官だが、ここには公式な捜査のために来たわけじゃない。きみがここにいると思い、話をしにきた」

返事はない。しかし、小枝が折れる音がした。しばらく待ってから、もう一度話しかけた。「ライアン、ぼくはセント・パンクラス駅での事件の捜査を指揮している。ポール・コールについてきかせてくれないか。この場所は奥さんが教えてくれた。ということは、奥さんはほかの人にも話すかもしれない。もう一度いう――これは公式な捜査ではない」

もう一度間を置いた。隣からダグの呼吸の音がきこえる。水滴が糸を伝うように、静寂の時間が伸びていく。キンケイドは、自分の鼓動の音さえきこえるような気がした。

そのとき、かさかさという小さな音がして、二本の木のあいだから男があらわれた。ふたりのいるところからほんの数メートル先だ。古いパーカを着ている。薄茶色の髪は乱れているし、ひげも何日も剃っていないようだ。首には青いバンダナ。遠くからみても、瞳は青だとわかった。

右手に小型のライフルを持っている。ただ持っているだけで、構えてはいない。

「警官にはみえないな」ライアン・マーシュがいった。しゃがれた声。何日もしゃべっていないのだろう。

「きみも同じだ」

マーシュの唇がゆがんだ。笑ったつもりかもしれない。「警官らしくみえないのは昔からだ。そっちはだれだ?」ダグをあごでしゃくる。

「友人で、前の部下だ。ダグ・カリン巡査部長」

「ボートの扱いがうまいじゃないか」マーシュはダグにいった。「もう一度きかせてもらおうか。なんの用でここに来た？」

「ポール・コールが死んだ事件を調べているからだ」キンケイドが答えた。「それと、あの日きみが助けた刑事が、ぼくの友人だからだ。当初、死んだのはきみだと思っていた。しかし彼女が、古い新聞の写真をみて、きみだと気がついた」

「せっかく善きサマリア人を演じたと思ったら、これか」マーシュの唇がまたゆがんだ。「あの警官は無事か？　えらく勇敢な警官だった」

「ああ、大丈夫だ」ダグが答えた。「いまのところ」

マーシュが何歩か近づいてきた。「妻に会ったって？　クリスティは元気だったか？」

「ああ。きみのことを心配していた」

「セント・パンクラス駅の事件のことは話していないだろうな」

「きみが警官を助けたことしか話していない。きみのことが心配だと話した」

「クリスティの存在はどうやって突きとめた？」

「話せば長くなる。ライアン、どこか、落ち着いて話せる場所はないか？」

マーシュは考えているようだ。そのあいだ、キンケイドは別のことを考えていた。ダグも自分も浅慮だったのではないか。ふたりきりでこんな小島にやってきて、銃を持った男と対峙するなんて。マーシュが撃てば、自分たちは遺体さえみつけてもらえないかもしれない。

「〝応接間にどうぞ〟とでもいえればいいんだがな」マーシュがいった。「まあいいだろう。そっちからおれに飛びかかってくることはないだろうし――」持っているライフルを軽く揺らす。「――おれをボートに引きずりこむこともない。ああ、そうだ。ここは携帯の電波も来てないからな。どこかに連絡しようと思ってたなら、それは諦めてくれ」銃を後方に振った。「先に行け」

ふたりはマーシュのわきを通って前に進んだ。マーシュがあとからついてくる。何メートルか進むと、開けたスペースがあった。たき火のための炉があり、巧妙に設置した風よけもある。風を防ぐと同時に目隠しの役目も果たしているようだ。防水シートの屋根の下が寝場所になっているらしい。炉のそばにキャンプ用の椅子がひとつあった。

マーシュはダグが足を引きずっているのに気がついた。「足をどうかしたのか?」

「ひどい骨折をした」

「だったらその椅子に座れ」マーシュは次にキンケイドにいった。「おまえはそっちだ」丸太を指さした。マーシュはふたりが同時にみえる位置を選び、地面に直接座って、膝の上にライフルを置いた。

焼いた魚のにおいがする。「なかなかいいところだな。ここには――水曜日の夜からいるのか？　木曜日の朝からか？」

　マーシュは質問を無視した。「妻はどうしてこの場所を知っているんだ？　ほかの人間にも話したのか？」

「何ヵ月か前、あとをつけたそうだ。夫が浮気をしていると思ったといっていた」

「くそっ」マーシュはライフルから手を離して鼻梁をつまんだ。

「ほかの人には話していないと思う」キンケイドは続けた。「だが、奥さんがきみのことを心から心配しているのは事実だ」

「公式な捜査のために来たんじゃない、そういったな？」マーシュは青い目をキンケイドに向けた。「じゃ、なんのために来た？　いや、待て。おまえの知っていることから話してもらおう」

　キンケイドは少し考えた。なるべく簡潔に話したい。なにをどこまで話すべきだろうか。「きみはマーティン・クインの抗議活動のグループに入っていた」そこから始めた。「そして、常にというわけではないが、彼のアパートで暮らしていた。セント・パンクラス駅のアーケードでは、きみが発煙筒を持つことになっていた。事件のあと、現場近くに残っていたアイリスが死んだのはライアン・マーシュだと思うと話してくれた。ひどくショックを受けていたよ」

　マーシュは顔をしかめたが、黙っていた。キンケイドは続けた。「警察も、死んだのはきみだと思った。グループのほかのメンバーにも話をきいた上で、そう判断したんだ。ところが、ライアン・マーシュなる人物は実在しないとわかった。そこから、なにもかもがうさん臭くみえてきた。

それから、死んだのはきみではないとわかった。遺体の身元は、もっと若くて、グループの準メンバーのような存在のポール・コールという人物だった。そして友人のメロディが、事件の現場で自分を助けてくれた男の写真をみつけた。彼女はきみのことを、警官に違いないといっていた。それだけじゃない。焼け死んだポール・コールはきみの知り合いに違いないし、ポール・コールを殺したのはきみじゃない、とも断言していた。ぼくたちは彼女の意見を信じた。きみは姿を消したが、それももっともだと思った。だから、個人的に話をきいてみようと思ってここにやってきた」

「ここに来ることを職場の人間には話していない、そういうことだな?」

「ああ」キンケイドが答えると、マーシュの肩から力が少しだけ抜けた。「だが、ぼくたちがここに来ているのを知っている人間はほかにいる。一応知らせておくよ」最後ににっこりした。

「わかった。効果点をやろう」

「きみが姿を消した理由は三つ考えられた」キンケイドは続けた。「その一。きみがポール・コールを殺したから」マーシュがなにかいおうとするのを手で制した。「それがありえないとするなら、選択肢はあとふたつ。どちらも論理的にありうる考えだ。そのひとつは、ポール・コールを殺した犯人にされてしまうと思ったから。もうひとつは、命を狙われたのはポール・コールではなく自分だと思ったから。あるいはその両方だ。というわけで、今度はきみの話がききたい」

「おれはポールに発煙筒を渡した。あくまでも発煙筒だ」マーシュはそういって、ひげの伸びたあごを手でつかんだ。「ポールが哀れに思えたんだ。マーティンからひどくばかにされていたから」

「ポールが逮捕されたら、とは思わなかったのか？」

「正直、自分のやったことで報いを受けることになれば、ポールが人間として成長するんじゃないかと思った」

「発煙筒はいつ渡した？」

「あの日の午前中、キングズ・クロス駅の前で渡した。ポールがアパートからおれのあとを追いかけてきたんだ」

「渡したのは間違いなく発煙筒だったんだな？」

「もちろんだ。ここ数年の抗議活動で、発煙筒なら何度も使ってきた。誓ってもいい、あれはごくふつうの発煙筒だった。火をみたとき――」マーシュは言葉を切り、青い顔をして息をのんだ。「――燃えているのがポールだとわかったとき、おれは……」首を左右に振った。キンケイドは、マーシュがショックを受けていたというメロディの言葉を思い出した。

「きみがポールに発煙筒を渡したことを知っている人物はいるか?」

マーシュは眉をひそめた。「いる。ポールのガールフレンドだ。ポールは彼女にいいところをみせたかったんだ。エアリアルだ。エアリアル・エリス」


キットは、エリカの家に行く前に二匹の犬を散歩に連れていった。家に帰ってきてすぐ、呼び鈴が鳴った。マッケンジーがシャーロットとトビーを送ってくるには早すぎるし、ジェマの用事もこんなに早く終わるとは思えない。ジェマは地下鉄でブリクストンに行った。ランチの時間までには戻れないかもしれないとエリカに伝えてほしいといわれている。

犬たちを静かにさせて、玄関に行った。ドアをあけると、意外な人物が立っていた。きのうラムズ・コンデュイット・ストリートのカフェで会ったきれいな人だ。警察署に行く途中で、カフェにいるダンカンをみかけたといっていた。

「こんにちは。わたしのこと、覚えてるかしら——」

「もちろん覚えてるよ!」キットはそういってから、後悔した。もっとクールないいかたがあったはずだ。

「えっと……エアリアルだよね？」

「ええ。お休みの日にごめんなさい。お父さんはいる？」

「ううん、出かけてるんだ。どこに行ったかわからないけど、仕事だっていってた」

「そう。じゃ、いいわ。子猫がみたかったらいつでも家に寄りなさいっていわれたから、来たの。父に話したら、一匹なら飼ってもいいっていわれてね。でも、また出直すわ。あなたに会えてよかった」エアリアルは微笑んで、色の薄いブロンドをかきあげると、踵を返そうとした。寒さのせいで、頰がピンク色になっていた。

「待って」キットがいった。「子猫がみたいの？　みせてあげるよ」

「本当？」エアリアルはまた微笑んだ。「うれしいわ」

キットはエアリアルの中綿入りコートと毛糸の帽子を受け取ると、玄関ホールのベンチに置いた。二匹の犬がエアリアルの足首にまとわりついてにおいを嗅ぐが、エアリアルはかがみこんでなでてやろうとはしなかった。

「素敵な家ね」エアリアルは興味深そうにきょろきょろみまわした。「家をみると、住んでる人のことがわかるっていうわよね」

「そうかな、家のことなんてあまり考えたことがないけど」キットは不安になってきた。この家をみて、自分がだめな人間だと思われたくない。廊下には犬のおもちゃが落ちているし、ダイニングのテーブルにはトビーが遊んだレゴがそのままになっている。

ジェマの小型のグランドピアノは埃をかぶっている。

「子猫はこっちだよ」キットはいいながら、さっきジェマとふたりでコーヒーを飲んだとき、キッチンのテーブルにカップを置きっぱなしにしたのを思い出していた。シンクにもトーストのお皿が置いてある。「先に入って」書斎のドアの前までくると、キットはいった。「犬が入らないように気をつけなきゃいけないんだ」

エアリアルが先に入り、キットも入って、ドアを閉めた。部屋は薄暗い。机の上のシェードランプの明かりと、窓から入ってくる灰色の光があるだけだ。

エアリアルは机の下の箱に近づいて、膝をついた。「わあ、かわいい!」そういってのぞきこむ。キットもその横にしゃがんだが、そのとき、エアリアルとの距離の近さを意識してしまった。シャンプーの香りがする。ちょっとスパイシーな感じの香水もつけているようだ。大学生だときいてはいるが、そんなに年上という気がしない。

それぞれ違う色の子猫たちが、からみあって眠っている。母猫のジーナがふたりをみてまばたきし、喉を鳴らしはじめた。「やあ、ジーナ」キットはジーナの喉をなでてやった。

「この子たち、生まれてどれくらいなの?」エアリアルがいった。「すごくちっちゃいのね」

「さあ、どれくらいだろう。みつけたのは水曜日だから、一週間くらいかも」

「そう。わたしの友だちが死んだのも水曜日だわ」

キットはどう答えていいかわからなかった。自分があと少しで死んでいたかもしれないという経験をしたことがあるせいで、死に関する言葉をきくと、それがどんな言葉でもつらくなってしまう。「……ご愁傷様でした」

エアリアルはひとかたまりになって眠っている子猫を指先でなでた。「それってなにかのお告げみたいなものかも。一匹はわたしが飼うべきだっていう」

「黒い子はもらい手が決まってるんだ。トラも」

「わたしは黒と白の子がいいわ」

それをきいた瞬間、キットは黒と白の子猫をだれにも渡したくなくなった。

「抱っこしていい？」もぞもぞ動きだした子猫たちに、エアリアルが手を伸ばした。

「ちょっと待って」キットの手がエアリアルの手に触れた。子猫のかたまりをほぐすようにして、黒と白の子猫を抱きあげる。華奢な少女の隣にいると、体がほてってくるような、妙に落ち着かない気分になった。「目があきはじめたとこなんだ。青い目をしてるの、わかる？」

「わたしと同じね。ねえ、抱かせて」エアリアルは子猫を受け取ると、あごの下に近づけた。

「この子はうちで飼うことになってるんだ」キットはあわてていった。「もう決まっててるんだ」

「なあんだ。この子がいちばんよかったのに」エアリアルは口をとがらせた。子猫が鳴き声をあげた。きつく握られたんだろうか。

「戻してやって」キットは手をさしだした。返してくれなかったらどうしようと思って、一瞬不安にかられた。

エアリアルは笑い声をあげた。「自分で戻せるわよ」子猫の襟首をつかんで、ほかの子猫たちの上に置いた。乱暴なやりかただ。「そのうち気が変わるかもよ？」

キットは立ちあがった。「すみません、ぼく、もう出かけないと。友だちとランチの約束をしてるんだ」エアリアルから離れただけで、なぜかほっとした。急にいやな気分になってきた。子猫たちから早く離れてほしい。部屋から出ていってほしい。

「わかったわ。さっさと帰れっていうんでしょ」エアリアルは子猫たちをもう一度なでて、立ちあがった。

「そういうわけじゃないけど。ただ、本当にそろそろ出かけなきゃならないし、ママももうすぐ帰ってくるんだ」なぜそれをいったのか、自分でもわからなかった。ただ、早く帰ってきてほしいという気持ちは本当だった。

「お父さんは？」キットがドアをあけてやると、エアリアルがいった。

「うん、帰ってくると思う」キットはエアリアルを玄関まで送り、エアリアルがコートを着るのを待って、ポーチへ送りだした。

「ありがとう。またそのうち遊びにくるわ」

「うん」キットは作り笑いをした。

エアリアルは毛糸の帽子を深くかぶり、何メートルか先で振りかえると、明るく手を振った。

キットは手を振りかえさなかった。そこに立ったまま、エアリアルが角のむこうに消えるのをみとどけた。

23

そこはネズミだらけのごみ捨て場だった。壁を水が伝い落ちる。天井からは針金が何本も垂れさがり、小塔やひさしには鳩(はと)の巣ができていた。ユーストン・ロードのどんづまりに力なくうずくまった極貧の老女のようなセント・パンクラス駅の姿は、『ゴーメンガースト』のような作品でさえ、リアルに描ききることはできなかっただろう。あわれなセント・パンクラス・ホテルの衰退は、古いもの、スタイリッシュなもの、ロマンティックなもの、そしてなによりヴィクトリア朝的なものを見下すモダニズムを象徴していた。その場所は衰退したままにしておくべきだ。骨董品の美しさ、あるいは修復の経済性を見出すかもしれない人への手本となる。

――サイモン・ジェンキンズ、ザ・ガーディアン紙・二〇一一年七月八日金曜日、
「イギリス建築界の影のヒーロー、ジョージ・ギルバート・スコット」

「実行役がポールに替わったことを、エアリアルがだれかに話したんだろうか」キンケイドはライアン・マーシュにいった。「それをきいた人間が、ポールを殺そうとしたということか？」

「そいつがたまたま白リン手榴弾を持っていたって？」マーシュはありえないというように首を振った。「しかも、発煙筒にみえるように細工した白リン手榴弾をたまたま持っていたなんて、あると思うか？　それに、なんでポールを殺さなきゃいけないんだ？」

「発煙筒をみた人間なら、同じ形になるように細工できたんじゃないか？」ダグが顔をしかめながら姿勢を変えた。キャンプ用の椅子に座っていても足首が痛むのだろう、とキンケイドは思った。それに、気温が下がってきた。西の空がスレートのような灰色になっている。

「発煙筒なら、グループの全員がみた」マーシュがいった。「マーティンがみんなにみせてたからな。だが、おれはその線はないと思う」マーシュは立ちあがった。動きまわることで頭を整理したいようだ。持っているライフルのことはもう意識していないようだが、キンケイドは、それをあえて奪おうとは思わなかった。「マーティンがおれに渡したものが、発煙筒にみせかけた白リン手榴弾だったんだと思う。おれがそのことに気づかなかったんだ」

「つまり、マーティンがきみを殺そうとしたと？」キンケイドがきいた。「父親のことを知られてしまったから」

マーシュはキンケイドをみつめた。「どうしてそれを――」

「マーティンの父親はリンジー・クイン。開発業者だ。あの建物の所有者でもあり、マーティンに小遣いをやってあのアパートに住まわせていた。ぼくたちでもそれを突きとめられたんだ、きみが気づかないはずがない。もっとも、最初から知っていたのかもしれないが。マーティンはその秘密をどうしても守りたかった。もちろん、マーティン自身の思想がちがちのアナーキストに染まりきっていたのなら、話は別だが」

「意味がわからない」マーシュの表情が硬くなった。「マーティンはただの金持ちのドラ息子だ。おれを殺そうとしたのはだれかほかの人物で、結果として、おれがポールを殺すことになってしまった」

強い風が木々のあいだから吹きつけてきた。炉の灰が舞いあがって三人の顔にかかる。空がどんどん暗くなってきた。「ライアン」キンケイドはいった。「きみがどんなトラブルを抱えているのか知らないが、永遠にここで暮らすわけにはいかないだろう。奥さんや子どものところに戻るのは怖い。マーティンのグループに戻ろうとしても、もうあのグループは存在しない。これからどうするつもりなんだ？」

ライアン・マーシュの緊張がぷっつり切れてしまったようにみえた。両肩が落ちる。

「わからない。すべておれの妄想だったんじゃないか、そんな気がしてきた。だがポールは死んだ。おれは家には帰らない」その理由は説明しなかった。

「いっしょに戻ろう」キンケイドはいった。マーシュが反論する前に続ける。「きみの立場と身の安全を確保する。そしてポール・コールを殺した犯人をみつける。理由も明らかにする。ぼくの言葉を信じてくれ」

風がまた吹きつけてきた。さっきより強い。防水シートの屋根ががさがさと音を立てる。大きくて冷たい雨粒が顔に当たりはじめた。「パトニーのぼくの家に来てくれてもいい」ダグはいった。「とにかく冷えてきたし、このままじゃボートが沈んでしまう」

「ありがとう」マーシュはうなずいたが、視線はキンケイドをとらえたままだった。

「だが、ターゲットがポールではなくおれだったらどうする？　おまえたちは事実を知らないほうがいい」

「それでもやむをえない」キンケイドは答えた。「きみもそれが不安なんだな」

キンケイドは待った。マーシュが応じなかったときのことは考えないようにした。

やがて、マーシュは首を縦に振り、ゆがんだ笑みをみせた。「銃は手放したほうがよさそうだな」

家族でゲームをしたりピザを食べたりするピザ・ナイトがあることを友だちに知られたら恥ずかしい——キットは両親にそういったが、それは嘘だった。実際に友だちの何人かはそれを知っているし、招待してほしいといってきた子もいる。しかしキットはそれを断った。恥ずかしいからではなく、特別なひとときを家族水入らずで楽しみたかったからだ。

しかし、唯一無二の親友が、祖母といってもいいくらいの年齢の女性だということは、友だちにはいいたくなかった。エリカ・ローゼンタールとは、はじめて会ったときから馬が合った。エリカが、亡くなった母親と同じ学者だからかもしれない。いつも大人扱いしてくれるからかもしれない。おもしろいことをいろいろ知っていて、興味を持たせてくれるからかもしれない。

いちばんの理由は、こちらがなにもいわなくても、胸の内にあることをいつも理解してくれるからではないかと思う。

エリカが料理したローストチキンとポテト、キットが完璧な茹で具合に仕上げたブロッコリーを、キッチンの小さなテーブルで食べた。エリカの家はアルンデル・ガーデンズにある。リビングの暖炉にはガスの炎があり、室内は暑いほどだ。しかし、外は雨。キッチンの窓を激しく打ちつけてくる。エリカはバラ色のカーディガンを着ていた。目の色と真っ白な髪を引き立てる色だ。食事をはじめたときから、エリカはかすかに眉をひそめてキットをみていた。

キットがナイフとフォークをお皿にそっと置き、椅子に深く座りなおすと、エリカの眉間のしわが深くなった。

「どうしたの？」エリカがどうしても消えないドイツ語訛りでいった。「成長期はもう終わり？　ローストチキンなんかひとりで丸々二羽食べられるってついこのあいだいってたじゃないの」

「ヨークシャープディングを食べすぎたんだよ」キットは答えた。半分は本当だった。ヨークシャープディングはキットの手作りだった。簡単に作れることがわかったので、何度か練習して、好みの焼き具合――表面がかりっとして、中がちょっとふわふわした感じ――を会得した。

「ヨークシャープディングなんて、いくらでも入るでしょ？」エリカはそういって目を輝かせた。「残ってるのはお茶のお供にしようかと思ってたくらいよ。おいしいドイツのバターと、手作りのプラムのジャムがあるの」

「紅茶、ぼくがいれるよ」キットが立って、お皿を片づけはじめた。

「だめよ、座ってなさい」エリカの口調が先生っぽくなった。「どうして今日は子猫の話をしないの？　この一週間、その話ばかりだったのに。それに、わたしにも一匹選んでくれたんでしょう？　年寄りの話し相手にいいだろうって。でも、わたしはそんなにおばあちゃんじゃありませんからね」

「エリカは三毛猫を気に入ると思うんだ」キットはいった。「すごく美人になると思う」

「あら、四匹揃った子猫ちゃんたちをみにいっちゃだめなの？」

「もちろんいいよ」キットはエリカにからかわれているような気がしてきた。「ただし、パパとジェマがいるときにして。母猫と子猫を一匹うちに残せるように、エリカからもふたりを説得してほしいんだ。エリカとヘイゼルとマッケンジー以外の人には渡したくない」

エリカはそのときなにかに気づいたようだった。真顔になって、こういった。「キット、なにか心配事でもあるの？　話してちょうだい」

「ぼく――考えすぎかもしれないけど」キットはつっかえながら話しはじめた。エリカは黙ってきいていた。いつも最後まで黙ってきいてくれる。「きのうレイトンに行く途中、パパの仕事場の近くのカフェに行ったんだ。そこに女の子が来た。パパの事件の関係者みたいなんだけど、ぼくはよく知らない。署になにかを持っていこうとして歩いていたら、パパがカフェにいるのがみえた、といってた。いい感じの人だった。パパはその人にホットチョコレートを買ってあげた。トビーとシャーロットが子猫のことを話した」

「それから？」キットが口をつぐんだので、エリカが続きを促した。

「そして今日、ジェマが出かけたあと、彼女——その女の子——が訪ねてきたんだ。子猫をみにきてもいいってパパにいわれた、といってた。だけど——なんていうか——なんか、それっておかしいような気がするんだ」キットはもじもじした。脚が長くなって、エリカの小さなテーブルの下におさめておくのが窮屈になっていた。「それに、これは本当に思いすごしかもしれないけど、一瞬……子猫に……なにかされそうな気がしたんだ。もしなにかされたら、ぼく、どうしていいかわからなくて」最後は言葉が一気に出てきた。

キットはエリカに笑われるんじゃないかと思ったが、エリカは笑わなかった。「その子は帰ったのね？」強い口調でいった。

キットはうなずいた。「帰ってほしいってぼくがいったから。本当に帰ったか、戻ってこないか、しばらく家の前でみはってた」

「そのこと、だれかに話した？」

「ううん。ジェマはブリクストンにいるし、パパは朝早くから出かけてる。どこにいるかも知らない」

「わかったわ」エリカは決定を下すかのように、強くうなずいた。「心配することはなにもないけれど、ダンカンとジェマには話しなさい。できるだけ早く。いいわね？」

エリカの表情からして重要なことらしい、とキットは思った。「わかった。けど、もしパパが本当にうちの住所を教えて、子猫をみにきていいっていったんなら、ぼくのいってることってばかみたいだよね」

「キット、あなたのお父さんがそんなことをするとは思えないわ」エリカの表情はいつになく厳しかった。「とにかく、無事にすんでよかったわ」

日曜の午後になんなのよ──検事はそういわんばかりの口調だった。ジェマが電話を切ったとき、メロディがオフィスに入ってきた。

「検事、どんな反応でしたか?」メロディがきいた。

ジェマは首を横に振った。「シェービングクリームのメーカーが同じだったとしても、それは状況証拠にすぎないって。弁護側に打ち負かされるに決まってる、と」

マーシー・ジョンソンの母親に会うことはできなかった。介護施設での勤務時間中だったからだ。しかし電話で話すことはできた。娘にはむだ毛の処理なんかさせていなかった、とのこと。母親が使っているのはスプレー式のシェービングクリームではなく、泡立てて使うタイプのソルトスクラブだという。「お嬢さんの身のまわりのものを、もう一度科捜研に調べさせてもらってもいいですか。念のために」ジェマはそうきいた。

「重要なことなんですか?」母親はいった。

た。

「わかりません」ジェマは正直に答えた。「でも、重要なことかもしれません」

「なら、そうしてください」マーシーの母親はうんざりしたようにいい、電話を切った。

科捜研にも出向き、マーシーの皮膚についていたシェービングクリームのメーカーまで調べてほしいと頼んでおいた。ディロン・アンダーウッドのバスルームにあったのと同じものであってほしい。

「マーシーの友だちにもきいてみないとね」ジェマはメロディにいった。「マーシーがシェービングクリームや剃刀を友だちから借りた可能性を除外しなきゃいけないから。でも、今日できることはもうないわ」

「ボス」メロディはドアを指さした。「車で送ります。外はひどい天気になってます。地下鉄の駅から歩くのも大変ですよ」

ジェマは持ち物をまとめながら答えた。「でも、せっかくの日曜日を台無しにしちゃって、成果はないも同然なのに。なにか素敵な予定があったんじゃないの？」メロディのスカートとブーツ、ターコイズ色のカシミヤのセーターをみてきいた。

「ボスのおかげで、実家の日曜のランチに行かなくてすんだんです。アンディのことを話すのも、少し延期できました」

ジェマは手を止めてメロディをみつめた。「アンディのことを話したくないの？　それともアンディがいやがってるの？　まさか……ミュージシャンだからって……」

「いえ、そんなんじゃありません。むしろ逆です。正直、わたしが心配なのは、アンディがうちの両親の餌食になるんじゃないかってことなんですよ」

「餌食に？」

メロディはため息をついた。「うちは特殊ですからね。父にとって、新しい話題や噂の発信源になることほどうれしいことはないんですよ。例外は、自分の娘に関することと。両親にかきまわされたくないんです。アンディとポピーに、自分たちが才能以外の理由で有名になったと思ってほしくない。だから、ボーイフレンドを親に紹介するというのも、そんなに単純なことじゃないんですよ」

「なるほどね」ジェマは納得した。「アンディにはよほどいいきかせて、覚悟させておかなきゃだめね。そして共同戦線を張るしかない」

「ですね」メロディはいったが、まだひっかかっているものがありそうだった。

「じゃ、お言葉に甘えるわ。お昼を食べそびれちゃったわね。おなかもすいたし、うちでなにか食べない？　チーズトーストくらいしか作れないかもしれないけど。それに――」時計をみた。「今日は日曜日。太陽も世界のどこかの地平線に沈んだはず。ワインでも飲みましょうよ」

キットがキッチンに入ってきたとき、ジェマとメロディはチーズトーストを食べおえたところだった。冷蔵庫にブランストンの野菜ジャムが残っていたおかげで、食事がちょっと豪華になった。飲み物はワインではなく、とりあえず紅茶から始めていた。

「おかえりなさい。早かったね」キットはジェマにいって、メロディにも挨拶した。キットはメロディがいることに驚いたようだ。それに、ちょっとそわそわしているようにもみえる。

「今日は仕事でいいことを思いついたのに、結局不発気味だったの」ジェマはキットのようすを訝しみながらいった。「キットも早かったのね。午後もずっとふたりで遊んでるんだと思ったわ」

「うん、まあ、そのつもりだったんだけど――ああ、それはぼくがやるよ」キットは、皿洗いをしようとしたジェマにいった。

「皿洗いの申し出は断るべからず」メロディがいったので、ジェマは笑いながら、自分がつけようとしていたゴム手袋をキットに渡した。

キットは黄色いゴム手袋を指先でつまんだが、めんどくさいといわんばかりの表情で、それをシンクの下にしまった。「男はゴム手袋なんてはめないものだよ、ジェマはわかってないな」シンクの水に洗剤を多めに入れる。「パパから連絡はあった？」ジェマに背を向けたまままきいた。

「いいえ。さっき電話してみたけど、留守電になってた。どうして？」

「ううん、別に。ただ……。ぼくもかけてみたんだ。ねえ、もうすぐ帰ってくると思う？」

ジェマはメロディと顔をみあわせた。どちらもわけがわからないという顔をしていた。

「キット」ジェマはシンクに近づき、水を止めた。「どうしたの？　なにかあったの？」

キットはジェマのほうをみようとしない。「なんか……妙だったから。エリカに話したら、ジェマとパパにいえっていわれた」

ジェマはキットを自分のほうに向かせた。キットの顔は赤くなっていた。「わかったわ。じゃ、話して」

「キット、わたしはいないほうがいい？」メロディがきいた。

「ううん。いっしょにきいてもらったほうがいいと思う」キットは濡れた手をふきんで拭いジェマの顔をみて話しはじめた。「きのう、カフェで会った女の子のこと、覚えてる？　エアリアルって子」ジェマはうなずいた。「家に来たんだ。ジェマが出かけてすぐ」

「え？　ここに来たの？」

キットはうなずいた。「パパに子猫をみにおいでっていわれた、といってた。なんかすごく遠慮がちな感じで。邪魔をしてごめんなさい、出直してくるわ、とかいうから、ぼく――家にあげちゃったんだ」最後は早口になっていた。

「それで、なにがあったの？」ジェマは慎重に尋ねた。寒けを感じながらも、メロディに視線を送りたい気持ちをこらえた。

「別に。ただ……なんか、妙だなって思った。うまくいえないけど。エリカに話したときも、考えすぎだって思ったけど、ますますそう思えてきた」

「彼女に……触られたりしたの？」

「違うよ、そんなんじゃない」キットは恥ずかしそうな顔をした。口にしたくないようなことをされたんだろうか、とジェマは心配になった。「けど、エアリアルが子猫を抱いたとき……」キットは首を振った。「なんていうか……本当は子猫なんか嫌いなんじゃないかって思った。帰ってほしいと思った」

「帰ってくれた？」

「うん。だけど――」

ジェマは急かさずに黙って続きを待った。

「子猫を水曜日にみつけたといったら、エアリアルが、その日に友だちが死んだっていうんだ。だから自分は子猫を一匹もらうべきだと思った、なんて。友だちって、あの……焼け死んだ人のこと？」

「わからないわ」ジェマはダンカンの話をよく思い出せなかったが、メロディの顔をみて、そのことだと確信した。

キットはもじもじしながら続けた。「彼女はパパの居場所を気にしてた」

「キットはなにか教えた？」

「ううん。ただ出かけてるっていっただけ。ねえ、もういいかな。宿題があるんだ」

「ええ、もちろん」

キットは大きく一歩踏みだして、振りかえった。「パパに話してくれる？」

「ええ、もちろん。帰ったらすぐ話すわ」

「ありがとう」キットは弱々しい笑みをみせ、小走りで階段をあがっていった。

「ダンカンがエアリアルを家に誘うとか、住所を教えるとか、そんなことするかしら」メロディがジェマの横に立っていった。

「考えられないわ」ジェマは眉をひそめた。「よほど彼女に同情したとか、そういうことがあれば別だけど。ただ……」ジェマは窓の外をみた。いまは雨がやんでいるが、空は鉛色だ。今日は暗くなるのも早いだろう。「早く帰ってきてほしいわ。ダグから連絡はない？」

「ええ。キットが来たとき念のためチェックしたけど、電話もメールも来てません」メロディはキットが使ったふきんを手にした。「お皿、わたしが拭きます」

ジェマはなにも考えずにシンクの下に手を伸ばし、ゴム手袋を取った。その瞬間、体の動きが止まった。黄色いゴム手袋が手からぶらさがっている。

「どうかしたんですか？」メロディがびっくりしていった。

「そうよね」ジェマはつぶやいて、ゴム手袋をみつめた。「さっきキットがいってたでしょ。男はゴム手袋なんてはめないものだって。いわれてみれば、キットやダンカンがゴム手袋をはめるところはみたことがない」

「ダグも持ってませんね」メロディがいう。「アンディも。わたしは手が荒れるといやだから、自分で持っていったけど」

ジェマはふたりのあいだに手袋を掲げた。「ディロン・アンダーウッドのキッチンのシンク下には、ゴム手袋があった。想像すると変な感じだけど、それをはめてマーシーの首を絞めたってことはないかしら？　マーシーの肌に指紋が残ってなかったのはそのせいじゃない？　使われたのはニトリルの薄い手袋だと思って、そういうのを探したのよね。でもそうじゃなかった。ふつうのキッチン用の手袋だったのよ」

「ええ。でも、そうだとしたら、手袋はもう洗っちゃってますよね。漂白くらいしたかも」

「わからないわよ。犯罪の記念品みたいに、あえてそのまま取ってあるかも。自分のほうが警察より賢いって思いあがってるから、わざと目につくようなところに置いておたのかもしれない」ジェマはゴム手袋を調理台に置き、携帯電話を手にした。「制服警官と鑑識に頼んで、手袋を回収してもらうわ。調べてみる価値はある。捜索令状はあるんだし」

ジェマが電話を終え、メロディが片づけを終えた——手袋は使わなかった——とき、車の音がした。ふたりは窓に近づいた。ジェマの紫色のエスコートが家の前に止まった。ドアがいっぺんにあいて、男が三人降りる。ジェマはなぜだかサーカスを連想した。小さな車からたくさんのピエロが降りてくるシーンだ。しかしあらわれたのはピエロではなく、ダンカンとダグ、それにもうひとり——ぼさぼさの頭をして大きなリュックを持った、見知らぬ男だった。

「嘘。信じられない」隣でメロディがいい、手で口を覆った。「あの人。そうよ、あの人だわ。ライアン・マーシュ——とうとうみつけたのね」

キンケイドは、車がノティング・ヒルの西の閑静な住宅街に差しかかったとき、マーシュがそわそわしだしたのに気づいていた。家の前で車を止めたときは、緊張が手にとるように伝わってきた。

「いい家だな」マーシュは身をのりだした。息がキンケイドの首にかかる。「警官の住む家にしては豪勢だ」ちょっと軽蔑したようにいう。

キンケイドはイグニションからキーを抜き、ゆっくり振りかえった。「ああ。いい家だが、ぼくは賄賂で私腹を肥やすような警官じゃないぞ。それと、うちに招く以上、きみにはそれなりの敬意を払ってもらいたい。いいな？」

「わかった」マーシュは体を引いた。「じゃ、家がもともと金持ちなのか？」

「いや、話せば長くなるが、きみには関係ない話だ」キンケイドはいったが、内心は複雑だった。この家に住みつづけていられるのかという不安のなかった半年前に戻りたい。しかしいまは、そんなことを考えている場合ではない。

「行こう」キンケイドは車のドアをあけた。

ダグはメロディのルノーがあることに気づいていた。「メロディも来てます」ダグのほっとしたような声をきいて、キンケイドは、足首がかなり痛むんだろうと思った。ふたりとも、疲れている上に体が冷えきっていた。途中のドライブインで食事をしたが、ゆっくりはできなかった。マーシュがドアに背を向け、かきこむように食事をしていたからだ。まるで何週間もまともな食事をしていないかのようだった。

キンケイドが先頭に立って玄関に近づいた。マーシュ、ダグの順で続く。すでに犬が吠えている。鍵を挿そうとしたとき、ドアがさっと開いた。

ジェマが犬を追いやる傍らで、メロディは青白い顔をして三人を迎えた。三人が中に入ると、メロディとライアン・マーシュは、まるで幽霊でもみるかのように、互いの顔をみつめあった。「無事だったのね」メロディが口を開いた。手を前に出したが、相手に触れる前におろした。

「きみも」マーシュはメロディの表情を読もうとしているようだった。「無事でよかった。あのときは申し訳——」

メロディは頭を横に振っていた。「気にしないで」

マーシュはうなずいて荷物をおろし、しゃがんで二匹の犬をなでた。二匹とも、マーシュの足首のにおいをしきりに嗅いでいた。こんなに魅力的なにおいはないといわんばかりだ。「この子たちは？」マーシュがきく。

「コッカースパニエルはジョーディ」ジェマがいった。「テリアはテス。わたしはジェマ、ダンカンの妻よ」

マーシュは手を差しだした。手にはまだ泥が残っていたが、ジェマはかまわずにしっかり握った。「子どもがいるんだな」マーシュは散らかったおもちゃをみていった。ほっとしているようだ、とダンカンは思った。

「ええ」ジェマは答えた。「小さい子がふたりと、ティーンエイジャーがひとり。でも、下のふたりは友だちと出かけてるところ。キッチンに来て。お茶をいれるわ。メロディとわたしは、もう軍艦を沈められるくらい飲んだの。あなたたちも負けずに飲んでね」

奇妙な光景だった。メロディがダグの足首を心配して小声で話しかけてから、椅子を引いてきてダグの前に置いた。そしてジェマに保冷剤か冷凍マメの入った袋があれば貸してほしいと頼み、フリーザーをあけた。ライアン・マーシュは腰をおろしたが、椅子の縁に浅く座るだけで、すぐに逃げ出せるよう身構えているかにみえる。

ジェマがケトルに水を入れているあいだに、ダンカンは戸棚からマグカップを出した。「先に話しておきたいことがあるの」ジェマはダンカンの隣に立って、小声でいった。「あの女の子――エアリアルっていう、きのうカフェに来た子なんだけど、今朝、うちに来たんですって。キットがひとりのとき。あなたに住所をきいたっていってたそうよ」

「なんだって？」ダンカンの声が大きかったので、部屋がしんとした。「住所なんて教えてない。いったいなにをしに来たんだ？」

「子猫をみにくるといいといわれたって」

「子猫の話なんか、ぼくからはしてない。子どもたちが話しただけだ」ダンカンはまだ動揺していた。「トビーが家の場所を話したのかな？　いや、猫のことをあれこれ話してただけだ」トビーとシャーロットには住所を覚えさせてある。迷子になったときのためだ。

「ええ。ふたりだけで話すチャンスもなかったわ。間違いない」

「じゃあ、どうやって──署の人間だって住所なんか教えないだろうし──」

そのとき、ダンカンははっとした。「ぼくのあとをつけてきたんだ。そうに違いない。きのうは地下鉄で帰った。ホランド・パーク駅から歩いてくる途中、背中に視線を感じたというか……。気のせいだと思っていたんだが──」

「けど、どうしてそんなことを？」ダグがいった。

「キットがいうには、ダンカンの居場所を気にしていたそうよ」

「話してないだろうな？」ダンカンは胸がどきどきしてきた。謎が解けて、いやな気分が襲ってくる。

「キットは知らないもの」

「そうだな。しかし……あとをつけてくるとは！　キットが家にひとりきりだとわかっていたのか？」

ジェマは考えて顔をしかめた。「わたしが出かけるところをみていたのかも。わたしは地下鉄の駅まで歩いたから。でも、あなたが留守だってことは知らないはずよね。明け方から家の前で見張ってれば別だけど。もしあなたが家にいたら、なんていうつもりだったのかしらね」

「署で住所をきいてきたとか」ダグがいった。「あるいは、ジェマもいないことだし、子どもにきいたということもできたんじゃないかな」

「流産のことも、エアリアルの嘘だった」ダンカンはゆっくり話した。「きのうわかったんだ。カムが教えてくれた。グループの女の子のひとりだ」マーシュ以外の全員が話についてこられるように、説明を加える。「カムは、エアリアルが中絶専門のクリニックから出てくるところをみたそうだ。調べてみると、たしかにエアリアルが手術を受けたことがわかったと。そのときは深く考えなかったが、そんな嘘をついていたとすると、ほかの話も嘘かもしれないな」マーシュの顔をみる。「きみが実行役をポールに譲ったことを、エアリアルは知っていた――さっきそういってたな。エアリアルは――ほかのみんなもそうだが――知らなかったといっていた。あの日の午前中のことを、もう一度詳しく話してくれないか」

マーシュはぽかんとしてダンカンをみていた。動揺がなかなか収まらないようだったが、やがて口を開いた。「いいだろう。アパートで、ポールがマーティンと口論していた。エアリアルが、マーティンにはいくらいっても無駄だといってポールを黙らせ、出ていった。そのすぐあとにおれも部屋を出たんだが、ポールが追いかけてきて、キングズ・クロスで声をかけられたんだ」マーシュはやれやれというように首を振った。「ポールはひどく落ちこんでいた。自分が抗議活動に真剣に取り組んでるってところをみせたいのに、マーティンはそのチャンスをくれない、と。おれならなんとかしてくれるんじゃないか、そう思ってあとをつけてきたらしい。だがおれは、ポールはエアリアルにアピールしたいだけだとわかってた。だから――」マーシュはためらってから続けた。

「――それがうまくいけば、エアリアルにしつこくされることもなくなる、と思ったんだ。エアリアルには前からアプローチされていた。あれは、レンが死んだころ――いや、その前からだ。あのとおりのか弱い雰囲気だから、強く断ることもできずに困っていた。で、ポールの彼女に手を出すわけにはいかないよ、と答えていたんだ。それに、おれのせいでグループが分裂するようなことになったら困る。だから、ポールがデモのヒーローになればと……」

「それで、キングズ・クロス駅の前でポール・コールに発煙筒を渡したんだな」ダンカンがいった。

「アパートを出る直前、マーティンがおれにくれたものだ。あんなものをどこにしまっていたのか知らないが。まあ、私物の中だろうな。マーティンの私物には触るなというのがルールだったから。おれはそれを受け取ってリュックに入れていた。ポールに渡すと、ポールも自分のリュックに入れた。実行の手順や立ち位置を確認し、おれは少し離れたところに立っているといった。でないと、グループのほかの連中に、入れ代わったのを気づかれてしまうからな」

やりとりが進むあいだに、ジェマが紅茶をいれた。マーシュにカップを手渡すと、マーシュはありがたいという顔でうなずいた。ひと口飲んでから、眉間にしわを寄せて記憶をたどりながら話を続けた。「そのとき、ポールに電話がかかってきた。エアリアルだと思う。ポールが『うん、手に入れたよ』といって、相手の話をきいたあと、『わかった。十五分後に』といって電話を切った。なんの話だと尋ねたら、ポールは親指を立てて『彼女の家に行くんだ。お父さんがいないんだってさ』といった」

「エアリアルは、大学寮のポールの部屋に行ったといってた」ダンカンがいった。「そこで、流産のことでひどい喧嘩をしたと。それも嘘だったんだな」

「だが――そうだとしても、発煙筒は発煙筒だ」マーシュがいう。「あれは白リン手榴弾なんかじゃなかった。そこが問題だ」

ダンカンはキッチンの中を歩きまわりはじめた。「思い出してくれ。マーティンが発煙筒を買ったとき、そばにエアリアルがいたか？」

マーシュはうなずいた。「いた。間違いない」

「そいつは――マーティンに発煙筒を売った男は、発煙筒以外のものも持っていたのか？」

マーシュは肩をすくめて答えた。「アフガニスタンに行ってから抗議活動をするようになったといってた。武器に詳しい。あの男が白リン手榴弾を持ってないなら、ほかのだれが持ってるんだ、と思うくらいだ」

「じゃあ、エアリアルがそいつに接触して、手榴弾を買ったのかもしれない。あるいは、だれかを紹介してもらったか。どんな口実をつけたのか知らないが、相手はそれを信じたんだろう」

「だが、どうやってすりかえ——」

ダグが口をはさんだ。興奮が声にあらわれていた。「エアリアルはポールを家に呼んだ。セックスをして、ポールがうとうとしてるあいだだったら、いくらでもすりかえられる」

「だが、現場でピンを引くとき、発煙筒じゃないと気づきそうなものだ。ポールは愚かだが、そこまでばかじゃなかった」

「待て」ダンカンが足を止め、椅子を引いてマーシュの正面に座った。「エアリアルは美術専攻の学生だ。彼女の家に行ったとき、作品があったよ。ステンシルとペンキを使うといってた。手榴弾に〈煙〉とステンシルで書くのは、難しいことじゃないだろう。ポールが違いに気づかなかった可能性だってある」

「たしかにそうだが……」マーシュはショックで目がうつろになっていた。「そうだとすると、エアリアルは前々からそれを計画してたってことになる。みんなを操ってたことになる。マーティンもポールもおれもだ。なぜそんなことを?」手がびくりと動いて、カップから紅茶がこぼれた。「それに、おれがポールのいうことをきかなかったら？　ポールがあの日、エアリアルの家に行かなかったら？　おれを殺すつもりだったってことか？」

「いや、ターゲットはポールだ」ダンカンはゆっくり言葉を選んだ。「きみが実行役の交代を承知しなかったら、エアリアルはほかの機会を狙うか、ほかの口実を考えたと思う。エアリアルは慎重に計画を立てたり、ここぞというタイミングを狙うのがうまい。ただ、理由がわからない。きみはさっき……エアリアルがアプローチしてきたのはレンが死ぬ前からだと――」

「あんたはレンを知っているのか？　レンがどうして死んだか知ってるのか？」

ダンカンはうなずいた。「カムとマーティンが話してくれた。きみはどうして身元確認に名乗りでなかったんだ？」

「できなかった」マーシュはカップを握る手に力をこめた。関節が白くなっている。「はじめ、エアリアルは、レンが列車に飛びこんだんじゃないかといっていた。おれは信じられなかった。なにも考えられなかった……。それからエアリアルは、別の車をみかけた、逃げていく人をみたような気がする、といいだした。それで、おれは怖くなった。レンがおれのせいで殺されたんじゃないかと思った。みせしめのために」

「だが――」

「だれにもいえなかった。家族も脅迫を受けている」

「家族も？」ジェマは怯えた声でいった。

「それはこれ以上きかないでくれ。話せないんだ」警告ではなく嘆願だった。マーシュは続けた。「だが、あんたたちのいうことが本当なら、レンとポールが殺されたのは、エアリアルがおれを手に入れるためだったってことになる。そんなこと――」

「責任を感じる必要はないと思うよ」ダグが割りこんだ。「スペアの椅子に足をのせて、冷凍マメの袋で足首を冷やしていたが、マメはだいぶ融けてきていた。「わかったことがあるんだ。エアリアルの父親はダンカンに、エアリアルがティーンエイジャーのころに母親が死んだといったそうだ。ちょっと気になって事故の記録を調べてみた。そんなことを調べてもなんの役にも立たなかったと、いまのいままで思ってたよ。エアリアルは十四歳だった。母親とふたりで、ストラトフォードの叔母さんの家に行く途中だった。夜の田舎道だ。車が道をはずれて横転した。エアリアルはシートベルトをしていたので、鎖骨を折るだけですんだ。母親はシートベルトをしていなかったから、車から放りだされて死んだ。問題は――」ダグは言葉を切り、結露が滴りはじめた冷凍マメの位置を変えた。「――スティーヴン・エリス、つまりエアリアルの父親がいうには、妻はシートベルト着用にすごくうるさかったということなんだ。締めていなかったはずがないというわけで、車のメーカーを訴えようとまでしたそうだ。しかし、事故車両を点検すると、ベルトの留め具は正常に機能していた。それで、留め具の押しこみが甘かったんだろうという結論になったんだ。

当時の調書にエアリアルの証言があった。母親は道路に飛びだしてきたウサギを避けようとしてハンドルを大きく切った、というものだ。けど、エアリアルが母親のシートベルトの留め具をはずし、ハンドルをつかんだ可能性だってあるんじゃないかと思う」

「まさか。そこまではしないだろう」マーシュは、なにを考えてるんだ、といいたそうな顔でみんなをみた。

「そうかな？」ダンカンがいった。「母親と仲が悪かったのかもしれない。母親が死ねば、父親の愛情と関心を一身に受けられる。なんでも買ってもらえる。いまダグがいったことをエアリアルがやったとしたら、彼女はリスクを恐れず行動する人間なんだな」

「レンのことは？」マーシュは眉をひそめた。

「レンが列車に飛びこむなんて信じられない、そういっていたね。では、飛びこみ自殺じゃなかったとしたら？　ほかの車なんてなかった、逃げていく人なんていなかったとしたら？　エアリアルがペンキを取りに車まで戻ろうとしたのが嘘だとしたら？」

「エアリアルがレンを押したと？」

「エアリアルの話はひとつも信じられないからね」

「だが――そんなばかな」マーシュは椅子をうしろに押して立ちあがった。「彼女は狂乱状態だった。気の毒に思ったくらいだ。なのにそんな――」

「自分の欲求を叶えるためなら手段を厭わない、という人は存在するわ」ジェマは調理台に寄りかかり、マグカップを持って会話をきいていた。断固とした口調で続ける。「平気なのよ。ディロン・アンダーウッドもそのひとり。エアリアル・エリスの動機がなんだか知らないけど、彼女もそのひとり。わたしたちの考える理屈や道理なんて通用しない」

「だが、立証はできない」マーシュがいった。「それに、ポールが発煙筒を持っているのをエアリアルが知っていたということを、おれは証言できない」

「母親やレンを殺したことも、立証はできないかもしれないな」ダンカンもいった。「だが、エアリアルはぼくに、ポールが書いたという遺書めいたメモをみせてくれた。たぶんポールの日記から破りとったものだろう。発煙筒を手榴弾にすりかえたとき、それも手に入れたんだと思う。そして、賭けてもいい。彼女はいまもポールの日記を持っている」

「なんの証拠にもならない」マーシュがいった。

「いや、それは、彼女がその日記を手に入れようとした理由によるんじゃないか？」ダンカンが反論した。「エアリアルがポールを殺した理由が、ライアン、きみの存在とは無関係のところにあったとすると、それも立証の材料になる。

ポールは、エアリアルの流産が嘘だったと知っていた。カムが話したからだ。とするもある」

と、ポールは、レンが死んだときのエアリアルの話も嘘じゃないかと疑いだした可能性

「それなのに付き合いつづけるっていうのはおかしくないか？　そんな相手と寝られるか？　子羊が 狼（おおかみ） についていくようなもんじゃないか」

ダンカンは肩をすくめた。「ポールは、自分が嘘をつかれているなんて信じたくなかったんじゃないかな。エアリアルにもうまくいいくるめられて、自分の考えすぎだと思うことにしたんだろう。エアリアルは口がうまいからな」マーシュの目をみながら続けた。「ぼくがどこまで知っているのかを彼女が知りたがるのはどうしてだと思う？　彼女はきみを探している。なぜなら、実行役が交代したのをエアリアルが知っていたということを、きみが知っているからだ。もともと、ポールがきみに交代を頼んだのは、エアリアルにとっては予定外だったんだと思う。仮にそれを見越していたとしても、ポールが自殺をほのめかしていたといえば、みんなが信じてくれると踏んでいたんだろう。ところが、きみが姿を消した。計算外のことが起こって、彼女はあわてた」

マーシュは長いことダンカンをみつめつづけた。部屋にいる全員が息をするのを忘れてしまったかのようだった。

やがて、マーシュは驚いたかのようにいった。「次のターゲットはおれなんだな。エアリアルはおれを狙っているのか」

24

プラットホーム階には彫像がもうひとつある。ジョン・ベッチェマン（一九〇六〜八四）のものだ。一九七二年から一九八四年までのあいだ、桂冠詩人として活躍したベッチェマンは……偉大かつ人気のある詩人だった。ヴィクトリア朝様式の建築物の美しさを巧みな言葉遣いで表現し、人々に知らせた功績は大きい。――セント・パンクラスが生き残り、修復によって命を吹きかえしたのは、大いに彼の貢献によるものである。

――アラステア・ランズリー、ステュアート・デュラント、アラン・ダイク、バーナード・ギャンブリル、ローデリック・シェルトン『The Transformation of St Pancras Station』2008

ダンカンは親しい判事に電話をかけた。その判事なら日曜日でも令状を発行してくれるとわかっていた。それからジャスミン・シダナとサイモン・イーカスにも電話をかけて、なんの説明もせず、ホルボン署に来てくれないかと頼んだ。鑑識の同行もリクエストした。できればセント・パンクラス駅に来たのと同じ二人組がいい。事件の基礎知識を持っているからだ。

タムのお見舞いに行くことをアンディと約束していたメロディは抜けたが、その前にライアン・マーシュの手を強く握り、「また会いましょう」と声をかけていった。

「そうだな」マーシュはにやりと笑った。伸びたひげの中に白い歯がみえた。「きみとは因縁がありそうだ」

あとはダグとマーシュをパトニーに送ってからホルボン署に向かうだけだ。しかし、その前にやることがひとつあった。

階段をのぼり、キットの半開きのドアをノックする。キットはベッドに仰向けになっていた。ノートパソコンと開いた教科書が横に置いてある。犬が二匹とも、足元で丸くなっていた。

「やあ」声をかけた。

「おかえり」キットは警戒するような顔で答え、体を起こした。

ダンカンはキットの椅子を引いてきて、ベッドに向きあうように動かした。「ちょっといいか?」

キットはうなずいてからいった。「パパ、ごめんなさい。あの子を家に入れたりして――」

キットがいいおわる前から、ダンカンは首を横に振っていた。「いや、謝ることはない。おまえは自分の直感を信じて行動したんだ。それでいい。そのことを忘れるな。おまえはよくやった」

「本当?」キットの顔から影が消えた。「だけど――あの子、エアリアルって子、なにか悪いことをしたの?」

「まだはっきりとはわからないが、そうじゃないかと思う。だが、これはぼくの仕事だ。心配しなくていい」ダンカンは立ちあがった。「ひとつだけ約束してくれ」

「うん」キットはまた心配そうな顔をした。なにを約束させられるんだろう、と思っているのだ。

「我が家の新しいルールを決めよう。ジェマもぼくもいないときは、親しい友だち以外の人を家に入れないこと」

「うん、わかった」キットの顔に安堵が広がる。次にかわいい女の子の涙にほだされて痛い目をみるのは、もう少し先であってほしい――ダンカンはそう思った。そして、自分の直感もキットと同じくらい鋭いものでありますように。

「出かけてくるよ。またあとで」ダンカンはキットの頭をくしゃくしゃとなでた。キットはいやがらずに受け入れてくれた。

「パパ」ドアをあけようとしたとき、キットに呼びとめられた。「子猫のことだけど――」

「もう少し待っていなさい」ダンカンは微笑んで部屋を出た。キットの粘り強さには感心する。

「ダンカン、もう行ったほうがいいわ」一階に戻ってくると、ジェマがいった。「マッケンジーから連絡があったの。こっちに向かってるって。ライアンのこと、マッケンジーや子どもたちに説明するのは面倒でしょ？」ダンカンとダグがコートを着て、マーシュが荷物を持つのをみながら、ジェマはさらにいった。「車はそのうち返してくれればいいわ」

「了解」ダンカンはジェマにキスした。

「気をつけて」ジェマは優しくいった。

「ダグにもボートにも殺されずにすんだ。今日はツキがあるよ」ダンカンはそういってにやりと笑った。

ジェマはマーシュをみつめた。「あなたも気をつけて」

た。

マーシュはうなずいた。「ありがとう」ただの別れの言葉以上の気持ちがこもってい

パトニーのダグの自宅前で、三人は車を降りた。アイドリング状態のエスコートの前で、キンケイドとマーシュは向かい合った。

「できることなら捜査に協力したい」マーシュがいった。「ポールのためにも。そしてもちろん、レンのためにも」体がぐらりと揺れた。疲れと悲しみのせいで弱っているらしい。「だが――まだ話せないことがあるんだ……。いままでの報いというべきか……」

「こっちのことは気にしなくていい」キンケイドはマーシュの肩をつかんだ。「なんとかするから心配するな」

ホルボン署に着いたとき、シダナもイーカスもすでに来ていた。

「スウィーニーは?」

「ジムにいたので声をかけておきました」シダナが答える。「今週末、トライアスロンがあるんですって」

「そんなこといってたかな?」

「いいえ」シダナの顔は、スウィーニーなんて降格されるのが当たり前よ、といってい

るかのようだ。「どうでもいいわ。いてもいなくても関係ないし」その言葉のほうがよほどきついのだが、とキンケイドは思った。

「鑑識はもうスタンバってます」サイモンがいった。「制服警官もふたり。令状も出てます」サイモンは椅子をまわし、キンケイドに向きあった。「なにがあったのか、教えてください」

わずかな時間を使って話を整理しておいたので、それをふたりに話した。ただし、ライアン・マーシュのことだけはまだ話せない。土曜日に得られたカムとマーティンの証言についても、詳しく伝えた。エアリアルの中絶やレンの死についても話したあと、エアリアルの母親の事故についてわかったことは、少々気がとがめたが、自分が調べたことにして報告した。今朝のエアリアルの行動や、エアリアルの言葉がまったく信じられないということも話した。

「警視の自宅に？」ジャスミンは腹立たしそうにいった。「息子さんを誘惑するなんて、ひどいわ」

「きのう、家に帰るぼくのあとをつけたんだと思う」

「なんのために？」サイモンがいう。

「ぼくが真実をどこまで知ってるか、気になったんだろう」

「それと――」ジャスミンが思わぬ洞察力をみせた。「――自分の力を試すと同時に、誇示したかったんでしょうね」

「そうだな。そのとおりだと思う」

「つまり、こういうことですか」サイモンがまとめる。「エアリアルは母親と友人とボーイフレンドを殺し、刑事とその家族にストーカー行為をした。そのどれかひとつでも真実なら、われわれの敵は社会病質者（ソシオパス）ってことになりますね。本当にヤバい人間だ」

「そうだな」キンケイドは黙っていたが、エアリアルのことが怖くてたまらなかった。

「最初のふたつは立証できませんよね」ジャスミンがいう。「推測にすぎないもの。ポール・コールの件もそれに近いし」

「しかも、ライアン・マーシュが行方不明になっていることの説明がつかない」サイモンがつけたして、訝しげな視線をキンケイドに送った。

キンケイドはそれを無視した。「ともかく、令状はとったんだ。エアリアルが武器をすりかえたのかどうか、どうしてライアンではなくポールが実行役をやったのか、わからないかもしれないが、エアリアルが手榴弾に細工をした証拠とポール・コールの日記がみつかれば、捜査を進める大きな手がかりになるはずだ」

「ぼくも現場に行きます」サイモン・イーカスがいった。「おもしろい夜になりそうだ」

カートライト・ガーデンズの家からは、暖かそうな光が漏れていた。

キンケイドは鑑識官と、覆面パトカーで来させた制服警官を車で待機させ、合図をしたら出てくるようにといっておいた。キンケイドとジャスミンとサイモンの三人で玄関に向かう。

呼び鈴を押すと、スティーヴン・エリスが出てきた。そのようすは、前回訪ねたときとまったく同じだった。部屋もまったく変わっていない。暖炉にガスの火が燃え、ランプがついている。しかし今夜は、サイドテーブルの上にあるのがマグカップではなく赤ワインのグラスだ。コーヒーテーブルには日曜版の新聞が散らばっている。

「今日はどんなご用です？」エリスは三人を迎えいれた。

「エアリアルに話をききたいんです。いらっしゃいますか？」もし留守だといわれたら家を出て、外で帰りを待ちぶせるつもりだった。警察が来たとわかったら逃亡するおそれがある。

しかしエリスはこう答えた。「ええ、いますよ。ただ、あまり具合がよくないようなんだ。風邪を引いたみたいでね」

無理もない、とキンケイドは思った。寒いなか朝から何時間も、刑事の家をみはっていたのだから。「申し訳ないんですが、どうしてもききたいことがあるんです」

エリスは寝室に通じるドアに近づいた。「エアリアル！　お客さ――」

ドアがさっと開いて、エアリアルが出てきた。「だれにも会いたくないって――」いいかけたとき、刑事たちに気づいたらしい。一瞬、驚きと計算があらわになった。

それからエアリアルはいった。「あら、刑事さんたち」弱々しい笑みをみせる。「すみません、ひどい風邪を引いてしまって。お話は、また後日にしていただけませんか？」これみよがしにティッシュペーパーを鼻にあてる。だぶだぶのセーターを着てタータンチェックのパジャマの下をはいているせいで、いつも以上に体が華奢にみえる。

「いや、今日じゃないと困るんだ。リビングに来てくれないかな？」

「どうしたんですか？」エアリアルは父親のそばに立った。「ほかに、だれかが怪我をしたとか？　まさか――ライアンがみつかったとか？」心からそれを望んでいるかのような口調だった。

「いや、そういうことじゃない」キンケイドはサイモンに目配せをした。サイモンが外に出ていく。「とてもおもしろいことがわかってね」

サイモンは、制服警官と鑑識官を連れて戻ってきた。キンケイドは公式に宣言した。「エアリアル・エリス、ポール・コール殺害容疑で逮捕する。黙秘してもいいが、きかれたことに答えない場合、のちにおこなわれる裁判において不利になることがある。また、話したことはすべて証拠として採用される可能性がある」

エアリアル・エリスは目を大きくみひらいて、キンケイドと父親、ほかの警官たちを順にみた。「嘘でしょ？　家に入ってきたと思ったら、こんなこと――」

サイモンがキンケイドに令状を渡した。「家宅捜索令状も出ている」キンケイドは続けながら、スティーヴン・エリスに令状をみせた。「鑑識が捜索をおこなうあいだ、ふたりとも座っていてもらいたい」

「しかし、どうしてこんな――」スティーヴン・エリスはドアの両脇に立つ警官をみて、ソファに沈みこんだ。脚から力が抜けてしまったみたいだ。「なにかの間違いだ」かすれた声でいった。

エアリアルは父親の隣に座り、手を握った。「お父さん、やめさせて」氷山も溶かしそうな眼差しで父親をみる。

「無理だ」父親は手にした令状をみた。「ちょっと待ってくれ――」老眼鏡に手をのばしたときサイドテーブルのワイングラスを倒してしまった。グラスは音を立てて割れ、床とタイルに赤い滴が散らばった。

エアリアルが立ちあがった。「大変――」

「だめだ」キンケイドが手をあげて制した。「座っているように」

「わたしがタオルを取ってきます」サイモンがキッチンに向かった。

キンケイドはすっかり顔なじみになった鑑識官たちにいった。「スコット、寝室からはじめてくれ。とくに、手榴弾を発煙筒にみせかけるために使ったペンキとステンシルの道具、それと黒いノートを探してほしい」

「了解」スコットと相棒はすでに手袋と靴カバーをつけていたが、フル装備というわけではなかった。ふたりが家の奥のほうに消えていったとき、キンケイドはエアリアルの体ががくがくと震えていることに気がついた。

サイモンがキッチンペーパーとほうきとちりとりを持って戻ってきた。無事だった老眼鏡を拾って、エリスに渡す。

エアリアルは懇願するような目でキンケイドをみた。「どうしてこんなことをするんですか？ 理由だけでも教えてください」

「それは署に行ってからだ」キンケイドは、その眼差しがキットに向けられたことや、彼女が家に入ったことを考えずにはいられなかった。気づいたときには拳を握っていた。ジャスミンがそれをみている。

鑑識官の声がときどき寝室からきこえてくる。サイモンは割れたグラスを片づけ、ワインを拭いた。スティーヴン・エリスは令状に目を通し、ますますわけがわからないという顔になっていく。エアリアルは、本能で動いたのは最初だけで、あとは身を小さくしてソファに座っている。

キンケイドはエアリアルの部屋をみたいと思った。本性をうかがい知ることのできる部屋なのか、それとも本性はあくまでも隠しているのか、確かめてみたかった。しかし、一瞬でも目を離したら逃げていくのではないかと思えて、それができなかった。

それほど時間がたたないうちに、スコットが戻ってきた。手袋をはめた手に、靴箱に絵を描いたものを持っている。エアリアルが自分で描いたものだろう。小鳥や花や渦巻く蔓の絵だ。ぱっとみた感じはかわいらしい絵だが、よくみると、木の葉の陰からグロテスクな小さな顔がたくさんのぞいている。

スコットが蓋を取った。「ベッドの下にありました。あまり賢い隠し場所じゃありませんね。探していたのはこれですか？」

箱の中には黒い日記帳があった。それと、なにかがかたかた揺れている。キンケイドはニトリルの手袋をコートのポケットから出して手にはめ、日記帳を開いた。黒いインクで書かれた、みおぼえのあるポール・コールの汚い字がびっしり並んでいる。うしろのほうのページが一枚破りとられていた。

ノートの下にはネックレスが二本あった。ひとつはシルバーのネックレスで、チェーンが切れている。先端には小さな茶色のエナメル細工の鳥。ミソサザイだ。留め金が壊れている。

もう一本は高価そうなゴールドのネックレスで、楕円形にカットされた緑色の宝石がついていた。エメラルドだろうか。留め金は無傷だ。キンケイドはそれを手に取って持ちあげ、よく観察した。

スティーヴン・エリスがぱっと立ちあがった。「どこでそれを？」手を伸ばしてキンケイドからそれを奪おうとする。巡査たちが前に出た。エリスは両手をおろした。「妻のものだ。どこにあったんだ?」

「お嬢さんにきいてください」

「アンドリアの——妻の——母親の形見なんだ。アンドリアはいつもそれを身につけていた。だが、事故のときはそれがなかった。探しても探してもみつからない。事故現場にも行って探したが、だめだった。医師か警官が盗んだんじゃないかと思ったものだ」

エリスはようやく振りかえって娘をみた。「エアリアル、どうして——」

エアリアルは自分自身を抱きしめて、さらに小さなボールのようになっていた。「お父さん、わたし、それを——みつけたの。お母さんを思い出せるものがほしかった。お父さんにいったら、手放さなきゃいけないと思った」

「どこでみつけたんだ?」なにがなんだかわからないという顔で、エリスは娘をみつめていた。「チェーンは切れてない。留め金もだ」

「草むらに落ちてた。みんながお母さんを助けようとしてたとき。チェーンは切れてたけど、わたしが修理に出したの」

「現場は暗かったじゃないか、エアリアル。草むらに落ちてるのをどうやってみつけたんだ?」エアリアルが答えないので、父親は信じられないというように頭を振った。

「そうだ、思い出した。あの日、アンドリアとおまえは口論をしていたな。パーティーにそのペンダントをつけていきたいとおまえがいい、アンドリアはだめだといった。おまえは怒って——だからアンドリアは、おまえをおまえの叔母のところに連れていくことにしたんだ」エリスは振りかえってペンダントをみた。エメラルドに光が当たって、緑色の炎みたいに輝いている。

エリスは真っ白になった顔を娘に向けた。「盗んだんだな。母親の遺体から。どうしてそんなことを?」

「ほしかったんだもの——」

「救急隊が来るまでのあいだに盗んだわけか」エリスは、恐ろしいものをみるような目をしていた。「エアリアル、ほかになにをやったんだ?」

父親が娘に飛びかかるのではないか。キンケイドは一瞬そう思った。サイモンとジャスミンが一歩前に出る。まさに一触即発の空気がみなぎっていた。

エリスがふらついた。サイモンが手を出して支えた。

エアリアルはぐずぐず泣きだした。「お父さん、わたしはお母さんのものがほしかっただけなの。お母さんはわたしよりそのペンダントを大切にしていたのよ」

しかし、エリスは赤の他人をみるような目で娘をみていた。警官たちがエアリアルにコートを着せ、外で待っている車へと連れ出すときも、無反応なままだった。

エアリアルは泣きつづけていた。しかし、キンケイドの横を通るとき、小声でつぶやいた。耳を近づけないときこえないほど小さな声だった。「後悔させてやる」ポールが日記に書いたのと同じ言葉だが、エアリアルのつぶやきには悪意がこめられていた。キンケイドは背すじが凍る思いだった。

キンケイドは片手でエアリアルの袖をつかみ、同じく小さな声でいった。「違う。後悔するのはきみだ。ぼくの家族に二度と近づくな」

25

セント・パンクラス国際駅は新しく生まれ変わった。十九世紀の英雄的な技師たちの作品と二十一世紀のテクノロジーとが、じつにうまく共存している。セント・パンクラス国際駅は、まさに唯一無二の駅なのである。

——アラステア・ランズリー、ステュアート・デュラント、アラン・ダイク、バーナード・ギャンブリル、ローデリック・シェルトン『The Transformation of St Pancras Station』2008

次の日曜日は、自宅で伝統的なサンデーローストのランチを楽しむことができた。キッチンの椅子も持ってきて、ダイニングルームのテーブルを九つの椅子で囲んだ。エリカも約束どおり子猫をみにやってきた。ほかに招待したのはベティとウェズリーとブライオニー。

ヨークシャープディングはウェズリーとキットの作品だが、アーガを使って完璧なローストを用意したジェマは得意満面だった。天気が前日に変わり、何ヵ月ぶりかの好天に恵まれた。ポートベロ・マーケットで買い物をすませたあと、テーブルにチューリップを飾り、野菜もローストした。ジェマの宝物のクラリス・クリフのティーポットも、久しぶりの出番を待ってキッチンに控えている。しかし、大人は先にプロセッコだ。キットにもグラスに半分注いだ。トビーとシャーロットには炭酸のきいたリンゴジュース。

「なにに乾杯しようか」ウェズリーがグラスを持った。

「いろいろあるわね」ジェマも椅子に座って、グラスを持った。「やっと来てくれた春。そして友だちに」

ダンカンだけは、ジェマが乾杯したいもうひとつの出来事を知っていた。テーブルをはさんで、ジェマにむかってグラスを掲げた。

金曜日、ジェマとメロディのもとに、ディロン・アンダーウッドのキッチンのゴム手袋に関する科捜研の報告書が届いた。検出された皮膚と唾液がマーシー・ジョンソンのものであることが、DNA検査で確認された。アンダーウッドは訴追された。おそらく有罪判決を受けるだろう。

「ジェマ、乾杯」ダンカンは小声でいって、ワインを飲んだ。

ウェズリーも続く。「乾杯」全員がグラスを口に運んだ。キットが顔をしかめるのをみて、ジェマはなんとか笑いをこらえた。

「ぼくのバレエにもかんぱい」トビーがそういってリンゴジュースをがぶりと飲んだ。

「レッスンにかようんだよ」みんなに宣言する。「だから、かんぱい」

「スラーンチェ」キットがいった。「ヘイゼルから教えてもらったんだ。スコットランドの言葉だよ。海賊バレリーナに乾杯」

「かんぱいってなあに？」シャーロットがいうと、みんなが笑った。

ブライオニーがまたグラスを持ちあげた。「元気な子猫たちに乾杯。里親さんたちに感謝」

子猫はみんな目があいて、いまは箱から出ようと暴れまわっている。毛の色がそれぞれ違うように、性格も一匹ずつ違うことがわかってきた。

トビーはいまも子猫を四匹とも飼いたいといってがんばっているが、結局、ダンカンとジェマの家では子猫を二匹飼うことになった。ランチの前に、ジェマとキットがエリカを書斎に連れていくと、エリカはうれしそうに三毛猫を抱いた。

しかしエリカは、母猫のジーナをもらえないかといった。ジーナはエリカの膝に座り、そこが自分の定位置であるかのように腰を落ち着けると、金色に輝く目でエリカをみあげた。「この母猫、手放す気は全然ないの？」エリカはジーナの顔の白いところをなでながらいった。

ジェマはキットの顔をみてから答えた。「いいおうちがみつかれば、それがいちばんよ。こういうときはたいていい子猫からもらわれていくものだけど」

「元気な子猫に付き合いきれるかどうか、心配なのよ」エリカはジーナのつややかな背中をなでた。「この子となら、お互いわかりあえるような気がするの。ひとりぼっちの寂しさも知ってるし、友だちと安全な温もりを再び手に入れる喜びも知ってるものね。きっと仲良くやっていけるわ。それに――」白黒の子猫と三毛猫に目をやった。「――その二匹はお互いが遊び相手になるでしょ」

「かわいそうなシド」ジェマはそういって笑った。「結局二対一で、肩身が狭いわね」

こうしてすべての猫の行き先が決まった。キットも満足しているようだ。

キットはブライオニーにいった。「ヘイゼルとマッケンジーには、子猫をいつ渡せるかな？」

「ふつうは六週間くらいで親離れさせるものだけど、わたしは六週間だとまだ早いと思うの。八週間まで待ったほうが、母猫にとっても子猫にとってもいいんじゃないかな。それと、いいことを教えてあげる」ブライオニーはおおげさな口調でいった。「そのころになると、数が半分に減ってよかったと思うようになるわよ」

ジェマはやれやれという顔をした。「子猫って、そんなに暴れん坊なの？」

「カーテンを登ったり、運動会をしたり、すごいわよ」ブライオニーがにやりと笑う。紅茶とケーキの時間になった。ケーキはウェズリーが〈オットーズ・カフェ〉から持ってきてくれた、きれいな洋梨のトルテだ。そのとき、だれかの携帯電話が振動をはじめた。

「ぼくのだ」ダンカンはディスプレイをみた。「仕事だ。失礼。外で話してくるよ」

サイモン・イーカスからのメールだった。折り返し電話がほしいとのこと。

ダンカンは二匹の犬を連れてフランス窓の外に出た。一瞬立ちどまり、美しい庭と日ざしにみとれた。芝生は鮮やかな緑。チューリップがひと晩で急成長したようだ。果樹の花も一気に開いた。木の葉が出るのはこれからだが、裸の枝を透かしてみえる青空が美しい。まさにクリスタルブルーだ。

閉じたドアごしに、ダイニングの話し声や笑い声がきこえてくる。サイモンへの電話を先のばしにしようか――そんな誘惑にかられたが、事件の管理官が連絡をしてくるというのは、重要な用件があるということだ。

サイモンの声をきき、「どうした？」ときいた。

「日曜日にお邪魔してすみません。ちょっと気になることがあって、署に来たところ、科捜研から手榴弾の破片の分析結果が届いていました。ボスも知りたいだろうと思って」

「もったいぶらないでくれよ」サイモンの声はとてもうれしそうだった。

「手榴弾からエアリアル・エリスのＤＮＡが検出されました。ちょっと触ったくらいではつかないほど、たっぷりと。弁護士も対処に困るでしょうね。絶対的な証拠とはいえませんが、ほかの証拠とあわせれば、立証にはじゅうぶんでしょう」

ポール・コールの日記は、エアリアルの嘘を疑う記述だらけだった。ポールはレンが死んだ土手のことをよく知っていて、エアリアルの説明に納得がいかなかったらしい。流産のことも嘘だとわかったとき、母親の車を借りてレンの事故現場をみにいった。ロンドンに向かう列車が高速で走り抜ける場所だ。そんなところにスローガンを書くつもりだったなんて信じられないし、レンが転んだというのもおかしいと思った、と書いてある。

あのメモは、エアリアルへの脅しのつもりで書かれたものなんだろうか。注目を浴びたい、力を手に入れたい、エアリアルを自分のものにしたい――そんな欲求が、疑惑をしのいだということか。もしそうなら、ポールはエアリアルをみくびっていたわけだ。そしてその代償を命で支払った。

ニック・キャレリーとは連絡を取りあっている。武器を密売している活動家を摘発する必要はあるものの、ポール・コールの事件はテロではなかったようだ、と報告した。マーティンに発煙筒を売り、エアリアルに手榴弾を売ったと思われる男の捜索は、SO15がやることになる。

「ありがとう、サイモン」キンケイドはいった。「いい仕事をしてくれた。また明日」

電話を切るとすぐ、今度はダグにかけてニュースを伝えた。「ライアンに伝えてくれないか。ぼくたちがライアン抜きでも立証できるかどうか、気になっていると思うんだ」

「ライアンはハックニーに行きました。今朝です。奥さんと話しあって、今後のことを決めたようです。前のアパートに取りにいきたいものがあるといってました」

「住所はきいたか？」

「はい。週の前半にライアンに頼まれて、そのアパートに問題がないかどうか調べてきました」

「メールで住所を送ってくれ。ぼくが直接伝えにいく」

客が帰り、ジェマとふたりで洗い物をすませてから、少し出かけてくるよといった。ジェマが訝しげな顔をしたので、「あとで話すよ」といった。

「あまり遅くならないでね。子どもたちが宿題をみてほしいらしいの」

ダンカンはジェマの頬にキスをして、家を出た。バッテリー交換で生き返ったアストラに乗り、ハックニーに向かう。

太陽が沈もうとしている。空が暗くなってきたとき、住所のあたりにやってきた。ごくごくふつうの建物が並んでいる。二階建てで、壁はレンガ、屋根は板葺き。小さな前庭がある。公営の住宅かもしれない。

点滅する光がみえたような気がした。ハンドルを切って、ダグに教えられた番地の区画に近づく。

そのとき、心臓が喉から飛びだしそうになった。黄色と青のパトカーが五、六台、ランプをつけて停まっている。救急車と鑑識のバンもある。

スペースをみつけてアストラを停めた。車を降りたとき、脚が震えていることに気づいた。仮の立ち入り禁止テープに近づき、立っている警官に身分証をみせた。「ここでなにが？」声が震えないよう気をつけた。

「自殺です」制服の巡査はうんざりした表情だ。「使ったのが銃だったので、大騒ぎですよ」

ダグがくれた番号のついた部屋のドアが半開きになっていて、中の光が漏れてくる。

「現場をみてもいいかい？」キンケイドはいった。うわずりそうな声を必死に抑える。

巡査は肩をすくめた。「管轄じゃないのに、ですか？　別にかまいませんけど」

「ありがとう」キンケイドは歩きだした。頭の中で、声が響いている。違う部屋だ。違う男だ。戸口にいる巡査にも身分証をみせて、中に入った。

「刑事さんですか？」つなぎ姿の鑑識官が、床の遺体のかたわらにかがんだ格好のまま、声をかけてきた。

「管轄の者じゃない。たまたま通りかかっただけなんだ。なにか力になれればと思って立ち寄った」

「なにもしようがないですよ」鑑識官はそういって、わきによけた。

間違いない。ライアン・マーシュだ。死んでいるのも間違いない。

カーペットに仰向けになっている。額に穴があいていた。ひげはきれいに剃られ、青い目は開いている。まだ濁りはじめたばかりだ。頭の下にたまっている血も、まだ鮮やかな赤。

小口径のセミオートマチック・ピストルが、肩のそばに落ちている。そのすぐ横に、ゆるく開いた手があった。

「一杯ひっかけてズドン、ですかね」鑑識官がそういって、コーヒーテーブルに置かれたベルのボトルと空のグラスを指さした。

うなずくしかない。

あとになって、この部屋の状況を細部まで思い出すことになるとは、このときは思いもしなかった。ここにあったもの、あるはずなのになくなっていたもの。

ここを出たほうがいい。「じゃあ、まかせるよ」鑑識官にいった。

外に出た。気をつけないと脚がもつれてふらついてしまいそうだ。見張りの巡査たちへの挨拶代わりに手をあげた。身分証の名前を覚えられていませんように。

車に戻ると、キーをイグニションに挿して、その場を離れた。酔っぱらいのように前方をしっかり見据え、角をひとつひとつ曲がっていく。やがて、迷路に入りこんだかのように、自分がどこを走っているのかわからなくなった。パトカーのランプから離れたことはたしかだ。

車を停め、エンジンを切った。両手で握ったハンドルに頭をつける。

なにが起こっているんだ？　ダグになんていえばいい？　メロディになんていえばいい？　クリスティ・マーロウにはどんな言葉をかければいいんだろう。

いちばん心配なことはほかにある。ライアン・マーシュと接触したことを、だれかに知られてはいないだろうか。

訳者あとがき

ロンドン中部にあるセント・パンクラス国際駅。国内各地への列車だけでなく、フランスやベルギーとのあいだを行き来するユーロスターも発着する。たくさんのプラットフォームがあるだけでなく、駅構内はまるでショッピングモールのよう。おしゃれな商店やカフェなどがずらりと並ぶ。もちろん、いつもたくさんの旅行客、通勤客、店舗の利用客などでにぎわっている。

そのセント・パンクラス駅で、ある日大事件が起こった。夕刻、帰宅ラッシュの駅構内で、ひとりの男が火だるまになり、その火が周囲に散って多くの怪我人を出したのだ。使われたのは白リン手榴弾。爆弾テロを思わせる状況で、駅全体がパニックに包まれた。

その場に居合わせたのが、本シリーズにはすでに欠かせないキャラクターとなった女性刑事、メロディ・タルボットだ。シリーズ前作『警視の哀歌』で交際をはじめたギタリストのアンディが、セント・パンクラス駅の構内でライブをすることになったので、それをみにきたのだ。ライブは中断。大混乱の現場で、メロディは危険を顧みることなく、救命や現場保存のために立ち働く。さらに、セント・パンクラス駅を管轄するホルボン署には、本シリーズの主役のひとり、ダンカン・キンケイド警視がいた。

ダンカンがスコットランドヤードのテロ対策班と協力して捜査を進めていくと、意外な事実がわかってきた。燃えて死んだのは、ロンドンの新しい鉄道計画に反対する環境保護活動グループのメンバーだったが、そのグループが計画していたのは、単に発煙筒をたいて人々の注目を集めることだけであり、死人を出すつもりなどなかったとのこと。ましてや、テロなどではなかったのだ。実行犯本人も、自分が死ぬことになるとは思っていなかったと思われる。では、だれがどうやって、なんのために、発煙筒を白リン手榴弾とすりかえたのか？

謎に挑むダンカンは、最近、左遷の憂き目にあったばかり。前々作『警視の挑戦』で警察上層部の闇を暴こうとしたものの、突然の異動命令によって、動きを封じられてしまった格好だ。秘密の鍵を握っていそうだった直属の上司は、海外に出かけたまま戻ってこない。もやもやした思いと悔しさを抱えたまま、ジェマやメロディ、前の部下だったダグ・カリンの助けを借りつつ、捜査の指揮をとる。

ところで、物語の舞台となったセント・パンクラス駅といえば、前述のとおり、ロンドンでも有数の巨大駅だ。ハリー・ポッターのファンにはおなじみの駅というだけでなく、さまざまな歴史や逸話を持っている。本書は、各章の冒頭で、駅についての資料を引用しているので、それも同時に楽しんでいただきたい。

訳者もそれらの引用からこの駅に興味をおぼえて、この冬にロンドンを訪れ、駅やその周辺を歩きまわってみた。事件の現場となった場所を特定してみたり、物語に出てくるカフェやパブを訪ねてみたりするのもおもしろかったが、なにより圧倒されたのは、駅舎を覆う鉄骨の大屋根だった。ただ大きいだけではない。それ自体が芸術作品であるかのような美しさ。プラットフォームの端に立って、いつまでもうっとり見上げていたいような壮観だった。

駅の近くには、本書に登場する活動家グループのアジトと思われる建物もみつかった。残念だったのは、その一階にあるデリが休業していたことだ。ダンカンが食べたのと同じサンドイッチが食べたかったのに！

悲しいことに、この「訳者あとがき」を書いている二〇二〇年四月現在、世界は新型コロナウィルスの蔓延に苦しんでいる。一日も早く状況が改善し、あの美しいセント・パンクラス駅に、そして世界全体に、以前のようなにぎわいが戻ることを祈るばかりだ。

最後になりましたが、編集の落合萌衣さんはじめ、講談社文庫出版部のみなさまには大変お世話になりました。この場を借りてお礼申し上げます。

西田佳子

|著者| デボラ・クロンビー　米国テキサス州ダラス生まれ。後に英国に移り、スコットランド、イングランド各地に住む。現在は再び故郷のダラス近郊で暮らす。代表作であるダンカン・キンケイドとジェマ・ジェイムズの本シリーズは、米英のほか、ドイツ・イタリア・ノルウェー・オランダ・ギリシャ・トルコでも翻訳され、人気を呼んでいる。

|訳者| 西田佳子　名古屋市生まれ。東京外国語大学英米語学科卒業。翻訳家。法政大学非常勤講師。武蔵野大学非常勤講師。主な訳書に警視キンケイドシリーズ既刊15作（講談社文庫）のほか、『わたしはマララ——教育のために立ち上がり、タリバンに撃たれた少女』（金原瑞人との共著）、『アルバート、故郷に帰る』（同）、『僕には世界がふたつある』（同）、『マララさん　こんにちは』、『赤毛のアン』、『新訳オズの魔法使い』、『すごいね！みんなの通学路』『ときどき私は嘘をつく』などがある。

警視（けいし）の謀略（ぼうりゃく）

デボラ・クロンビー | 西田佳子（にしだよしこ） 訳

講談社文庫
定価はカバーに
表示してあります

2020年6月11日第1刷発行

発行者——渡瀬昌彦
発行所——株式会社　講談社
東京都文京区音羽2-12-21　〒112-8001
電話　出版（03）5395-3510
　　　販売（03）5395-5817
　　　業務（03）5395-3615

Printed in Japan

デザイン—菊地信義
本文データ制作—講談社デジタル製作
印刷———豊国印刷株式会社
製本———株式会社国宝社

ISBN978-4-06-520166-4

講談社文庫刊行の辞

二十一世紀の到来を目睫に望みながら、われわれはいま、人類史上かつて例を見ない巨大な転換期をむかえようとしている。

世界も、日本も、激動の予兆に対する期待とおののきを内に蔵して、未知の時代に歩み入ろうとしている。このときにあたり、創業の人野間清治の「ナショナル・エデュケイター」への志を現代に甦らせようと意図して、われわれはここに古今の文芸作品はいうまでもなく、ひろく人文・社会・自然の諸科学から東西の名著を網羅する、新しい綜合文庫の発刊を決意した。

激動の転換期はまた断絶の時代である。われわれは戦後二十五年間の出版文化のありかたへの深い反省をこめて、この断絶の時代にあえて人間的な持続を求めようとする。いたずらに浮薄な商業主義のあだ花を追い求めることなく、長期にわたって良書に生命をあたえようとつとめるところにしか、今後の出版文化の真の繁栄はあり得ないと信じるからである。

同時にわれわれはこの綜合文庫の刊行を通じて、人文・社会・自然の諸科学が、結局人間の学にほかならないことを立証しようと願っている。かつて知識とは、「汝自身を知る」ことにつきていた。現代社会の瑣末な情報の氾濫のなかから、力強い知識の源泉を掘り起し、技術文明のただなかに、生きた人間の姿を復活させること。それこそわれわれの切なる希求である。

われわれは権威に盲従せず、俗流に媚びることなく、渾然一体となって日本の「草の根」をかたちづくる若く新しい世代の人々に、心をこめてこの新しい綜合文庫をおくり届けたい。それは知識の泉であるとともに感受性のふるさとであり、もっとも有機的に組織され、社会に開かれた万人のための大学をめざしている。大方の支援と協力を衷心より切望してやまない。

一九七一年七月

野間省一

講談社文庫　海外作品

海外作品

小説

ウェンディ・ウォーカー　池田真紀子訳　まだすべてを忘れたわけではない
D・クロンビー　西田佳子訳　警視の週末
D・クロンビー　西田佳子訳　警視の挑戦
D・クロンビー　西田佳子訳　警視の哀歌
ウィリアム・K・クルーガー　野口百合子訳　闇の記憶
キャロライン・ケプネス　白石　朗訳　YOU（上）（下）
P・コーンウェル　相原真理子訳　検屍官
P・コーンウェル　池田真紀子訳　死層（上）（下）
P・コーンウェル　池田真紀子訳　邪悪（上）（下）
P・コーンウェル　池田真紀子訳　烙印（上）（下）
R・ゴダード　北田絵里子訳　謀略の都（上）（下）〈1919年三部作①〉
R・ゴダード　北田絵里子訳　灰色の密命（上）（下）〈1919年三部作②〉
R・ゴダード　北田絵里子訳　宿命の地（上）（下）〈1919年三部作③〉
マイクル・コナリー　古沢嘉通訳　証言拒否（上）（下）〈リンカーン弁護士〉
マイクル・コナリー　古沢嘉通訳　転落の街（上）（下）
マイクル・コナリー　古沢嘉通訳　ブラックボックス（上）（下）
マイクル・コナリー　古沢嘉通訳　罪責の神々（上）（下）〈リンカーン弁護士〉
マイクル・コナリー　古沢嘉通訳　燃える部屋（上）（下）〈シリーズ25周年記念エッセイ収録〉
マイクル・コナリー　古沢嘉通訳　贖罪の街（上）（下）
マイクル・コナリー　古沢嘉通訳　訣別（上）（下）
マイクル・コナリー　古沢嘉通訳　レイトショー（上）（下）
ニール・シャスタマン　池田真紀子訳　奪命者（サイズ）
ジェーン・シェミルト　北沢あかね訳　ナオミ
アンナ・スヌクストラ　北沢あかね訳　偽りのレベッカ
L・チャイルド　小林宏明訳　61時間（上）（下）
L・チャイルド　小林宏明訳　ネバー・ゴー・バック（上）（下）
L・チャイルド　小林宏明訳　パーソナル（上）（下）
リー・チャイルド　青木　創訳　ミッドナイト・ラン（上）（下）
エマ・ドナヒュー　土屋京子訳　部屋（上・インサイド）（下・アウトサイド）
ハックスリー　松村達雄訳　すばらしい新世界
スーザン・ヒル　幸田敦子訳　城の王
アリス・フィーニー　西田佳子訳　ときどき私は嘘をつく
C・J・ボックス　野口百合子訳　狼の領域
C・J・ボックス　野口百合子訳　冷酷な丘
C・J・ボックス　野口百合子訳　鷹の王
ポーラ・ホーキンズ　池田真紀子訳　ガール・オン・ザ・トレイン（上）（下）
ジョージ・ルーカス著　上杉隼人訳　杉山まどか訳　スター・ウォーズ〈エピソードⅣ 新たなる希望〉
ジョージ・ルーカス原作　ドナルド・F・グルート著　上杉隼人訳　スター・ウォーズ〈エピソードⅤ 帝国の逆襲〉
ジョージ・ルーカス原作　ジェームズ・カーン著　上杉隼人訳　スター・ウォーズ〈エピソードⅥ ジェダイの帰還〉
J・J・エイブラムス他原作　アラン・D・フォスター著　稲村広香訳　スター・ウォーズ〈フォースの覚醒〉
ジョージ・ルーカス原作　テリー・ブルックス著　上杉隼人／大島資生訳　スター・ウォーズ〈エピソードⅠ ファントム・メナス〉
ジョージ・ルーカス原作　R・A・サルヴァトーレ著　上杉隼人／上原尚子訳　スター・ウォーズ〈エピソードⅡ クローンの攻撃〉
ジョージ・ルーカス原作　マシュー・ストーヴァー著　上杉隼人／有馬さとこ訳　スター・ウォーズ〈エピソードⅢ シスの復讐〉
ジョン・ノール他原作　アレクサンダー・フリード著　稲村広香訳　ローグ・ワン〈スター・ウォーズ・ストーリー〉
ライアン・ジョンソン原作　ジェイソン・フライ著　稲村広香訳　スター・ウォーズ〈最後のジェダイ〉

2020年3月15日現在